U0462517

滇版精品出版工程专项资金资助项目

深山走出脱贫路

云南人口较少民族脱贫发展之路

幸福都是奋斗出来的
怒江脱贫攻坚故事选

主　编：郑　义

副主编：茶凌云　杨绍红　曹荣春

◎中共怒江州委宣传部
◎怒江州文学艺术界联合会　编

YNK 云南科技出版社
·昆　明·

图书在版编目(CIP)数据

幸福都是奋斗出来的. 怒江脱贫攻坚故事选 / 中共怒江州委宣传部, 怒江州文学艺术界联合会编. -- 昆明: 云南科技出版社, 2025

(深山走出脱贫路 : 云南人口较少民族脱贫发展之路)

ISBN 978 -7 -5587 -4150 -0

Ⅰ. ①幸… Ⅱ. ①中… ②怒… Ⅲ. ①故事 - 作品集 - 中国 - 当代 Ⅳ. ①I217.1

中国国家版本馆 CIP 数据核字(2023)第 202976 号

幸福都是奋斗出来的. 怒江脱贫攻坚故事选

XINGFU DOUSHI FENDOU CHULAI DE. NUJIANG TUOPIN GONGJIAN GUSHI XUAN

中共怒江州委宣传部　怒江州文学艺术界联合会　编

出 版 人: 温　翔
责任编辑: 洪丽春　蒋朋美　曾　芫　张　朝
助理编辑: 龚萌萌
封面设计: 解冬冬
责任校对: 秦永红
责任印制: 蒋丽芬

书　　号: ISBN 978 -7 -5587 -4150 -0
印　　刷: 昆明天泰彩印包装有限公司
开　　本: 787mm×1092mm　1/16
印　　张: 19
字　　数: 440 千字
版　　次: 2025 年 2 月第 1 版
印　　次: 2025 年 2 月第 1 次印刷
定　　价: 58.00 元

出版发行: 云南科技出版社
地　　址: 昆明市环城西路 609 号
电　　话: 0871 -64114090

《幸福都是奋斗出来的——怒江脱贫攻坚故事选》编委会

主　编：郑　义

副主编：茶凌云　杨绍红　曹荣春

编　委：彭愫英　左敦圣　杨俊伟　胡争艳

前言

2021 年 2 月 25 日，习近平总书记在会上作了重要讲话，宣告了全国脱贫攻坚工作取得了全面胜利。怒江傈僳族自治州（以下简称怒江州或怒江）4 县（市）全部脱贫摘帽，全州各族人民同全国人民一道迈进小康社会，昂首阔步踏上乡村振兴新征程。尤其可喜可贺的是，中共怒江州委等 6 个单位荣获先进集体，福贡县鹿马登乡党委书记和文保等 7 位同志荣获先进个人称号，习近平总书记给中共怒江州委代表颁奖，可谓无上光荣。

怒江州是全国唯一的傈僳族自治州，位于中国云南横断山脉纵谷地带，毗邻缅甸。全州总人口 55.7 万人，人口较少民族占 93.96%。一直以来，由于特殊的历史、自然原因，“贫穷落后”是怒江州的代名词。怒江州的贫困是整体性贫困，全州 4 个县（市）均为深度贫困县。如今的怒江，绝对贫困人口全面消除，全州 26.96 万贫困人口全部达到“两不愁三保障”标准，249 个贫困村全部脱贫出列，4 个贫困县（市）全部脱贫摘帽。

怒江，一直是习近平总书记牵挂、关心的重点地区之一。党的十八大以来，习近平总书记先后给怒江干部群众“一次批示、一次回信、一次接见、一次听取汇报、一次颁奖”言之谆谆、意之殷殷的嘱托，饱含着习近平总书记对边疆各族人民的关怀厚爱，为打赢怒江深度贫困脱贫攻坚战指明了方向、提供了根本遵循，激发了怒江干部群众致力于脱贫攻坚和决战决胜全面小康的热情、信心和斗志，并如期取得了决战深度脱贫攻坚战的全面胜利。

进入新时代，怒江进入了全面发展的“快车道”，从天堑阻

隔到四通八达，从穷窝穷业到安居乐业，从刀耕火种到现代文明，从稀有短缺到有效保障，从愁吃愁穿到全面小康，经济社会各项事业发生了翻天覆地的历史巨变。千百年来困扰怒江人的行路难、吃水难、用电难、通信难、上学难、就医难和住房安全保障难等问题得到了根本性解决，群众获得感、幸福感、安全感前所未有，干部群众的精神面貌焕然一新。目前，全州贫困人口全部达到"两不愁三保障"脱贫标准，怒江贫困问题已得到历史性解决，人民生活经历了从"苦日子"到"熬日子"再到"好日子"的巨变，实现了从区域性深度贫困到区域性整体脱贫的历史"蝶变"。

古人云：文章合为时而著，歌诗合为事而作。习近平总书记指出，文艺是时代前进的号角，最能代表一个时代的风貌，最能引领一个时代的风气。"作家艺术家应该成为时代风气的先觉者、先行者、先倡者。""承担记录新时代、书写新时代、讴歌新时代的使命，勇于回答时代课题，从当代中国的伟大创造中发现创作的主题、捕捉创新的灵感，深刻反映我们这个时代的历史巨变，描绘我们这个时代的精神图谱。"从精准扶贫到决战决胜脱贫攻坚，怒江州文联始终高举时代主旋律，积极组织和带领怒江州文学艺术工作者做好记录新时代、书写新时代、讴歌新时代的工作，倡导文艺工作者深入生活、深入乡村、深入脱贫攻坚一线采访，鼓励他们努力创作出无愧于时代、无愧于人民、无愧于民族的优秀作品。

脱贫攻坚是当前我们党和国家工作的重中之重，是一项伟大的系统工程，同时也是一场深刻的社会变革，无论是在中华民族历史上，还是在世界历史上，这都是一部感天动地的伟大史诗。面对如此宏大的时代主题，文艺应该"在场"而不是"缺席"，文艺工作者应大有可为，也必将大有作为。

《幸福都是奋斗出来的——怒江脱贫攻坚故事选》就是从怒江州作家、作者近几年创作的众多稿件中精选出74篇作品，以

百姓情怀为主，通过故事讲述，多方面全方位展现怒江州脱贫攻坚战及成果，充分体现“幸福都是奋斗出来的”。家国情怀和家园情结在《幸福都是奋斗出来的——怒江脱贫攻坚故事选》里淋漓尽致地展现，读每一个故事，就是捧读一颗红心。作者大部分是怒江州的文艺工作者，另外少量的篇章来自媒体工作者，也有东西部协作帮扶人员、村干部、宣讲员、产业带头人、驻村队员等自我讲述的故事。别人的故事我来讲，我的故事我来讲，故事里套着故事，内容虽朴实无华，情感却真挚动人。这些作品内容接地气，字里行间流淌着真情实感，再现怒江州脱贫攻坚一线的真实场景，充满正能量，为打赢怒江深度贫困地区脱贫攻坚战及创建全国民族团结进步示范州注入强大的精神动力，同时，为正在紧锣密鼓开展的乡村振兴助力、加油。充分彰显了文学为社会服务的功能，也镌刻了怒江州文艺工作者在脱贫攻坚战中的时代烙印。

2021 年 3 月

目录

一位老县长的生命之歌

何永飞

一条江，奔腾不息，就像一个民族的血脉。她总是以昂扬的姿态，奔向光明和春天。

一个人，奋斗不止，就像一条江，踏响大地之鼓；就像一座山，高举天空之蓝。

这条江，叫独龙江。

这个人，叫高德荣。

他是独龙族人的骄傲，他的生命就像奔腾的独龙江，激情澎湃，撞碎黑夜，唱响一曲高昂的祖国边疆赞歌。

至高荣誉

高德荣，其貌不扬，穿着朴素，个子不高，身材也不算魁梧。如果把他放入人群中，很容易被忽视。你把他视为农夫，视为牧民，视为筑路工，都情有可原。在不知情的情况下，你无论如何也不可能看出他是领导干部。他长期与老百姓“混”在一起，与老百姓同吃同住同干活儿，想老百姓之所想，急老百姓之所急，老百姓也不把他当“官”看待，视他为亲友。

他看似不起眼，但在独龙江、在贡山、在怒江，甚至在云南和中国，知道他和他的先进事迹的人很多，电视、报纸、网络等关于他的报道铺天盖地，他的名气很大，影响力很广泛。他在艰苦的基层干出了不平凡的事业，国家三届领导人都亲自接见过他，作为基层干部，享受到如此高待遇的人实在不多。

“高德荣同志致力于独龙江发展、致力于少数民族脱贫致富，长期驻守在半年以上大雪封山、条件极其艰苦的独龙江工作，为推动当地经济发展和民生改善倾注了大量精力、作出了突出贡献，被当地干部群众誉为‘人民的好县长’。”

这是《中共中央宣传部关于“时代楷模”的表彰决定》中对高德荣的授奖词。“时代楷模”是一个沉甸甸的荣誉，也是一个至高的荣誉。此外，高德荣还先后获得“全国优秀共产党员”“全国少数民族团结进步模范”“全国敬业奉献模范”等荣誉称号。

这些荣誉，高德荣当之无愧，也应该为此感到自豪。可跟他聊到这些荣誉时，他却表现出一些不自在，与他在工作中的那种雷厉风行和不畏艰险的态度形成强烈的反差，他说：“与其他地方比起来，我还做得不够好，有点儿害羞了。”（害羞：方言，惭愧的意思）没想到他会如此谦虚，而他的这种谦虚没有一丝客套的意味，从他的表情中可以看得出来，正是他的不自满，才让他不断地努力奋斗，带领独龙族同胞走出落后和贫穷，走进新时代的春天。他头顶的光环，是用脚步磨出来的。

太古之民

在高山峡谷之中，在独龙江畔，居住着一个被史书称为“太古之民”的民族，叫独龙族。

独龙族是中国人口较少的民族之一，也是云南省人口最少的民族，人口约7000人（2010年全国人口普查数据）。其实，独龙族以前不叫这个名字，他们被称作“俅人”“俅帕”“俅子”“曲洛”等，独龙族这个名字是1952年周恩来总理根据本民族的意愿确定的。

独龙族是跨境而居的民族，境外主要聚居在缅甸北部的恩梅开江和迈立开江流域，境内主要聚居在云南省怒江州贡山独龙族怒族自治县（以下简称贡山县）独龙江乡的独龙江河谷。独龙江乡是独龙族同胞的主要聚居地，独龙族占全乡总人口的98.87%，全乡辖6个村委会，26个自然村，41个村民小组。

朴实、善良、勤劳、勇敢的品性在独龙族同胞身上尤为明显。上天给了独龙族同胞无比优美的自然风光，也给了他们恶劣的生存环境。独龙江乡地处偏远，以往基本处于与世隔绝的状态，每年大雪封山长达半年之久，外面的人进不去，里面的人出不来。

中华人民共和国成立之前，独龙族同胞的社会形态还是原始社会末期，生产工具主要用竹、木、石等制成，靠原始农耕、采集、渔猎等为生，记事靠刻木和结绳，辨时靠鸟语和花开。由于生产力水平低下，长期过着“衣不蔽体、食不果腹”的艰苦生活，还常常受到歧视和侵略，特别是历代统治者的压迫和屠杀，以及近代帝国主义列强的欺凌，给独龙族同胞带来了极大的灾难，让心灵蒙上了阴影。

建立社会主义新中国，让人民过上好日子，是中国共产党的奋斗目标，也是全国人民的共同愿望。当革命胜利的红旗飘扬到独龙江河谷，独龙族同胞从此有了依靠和盼头，从此看到了光明和希望，从此找回了民族的尊严和自信。

高德荣，独龙之子，他出生在独龙江边，是地地道道的独龙族人。他的身体里流淌着独龙族的血液，他是裹着“约多”（独龙语，意为独龙毯）长大的，他有独龙族人善良的品性和刚毅的性格。他是独龙族人的骄傲，他的生命就像奔腾的独龙江，激情澎湃，撞破黑夜，唱响一曲高昂的祖国边疆赞歌。

反常的选择

1954 年 3 月，一名婴儿的啼哭声打破了独龙江边的寂静，江水似乎停住脚步，竖起耳朵聆听这将会带来福祉的啼哭声。这啼哭声就是高德荣的，他出生在一个贫困的独龙族家庭。他的出生，与很多独龙族孩子没有什么区别，有喜悦，但没有惊奇，人们认为不过是生命的一次繁衍和延续而已。

临江而居的独龙族同胞一直过着原始社会的生活，生产力极其落后。1950 年 10 月，这个时间点在独龙族同胞的发展进程中不可抹去，其意义重大，翻新了独龙江的天空。在大雪就要再次封锁独龙江之时，中国人民解放军雄赳赳、气昂昂，越过高耸入云的高黎贡山，进入独龙江大峡谷，将鲜艳的五星红旗插在独龙江边，独龙江解放了！独龙族同胞告别了漫长而黑暗的原始社会，迎来了明亮的社会主义社会。

知识改变命运。在独龙族同胞中，提到高德荣，还有一个人不能不提，他叫孔志清，是贡山独龙族怒族自治县成立后的第一任县长。孔志清，1917 年 10 月出生于独龙江乡孔目村（现孔当村）的独龙族家庭，在六个兄弟姐妹中排行老大。据说，孔志清是第一个识字的独龙族人，也是第一个到北京和毛主席握过手的独龙族人。他之所以能够识字，是因为遇到了当年跟随马帮到独龙江考察的植物分类学家俞德浚。他后来跟随俞德浚走出独龙江，到大理苍山脚下的一个学堂里学习，学费也是俞德浚帮他交付的。他外出求学，最终又回到独龙江，带领独龙族同胞开拓新的生活。

高德荣和孔志清还有亲戚关系和血缘关系。孔志清所走的路，以及他对独龙江的发展所作出的贡献，对高德荣有很大的影响。在高德荣的身上能看到孔志清的影子，高德荣很好地接过孔志清手中的接力棒，非但没有让独龙族同胞失望，

反而以“欲与天公试比高”的精神，让独龙江铺满春色，让独龙族同胞过上了幸福的生活。

从小，高德荣的心中就有一个高远的志向。围在火塘边，他经常听父辈讲起自己族人的历史和故事。因为以前落后，独龙族人被历代统治者当作野人，受尽了歧视和压迫。他为此感到愤愤不平，下定决心要改变独龙族人的命运，要提升独龙族人的社会地位。

理想虽然有了，但不去努力，不付出实际行动，一切都是空的。高德荣深知此理，所以他读书时就比别人刻苦。贫苦的山里孩子，要想走出大山，实现人生的理想，学习是最好的途径。他不希望自己被困在狭窄的独龙江大峡谷，碌碌无为地过一辈子。尽管日子过得很艰难，可他都没有放弃对理想的追求。

上天都垂爱勤苦的人。1972 年，高德荣初中毕业，以优异的成绩考上了怒江州师范学校。跨过高黎贡山，他终于走出了独龙江大峡谷，看到了外面更加精彩和更加辽阔的世界，这让他激动不已。他的人生进入了一个全新的阶段。从师范学校毕业后，很多同学都回原籍工作，大部分被分配到很偏远的地方教书，而他在学校里表现出色，被留在了学校任团委书记。这是一份令人羡慕的工作，多少同学想求之而不得，应该说，高德荣会倍加珍惜。可没过几年，他做了一个谁也想不到也想不明白的选择：回到独龙江公社巴坡完小任教，代理扫盲干事。

好不容易走出独龙江大峡谷，可以振翅高飞，但他又放弃了，折回去过“苦日子”。走出来的路很遥远，走回去的路却很近。高德荣从来没有忘记自己的初心，也没有忘记要让独龙族同胞过上好日子的信念和志向。他回独龙江，就是想用学到的知识和文化去回报养育自己的那片土地，以及生活在那片土地上的独龙族同胞。他要给独龙族同胞扫盲，扫去他们眼里的迷茫，扫去他们心头的愚昧和无知，从而让他们紧跟时代步伐，活出人样，证明独龙族人不比任何人差。独龙江的工作条件无法跟州上相比，但这里是他最熟悉最亲切的地方，能实实在在为父老乡亲做事。看到独龙族同胞的精神面貌和生活面貌在不断地发生变化，高德荣感到无比欣慰。从 1979 年回到巴坡完小，从教师兼代理扫盲干事，再到教导主任，他一干就是 5 年。

翻开高德荣的履历表，没有什么特别之处，都是正常地逐渐往上走。他的付出与收获是一致的，每一次的升迁都是用自己看得见摸得着的成绩换来的。1984—1990 年，他先后担任独龙江区（乡）副区长、区长、乡长、党委书记，1990 年调到贡山县人大常委会任法纪科科长，之后又任贡山县副县长、县人大常

委会主任、县委副书记和县人民政府县长。都说人往高处走，2006 年 2 月，高德荣被选上州人大常委会副主任，又可以到州政府工作，待遇和环境更好。可他再次做出了一个让所有人感到惊讶的选择——辞去州上的职务，住进独龙江，全身心投入独龙江的发展事业。但他的申请没有获得上级部门的批准，他被组织派驻在独龙江。

年纪也大了，应该学会享享清福，何必折腾自己，还让自己回到“原点”，那么多年的辛劳不就白费了。很多人都不知道这位“老县长”心中是怎么想的，关键时候总是做出很反常的选择。他的司机和家人更是来气，本来想着可以跟他到州上享福，也算是这么多年跟着他、支持他的一种回报，但又一次落空了。高德荣是“犟人”，认准和决定的事儿是不会轻易去改变的。尽管对他有气，甚至不满，可大家都知道他这样做是为了谁，为了什么，他的司机和家人后来慢慢地也就原谅了他，继续跟着他、支持他。

高德荣说：“人活着就要做事，不然生命就没意义。独龙族同胞还很穷，我却在外面享福，这个脸我丢不起！独龙江要发展必须要有人走在前头，我是独龙族干部，受党的培养，独龙族人民需要我，我不上谁上？再说，官当得再大，如果同胞还穷得连衣服都穿不上，别人照样会笑话你。与其花时间‘打扮’自己，不如花时间建设好家乡。”他的话掷地有声，且历来都是这样去行事，把独龙族同胞的冷暖挂在心上，与独龙族同胞一起奋战。

2010 年 1 月，云南省委、省政府作出“不让一个兄弟民族掉队”的庄严承诺，部署“独龙江乡整乡推进、整族帮扶行动计划”，实施“安居温饱、基础设施、产业发展、社会事业、素质提高、生态建设”六大工程，全面推进独龙江经济社会发展。这是中国共产党给独龙族人民带来的又一个福音。当然，要完成这六大工程，必须有一位好的带头人。高德荣自告奋勇，担任独龙江帮扶领导小组副组长，主要负责独龙江公路的改扩建工程。回到独龙江，高德荣干劲十足，岁月催人老，而他从不屈服和认输，什么也阻挡不了他那一腔奔腾的热血。

2014 年 5 月，高德荣退休，可他却退而不休。他说：“我退休了，但是，共产党员的身份、责任和义务永远不会退休！我将在有生之年，牢记习近平总书记的谆谆嘱托，带领独龙族同胞，加快脱贫致富的步伐，与全国各族人民一起，艰苦奋斗，求真务实，开创祖国更加美好的明天！”2019 年春天，笔者走进独龙江采访老县长高德荣，好几次都是匆匆见面，他忙得就像一个旋转的陀螺，始终停不下来。谁也不会相信，他是已退休的领导干部，每天比很多年轻人奔跑得还快。

天路与生命通道

称高德荣为开路人和筑路人，一点儿没有抬高之意。他在“路”这个字上付出的精力和心血实在太多，他好像生来就与“路”捆绑在一起，难以解开和分离。

独龙江正因为没有路，才与世隔绝；独龙族同胞正因为没有路，才贫穷落后。以前有小道与外面相通，但隐藏在深山峡谷里，加之原始森林和大雪覆盖，走小道就像绕进迷宫，还时有时无，危险重重，一般人不敢行走。当年，中国人民解放军费尽周折，才走进独龙江。

后来，解放军发动民众修建茶马驿道，但受条件限制，所修驿道很窄，有些艰险的路段只容得下一匹马行走，稍有不慎，就会掉进波涛汹涌的江中，连尸骨都找不到。高德荣到县城和州府读书时，走的就是这条茶马驿道，个中艰辛，不言而喻。每年大雪封山，有半年的时间，里面和外面互相隔离。最主要的是不通公路，直接制约了独龙江各方面的发展。

从州府回到独龙江工作，虽然这时中国已吹响改革开放的号角，可独龙江仍然是全国最贫困的地区之一。看到自己的独龙族同胞依然居住在茅草房、木头房里，出行靠徒步，过江靠溜索，运输靠马帮，高德荣心里很不是滋味，也很着急。他知道，要解决这些问题，要改善独龙族同胞的居住环境，首先必须修通公路。公路就像人体里的血脉，血脉畅通无阻，生命才会充满活力，一个地方的发展也是一样。

可要修一条独龙江连通外面的公路，比登天还难。缺资金、缺项目是一方面，最主要的难题是如何去攻克高黎贡山的阻挡。高黎贡山海拔最高处有 5128 米，山体陡峭，山高谷深，沟壑纵横，氧气稀薄，气候恶劣。要想征服高黎贡山，高德荣也没有底气，但他从未放弃过修路的念头。遗憾的是，1990 年他离开独龙江到贡山县城工作时，心中的那条公路在现实中还没见到一点儿踪影，困扰着独龙族同胞的交通问题还没得到实质性的解决。

高德荣的人生梦想之一，就是要为独龙族同胞修一条公路，打破与外界隔绝的历史现状。为此，他一直在四处奔走，寻找机会。正所谓“精诚所至，金石为开”，1997 年，高德荣代表独龙族人民的呼吁得到了上级党委政府的重视，由中华人民共和国交通部投资修建的独龙江公路正式开工。这条公路全长 96.2 公里，不算很长，但修建了 3 年时间，可见其难度有多大。刚开始，光施工队就换了 3 次，很多施工队都“啃”不下这块“硬骨头”。有人做过统计，独龙江公路上一段 23 公里的

路，就有 400 个转弯。

“咬定青山不放松，立根原在破岩中。千磨万击还坚劲，任尔东西南北风。”这是清代画家、诗人郑板桥的诗《竹石》。高德荣就像把根牢牢地扎在岩石缝中的竹子，无论有多少磨难，无论吹来多大的狂风，他都坚韧不拔。为了打通独龙江的生命线，他几乎每天都亲临修路一线，他要做好指挥和监督工作，因为高黎贡山的地形、地貌他最熟悉。有时，他还要参与撬石头、挖土等体力活，还常常给工人们烧水做饭。身为领导干部，他做好表率，不遗余力地付出，修路工人们看在眼里，敬佩在心里，都以他为榜样，不敢有丝毫的怠慢，不然感觉对不住他，对不住独龙族同胞。

1999 年 9 月，独龙江公路建成通车，结束了中国最后一个人口较少民族地区不通公路的历史。独龙族同胞从此走出了大山，实现了与现代文明的对接与融合。之前，来回县城需要走六七天，而现在只需要十四五个小时。

公路修通了，独龙江的发展步子迈得更快了。但随着时代进程的加快，独龙江公路已有点儿跟不上了，路面窄、易塌方，给出行带来很多不便。另外，独龙族同胞的心头还压着一座山，那就是长达半年的大雪封锁。独龙江公路没有绕开这个季节，一到大雪封山，里外又被隔离。高德荣一直在思考该如何解决独龙族同胞被大雪围困的千年难题，当他接到负责独龙江公路的改扩建工程的使命时，觉得机会来了。

云南省交通运输厅经过实地调研后，提出独龙江公路的改扩建方案，方案中让人眼前一亮的是要在高黎贡山打通一个长达 6.68 公里的隧道，这样可以避开之前积雪的封山路段。该方案被云南省委、省政府列为“三年行动计划”的控制性工程。

高黎贡山独龙江隧道出口端建设任务由武警交通部队三支队承担。该工程具有很大的挑战性，除气候和环境恶劣外，还要攻克“大断层、裂隙多、强涌水、高纵坡”等世界性技术难题。但这些并没有难倒官兵们，他们都是精兵强将。为了保证该工程能够顺利完成，很多官兵连续三年都没回家过春节，坚守在工地上。施工期间，官兵们先后成功规避塌方 300 余起、泥石流 79 起、雪崩 52 次，19 人次被岩爆、飞石击伤。面对险境和险情，官兵们从未退缩，临危不乱，最终不负使命，圆了独龙族同胞之前想都不敢想的一个梦。

2014 年 4 月 10 日 13 时 28 分，注定是载入史册的重要时刻。高德荣带领独龙江的干部群众，早早地等候在隧道出口处，大家的心情万分激动，整颗心似乎蹦到了嗓子眼。“嘭”的一声巨响，让高黎贡山都颤抖了一下，为期四年的独龙

江公路高黎贡山隧道顺利贯通。随之，掌声、欢呼声、喜极而泣的声音不断响起，飘荡在空中，高过高黎贡山。高德荣代表独龙族同胞给官兵们敬献独龙花，并亲自戴在官兵们的胸口，以表达独龙族同胞对官兵们深深的感激之情。他随口而出："千年的铁树开花了，万年的冰雪融化了。"该隧道的贯通，标志着独龙族同胞彻底告别了每年被大雪封山半年的历史。

高黎贡山隧道的成功贯通，让独龙江公路比原来的里程缩短了16公里，且极大地改善了行车环境。它还创下我国高海拔地区特长隧道施工的七项之最：埋藏最深、地应力最大、里程最长、岩层最为破碎、山体裂隙最多、封山期最久、技术标准最高。它是独龙族同胞走向春天的通道，也是生命的通道。这点独龙江乡孔当村村委会主任普光荣深有体会。

隧道贯通那天，普光荣5岁的女儿普艳芳在电炉前取暖，一时不小心，她的裙子碰到通红的电炉丝，瞬间燃烧起来，从脚烧到胸口，造成大面积烧伤，生命危在旦夕。虽然他第一时间就把女儿送到了独龙江乡卫生院，可是这里的医疗条件始终有限，医生只能对女儿的伤口进行简单的处理。普光荣急得团团转，无计可施。他也想把女儿送到外面的大医院进行治疗，但偏偏时逢大雪封山的季节，无法出去。

高德荣得知此事，立马与施工单位负责人协商，把刚刚贯通的隧道进行平整，同时联系贡山县医院的救护车在隧道的另一边出口等待接应。在大家的共同努力下，一条急救通道很快就完成了，载着普艳芳的车辆从坑坑洼洼的隧道里艰难地行驶出来，然后随即又被等候着的救护车送到了县医院。从独龙江到贡山县医院，只用了3小时，这简直就是一个奇迹。由于抢救及时，普艳芳脱离了生命危险。之后，她又被送往北京武警总医院进行救治，最终康复出院。"如果不是独龙江公路隧道及时贯通，我女儿恐怕就救不活了。"普光荣热泪盈眶地说。

高德荣对修路似乎已"上瘾"，要是独龙江的哪段路还没有修通，或者还修得不够宽，或者还存在安全隐患，他都会千方百计地想办法去修缮和完善。退休了，他还在为修路东奔西走。这不，笔者本来跟他约好的采访又没戏了，他要陪着云南省公路局的领导到马库村考察，有几段路需要修通和扩宽。笔者只好一路"追"他，可他的速度很快，始终见不到他的踪影。

独龙族是一个善良的民族，不管什么时候都会为他人考虑和着想。跟老县长同车的一名干部打电话给我们，说在某个地方老县长用石头压着几根树枝，我们可以下车看看。到了所说的地方，果然看见老县长亲手留下的"路标"。独龙族

人有一个习惯，也是善良之举，就是在自己历经的危险路段折几根树枝，用石头压在路边，以此提醒后面过来的人要小心谨慎。老县长提醒我们的地方，的确有些危险，弯急，路的外边临江，垂直下去好几百米，江水湍急，若不慎掉下去，后果不堪设想。而路的里边，仰头望，那些松动的泥土和石块一触就会扑下来。据说，这里经常塌方，事故不断。几年前，有一名干部去马库村参加村委会的换届选举工作，为及时反馈选举结果，便坐车冒雨返回，途经这里时，突然发生泥石流，道路被冲断，车子及里面的人险些被埋。现在回想起来都还有些后怕。

路，不仅关乎发展致富，还关乎人们的生命安全。笔者终于明白，高德荣为何不惜一切代价地去修路，为何不辞辛苦地去为独龙江的路能够畅通无阻而奔波。

绿色银行

一个地方要发展致富，必须要有相关产业的支撑和保障。这点，高德荣早就意识到了，也一直在探索和实践。

独龙江乡地处高黎贡山和担当力卡山之间，独龙族同胞沿江而居，开阔地带很少，要发展工业或高科技产业是不可能的，只能寻求一条适应当地环境和气候的发展之路。独龙族同胞历来与大自然保持和谐的关系，他们的衣食都是大自然赐予的。在刀耕火种的年代，他们就对大自然有敬畏和感恩之心，所砍倒的树，所烧的荒地，不会太多，只要够种出能填饱肚子的玉米和土豆就可以，而且烧荒之前，都会敲锣打鼓，赶走飞鸟、走兽以及地里的虫子，就怕伤及无辜的生命。上山打猎，猎人绝不会贪婪，打哪些猎物，打多少猎物，都会有所节制，不会猎杀怀胎、哺乳的动物以及幼崽。还有到江里捕鱼，小鱼都会放回去，半公斤以上才会要。他们知道，破坏大自然，对其他生物赶尽杀绝，就等于断了自己的生路。

作为独龙族的一员，高德荣很清楚“规矩”，发展致富必须建立在生态保护的基础上。他说：“祖先留给我们的资源不能乱用，要对得起我们的祖先，要对得起我们的子孙后代。”经过多方走访，又请相关专家到独龙江调研和考察，最后得出结论，种植草果是不错的路子。草果是药食两用中药材大宗品种之一，有较高的实用和经济价值。它喜温暖湿润气候，怕热，怕旱，怕霜冻，还喜阴，适合在树下生长。而独龙江气候湿润，雨量充沛，好像就是专门为种植草果准备的。种草果既能发展致富，又不会破坏当地的生态和植被，两全其美。2007 年，高德荣率先示范种植，把种植草果确定为独龙江发展产业的主导项目。他还形象地给

它取了一个名称，叫“绿色银行”，属于独龙江的“绿色银行”。

可有一个难题又摆在了高德荣的面前。独龙族同胞是从原始社会末期直接过渡到社会主义社会的，他们的知识水平、生产方式、思想观念等还有点儿跟不上时代的步伐。要让他们种植草果，他们有些茫然，心中也没有底气，不知从何下手，要学问没学问，要技术没技术。平常都是以原始的耕种方式，种植一些熟悉的农作物，现在要以科学的耕种方式种植经济作物，于他们而言，实在太难了。幸好高德荣有一个“秘密基地”专门为他们提供服务。

高德荣裹紧绑腿，腰间别着砍刀，“嗖”一下，从溜索的这头滑到那头，身手敏捷，翻滚的独龙江水似乎在对着他欢笑，似乎在给他鼓掌。横穿过独龙江，高德荣就到了他的“秘密基地”。这里有一排茅草屋，是他亲自带着大家砍竹子、编竹墙、盖屋顶、挖火塘，搭建起来的，里面有一张直通铺，能住 60 多人。屋子外面的山坡上就是试验田，种着草果、重楼、石斛等。他把独龙族同胞们召集到“秘密基地”进行培训，吃住都在这里，让他们学习和掌握科学的种植方法。他还自掏腰包，宰猪、杀鸡招待前来参加培训的独龙族同胞，为了让独龙族同胞能够脱贫致富，付出再多他都乐意。

种植草果，独龙族同胞尝到了甜头，由原来的“要我种”变成了“我要种”。高德荣看到独龙族同胞的日子越来越好过，心里也是甜滋滋的。但他并不满足于眼前的现状，这离他追求的目标还有很远的一段距离。种植草果固然能让大家脱贫，但从市场情况和未来前景来看，要有很高的利润，要实现真正的致富，还是有点儿难，需要再发展一个更好的产业。而重楼无疑是不二之选，重楼有清热解毒、消肿止痛、凉肝定惊之功效，是名贵的中药材。为此，高德荣还找到相关药品生产企业，签订了合作协议，以保证大家种出的重楼能卖一个好价钱。重楼对种植和管理的要求更高，高德荣还是把相关培训安排在他的“秘密基地”。重楼生于山地林下或路旁草丛的阴湿处，尽管它的生长周期比草果长，至少四五年才能收获，但其价格很高，一切的付出和等待都是值得的，会得到成倍的回报。

在独龙江乡迪政当村，笔者遇到一位独龙族妇女，她背着篮子，钻进用遮阳网盖的大棚里查看重楼的生长情况。她小心翼翼地扶正有点儿倾斜的重楼秆，还时不时地摸摸这株，又摸摸那株，这些重楼就是她的希望。看到自己家种植的重楼长势良好，她内心的喜悦难以掩饰，都显露在脸上。早上，她才去卖了 15 公斤重楼，收入就有 900 多元。她们村里家家户户都种了重楼，她家的田地有一半多都种了重楼。走访下来，笔者发现，贫困的影子已从独龙族同胞的心底完全消除。

老县长的故事

说到老县长高德荣的故事，几大箩筐都装不下。在独龙江，在贡山，他的事迹老少皆知，路边的修鞋匠也能随口讲出一大堆。他在外的名气也很大，而他的名气不是宣传出来的，而是靠实际行动赢得的，他为改善和提高独龙族同胞的生存环境和生活水平，为祖国边疆的建设所做的实事可摸可触，所作的贡献有目共睹。很多媒体记者走进独龙江，想采访他，可他总是婉言谢绝。他让记者们多深入一线，多去关注和报道独龙族同胞的生活状况，把独龙江的变化和新貌呈现给更多的人。

高德荣一直牵挂着“家里人”和“亲戚”，他带着子女走亲戚，他说：“要把公路修通，不然家里人出不去。”他心中的这些“家里人”和“亲戚”其实是所有的独龙族同胞和贫困户。他所想所急的都是独龙族同胞的事儿，看到哪家生活困难，没有吃的和穿的，他都要亲自上门，给予帮助和关爱。他授人以鱼，也授人以渔，除了给贫困户送钱或生活必需品外，还为他们寻找脱贫的路子，手把手地教他们耕种和养殖，给他们“致富经”，这样才能从根本上解决问题。有些人起初不理解、不自信，他就耐心地开导和鼓励，为他们承担风险，解除他们的后顾之忧。

为了独龙江的发展，高德荣觉得再苦再累都值得，至今，他翻越过多少次高黎贡山已无法统计。只要有利于改善独龙族同胞的生活，他都要亲力亲为，都要跑到最前面，最艰险的地方都会有他的身影。

有一年，外面的一批医生和教师抵达贡山，要到独龙江支医支教。当时，高德荣还生着病，但作为县里的领导，他执意要亲自护送他们进独龙江。独龙族同胞太需要这样的温暖和力量，在他心中，关乎老百姓的事儿就是大事，何况他对进独龙江的路况和高黎贡山的天气比较熟悉。不料，其实也在意料之中，当高德荣护送支医支教的医生和教师到半路时，遇到下大雪，封住了去路，他们被困在高黎贡山上。夜幕降临，大家只能搭帐篷，住在雪地上。大雪一直在下，有些人开始感到惊慌。高德荣宽慰他们，说已调来装载机，路很快就可以通行，还给他们唱歌缓解内心的不安。雪夜里的“演唱会”让大家在欢快之中忘记了身处险境，安然入睡。而高德荣一夜未眠，他时刻观察着动静，怕有意外发生。他很清楚，情况并不妙，眼前已陷入进退两难的境地，大雪把后面的路也封死了。直到第二天下午，在各方努力下，路终于可以通行。把大家安全护送到独龙江，高德荣悬

着的心才落下来，这些医生和教师是他请求进来的，他要对他们的生命安全负责。高黎贡山跟高德荣开的玩笑，对他生死考验的事儿，有些比这个大多了，发生过雪崩，他被埋，幸好被发现和解救得及时，不然后果真的不堪设想，还出过车祸和摔下过山崖，可他从没有屈服和退缩过。

高德荣在县上工作期间，每到学校放寒假，他家里就会有好些孩子在打闹和学习。这些孩子与他非亲非故，但他视其为自己的孩子。对他们很关心，供他们免费吃住，有时还辅导他们学习。他们都是从独龙江出来到县城读书的独龙族同胞的孩子。此时正值大雪封山，他们无法回家，父母也无法出来看望他们。知识能改变命运，也能改变独龙江的落后面貌。高德荣鼓励自己的同胞要让孩子多读书、读好书，要走出去，有困难他来解决。这些孩子整个寒假都要在他家度过，饮食起居都由他和家人来照管。

对独龙族同胞的孩子，他很用心，有什么需求都会想办法尽量满足他们。但对自己的亲生子女，他变得有些“冷漠”，也许他稍微打个招呼，子女的事儿就会轻而易举地办成，可他从来没有这么做过。作为一名党员干部，他要以身作则和克己奉公，不能因为自己有权有势，子女就可以不一样，就可以走“捷径”和“后门”。他当时担任贡山县县长，儿子参加公务员考试，连续两年都没考上，他只对儿子说了一句话：“好好用功，多看看书。”女儿要结婚，他严肃地说：“绝对不能以我的名义请客。”

高德荣做事非常有魄力，有时还会毫不留情地“骂人”，很多干部和办事员都有点儿“怕”他。哪个不为老百姓着想，不把老百姓的事儿办好，他都会问责到底，不管是谁，都要“遭殃”。但高德荣对别的人却非常和蔼可亲，特别是对老百姓，他总是跟他们心贴心，为他们排忧解难，从未摆过领导干部的架子。修公路时，他天不亮就起床烧火，给工人们煮早饭；独龙族同胞到基地参加草果和重楼种植的培训，都是他自掏腰包，杀鸡宰羊招待他们；有些子女在外谋生或服役，家里的孤寡老人遇到难处，他都要给予关照；等等。

高德荣还在为独龙族同胞的致富奔忙，还在为独龙江的发展奔忙，他的脚步怎么也停不下来。他的故事还在继续，就像独龙江里的波涛，怎么也讲不完。

习近平总书记的回信

2019年4月10日，独龙江连日阴雨的天气突然放晴，天空格外的蓝，而比

天空更蓝的是独龙族同胞的心，独龙江似乎也沸腾了。因为独龙族同胞们收到了中共中央总书记、国家主席、中央军委主席习近平的回信。

习近平总书记回信中说：“你们乡党委来信说，去年独龙族实现了整族脱贫，乡亲们日子越过越好。得知这个消息，我很高兴，向你们表示衷心的祝贺！”

信中还说：“让各族群众都过上好日子，是我一直以来的心愿，也是我们共同奋斗的目标。新中国成立后，独龙族告别了刀耕火种的原始生活。进入新时代，独龙族摆脱了长期存在的贫困状况。这生动说明，有党的坚强领导，有广大人民群众的团结奋斗，人民追求幸福生活的梦想一定能够实现。”

“脱贫只是第一步，更好的日子还在后头。希望乡亲们再接再厉、奋发图强，同心协力建设好家乡、守护好边疆，努力创造独龙族更加美好的明天！”这是习近平总书记在信中对独龙族同胞提出的殷切希望。

收到习近平总书记的回信，老县长高德荣激动的心情久久难以平静。他说：“习近平总书记的回信句句都是对我们的惦记，句句说到我们的心坎上。下一步，我们会更加奋发图强，会牢记总书记的嘱托，把生态保护好、民族团结好、边疆稳定好、经济发展好，让独龙江的各方面都更上一层楼，让独龙族同胞过上天堂般的日子，并构建人与自然和谐相处的人间天堂，让党中央和全国人民放心。”

高德荣从来不服老，尽管已经 65 岁，但他依旧充满活力。采访时，还没来得及喝完桌子上的那杯茶，他又要去奔忙了，而他身后阳光正好。独龙江与他一起往前奔跑，不知是他拉着独龙江，还是独龙江拉着他，也许他和独龙江早就融为一体了。

月亮照亮行医路

张　勇

怒江大峡谷西岸高黎贡山山梁上有个石月亮，那是傈僳族人民祈福的圣地。怒江东岸碧罗雪山下有位怒族乡村医生邓前堆，36年来奔波在怒江两岸，在石月亮的注视和陪伴下，走在乡村出诊的路上。

溜索医生

“膝盖这里的窝窝就是我过溜索受伤的地方，这是我当医生第二年时出的事。”邓前堆拉起右腿裤脚给记者看，只见膝盖一侧还有浅浅的疤痕。35年前，当医生才两年的邓前堆刚学会滑溜索过江，有一次，因速度过快，他的右腿撞在对岸固定溜索的岩石上，一个多星期不能走路。

2019年10月10日，在福贡县石月亮乡拉马底村卫生室，邓前堆忙着给患者看病，稍有空闲时，才断断续续地向记者讲述自己36年间的行医故事。

1983年，初中毕业不久的邓前堆得了痢疾，被村医友尚叶治好。此后，他跟着友尚叶学医，到乡卫生院培训，成了一名村医。拉马底村有一半多人生活在怒江西岸，当时江上没有桥，两岸群众只能滑溜索过江。邓前堆每月全村巡诊一次，到江对岸出诊四五次，每月他至少在怒江上空滑10次溜索，风雨无阻。

怒江江水湍急，漩涡丛生，掉进江中一般无生还可能。而邓前堆在怒江上空的溜索上穿行了27年。他由此被媒体报道为“溜索医生”，他积极向有关部门呼吁修桥，直到2010年，两座被称为“连心桥”的人行吊桥和公路吊桥终于横跨拉马底村怒江两岸，乡亲们终于告别了溜索的日子。

农家医生

邓前堆为村民治病的地点不只在医务室，还在村村寨寨、家家户户。

2019年10月10日下午，记者随挎着药箱的邓前堆来到拉马底村培建小组一

农户家，邓前堆熟悉地走到楼上的卧室，看望瘫痪在床的傈僳族村民娜付博，为她量血压，叮嘱她按时服药和翻身。几个月前，娜付博因为高血压导致右半身瘫痪，去州医院住院治疗回来后邓前堆多次来为她检查身体。

“以前卫生室只有我一个医生，要去路远的村寨为患者治疗时，经常要带上两天的药，第一天去患者家输液，晚上住在患者家，第二天输完液再走回诊所，第三天再去，第四天回来，经常一个月七八天住在患者家。”邓前堆说。

邓前堆及卫生室同事原本服务石月亮乡拉马底村 1100 多人，加上他们主动服务的相邻的马吉乡布旺村小组的 100 多人，这 1200 多名村民的健康便成了邓前堆心中的牵挂。

月亮医生

“当村医 36 年来，您有没有动摇过？”记者问。

“我没有动摇过，我媳妇劝过我不要干了，我说病人找我，我不去怎么办？”邓前堆回答。

邓前堆妻子的疑虑不仅在于村医的辛苦，还在于待遇低。2010 年以前，邓前堆每月只有 200 元工资，近三年增加到 2000 元左右。由于过度劳累，55 岁的邓前堆身患高血压，在 2013 年又得了白癜风。但他不在意这些困难，他坐在卫生室大片掉皮和有着破洞的椅子上，打开几本门诊日志给记者看，上面用工整的字迹写满了病人的基本情况。他又从柜子里抱出一堆处方，略带自豪地说：“每个病人都有清楚的记录，去年看了 1206 个病人，今年到现在看了 970 个病人。”

邓前堆还让自己唯一的儿子范志新去读州卫校，范志新毕业后又自愿回到拉马底卫生室当村医。

8 年前，邓前堆肩挎药箱滑溜索过怒江的照片和视频登上各大媒体的版面和荧屏，邓前堆被评为“全国优秀道德模范”“全国优秀共产党员”。2019 年国庆期间，邓前堆到北京接受“最美奋斗者”颁奖，并光荣地参加了庆祝新中国成立 70 周年大会。会后的第二天，他就匆匆赶回怒江，回到与他相伴 36 年的村卫生室。

“只要身体可以，乡亲们还需要，我就一直当村医！”邓前堆坚定地说。

珠海的“背篓医生”

管延萍

我是珠海市金湾区三灶医院派驻怒江支医的一名普通医生，名叫管延萍。2017 年 3 月，我响应珠海市委、市政府的号召，主动报名，带着领导的叮嘱和家人的理解与支持，毅然踏上了前往云南贡山独龙族怒族自治县丙中洛镇的驻点帮扶之路。

虽然早有心理准备，但怒江的山、怒江的路、怒江的生存环境和医疗条件还是远远超出了我的想象……

两年半前，我整整花了三天的时间风尘仆仆抵达丙中洛镇。“眼前是悬崖峭壁，脚下是滔滔江水”，这是我走过最特别的巡诊路。许多村寨散落在高山峡谷间，进村入户首先要克服的是路窄坡陡这“第一道难关”，为了把双手解放出来爬山，我便将仪器和药品装在当地老百姓常用的大背篓里，送医送药进村，也因此被当地百姓亲切地称为“背篓医生”。

在丙中洛镇的两年半，我和我的同事先后 6 轮进出丙中洛镇 46 个村（组），送医进山 300 余次。这期间，我经历了很多的人生“第一次”：

第一次下乡送医便听说二十几岁的小伙子因饮酒过量导致脑出血而离世；

第一次在颠簸行进的救护车中为产妇分娩助产；

第一次将长期封闭在小黑屋中二十多年的重症精神分裂症患者带出黑屋沐浴在阳光下；

第一次帮助长期卧床的 36 岁“脑梗死”患者重新站起来；

第一次利用半年时间帮助 28 岁高胆汁酸血症患者的体重从 30 公斤增加至 54 公斤并健康生活；

第一次在手电筒的微光下为村民夜诊……

我原定的帮扶任务只有半年时间，然而，正是这诸多的人生“第一次”，让

我看到了丙中洛镇村民对提高乡村医疗卫生水平的期望，以及患者对解除病痛的渴求。于是，我决定留下来，担当起丙中洛镇村民健康的“守护神”，用“白衣天使”的辛勤付出去温暖每位患者。

农村公共卫生是做好“守护神”的关键工作。初到丙中洛镇时，开展工作是艰难的，我们要做的不仅是简单建立丙中洛镇村民的动态健康档案，更要赢得村民的认可，转变他们的生活习惯和健康意识。为了尽快地融入村民，我们真心诚意，坦诚相待，想村民之所想，急村民之所急，帮村民之所需，贴近村民，以点带面，以实际工作成效赢得了村民的肯定和信任。

上医治未病。农村公共卫生工作重在预防。我多一分认真，多一分努力，就能多减少一个甚至成百上千个需要救治的患者，也减少了许多农村家庭在经济及精神上的负担，这是医务工作者应有的责任和担当。

两年多来，为了做好公共卫生预防工作，普及和做实家庭医生服务工作，我和我的同事都在主动地、认真地去做好每一项工作，用真诚和自己所学专长去为百姓解决现实问题，赢得了百姓的认可，换来了村民们的信任。村民们开始慢慢地改变，接受了健康的生活方式，并感染和带动身边人，如今，建设“健康丙中洛”正深入人心。

万水千山总是情，哪有游子不想家。我也想家，但每当想到村民的期盼和信任，我知道自己的取舍，丙中洛镇村民比家人更需要我。我也知道，凭自己的一己之力不能解决所有问题，但我希望通过我的努力，引起更多人对贫困群众、对农村公共卫生工作的关注。

我是众多珠海帮扶怒江的干部当中普通的一员，珠海帮扶干部都在各自的帮扶岗位上默默地付出，他们是真正有情怀，在用心用情用力地做工作。我们珠海帮扶干部所有的付出，只为能够帮怒江脱贫攻坚一把力，能够助力怒江越来越好。而我们能够在怒江顺利安全地开展工作，离不开怒江各级党委政府的关心与支持，你们是我们开展工作的底气与后盾，也离不开当地群众的认可与信任，是他们坚定了我们砥砺前行的信心和决心。

人生只有走出来的美丽，没有等出来的辉煌。作为一名奋斗在脱贫攻坚一线的帮扶干部，当以“功成不必在我，功成必定有我”的姿态与情怀，微笑面对每一个人，用心做好每一件事，尽自己所能助力怒江决胜脱贫攻坚。

和大姐

彭愫英

怒江州委、州人民政府在全州组织工作会议上，对首届怒江名师、怒江名医、怒江名家、怒江能人进行颁证，其中，一位穿着普米族盛装的妇女吸引了我的注意。她剪着一头短发，说话干脆利落，有着男子汉般的干练与豪爽，丝毫没有女人的娇气。她就是著名的怒江土特产商标“和大姐”的创意人——和昆花。

颁证仪式过后，我再也没见过和昆花。2019 年 3 月，她参加怒江州政协十一届四次会议，可惜我们又错过了见面的机会。一个月后，她突然给我打来了电话，说她到怒江州府六库办事。她有空那天，不凑巧我在学校值日。校园离六库城区 13 公里，我无法赶回城里见她。她到了我所在的校园，在校报编辑部办公室接受我的采访。一个人的叙事，令时光变成了一部电影，一幕一幕地在眼前放映。箐花小村，那个被拉巴神山护佑的普米族小村寨，在和昆花的讲述中，从原始森林深处，从高山草甸之上，伴随着“嘚嘚”的马蹄声向我走来……

一辆军车离开昆明钢铁厂，往滇西方向而去。一位穿着时尚的年轻妇女怀抱着女儿，安静地坐在车里。军车到达下关，住宿了一晚。第二天清早，军车又上路了，到达剑川县城。一位年轻妇女带着女儿投宿在一家客栈里。女儿发着烧，流着鼻血。店家阿婆头上戴着银饰，一身白族服饰，她顺手从被子里抽出烂棉絮，塞在小女孩的鼻孔里堵住鼻血。古色古香的小巷、踩得光滑的石板路、从井里打上来的清冽的井水，还有店家老阿婆卡着银子的头饰，成了穿着红色花布衣、剪着短发的小女孩对剑川县城最初的印象。

箐花村有 8 个小组，即箐口、青岩头、玉狮场、小村、西峰岩、东峰岩、杂木沟、大羊场。清代末期，箐花村、玉狮场、清水江以及迪庆藏族自治州（以下简称迪庆州或迪庆）维西傈僳族自治县（以下简称维西县或维西）的马锅头联合成大马帮，往返于盐茶古道做生意。玉狮场的居民都是普米族人，其中有一位杨姓马锅头，他家在玉狮场属于大户人家，开着马店。来来往往的马帮歇息在杨家店里，

院子里的拴马桩上拴满了马。杨马锅头年老，儿子接过老父亲手里的马鞭，成了年轻的马锅头。他与老父亲一样，被人们尊称为“杨马锅头”。杨马锅头时常带着 3 个马脚子赶着自家的马帮行走盐茶古道，他年轻且有本领，在行走盐茶古道中赢得了大伙儿的拥戴，成了一个小头领。光绪九年（1883 年）的一天，大马帮路过大理州洱源，杨马锅头看中了年轻漂亮的桂香。他不惜重金，要买桂香为妻。桂香的身价是人有多少斤，银子就有多少两。杨马锅头毫不犹豫地答应了，令手下的马脚子拿出几袋银子。于是，在一杆大秤上称重量，一头是桂香，一头是银子。用秤称银子买妻一事成了滇西茶马古道上的一段佳话，轰动了洱源城。来往马帮一路传播，冠上了各种色彩，版本较多，但故事主线一致。就这样，21 岁的汉族女子桂香成了普米族杨马锅头的妻子，跟随马帮走了好几天山间土路，来到了偏远的玉狮场。桂香的大女儿杨秀海长大后，从玉狮场嫁到箐花村小村，成了一位马锅头的妻子。他们养育了一个女儿，名叫杨灿贞。抱着女儿搭乘军车到达剑川城，穿着汉族时尚衣服的年轻妇女便是杨灿贞，与她手牵着手走在剑川城里的女孩正是她的长女和昆花。

母女俩在剑川县城待了两天，和昆花的病情得到好转。母亲担忧留在昆明钢铁厂的父亲的安危，这个来自箐花小村的普米族女人想不明白，自己的丈夫为何一夜间从厂党委书记被打成了“右派”。她无法理解昆钢为何会有派系之间的斗争，“文革”对于她来说非常遥远。她和丈夫都是马锅头的后代，这个朴实的山里女人理解自己的丈夫，他是个顶天立地的普米族男人，是个立过战功的英雄。

和昆花的父亲是箐花村青岩头小组的人，祖父和爷爷都是马锅头。父亲有一个哥哥和一个姐姐。爷爷在赶马帮的路上失踪了，奶奶含辛茹苦地抚养 3 个年幼的孩子，却不幸得病去世了。父亲因此成了孤儿。3 个孤儿靠着村里亲戚的帮助活了下来，相依为命地长大。中华人民共和国成立后，和昆花的父亲在红旗下成长，背着书包上学了。他在学校入了团，积极报名去参军，成了一名解放军战士，在部队里成长为一名排长，荣立过战功。他从部队被分配到昆明钢铁公司，担任党委书记。被打成“右派”后，他担心昆钢派系斗争殃及妻女，通过部队朋友的关系悄悄地把妻女带出昆明城，让母女俩搭乘军车到剑川后转道回箐花村老家。

在剑川县城住了两天后，和昆花的病好些了。杨灿贞带着女儿和昆花搭了一辆马车，向着通甸出发。马车慢腾腾地走在山路上，山路崎岖不平，坐在马车上就好像在浪尖上跳舞。好不容易颠簸到通甸镇，母女俩在通甸镇上住宿一晚。第二天早上，母女俩上路了。她们走到箭干场村亲戚家投宿时，天已经黑了。翌日，

她们从箐干场出发，经过德胜村，到达小麦介场村和昆花的姑妈家住了一晚。天亮后，母女俩继续赶路，进入河西乡境内，经过西峰岩村，足足走了一天才到达小村家里。

世外桃源的小村成了和昆花的快乐天堂，她就像高山草甸上开放的杜鹃花，无拘无束地在故乡山水的滋润里成长。不久，父亲也来到了小村。他在家休养了一段时间后，又回昆钢工作了。杨灿贞身体单薄，体弱多病，跟随丈夫回城里生活，她待在城里的时间多一些，极少在小村生活。她生养了 5 个孩子，老大和昆花跟随外婆在小村生活，其余 4 个孩子跟随父母住在城里。村里的普米族人对奶奶和外婆没有界线划分，统称为奶奶。

山峦连绵不绝，望不到尽头。原始森林里的高山草甸就像锁在深闺的美貌女子，与蓝天白云絮语。小村是一个不起眼的小山寨，居住着十来户普米族人。离小村不远处散落着几户人家，与小村互相呼应。和昆花的奶奶杨秀海会说汉话，略懂医术。杨秀海的母亲桂香是个汉族女子，不仅识文断字，而且懂医术，虽然不能把所学尽数传授给自己的女儿，但教会了女儿说汉话和一些医药知识，可惜没教会女儿识字。杨秀海性格开朗，深知读书的重要性。小村村风淳朴，村民尊老爱幼，团结和谐，没有争斗，但他们思想封闭，认为“镰刀不割肉，妇女不做事”，不主张女孩读书。和昆花背着书包读书，遭到村里老人们的一致反对。他们质问和昆花奶奶，你让孙女读书，难道是想让她当女先生吗？这是不可能的，自古以来，普米族地区从来没有女先生。为了不让和昆花读书，村里人给和昆花家送来了干活儿用的农具和针线箩。杨秀海说服不了村里的老人们，违背不了村里亲如一家的人们的决定，但又不想让孙女和昆花辍学，她把书包、苞谷面粑粑悄悄地放在背篓里，高声呵斥和命令孙女去地里干活儿。和昆花不服从，闹着要去学校读书，奶奶拿着棍子打骂孙女。和昆花伤心地哭着，背上背篓到地里干活儿，走到半路才发现背篓里的书包，这才知道奶奶的刀子嘴是给村里的人看的，暗地里支持孙女读书。和昆花知道错怪奶奶了，她感激地背上书包，把背篓等干活儿用品藏在树丛里，飞快地跑向学校读书去了。

箐花小学在西峰岩小组，和昆花每天往返在小村和西峰岩之间。中午饭是一个苞谷面粑粑，从家里带到学校吃。学校用竹管从山上引来清泉水供师生饮用，和昆花吃完苞谷面粑粑，扑到竹管下喝了一肚子凉水。填饱了肚子，再坐在教室里读书，她已经心满意足了。有时，她捡到几个核桃，把核桃仁取出后夹在苞谷面粑粑里吃。她在西峰岩小学读了 5 年书后，就到箐口读箐花农中。农中学生一边读书一边干农活儿，还要自己做饭吃。她找来三块石头，在石头上架上锅，点燃柴火，放入干巴菜、蔓菁菜，煮成一锅杂锅菜，加上一点儿盐，她吃得挺香。有时，她在杂锅菜里加上一点儿面煮成菜糊糊，就是一天的奢侈饭食。当时少油，甚至没有油。箐花村不种洋芋，时常吃得上洋芋的往往是家里有劳力去赶马的人家。有时，同学会给和昆花几个洋芋。能吃上一顿洋芋饭，对于她来说，不亚于打牙祭。

和昆花和奶奶有基本口粮，没有工分粮。和昆花到西峰岩生产队里打粮食，被告知基本口粮吃完了打不到粮食，她哭着给父亲写信。母亲杨灿贞和其他 4 个孩子跟着父亲生活，6 张嘴仅靠父亲的工资维持，手头也不宽裕。父亲的同事知道和昆花到生产队打不到粮食的事后非常同情，纷纷捐粮票给和父，让他带回老家。和昆花收到父亲捎回来的粮票后，走路到河西乡粮管所买粮食。

家里缺少劳动力，只有奶奶和孙女一起生活。孙女上学，奶奶年迈，参加生产队的劳动所挣工分有限，分红也有限，两人的生活很拮据。和昆花没少挨男同学的欺负，她是个受不得委屈的人，奋起还击，练就了假小子般的性格。遭到男同学欺负后，她心里很生气，就把内心的不满记录在日记本里，写日记成了最好、最安全的发泄途径。她读书刻苦，功课做得好。老师要求同学们写日记，那些不爱读书的男孩子对和昆花放下了拳头，反过来讨好她，让她帮忙写日记，报酬是半块或一块苞谷面粑粑。就这样，和昆花与男同学间有了交易，这是她人生的第一次“生意”，通过写日记赚取苞谷面粑粑。她不仅解决了在学校的伙食问题，还把吃不完的粑粑带回家。

河西乡大羊村的打古梅、阳山小组，箐花村西峰岩小组，通甸镇大麦介场村，耸立在四个自然村子上方的山被本地人叫作瞭望台。瞭望台到箐花小村之间的原始森林里野兽较多，黄鼠狼跑来跑去。小村生产队有一部分地在大羊场，那是生产队的洋芋地。洋芋地里有个地窖，用来储藏洋芋。天还没有亮，和昆花跟着村里人上路了，他们要到大羊场背洋芋。他们走到大羊场洋芋地里，天已经黑了。他们在地窖里的洋芋堆边睡了一晚。第二天一早，天还没亮，他们就背着洋芋上路了。和昆花背了 10 公斤洋芋。小村到大羊场有 40 公里路，往返一趟 80 公里。山路弯弯，和昆花紧跟着同伴的脚步，不敢落后。背绳细，和昆花的头上、手臂上被勒出痕迹，肩膀上的肉也被磨烂了。他们回到小村家里时，天黑了下来。村里人来家里闲聊，不仅烧洋芋吃，还煮洋芋吃，和昆花辛辛苦苦背回来的 10 公斤洋芋经不起这样折腾，转眼就被“消灭”了。

有一次，她跟着村里的两个女人去瞭望台背洋芋。其中有个女人是外村嫁来的

儿媳妇，心眼儿比较坏，教唆同伴道，和昆花只读书不劳动，与奶奶吃基本口粮，是个让我们养活的寄生虫。为了不让她读书，回来好好地劳动，找机会教训教训她。两个人商量好后，白天故意休息，唱歌玩，慢腾腾赶路，但在暮色黄昏里却飞跑着赶路，有意落下年龄较小的和昆花。和昆花背着一箩洋芋，怎么也追赶不上两位伙伴。走到瞭望台，野兽的嚎叫声一声紧接着一声，听着瘆人。和昆花害怕，呼叫同伴也得不到回应，但她想到家里人等着吃洋芋，便壮着胆向着村里方向走去。夜走森林，白天所看到的旖旎风光都成了难以捉摸的黑暗，原始森林里涌动着令人恐惧的声音，大树就像鬼魅从头顶压过来，风从两边的草地里窜过，给人极其不安全感。森林就像黑色海洋，激流暗涌，随时要把孤苦的少女吞噬。“她俩会在前边等我的。”和昆花抹了一把眼泪，自欺欺人地安慰自己，脚下生风地穿过原始森林。她一直追赶到西峰岩，也没见到同村两个女人的影子。

远远地，一个火把忽明忽暗地向着和昆花迎来。“阿炳妞——阿炳妞——”熟悉的声音飘入耳里。“阿妈——阿妈——”和昆花答应着，哭着向母亲走去。“阿炳妞”是和昆花的乳名，杨灿贞手执火把，边走边呼唤着女儿，从西峰岩上走了过来。杨灿贞接过和昆花的一背篓洋芋，丢在一边，抱着女儿哭了起来：“憨女啊！为了这背篓洋芋，你被狼吃掉了怎么办啊？”在母亲温暖的怀抱里，和昆花委屈地哭了起来。西峰岩上，母女在夜色里抱头痛哭。

1978年，和昆花参加高考，但名落孙山。后来她通过招工考试成了邮电部门的一名报务员，从箐花村到兰坪白族普米族自治县（以下简称兰坪县）县城上班，山窝里飞出金凤凰，普米族小妞从山里人变成了城里人。她当了28年的报务员后，政策下达，为了减轻企业的负担，部分职工提前内部退养，自己就业。猛然离开心爱的报务员岗位，和昆花不知道该如何再创业，神情黯然地回到了生她养她的箐花小村。在村里闲着无事可做，她听老人演唱古歌，就向村里人学习古歌和普米十二调演唱，学跳古舞。她还整理民间故事，有关大羊场的《独石头的传说》就是她的杰作。

走在村里，她看到房前屋后水果掉落，乡亲们却视若无睹，令人心疼。去山上砍柴，她看到山里的松茸等菌类随意生长，乡亲们却想不起来采集去换钱，看着林下产品被浪费掉，她觉得太可惜了。大山里的宝藏多，但乡亲们却守着宝藏过着贫穷的日子，拿着“金饭碗”讨饭。把山里的土特产带出去换钱，带动乡亲们致富的念头一产生，她就雷厉风行地运作起来。她发动儿时的伙伴和邻居们上山找林下产品，将其清理干净后在太阳下晒，在火塘边烘烤，装入大麻袋里。她

背着一麻袋山珍从箐花走到天生桥，稍作休憩，再背着一袋东西走到热水塘，等着从河西街来的客车。她在热水塘搭乘客车，经过下甸、通甸到达兰坪县城，把一麻袋山货交给卖农副产品的个体户，双方说好按利润分成。

说起做生意，和昆花难以忘怀 13 岁时在河西街上卖桃子的经历。当时不兴做买卖，她怕被“批斗”，加之害羞，于是把一背篓桃子放在河西街头，自己跑到街尾悄悄地看着。河西医院的一位医生买了一角钱的桃子，她高兴得多给了他好多桃子。等了大半天，再也没人光顾，她沮丧起来。回家的时间到了，她把一背篓桃子倒入河西河里，背着空篓回家。当年宁可倒掉桃子背着空篓回家的普米族女孩，而今成了知天命的中年妇女，把一麻袋一麻袋的山货主动送到商贩手里，大大方方地在兰坪县城做起了生意。

2009 年，和昆花在县城注册了兰坪箐林农特产品专业合作社，同时成立了兰坪箐源农特产品开发有限公司，她以“公司 + 专业合作社 + 农户”的方式，收购、加工和销售农特优产品，还收购纯自然生长的药食两用的原生态食材，包括五谷杂粮和林下产品。2010 年，她注册了商标“笛笆”。“笛笆”是普米族语，指竹编的针线盒，寓意做人做事要一针一线，一步一个脚印，诚信做人，本分老实。“笛笆”富有普米族文化元素，和昆花把自己打造的怒江土特产品注册商标为“笛笆”，也是她作为普米族女儿的情结，体现传承民族信仰和民族传统美德的本意。

和昆花除在兰坪县城销售产品外，她还把山货拉到昆明，在翠湖边摆起了地摊。这个当年到大羊场背洋芋被同村女子抛弃而夜走森林的普米族女子，对洋芋有着特殊的感情。她把富和山、104 彝族村出名的阿诗洋芋拉到昆明销售。她深情地说，在昆明，我把怒江大峡谷酒店当作自己的娘家了，看到“怒江大峡谷”几个字，心就热了，感受到了家里火塘的温暖。她把阿诗洋芋放在怒江大峡谷酒店院坝里，再一袋袋地放在塑料袋里，用小车载着，拉到翠湖农展馆里摆地摊卖洋芋，每袋 30 元，两天就卖完了 1000 公斤阿诗洋芋。

她参加了云南省供销合作社“千社千品”第一届、第二届农产品展示展销，从此开始了她的农产品参展生涯。她参加了昆交会、农博会、文博会、旅交会、南博会等，通过不同层次的展销会，把怒江农产品作为一张名片打出去，打开了对外销售的途径。随着参展次数的增多，她意识到“笛笆”这个富有普米族文化特征的商标不容易让人记住，她的老顾客无论年龄大小都亲切地叫她和大姐，她灵光乍现，不妨注册为云南怒江和大姐商标（简称“和大姐”）。“和大姐”商标印着穿着普米族服饰的妇女半身像。尽管她用着“笛笆”“和大姐”两个商标，

但顾客们只记得“和大姐”这个商标。“和大姐”农产品的影响越来越大，她的农产品生意也越做越大。现如今，和大姐的农产品生意涉及老君山、碧罗雪山及高黎贡山。每座山脉上都设置一个组长，业务市场涉及的村庄都设置一个组长。组长负责管理及监督产品质量。就拿崖蜜来说，她的公司每年销售 150~250 公斤，而野生蜂蜜销售 2 吨左右。

西峰岩有一个叫玉成的农民，以前在县城、通甸打工，没多少积蓄，也没能力分户另过，跟哥嫂住在一起。和昆花成立兰坪箐林农特产品专业合作社后，鼓励玉成在箐花地区找野生的药材、菌菇、野生蜂蜜等农副产品，她全收购。和昆花带动玉成做起了农副产品生意后，慢慢地，玉成的腰包鼓起来了。他盖起了房子，娶妻生子，小日子越过越红火。多年来，他一直跟着和昆花走农产品发展的路子。他放牧猪羊，把羊群和几头猪赶到山上，任其自由自在找吃的，他背着背篓漫山遍野地找野生农产品。找到东西后，无论别人给出多高的价格，玉成都不卖，他要把山货留给和昆花。山里人的情感纯真，懂得感恩，和昆花领着玉成走上致富路，他不能忘记有恩于自己的人。

和昆花是云南省旅游商品与装备协会副会长、怒江州旅游商品与装备协会会长。在云南省商务厅贸易促进会，怒江州商务局、农业农村局、工信局、旅游局等职能部门的关心和组织下，和昆花的足迹到达了印度、斯里兰卡、俄罗斯、美国、墨西哥、德国、法国、意大利、澳大利亚、瑞士、泰国、马来西亚等国家，“和大姐”品牌的怒江农产品在这些国家得以展示，向世界宣传怒江的农特产品。先祖赶着马帮走东南亚，而今，马锅头的后代在新时代大展宏图，用怒江的农特产品向世界代言，用普米族女儿的满腔热血践行“一带一路”倡议。

由当年求学不易的箐花村小女孩到现今行走世界的生意人，和昆花的话里话外充满了对新时代的感恩。2014 年 3 月至 8 月，她参加“巾帼圆梦”计划即高盛—麻省理工—云南大学女性创业者管理培训项目，成了全球万名女性企业家中的一名在册学员。2016 年 12 月 4 日至 8 日，她参加了云南大学启迪商学院“清华科技园”访学研修班学习。从她获得的众多荣誉里，可以知道她生意成长的足迹。她的店被怒江州旅游局评为“十佳诚信旅游购物店”，她被兰坪县委、县政府授予“对外宣传突出贡献奖”，在云南省供销合作社发展“两社一会”中她被授予“先进个人”称号，被中华供销社评选为“2012 年度中国合作经济年度成就奖”并荣获“精神奉献奖”，怒江州旅游局授予她“旅游行业服务明星”称号，荣获“全省民族团结进步模范集体奖”，获怒江州首届“怒江能人”称号。

和昆花不仅是个成功的生意人，也是一位热心文化事业的人，她积极从事民族文化宣传。结束报务员生涯后，她参加了兰坪轩辕民族民间演唱团，当鼓手和替补演员、对外联络员。因演唱团法定代表人回丽江居住，演唱团无法正常开展活动，经本人同意，兰坪轩辕民族民间演唱团更名为兰坪山里人演唱团，法人代表变更为和昆花。和昆花率领山里人合唱团参加了怒江阔时节暨怒江酒文化节民族服饰展示演出活动；参加香港第四届中老年艺术节，并荣获“菊花金奖和组织奖”；参加北京夕阳秀走进维也纳金色大厅暨第四届国际中老年艺术节，荣获“表演银奖”“舞台风采奖”；参加美国林肯艺术中心新春音乐会，荣获“优秀编导奖”“优秀组织奖”。和昆花因为对文艺的成就，曾荣获“文学艺术贡献奖”。随着她的农产品生意做大做强，投入山里人演唱团的精力有限，但她还是每年组织活动，把文艺与产业充分融合在一起，以产业带动文艺活动，以文艺促进产业发展。山里人演唱团的天籁之音、原汁原味的民族歌舞表演与怒江特优农产品“和大姐”相得益彰，这既是和昆花的文化创意，也是和昆花的营销创意，更是和昆花对外宣传展示怒江农特产品和怒江文艺的平台创意。

2017 年，和昆花在云南大学参加“巾帼圆梦”项目培训时，发现云南大学茶马古道展览馆里挂着的茶马古道线路图上没有怒江这条线。为了核实所有的茶马古道线路图上是否有怒江这条线，和昆花跑到云南省博物馆查看、核实，结果真没有怒江这条线。作为赶马人后裔，和昆花从小听奶奶讲她家几代人赶马的故事以及所走的线路，对兰坪县河西乡箐花村通往外地的盐茶古道线路倒背如流。作为云南省茶马古道历史中有着一定分量的怒江州，怎么就会被遗忘在茶马古道线路图外了呢？和昆花找到云南省茶马古道保护开发协调委员会，向他们反映情况。2018 年 1 月 8 日，云南茶马古道协会的专家学者一行人应和昆花邀请到怒江，行走了 15 天，拍摄了泸水市老窝镇狮象桥、福贡县民俗歌舞、贡山县丙中洛马帮、雾里村茶马古道、秋那桶怒族织布及石板粑粑，并从秋那桶进入察隅县，在怒江州和西藏交界处拍马帮过溜索。一行人从贡山回到六库后，又赶往兰坪县，到达兰坪时正巧是普米族的春节吾昔节。兰坪普米协会召开座谈会，欢迎茶马古道专家学者的到来，会上，80 多岁高龄的普米族老人讲述了茶马古道上的普米族人家。杨杰秘书长讲述了重拍怒江州兰坪县茶马古道这条线的原因和意义，高度评价了赶马人后裔和昆花，是她的执着精神感染了他们。在兰坪县，茶马古道的专家组成员拍摄了盐马古道上的普米人家。

我在听和昆花讲述这件往事时，感动不已。怒江州是古西南丝绸之路的重要

通道，辖地内的盐茶古道连接滇缅茶马古道、滇藏茶马古道，所辖 4 县，因为兰坪县产盐，县境内的古道被称为“盐马古道”，泸水市、福贡县、贡山县境内的古道被称为“茶马古道”。多年来，我断断续续行走在盐马古道上，从不间断对盐马古道的写作，所以深知挖掘和保护兰坪县盐马古道文化遗产的重要性。兰坪县盐马古道是云南省茶马古道的一部分，和昆花力争兰坪县盐马古道线路在云南省茶马古道线路图中标注，这对怒江打造旅游业的发展有着深远意义。

我有时浏览和昆花的朋友圈，被她推介怒江农特产品的情怀打动。第 14 届中国义乌文化产品交易博览会暨第 11 届中国国际旅游商品博览会在浙江义乌国际会展中心召开，参展的和昆花在其微博里晒图时留言感慨：“怎么啦？怒江州草果义乌人民不知道啊！重复千百次的解答……”“我家小黑妞三天内终于出售草果三百元，乐坏了。”和昆花对怒江州农特产品的深情，在这极其普通的话语里展露无遗。

采访和昆花一个星期后，我到兰坪县下乡，到达箐花国家湿地公园。站在国家湿地公园的标志牌前，看着宽阔的柏油路蜿蜒向前延伸，隐没在山峰里，回想起和昆花所述她当年徒步上学和背洋芋的情景，感慨新时代的飞速发展。一簇簇杜鹃花开放在山谷里，沿着公路灿烂绽放。坐在一树杜鹃花下，想象一个 15 岁的普米族女孩背着背篓，从箐花小村向着大羊场走来，背着洋芋行走在山路上的情景。置身河西乡和通甸镇的交界处，由大羊场到箐花国家湿地公园，在怒江州着力打造旅游业的今天，回首怒江能人和昆花成长的足迹，盐马古道沿线的变革和人文变迁，令人品读新时代的怒江魅力。

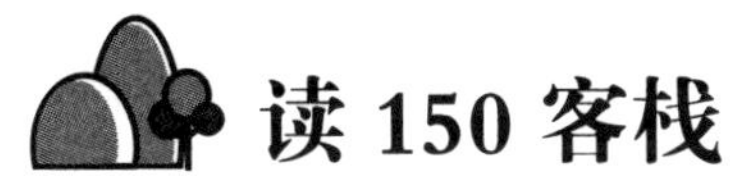

读 150 客栈

彭愫英

站在阳台上，欣赏雨后的皇冠山晨景，雾就像调皮的孩子，衣裙飘飘地缠绕着皇冠山。被雨洗过的村庄露出清秀容颜，公路拐来拐去地在山梁上留下不规则的符号，怒江若隐若现。谷底源源不断地输送雾霭，高黎贡山最高峰上的“皇冠”和山谷里的村庄清晰可见，而“皇冠”与村庄周围朦朦胧胧。渐渐地，村庄、“皇冠”不见了，雾蒙蒙的一片。雾就像温柔的蚕，把大地当作桑叶，唰唰地吃着，向着老姆登村涌了过来。观景台上的人和小吃摊在雾中难辨，阳台置身在雾海里，我也变成了“桑叶”的一部分，进入了雾的肚子里。

走出 150 客栈大门，我在写着“老姆登怒族特色村寨”的石头前站了几分钟。雾大，石头上的字显得虚化。走上石头背后的小路，经过达比亚广场和教堂，我往 150 老客栈走去。150 是郁伍林名字的谐音，郁伍林是老姆登村最早开办客栈的人。其客栈有两处，一处挨近村委会，开办时间较早，姑且称为 150 老客栈；一处挨近观景台，姑且称为 150 新客栈。我下榻在 150 新客栈里，宿舍阳台面对皇冠山和怒江大峡谷。

150 老客栈保存了完整的怒族建筑风格，千脚落地、篱笆围墙、木地板、火塘，火塘上方烟熏火燎的架子、挂着的腊肉，还有篱笆墙上装饰性的小背篓等，处处入镜头。坐在火塘边闲聊，一起的人有福贡县怒族学会会长曲路、省级达比亚非遗传承人波金山，还有郁伍林的母亲。谈话正酣，郁伍林走了进来。虽久仰郁伍林大名，但我还是首次见到他。他身材高大，一双大眼炯炯有神，戴着怒族头套，穿着休闲家居衣服，随和又亲切。

厨房与火塘所在的这间房相连，有人正在剁肉。时常有人出入火塘与厨房，有点儿吵。郁伍林招呼我们到外面喝茶，我们的交流地点从火塘边移到露台上。

郁伍林是省级非遗《哦得得》传承人。

四位文学艺术爱好者围坐在一起，由怒族乐器“达比亚”和怒族经典民谣《哦得得》说起，再侃到150客栈，有说不完的话题。皇冠山景色入眼，我不时被吸引了注意力。老姆登村的房屋一律背靠碧罗雪山，面向皇冠山，处处风景如画。走在老姆登村，无论哪一个角度都走不出皇冠山的视野。在150老客栈喝茶，无异于坐在观景台上欣赏怒江大峡谷的壮美风光，拥抱皇冠山。茶是老姆登出产的高山生态优质茶，是郁伍林茶厂生产的。品茗，从内心生发的感慨就像一缕雾，袅袅娜娜亲近皇冠山。

我不止一次来过老姆登村，但入住150客栈还是第一次。在网络上读到有关150客栈的文章较多，心生好奇和向往，想见见郁伍林，终于付诸行动。我来时正值谷雨时节，布谷催耕，春雨绵绵，皇冠山上雾霭蒙蒙。150老客栈接待了一拨又一拨客人，以至换洗的被褥因天气原因晒不干，备用的都用上了，无法接待我这个慕名而来的人，于是我被安排到新客栈里。老客栈有8间客房，紧挨着父辈传给郁伍林的老房子。住在老客栈，可以亲近火塘，方便倾听火塘边传承的怒族创世记，感受怒族古老的民居气息，品味舌尖上的怒族文化，还可以随时采访郁伍林。他是个忙人，采访他要见缝插针才行。未能如愿在老客栈住宿，我的遗憾可想而知。新客栈有24间客房，入住其中与入住都市酒店没有区别，所幸我住在观景房里，坐在床上就能看到皇冠山。凝视皇冠山上的雾，与心目中的神灵无声对话。走出房间，站在阳台上，呈现在眼前的又是另一番辽阔壮美的怒江大峡谷景致。

逗留老姆登村，我时常被皇冠山和云雾迷住。云雾有时聚成一线，犹如哈达般敬献给皇冠山，有时碎散开了，犹如仙女般翩翩起舞，有时钻入“皇冠”里，犹如炊烟从皇冠山上袅袅飘升。皇冠山威严，云雾多情，早中晚有不同的表情和舞步上演。谷底的云雾如怒江水流动，凝如羊脂玉。两岸高黎贡山和碧罗雪山峰峦连绵不绝，道不尽风光旖旎，阅不尽山的伟岸。老姆登村风纯净，融入自然山水和村民间，令人心旷神怡。

老姆登村依山势而建，以教堂边的鱼塘为中心，民居紧挨着民居，犹如花瓣向四周绽放。这个坐落在碧罗雪山怀抱的怒族聚居村，背靠的山被村民称为“神山”。从美丽公路分岔而来的村级硬化公路经过老姆登村，向着被世人称为“记忆之城”的知子罗而去。观景公路连接着进村公路，在老姆登村迂回曲折地向着“神山”而去，到了神山脚下，观景公路变成了步行栈道，在密林间穿行，顺山势攀缘而上，直达茶山，穿过茶林到达知子罗。

发展现代观光旅游的老姆登村，与一张旧照片上的老姆登村有天壤之别。旧时，老姆登村鱼塘边没有教堂，一丘又一丘梯田往山谷延伸，鱼塘背靠“神山”的方向，以郁伍林家千脚落地的木板房为中心，稀稀落落地散居着几间千脚落地茅草房，在郁伍林家附近的村委会所在地是一间平房。郁伍林家旧房到水塘之间是三两丘梯田和一块旱地。水塘孤立在田野间，就像一颗蓝色的明珠，又像“山神"掉落的一滴眼泪。

说起150客栈，还得从20多年前说起。

1996年，上海中华民族大观园迎来了一批云南人，他们代表26个民族来此打工，郁伍林是其中之一，他代表怒族。鲁冰花也是其中的一员，她代表独龙族。两个年轻人在上海相识、相知、相爱。两年后，两人携手回到怒江。郁伍林把鲁冰花娶进家门，给妻子准备的新房就是几代人居住过的千脚落地木板房。老房子里没有啥值钱的东西，只有火塘的温暖和家人温馨的爱。

虽然郁伍林夫妇到上海打过工见过世面，但一开始并没想过开客栈。山外来客到老姆登村，未及返回，便到郁伍林家借宿。有人在村里问路咨询，往往被介绍到郁伍林家。郁伍林与妻子鲁冰花热情好客，拿出干净的床单铺在床上，安顿借宿者，家里有啥吃的就拿出来给客人吃，从未想过向客人收取费用。客人走后，他们收拾床铺时，在枕头下、在摇篮边发现客人留下的钱和纸条。客人建议郁伍林家经营客栈，慢慢地做，不仅方便客人食宿，也有收入可以改善生活。

祖辈父辈以农业生产为主，种苞谷，养猪养鸡，最大的愿望就是风调雨顺，庄稼有好收成，粮食装满柜子，一年吃粮不发愁，一家人平平安安。子承父业的郁伍林夫妇压根没有想到开客栈，只想老老实实种田种地，但在山外来客的不断“怂恿”下，他开始尝试开客栈。随着旅游发展理念深入人心，政府部门加大了对老姆登村的扶贫力度，给老姆登村修路、引水。来老姆登村的游客越来越多，村民们看到郁伍林家开办的客栈生意红火，也陆续有人效仿开办客栈。2007年，老姆登村五家客栈受到政府扶持，郁伍林家便是其中之一。他在老屋旁边盖了石棉瓦平房。作为怒族人，郁伍林酷爱本民族文化，他不愿拆掉老房子，留下几代人记忆的老房子，那是怒族文化的活标本，他想留作纪念。

随着旅游业的发展，郁伍林家的客栈无法满足慕名投宿的游客。2012年，一些外来游客在150客栈住宿，被郁伍林的朴实感动，与之成了朋友。他们建议郁伍林客栈要重新建设，扩大规模，建成标间，并表示愿意借资金给郁伍林。乡政府和州、县旅游局也对郁伍林进行了扶持。在政府的有力助推和好心人的帮助下，

郁伍林把平房拆掉，重新建盖了三层楼高的水泥楼房。重建后的客栈房间带卫生间，极大地方便了旅客。在郁伍林看来，怒族客栈如果没有了怒族特有的建筑，只有篱笆装饰外墙的现代化建筑高楼，虽然房间里设施齐全，但缺少千脚落地的木板房做陪衬，旅游业也会失去灵魂。郁伍林便在经营的客栈里植入了民族文化元素，吸引更多游客慕名而来。

来老姆登村旅游的游客越来越多，村里的客栈也越来越多。2015 年，郁伍林在北京朋友的建议下，在观景台附近修建了 150 新客栈。修建 150 新客栈得到了政府的强有力支持，郁伍林贷款由政府担保。新客栈的修建使得郁伍林的客栈生意越做越大，解决了部分亲戚的就业问题。

在 150 客栈的带动下，老姆登村目前有了 18 个客栈。老姆登村的客栈多了，但并不存在恶性竞争的情况，游客来了，喜欢去哪家住宿就去哪家，没有哪家客栈主动拉客。谁家客人多得忙不过来，别的客栈就会来帮忙。遇到客多住不下时，彼此间还会互相介绍客源。客栈还带动了另一拨做生意的村民，在观景台摆摊的人多了起来，出售土特产和凉粉。美丽公路修好后，客栈收入翻倍增长，摆摊村民的收入也越来越多，尤其是黄金周时，摆摊一天能卖出两三千元的东西。客栈生意带动了村民的内生动力，养猪的、养鸡的、种菜的多了起来。在家门口打工和做生意，能更好地照顾老人和孩子。以前羞于与人交易的怒族人，如今落落大方地做起了生意。

郁伍林热爱本民族文化，他谦虚地向年老的民间艺人拜师学习，与他们交流，“达比亚”、口弦，他都会熟练弹奏。2014 年，郁伍林当上了省级非遗传承人。当他弹起“达比亚”，唱起《哦得得》，浑厚圆润的歌声令人不由得想起奔腾的怒江来。作为《哦得得》的省级非遗传承人，郁伍林时常代表怒族去参加文化交流活动，到北京、珠海等地演出。

郁伍林通过客栈生意带动怒族文化的传播和交流，并给建档立卡贫困户创造就业的机会。波金山家住沙瓦村，他是省级“达比亚”非遗传承人，他家是建档立卡贫困户，他时常到 150 客栈给游客表演节目，每天收入 200 元。他与郁伍林不仅是师徒，更是舞台演出的好搭档。两人配合默契，时常给爱好怒族文化的孩子们传授“达比亚”、《哦得得》，把怒族民间文艺发扬光大。

老姆登村除了客栈产业引人注目外，茶产业也同样引人注目。2014 年，郁伍林注册成立“郁伍林茶叶种植合作社”，有 5 户社员，合作社生产的茶叫“老姆登 150 纳珈”。他们自己炒茶叶，自己包装，作为土特产放在客栈出售，放在客

房供客人品尝。郁伍林的茶叶生意得以拓展，得益于旅游业的红火。游客到老姆登村游览，亲眼看到高山生态茶，见到他们炒茶的工艺，且通过品茶，觉得老姆登村的茶好，入住150客栈后就会购买茶叶，送给亲朋好友。郁伍林茶叶种植合作社以加工红茶为主，社员们各炒各的茶，由150客栈出售。由于天气及人工等原因，有的茶炒得好，有的茶炒得稍差一些，令饮茶者口感不一，随着茶叶购买量大起来，购买方为此提出意见。收购鲜叶，统一加工，这是郁伍林茶叶种植合作社必走的路。

2018年，一位杭州娱乐公司的老总来到老姆登村旅游。机缘巧合下，这位杭州老总与郁伍林茶叶种植合作社合作，由杭州方出资在老姆登村建一个工厂，郁伍林茶叶种植专业合作社负责茶叶生产，杭州方负责包装销售，两家合营，郁伍林茶叶种植专业合作社拥有10%的股份。茶厂建起来后，由郁伍林负责，于2019年生产茶叶，而合作社在原来的基础上又增加了20多户社员。茶厂以10元一公斤收购社员采摘的鲜茶叶，到年底，每户社员出售给茶厂的鲜茶叶每斤[①]增加1元鲜叶费。全民动员新冠疫情防控期间，郁伍林的茶产业因此受到影响，有800多斤茶叶没卖完。“我一个人富不行，大家共同富裕才行。”郁伍林发自内心的朴实话语，引人共鸣。

在露台上喝工夫茶，我正想对忙着倒茶水的郁伍林提出，请给我们唱《哦得得》吧。话未说出口，他接到电话，是省农业农村厅的人来他的茶厂视察，已到老姆登村。接完电话，他急匆匆地迎接客人去了。作为对农业经济的扶持，省农业农村厅拨款50万元扶持郁伍林茶叶种植合作社的茶厂，在原有设备的基础上添置一些设备，扩大经营范围，更好地带动老姆登村群众致富。望着郁伍林远去的背影，我为这位乡村能人感到自豪。在怒江乡村，如郁伍林般的产业带头人还有很多，他们忙碌在脱贫攻坚的战场上，为建设家乡添砖加瓦。

雨淅淅沥沥下个不停。夜晚，在150客栈听雨，别有一番风趣。我走到阳台上看皇冠山，夜色浓，眼前只有屋檐上跌落的雨丝，别的什么也看不清楚，但我感受到了皇冠山的呼吸，感触到了雨帘深处的云雾也如我一样在听雨。

布谷，布谷，意念所到之处，响着布谷鸟的鸣声。

---

① 1斤=0.5公斤，全书特此说明。

印象良旺茶

彭愫英

不忘初心

从兰坪县城到金顶大石桥，前往兰坪润民农产品有限责任公司（以下简称润民公司）的路上，我的脑海里浮现出多年前行走盐马古道的情景。当年，我随充当向导的表弟从兰坪县城徒步到金顶大石桥，穿越原始森林，走上中哨房盐马古道，这段路是兰坪县盐马古道中著名的杨玉科路中的一段。我们在雪地里蹒跚前行，寻找时光深处马蹄凹槽的故事。林海雪域的风光虽然旖旎，却让我感受到沉淀在历史中那些马帮、背夫的艰辛，思绪潜行在古道文化里。印象中，大石桥附近是一块荒地。而今，当我走上大石桥，但见荒草萋萋的坡地上已盖起一片厂房。就是在这片不起眼的厂区里，润民公司创造着一个奇迹，它把兰坪大山上不起眼的两种植物青刺尖、良旺茶的叶子变成饮后齿颊留香、回味甘甜的茶叶。兰坪县庆30周年，良旺茶这种蕴含当地人文精神与文化品位的佳茗，作为兰坪农产品的品牌礼物，备受州内外嘉宾的好评。清香袅袅的兰坪良旺茶、青刺尖茶，曾两次亮相中央电视台：2016年，央视《每日农经》栏目以《大山深处寻“神草”》为题目曾进行过详细深入的报道；2017年，央视《乡土》栏目再次报道。

厂长张照全不在厂里，业务经理杨宁向我展示了三个不同的包装袋，从第一代、第二代到第三代的精品包装，涵盖了良旺茶开发、发展与经营的过程，展现了润民公司一步一个脚印的成长痕迹。箐门人李水生深情地向我讲起了良旺茶的创业故事，讲起了本土农业专家李加迅以技术促进产业发展，以产业带动乡亲脱贫致富的过程。我被李加迅的故园情结和人文情怀深深感动，不由得想象当年走在古西南丝绸之路上的马帮，在途经盐马古道大石桥时，马锅头从良旺树上摘下嫩叶细嚼的情景。李加迅是盐工后代，中国第一个加工良旺茶的创始者，他是怒江州农校农学专业毕业生。当我再次深入兰坪县盐马古道进行调研，于古今变迁里，深切感受怒江州脱贫攻坚战的种种艰难，李加迅的风采让我钦佩不已。这个在兰坪县基层农技站摸爬滚打了十多载，在农业战线上脱颖而出的能人，这个被老百姓亲切地称为“土专家”的专业技术人才，这个在新时代给予的平台上施展抱负的当地人，李加迅在我的印象里并没有什么超乎常人之处。他身材高大，理着一个普通的平头，穿着朴素，说话平和，为人朴实。

此行前，我曾经到金顶大石桥拜访过润民公司，参观过良旺茶加工车间，与李加迅有过接触，茶香飘逸中他憨厚的笑容给我留下了深刻印象。再次参观良旺茶车间，倾听有关李加迅的创业故事，我虽没见到这个良旺茶的灵魂人物，但感觉到他的精神无处不在。他奋战在脱贫攻坚的前线，不曾料想我会再次来到金顶大石桥采访他的事迹，再次通过品味良旺茶来阅读他的创业故事。在远隔兰坪县城一百多公里的中排乡大土基村，李加迅有三个身份：兰坪县农业农村局推广中心主任、大土基村第一书记、驻村扶贫工作队队长。以李加迅为首的驻村扶贫工作队免费给大土基村村民引进长锐、长剑、湘辣 77、火丰四种优质辣椒种子，并对村民进行种植、管理技术培训，提高他们的种植技术水平，增强村民生产种植的信心。在他们的不懈努力下，种辣椒的建档立卡贫困户收入提高了，村民们的收入比往年增多了。李加迅还研究反季节辣椒种植技术，以此拓宽辣椒销路，切实让辣椒成为大土基村群众增收致富的一大产业。

怒江州是古西南丝绸之路的重要通道，在没有公路的年代，马帮铃铛和背夫歌谣组成了盐茶古道历史记事的原始版本。金顶镇地处沘江河畔，处在盐源富集地带，拥有多个盐井，其中的老姆井是国家级文化遗址。李家迅的老家箐门就在老姆井附近，其祖辈在盐井上做事。他从小就听父辈口述老姆井的故事，头脑里早就浸透了老姆井盐文化，对老姆井有着与生俱来的情结。所以，以他为核心的润民公司开发的良旺茶和青刺尖茶，注册商标名都称为“老姆井”。

兰坪县地处横断山脉纵谷地带，对于20世纪六七十年代出生的农家子弟来说，童年记忆中最好的糖果就是摆在供销社里的硬糖、牛奶糖。但这个很奢侈，生活窘迫的农家子弟极少有人有钱去供销社买糖果吃。“口香糖”，箐门村里的孩子们不知道这个词。跟着父母时常走山道去干活儿的李加迅，走得口干舌燥，学着父母的做法，随手摘下良旺树上的嫩叶放进嘴里咀嚼，初嚼时有点儿苦，但越嚼越感到回甘回甜。嚼过良旺茶，在溪边蹲下来，掬起溪水喝上几口，那甘甜直沁心脾，不仅解渴解乏还消暑。李加迅自豪地说，他的童年也有“口香糖”可嚼。他所说

的“口香糖”，是指良旺树枝的里皮。他和小伙伴们上山找菌子、放牛或者拾柴火，他们把良旺树枝的外皮剥掉，扒下里皮嚼了起来。嚼吃良旺树枝里皮，不习惯的人还真适应不了初嚼时的苦涩，随之而来的是浓浓的薄荷与生姜混合的味道，而后是淡淡的甘甜味。箐门村的孩子们嚼着属于自己的“口香糖”，越嚼越来劲，他们喜欢这种大山馈赠的口感。“嚼口香糖与嚼良旺树枝的里皮是同样的原理。”提起童年嚼“口香糖”一事，李加迅笑着对我说。

每年夏至，金顶街菜市场就会多一种野菜，那就是良旺树上的嫩叶，当地人称之为“宝金刚”。宝金刚嫩叶是当地人喜爱的野菜，人们喜欢将其与火腿一起炒着吃，或者做成凉拌菜。

2012 年 5 月的一天，李加迅拿着一枝宝金刚问李水生：“你认得这个吗？”

“认得，这是宝金刚，小时候我们常吃它的叶子，啃嚼它的里皮。”李水生有点儿奇怪，问李加迅：“哥，你拿这个做什么？”

“我在想，能不能把这个宝金刚开发成产品。”李加迅沉吟着说。

李水生并没把李加迅的话当一回事，李加迅脑袋瓜里时常会蹦出一些新奇想法，想着跟大地要农业，跟大山要产业，希望让乡亲们的钱袋子鼓起再鼓起，这不是稀奇的事。这不稀奇的事构成了李加迅爱“折腾”的性格，在石登农技站、金顶农技站工作时，李加迅就是一个爱“折腾”的角色。

一个星期后，李水生接到李加迅的电话，对方委托他查找有关宝金刚的资料。兄弟俩分头行事，他们多方查找，终于得知宝金刚学名叫良旺茶。他们还找到了记载良旺茶的古书，对良旺茶的药用原理有了进一步的了解。想起小时候嚼“口香糖”的情景，想起吃过良旺树鲜叶后喝溪水时在舌尖上的回甘，李加迅心里萌发出把乡土记忆转化到茶饮中的想法。民间有“一日无茶则滞，三日无茶则病”的说法，驮载着盐马古道文化记忆的良旺茶、青刺尖，从大山上的植物变成寻常百姓家的茶饮，并走出大山走向远方大都市，引发山外各方游客来兰坪观光旅行，感受古西南丝绸之路沿线的风土魅力，那该是多么美妙的事啊！

一个月后，李加迅给李水生打来电话，告诉李水生，宝金刚可以开发，他打算做成茶。“良旺茶？”李水生有点儿吃惊。“对，良旺茶！”李加迅口气坚定地说。本是同村人，加之从小一起长大，李水生知道李加迅的脾气，只要他认准了的事情，就一定有他的道理。正巧，李水生有位亲戚是临沧人。临沧是世界著名的红茶“滇红”之乡，是世界种茶的原生地之一。李水生打电话给亲戚，希望亲戚帮忙找茶厂，亲戚一口答应。五六月份是宝金刚上市的旺季，金顶街上随处可见有人贩卖宝金刚嫩叶，一元五角钱0.5千克。李水生受李加迅委托，到金顶街上收购了二三百千克宝金刚，放在泡沫塑料箱里。一辆满载着宝金刚的越野车从兰坪县城出发了，直达临沧云县大仓镇。当夜，他们把车开入酒店的仓库。一打开车门，清香扑鼻，车子及箱子里挂满露珠。第二天，亲戚带着他们把宝金刚拉到茶厂加工，一车宝金刚被加工成100千克左右的茶叶。李加迅和李水生站在茶厂师傅旁边，用心学习如何加工茶叶，并拍下制作茶叶的机器型号，以备日后有用。

良旺茶加工出来后，李加迅随即泡了一杯试喝。水汽袅袅上升，他端起杯子细闻，清香扑鼻。喝了一口，忍不住再喝一口，甘甜清肺。这杯茶，更加坚定了他开发良旺茶的决心。决心已下，但他的心还是悬着的，因为兰坪县金顶镇处在铅锌矿床区。作为茶叶，良旺茶里的重金属及有害物质含量怎样还不清楚，于是两人拉着加工好的茶叶，马不停蹄从临沧赶往省城昆明，到省农科院找人进行化验。省农科院国家农产品检测中心的工作人员看到良旺茶，都感到稀奇。检测中心化验了三十多份良旺茶，干的、湿的都有。检测结果一时半会儿出不来，李加迅和李水生先回了兰坪。二十多天后，他们接到了省农科院邮寄来的化验结果，化验报告写得明明白白，良旺茶里没有重金属和有害物质及农药残留。李加迅悬着的心放了下来，随即着手贷款，落实加工良旺茶厂房区租地及签订协议，一切手续齐全后，开始建盖厂房。这个认准了事就毫不含糊去做的白族汉子，在亲友和乡亲们的鼎力支持下，在金顶镇大石桥边建起了毛坯彩钢瓦铁皮房，既是润民公司最初的办公地，也是公司最初的茶叶加工厂。一年后，润民公司破土动工建设现今所见的良旺茶加工厂房和公司办公楼。

我与表弟徒步盐马古道中哨房路时，金顶镇大石桥这段路还是泥巴路，润民公司在此办起良旺茶加工厂后，这段路变成了柏油路。加工厂区里栽种良旺树和青刺尖树，我捧着树叶细细观赏，突然觉得，2018年暑假，我深入兰坪县盐马古道做调研时，当走累了口渴了，随手采摘良旺茶咀嚼，喝口山泉水，那般滋味，必定羡煞神仙。坐在金顶大石桥良旺茶厂区内，泡上一杯香茗，品个中滋味，悠悠思绪，情不自禁赞叹：这良旺茶真不简单！

酸甜苦辣创业梦

2012年底，李加迅带着李水生、张照全到普洱考察茶厂和茶叶加工，参观产品采收、制作过程。之前，李加迅与李水生把良旺茶叶拉到临沧云县加工时，他

们在茶厂拍摄的机器上有着厂家的联系电话。打电话过去，才知生产茶叶加工机器的厂家在思茅。当时，昆钢中层干部张智在金顶镇担任新农村工作队队长，他对李加迅挖掘地方特色生物产业，带动乡亲致富的想法和做法赞赏有加。因业务关系，张智认识思茅茶叶加工机器的厂家，并将其介绍给李加迅。张智与李加迅一起到思茅，购回生产良旺茶的机器。

机器买回来了，但如何加工良旺茶，这是李加迅面临的又一大难题。2013 年清明节前，润民公司请了福贡县老姆登茶厂的一位资深师傅前来指导制作良旺茶、青刺尖茶。老姆登茶是怒江州开发较早且久负盛名的茶叶品牌，师傅是富有经验的制茶能匠，对于加工制作良旺茶、青刺尖茶满怀信心。福贡县老姆登茶是一种绿茶，它与兰坪县的青刺尖、良旺茶叶质叶形都不一样。师傅凭借其制作老姆登茶的经验来加工良旺茶，过程中出现了很多问题，比如粘锅、加工后的茶叶在视觉上不像茶叶、把良旺茶炒碎了、茶叶卷不起来……师傅想尽一切办法，研究了一段时间后，制作出来的良旺茶还是失败了。十多天过去了，面对机器，师傅感到束手无策，只好辞别润民公司，离开大石桥，满怀遗憾地回到福贡县老姆登村。

师傅走后，李加迅和张照全没有放弃制作良旺茶的试验，他们从箐花村收购鲜茶叶，以供试验所用。润民公司是第一家制作良旺茶的公司，没有前例可参考。他们不断总结经验、调整工序。李加迅专程到昆明茶叶研究所，请所里的专家到兰坪金顶大石桥来。经过不断研制，终于把茶叶做出来了。良旺茶加工出来后，李加迅又琢磨上了青刺尖。古书记载，良旺茶别名白鸡骨头树、金刚散、山槟榔。药用全株，味甘、微苦、凉。清热解毒、止痛，主治急性咽炎、急性结膜炎、骨折、风湿腰腿痛、消化不良、腹痛、月经不调等。青刺尖药用叶，味淡、微辛、平，活血散瘀、接骨消肿、补虚，主治骨折、枪伤、贫血。良旺茶可以入茶，青刺尖是否亦可入茶呢？有了做良旺茶的经验，开发青刺尖茶就顺畅多了。从请老姆登师傅，到昆明茶叶研究所专家教授前来帮助，直到良旺茶、青刺尖茶做出来，这一过程，耗时耗人工不算，光消耗掉的良旺茶、青刺尖鲜叶就价值五万多元。

每年四五月是采摘青刺尖鲜叶的季节，五六月是采摘良旺茶鲜叶的季节，两种鲜叶可以连续采摘三个月。呈现在消费者面前的良旺茶，需要经过的工序有清洗、控水、杀青、揉捻、解块、两遍烘干、翻炒、一遍烘干、冷却、装袋入库、分拣、包装、上市。这么多工序！捧起一袋良旺茶，倍感个中分量，其中有着许多人的辛苦汗水。制作良旺茶比制作青刺尖难，杀青、揉捻各个环节都要把控精准，稍有不慎，便功亏一篑。入锅及炒制掌握不当就容易造成粘锅、结块，成不了茶叶

形状。翻炒时间过少，茶叶形状不佳，翻炒时间过长，就容易造成碎茶，所以掌握好翻炒良旺茶的时间至关重要。严苛的制茶工序对于润民公司来说，是其创业时的含泪记忆。

润民公司收购的良旺茶鲜叶，主要来自金顶镇箐门，部分来自金顶镇干竹河、啦井镇、通甸镇、大理州云龙县。青刺尖鲜叶每 0.5 千克 7 元，良旺茶鲜叶每 0.5 千克 10 元。良旺茶开发上市后，润民公司的茶叶出产量逐年增多。2018 年，公司收购青刺尖鲜叶 14000 多千克，收购良旺茶鲜叶 2 万多千克。目前，良旺茶已销售到北京、上海、珠海等地。通过电子商务，良旺茶、青刺尖茶除青海、西藏、内蒙古没有人买过外，在淘宝上的销售已涵盖全国，散装良旺茶每千克价格 600 元，散装青刺尖茶每千克价格 400 元。

2013 年 7 月，润民公司开发的良旺茶、青刺尖茶首次参加云南省农博会。作为兰坪县特色产品在怒江州柜台展出。李加迅和李水生带着第一代良旺茶、青刺尖茶，作为公司代表参加农博会。在这次农博会上，润民公司报价茶叶 3 万元，卖出去 2 万多元。2014 年的农博会，李加迅带着良旺茶业务经理杨宁参加。2015 年至 2017 年的农博会，都是业务经理杨宁与和桂聪参加。和桂聪是兰坪县石登乡人，他从昆明理工大学毕业后，在电力科学院工作。他喜欢兰坪土特产，自己开了一个展览馆，把怒江州的特色产品展示出售。农博会期间，他帮助杨宁销售良旺茶。2019 年，润民公司再次参加农博会。杨宁跟我描述参加农博会的情景，讲到搬运茶叶，他说“就像打仗一样”。除了到省城参展农博会，良旺茶还到北京、珠海展销过。良旺茶在北京展销时，有位因孩子在北京工作而随之到北京定居的兰坪人，闲逛展览馆时，发现了良旺茶，他激动地买下了好几盒，这是来自故乡的山珍野味，唤起了他深藏心底的乡愁。这位客居北京的兰坪人，还与李加迅保持了一段时间的联系。

从 2013 年到 2018 年，润民公司开发良旺茶、青刺尖茶，在 6 个年头里经历了三代产品的研发，可谓荆棘满途，步步惊心。三代良旺茶、青刺尖茶礼品盒的细微变化，可以看到这家地处滇西北的民营公司其产品不断改进的过程，从中体现出经营者敏锐的市场触觉和不懈的开拓精神。尤其值得一提的是，2016 年润民公司申报良旺茶、青刺尖茶专利得到批准，获得专利号。作为良旺茶产业的开发者，李加迅于 2014 年被评为“怒江州劳动模范”。

兰坪县发展“三棵树”，即核桃、花椒、青刺尖。良旺树和青刺尖树都是常绿灌木，也是可持续发展的再生资源，属于退耕还林中的一个树种。润民公司开

发良旺茶、青刺尖茶受到了多方关注与扶持，兰坪县各级领导多次亲临良旺茶厂房和基地视察。良旺茶的开发也受到了挂钩扶贫的上海交通大学和珠海市的帮助。上海交通大学协助研发的良旺茶手工皂、精油已上市。珠海市帮扶注入润民公司资金，用于良旺茶基地建设。目前，帮助公司收购良旺茶以及在公司工作的建档立卡贫困户有 32 户。2019 年兰坪县脱贫出列，在后续产业发展中，润民公司可以解决兰坪县易地搬迁户部分就业问题。

新时代赋予农业科技工作者展开追梦的翅膀，良旺茶的故事是古道变迁中的精彩一笔，谱写出兰坪县盐马古道崭新的精神风貌和文化风采。

上阵父子兵

金鼎镇箐门村仁和小组，一座普通的农家小院里，绣球花开得灿烂。两位七十多岁的老人正在忙碌着。老阿妈在东屋走廊上收拾背篓，旁边有一箩苞谷，青青的苞谷皮还没剥开。老阿妈脸上挂着汗珠，身后是一小堆洋芋。平房里酒香扑鼻，老阿爸正专心地接住从甑子里流淌出来的酒液，他身边立着大大小小的酒坛。走进这个农家小院，感觉就像回到澜沧江畔的老屋一样。这座开满鲜花的农家小院正是李加迅的老家，两位慈眉善目的老人正是李加迅的父母。

俗话说，成功的男人背后都站着一位不平凡的女性，而在李加迅身上，更确切一点儿应该说，成功的李加迅背后站着一位不平凡的父亲。这位令人尊敬的父亲名叫杨继文，是兰坪县金顶镇仁和种植专业合作社（以下简称“仁和合作社”）的社长。

2011 年 7 月，时年 67 岁的杨继文老人注册成立了兰坪县金顶镇仁和种植专业合作社，其社员有 11 户。仁和合作社收购菌类、豆类、中草药，种植重楼、金铁锁等中药材。成立仁和合作社以前，杨继文老人在村里是有名的养猪和种植中药材的能手，也精于酿酒。当时，箐门村的农作物比较多，时常出现农产品滞销的情况。杨继文成立仁和合作社后，给社员们搭建了一个互帮互利、资源共享的平台。仁和合作社抱团取暖的方式得到李加迅的赞赏和支持，他不知不觉地参与进来，一心要为乡亲们做点儿事。他弄来了桔梗种苗，赠予合作社种植，待药材收成时，他找药材商来村里收购。2012 年，他又弄来附子种苗，提供给社员们种植，叮嘱社员们要保留种子，结果却被社员们卖掉了。附子价钱便宜，仁和合作社的社员们种了一年后没有再种下去。从 2013 年开始，仁和合作社的社员们只种

重楼、金铁锁。金铁锁俗称独定子，种了两年后，也没有再种下去，而重楼直到现在还种着。在李加迅的指导下，有的社员留着重楼籽种，再繁殖，扩大种植面积，通过李加迅的搭桥卖了好价钱，每年出售重楼籽种收入 1 万多元。作为仁和合作社的社长，杨继文种植重楼已有多年经验。我到仁和小组采访杨继文老人时，正值 2018 年暑假。老人家告诉我，去年他家仅重楼一项收入就有 8 万元。

金顶镇推广种植油牡丹后，土地流转给油牡丹公司，每亩[①]流转金 800 元，如果土地的主人参加除草的话，每亩流转金再加 700 元。箐门村的乡亲们因此不再种芸豆、苞谷、洋芋等农产品。他们种植油牡丹以前，所种农产品遇到销售困难时，村里人就找李加迅。李加迅总是想方设法为村民解决燃眉之急。为乡亲们做事，为贫困户解决实际困难，能够用自己的技术优势帮助并带动乡亲们脱贫致富，一直是李加迅的心愿。他一直在琢磨和寻找着合适的产业，这个在大山里长大的农家孩子，这个与大山不断打交道的农学“土专家”，这个自幼被盐马古道文化浸润的金顶箐门人，在我深入兰坪县 8 个乡镇做盐马古道课题研究的旅途中，给了我深刻的印象。当我去查看老姆井遗址，走进老姆井村，深入基地观察良旺树，与建档立卡贫困户坐在小溪边交谈时，我感慨地想，新时代给予了李加迅施展抱负的平台，让他开发出良旺茶、青刺尖茶，这是注定的缘分。

作为仁和合作社社长，为了做好示范，杨继文老人特地前往大理州宾川县学习中草药种植技术，当了 5 天学徒。说起发展产业及做生意，杨继文老人感慨不已，当农民不仅要会种植，还需要了解市场行情。可市场行情，谁也不好预料，没有精准的预测专家，在箐门村村民心目中的能人李加迅也有马失前蹄的时候。杨继文从电视上看到金铁锁的报道，吩咐儿子李加迅买这个药材籽种。李加迅从维西傈僳族自治县买来金铁锁种子，2000 元 0.5 千克。杨继文老人选出两亩地来栽种，当年收获 35 千克金铁锁种子。不料，金铁锁种子的价格在市场上居然一落千丈，暴跌到 500 元 0.5 千克。杨继文老人已投入成本近 4 万元，成本收不回，还亏损，这一年的劳动白辛苦了。父子俩没有抱怨一句话，反而互相打气，在田地上尝试种植中药材，想寻找到最适合的产业发展路子，他们都有个心愿，那就是带动乡亲们一起致富。“做生意要垫本，投资有风险，做坏事要付出代价，借钱要还。”这是杨继文教育孩子们做人的道理。种植中药材，附子因价格偏低遭到抛弃，金铁锁虽然丰收，但在市场波动中惨遭损失，最终选定并坚持

① 亩为非法定单位，1 亩≈0.067 公顷，全书特此说明。

种植重楼而赚了一桶金。对于父子俩来说，这些经历都是正常的事。发展产业，李加迅有一块最好的实验地，这块试验地就像一艘希望之舟，满载着他的梦想。无论是狂风暴雨，还是风和日丽，希望之舟都稳稳当当地破浪向前，因为这艘船的掌舵人是李加迅那可亲可敬的父亲。

箐门村仁和小组背靠金鸡寺，晨钟暮鼓，一代又一代箐门人讲述着老姆井的历史。老姆井是兰坪县开发时间较早的盐井，属于国家级非物质文化遗产。20 世纪 90 年代，杨继文在金鸡寺管理委员会当副主任兼会计，这个职务一做就是 10 年。金鸡寺庙祝段祖德的孩子反应迟钝，段祖德担心孩子，叮嘱杨继文："以后我死了，帮我娃娃安排庙子上的活。"一年后，庙祝去世了。杨继文后来离开了金鸡寺，一心养猪、酿酒以及种植中药材，发展家庭经济，但他没有忘记老庙祝的嘱托。他决定成立仁和合作社，把贫困户、困难户、残疾户吸收到合作社里。这并不是培养他们"等靠要"的思想，而是引导并教他们种植，通过合作社的"抱团取暖"给予他们人性关怀，鼓励他们勤劳致富。李加迅出任润民公司老总（之前的老总是另一人），开发良旺茶产业，也考虑到金顶镇箐门村有一部分因残疾致贫的家庭，这些残疾人可以干活儿。给予他们就业机会，帮助他们的家庭走出贫困，父子俩的想法不谋而合。仁和合作社里，有一半左右是残疾人。老庙祝有六个孩子，其中两个身患残疾，他们在合作社里受到较好的关照。李加迅在金顶农技站工作时，挂钩扶贫村里最困难的李润才家，也成了合作社中的一员。

春节期间，人们到金鸡寺游览，见到路边有茶摊，杨继文老人冲泡了良旺茶，免费招待游客。口渴疲累的行人，坐在茶摊前，喝上一杯香茗，甘甜驻心。曾经在金鸡寺任职的杨继文老人，他慈善的笑容就像清香的热茶，温暖了往来金鸡寺的人们。

润民公司成功开发良旺茶、青刺尖茶后，惠及箐门村村民，乃至金顶镇百姓。啦井镇、通甸镇这两个乡镇适合良旺树生长，当地老百姓采摘了良旺树、青刺尖嫩叶，带到金顶大石桥卖给润民公司茶厂。同样，大理州云龙县的百姓也将采摘到的良旺树、青刺尖嫩叶带到金顶大石桥，增加搞副业的收入。

每年收购良旺树、青刺尖嫩叶，加工制茶，仁和合作社成了强有力的根据地。收购鲜叶时，老社长杨继文和他的妻子成了挑选鲜叶的排头兵。他们坐在大簸箕前耐心地挑选。以前，良旺茶、青刺尖除了出现在箐门人的餐桌上，还用于祭祀活动。良旺茶用于"退口舌"仪式，青刺尖用于"驱鬼"。而今，良旺茶、青刺尖茶就像从灰姑娘变成了高贵的公主一样，从乡野登上了大雅之堂，代表着兰坪的品牌名片，成了茶文化中一道亮丽的风景。挑选良旺树、青刺尖嫩叶的箐门人，喜悦发自内心，溢于言表。清香扑鼻的茶叶呈现在众人面前，良旺茶颜色较浅，显得轻盈，青刺尖颜色较深，显得厚重。良旺茶、青刺尖茶放在精品盒里，成了兰坪特产中“高大上”的礼品。

2013年12月，仁和专业合作社被认定为“云南省林农专业合作社省级示范社”，云南省林业厅、财政厅、供销社给其颁发荣誉证书。现如今，仁和合作社的社员已发展到了117户，带动建档立卡贫困户35户。

暖暖良旺茶，悠悠仁和情。沘江河畔，兰坪人打响脱贫攻坚战，演绎了上阵不离父子兵的故事。

扶持贫困户

顺着马踏箐河逆流而上，我们前往陡箐山良旺茶基地。正巧碰到几个背着茶树苗的箐门人，他们开心地告诉我们，良旺茶基地要扩大种植面积。山青林密，岩石嶙峋，山路蜿蜒，溪水潺潺，小鸟啁啾。不知走了多少路，到了一个较为开阔的地方，但见几只鸡正在寻觅草虫，河畔一栋简陋的石棉瓦房映入眼帘。房子周围，蜂箱分布有序，顺着山势延伸。这座简陋的石棉瓦房就是良旺茶基地的核心，是仁和合作社的另一个“战场”。基地负责人李家雄是合作社社长杨继文的小儿子。

良旺茶是常绿小灌木，属于五加科，生长在海拔2400～2700米的山坡上，于阴凉、潮湿的灌木丛中。掌状复叶，复叶虽然相似，但叶片数目不同，有3～6片，没有固定。叶片两头尖尖，边缘有稀疏的锯齿，形状有点儿像柳叶。基地上的良旺茶长势良好，山风吹拂，青青叶子频频向我们点头问好。李家雄裤脚上沾满泥土，忙前忙后。放下背上的东西，在石棉瓦房旁边小憩，村民告诉我们，他们背来的良旺茶树苗来自大理州云龙县。昨天，李加雄带着他们去云龙山上收购种苗。作为良旺茶基地负责人，李家雄从云龙回来后顾不上休息，顾不上拍打沾满泥巴的裤脚，就马不停蹄地忙活起来。

马踏箐河有段人工修建的水塘，可以看见鱼儿在清澈的水里游动。陡箐山上，山花若隐若现，沿河进入基地的路边种满了月季及其他花卉。李家雄向我们介绍基地的发展状况，这个朴实的庄户人，讲起他的基地梦，平静的表情难掩自信。待条件再成熟一些，李家雄打算在基地上搞简易农家乐，让县城百姓在周末有个好去处。品味良旺茶香，也品尝佐伴良旺茶的菜肴。尤其通过采摘良旺茶，让城

里人亲身体验采茶的乐趣，领会建设生态家园的意义。如果不做深入采访，是无法理解金顶人如何爱护良旺树的。为了回收良旺茶和保护茶树，人们在采茶时，会用一只手轻轻捏住叶柄，另一只手一片一片地摘下嫩叶。“绿水青山就是金山银山”，领悟了习近平总书记这句话的要义，人们对良旺茶树愈加爱护。良旺茶基地的扩大种植，正是润民公司与仁和合作社生态建设发展理念的体现。

极目风景宜人的良旺茶基地，不由追溯基地建设的过程。兰坪县大力发展高原中药材、花卉、核桃、漆树、青刺尖茶、良旺茶等特色生物产品，润民公司以此为契机，结合兰坪县打造绿色品牌策略而大胆创新。2013 年，润民公司与仁和合作社建立了合作关系，以“公司 + 合作社 + 基地 + 贫困农户 + 产品”的模式，流转宜林地 1102 亩。润民公司将仁和合作社社员的林地整合流转发展生物产业，仁和合作社主要负责基地建设及提供良旺茶、青刺尖茶原料。基地建设需要大量的劳动力，润民公司统筹产业发展全局，大量吸收农村剩余劳动力及贫困人口的劳动力。仅以良旺茶种植一项为例，每年就可以安排困难户参与种植八个月，人数达到 120 人；安排贫困户采集良旺茶鲜叶、青刺尖茶鲜叶五个多月，人数达 150 人；安排贫困户参与加工茶叶五个月，人数达 35 人。参与良旺茶、青刺尖茶采集、加工的贫困户平均每天每人劳动收入约 120 元，带动建档立卡贫困户 77 户。

怒江州打响了脱贫攻坚战，怒江人众志成城，为确保如期实现脱贫摘帽的目标任务而努力奋斗。润民公司与仁和合作社针对周边贫困人口比较集中及致贫类型，依托产业扶贫、技术扶贫，安排贫困人口就业，建立多种扶贫方式，积极投入到兰坪县的脱贫攻坚战中。润民公司主动联系贫困户，积极动员贫困户参与基地种植、茶叶采集和加工；对于没有劳动力的贫困户，润民公司优先租用该类农户的林地，或折入股份，使其靠租金、股金增加收入。因身体残疾致贫的农户，润民公司根据其残疾程度安排其就业，积极投入相应资金保障其劳动收入。同时开展实用技术培训，通过技术扶贫，让贫困户提高劳动技能，增加收入。

参观陡箐山良旺茶基地，从一棵茶树到另一棵茶树，让我体会到生态家园建设中的火热情怀。与在基地里干活儿的几位建档立卡贫困户促膝交谈，他们如数家珍，说起自家的情况，对润民公司与仁和合作社开发良旺茶给他们带来的就业实惠充满感激。

关于建档立卡贫困户与良旺茶基地的故事，仅以箐门村仁茂小组为例：段银华是残疾人，妻子也不能说话，夫妻俩是仁和合作社的社员，在良旺茶基地打工，短则四个月，长则半年。有时，他们的孩子也会来基地帮工，增加一些收入。施忠诚家也是建档立卡贫困户，有四口人，妻子耳聋残疾，两个孩子在读书。良旺茶基地建立后，夫妻俩便有了打工的机会，通常能做上半年。基地没活干时，施忠诚就到外地去发展。他说，虽然到外地打工收入多一些，但开销也大，比较下来，还是在家门口打工比较好。在基地当管理员的赵神灿，他家也是建档立卡贫困户，有七口人，四个孩子中有两个是残疾人。与他们同住的兄弟也是残疾人。赵神灿木讷，话不多，他的妻子段吉宝善谈。她说，良旺茶基地建起后，他们家是最大的受益者。说起良旺茶基地，她感激万分，说与他们家人同住的丈夫的兄弟是一级残疾。他们的四个孩子，大女儿到贡山打工去了，老二小时候患小儿麻痹落下残疾，老三小时候因跌倒而导致残疾，不能干活儿，只能在家做饭，老四读书，却体弱多病。家庭无法承担医疗费，至今还欠着部分药钱。段吉宝感激地说，良旺茶基地建立后，公司与合作社特意照顾她家。基地上有两个长工，一个是负责人李家雄，一个就是自己的丈夫赵神灿。丈夫是基地管理员，每月都有固定的工资收入，她与二儿子是基地短工，每年在基地工作半年左右，没活干时，母子俩便到县城或外地去打工。她那读书但又多病的孩子，也没少受到公司与合作社负责人的照顾。

家住箐门村石登小组的两个建档立卡贫困户家庭接受了我的采访。李来益家户口上只有她与丈夫两人，女儿们出嫁后各立门户。大女儿一家是建档立卡贫困户，搬回娘家住。李来益丈夫有腰椎间盘突出，做不了重活儿。一家人的生活拮据，幸得良旺茶基地负责人照顾，安排李来益在基地工作，一干就是 4 年。良旺茶基地的建立，大大纾缓了李来益家的困窘，其感激之情难以言表。李宗贵家也是建档立卡贫困户，她丈夫脚患血栓，只能在家喂猪、做点家务，而她患有甲状腺和肾结石病，曾到昆明、下关做过手术。2018 年 7 月，她来到良旺茶基地打工。

在金顶镇采访，人们给我讲起润民公司的故事，这些故事充满人间温情。润民公司人性化的管理，体现在爱护与体谅，给予关怀和温暖。随着公司业务发展壮大，收购良旺树、青刺尖鲜叶量也随之增大。公司员工建议老总李加迅降低收购价格。但李加迅却说，老百姓从山上找回良旺茶鲜叶很辛苦，赚几块钱不容易，咱们公司宁可少赚钱，也不降低收购价，要保证老百姓的收入。有时，乡亲们从山上找来的是老叶子，不符合收购的质量标准。李加迅深知乡亲们上山采茶不容易，还是让员工收购了。待乡亲走后，公司员工进行筛选，把老叶子拣出来丢掉。润民公司从不拖欠乡亲们的货款和民工的工钱，遇到公司资金短缺，李加迅会向亲友借或向银行贷款。

心系贫困群众，润民公司老总如此，员工也是如此。有一次，有位老人听说金顶大石桥有人收购青刺尖，于是上山采摘，背着一背篓青刺尖走到润民公司所在地。公司员工对老人采摘的青刺尖进行验收，均不符合制作茶叶的标准，且无法分拣，可以说是废叶。厂长张照全觉得老人不容易，便给了路费。公司这样补贴吃亏的事，远不止一两件。

大理州云龙县有个小伙子，听说兰坪县金顶镇大石桥的茶厂收购良旺茶、青刺尖鲜叶，便发动当地老百姓采摘青刺尖，他由此收购了 150 千克左右。他把青刺尖拉到金顶镇大石桥的茶厂，因没有经过采茶的专门培训，也不知道制作青刺尖茶对鲜叶的要求，这批货基本上都是单片嫩尖，且在运输过程中，很多叶子被压烂了，无法通过验收。厂里的专业技术人员对这位来自云龙县的小伙子进行指导，以小伙子运送来的青刺尖叶子为例进行讲解培训，告诉他这次虽然亏损了近 2000 元，但不要灰心，只要按照厂里对良旺茶、青刺尖鲜叶的标准进行收购，是有机会赚回来的。在接受技术人员培训后，小伙子回到云龙，收购茶叶时再没出现失误，拉到厂里验收的都合格。茶厂有意培养这位小伙子成为茶厂的原料供应商，小伙子也有这个意向。为了保证当地群众的利益，金顶大石桥良旺茶厂要求这位云龙小伙子不能压低当地的茶叶收购价，要求他最多每 0.5 千克赚 1 元。小伙子被茶厂老板心系群众的真情感动，答应了要求。就这样，这位云龙小伙子成了茶厂可靠的长期供应商。

对于一家公司来说，荣誉证书是社会对其发展足迹和事迹的认可。润民公司的项目“怒江野生青刺尖和良旺茶深加工产品开发示范”获州农业农村局“2013—2014 年度怒江州农业科技奖”二等奖。2015 年 1 月，润民公司荣获云南省科学技术厅颁发的“云南省科技型中小企业认定书”。同年 12 月，荣获怒江州农业产业化经营协调领导小组颁发的“农业产业化经营州级重点龙头企业”证书。2016 年 9 月，荣获云南省工业和信息化委员会、云南省财政厅授予的“云南省省级成长型中小企业”称号。同年 11 月，良旺茶基地被县残联授予“兰坪县残疾人种植示范基地”。

“全面建成小康社会，最艰巨最繁重的任务在农村、特别是在贫困地区。没有农村的小康，特别是没有贫困地区的小康，就没有全面建成小康社会。”走在沘江河畔，我情不自禁地想起了习近平总书记的这一番话。从一个季节走入另一个季节，从一个年头跨步进入另一个年头，从一户贫困家庭到另一户贫困家庭，随着采访的不断深入，俯拾不完润民公司、仁和合作社与当地老百姓

间的故事。李加迅就像雪山上飞翔的雄鹰，用专业技术带动良旺茶产业，而良旺茶产业带动箐门村贫困户脱贫致富。李加迅把深入学习贯彻习近平总书记关于扶贫脱贫工作的重要论述付诸实际行动，展现出基层农业科技工作者立志建设美丽家园的伟大胸襟。

“茶的滋味，大抵在其或苦或甜、或浓或淡的色味交织之中，品出一种淡定的人生、一种不可释怀的人生、一种笑看风轻云淡的人生。”行走在金顶镇，耳中听着沘江河的流水声，我突然想到这句有关茶的唯美句子。“老姆井”良旺茶和青刺尖茶，何尝不是一种人生！

“收购良旺茶啰——”

托坪村的脱贫路

陆娉婷

三百里怒江由北向南在峡谷中蜿蜒奔腾，其中一湾在福贡县匹河怒族乡托坪村五湖小组打了个旋后旋出一片开阔地，托坪村易地扶贫搬迁安置点便在这里扎了根。安置点内，一景一人一物无不是“怒江每天都在变化，每时都在进步”的生动体现，国家易地扶贫搬迁好政策如雨后阳光，让世代备尝贫困之苦的托坪村的村民告别苦日子，奔向新生活。

要问托坪村是如何一步步向“脱贫村”“蝶变”的，这得从2016年6月13日说起。那天，时任国务院副总理、国务院扶贫开发领导小组组长汪洋冒雨步行数小时来到托坪村，走进村民家聊家常，与驻村扶贫工作队员和村干部谈工作，殷切嘱咐他们一定要带领村民过上好日子。时隔一年半之后的2018年1月25日，时任中共中央政治局常委、国务院副总理汪洋又一次来到他日夜牵挂的地方，并在离别前与村民约定：等大家过上好日子了他还会来分享这份喜悦。

如今的托坪村发展得怎样？中共中央政治局常委、全国政协主席汪洋最牵挂的乡亲们生活得还好吗？盛夏时节，记者前往安置点，了解托坪村正在发生和将要发生的变化。

苦日子有了新盼头

盛夏的托坪安置点气温刚好，楼宇间的绿化带内，叶子花、月季花迎风绽放，让人如沐春风。

“新房宽敞漂亮，亲戚来串门，觉得太有面子了！”时值中午，村民四罗益一边招呼记者一边张罗午饭，电磁炉上炖着的土鸡向外“噗噗”冒着白气，屋内弥漫着好闻的饭菜香。“以前在上面，最怕家里有客人来了。”四罗益说，“现

在的生活，天天像过年！”

四罗益所说的“上面”，是他生活了52年的地方——托坪村民小组。

其实此前，不仅四罗益家怕来客，托坪村所有村民都怕。地处匹河乡西南部的托坪村，村委会所在地虽与乡政府仅一江之隔，但到村上的5公里山路，即便是常年奔走的村民，步行也得两小时左右！这是一个以怒族为主的山寨，坐落于高黎贡山山脊，地势险峻，不通公路，全村45户179人中，建档立卡贫困户就有41户161人，唯一可种的作物——玉米仅能果腹，这个被先祖寄托太多期盼的地名，多少年来从未给村民带来过哪怕一丝惊喜。

2017年10月26日是储存在四罗益记忆中为数不多的日子。那天，他参加了安置点的项目开工仪式，抑制不住内心的激动，四罗益狠狠地掐了自己大腿一把：终于要改变了！

“原先一家5口住在土木结构石棉瓦房里，转个身都困难，一下雨更担心房子会倒；吃盐要去乡上买，苞谷砂都吃怕了……”吃粮靠救济，花钱无着落，困顿的生活，在年过半百的四罗益脑中烙了印。四罗益记得，他10岁左右才第一次下山，那是跟父亲背猪去匹河赶场换盐。

大山连着大山，深谷接着深谷，这片孕育了《哦得得》的土地带给村民的却是梦魇般如影随形的贫困，做梦都想摆脱贫困的托坪人，内心渴望脱贫的希望之火从未熄灭。

不通路，耕地面积少且贫瘠，这是托坪村贫困的根本原因。初次来到托坪村的汪洋副总理在调研了解群众生产生活和扶贫工作情况后，要求深入比较研究易地扶贫搬迁和就地帮扶的成本收益，统筹考虑当前脱贫与民族长远发展问题，努力为人口较少民族与其他民族共同发展提供有利的环境和条件。怒江州切实贯彻落实汪洋副总理指示精神，各级领导干部多次到托坪村与基层干部群众一起研究帮扶政策和举措。

修路需投入大笔资金，还不能从根本上解决全村发展问题。综合考虑后，福贡县委、县政府认为，实施易地扶贫搬迁是解决问题的最佳选择。于是，2017年3月，托坪村易地扶贫搬迁安置点建设启动。

搬迁必须得村民自愿。对这片“在惯了山坡不嫌陡”的土地，很多村民难以割舍。于是，各级党员干部进村入户宣传动员，给村民算长远账，乡里还专门组织“托坪群众参观团”到鹿马登乡阿路底安置点“开眼界、换脑筋”，最终，“只有搬迁才能脱贫”成为全村人的共识。

召开专题会，成立工作领导小组，反复研究论证后，与乡政府一江之隔的总占地面积 30 亩的五湖小组被确定为搬迁建设用地，并于 2018 年 4 月 20 日正式动工。2019 年春节前，喜领新房钥匙的村民告别大山，搬进了独具浓郁民族特色的混砖结构新房。

安置点建设的这半年，尽管每次赶集都会不自觉绕进工地，也无数次想象新房建好后的模样，但真正搬进去那一刻，四罗益还是觉得如在梦里：宽敞明亮的房子能遮风避雨；拧开水龙头，干净的自来水哗哗地流出；摁下开关，亮如白昼的灯光驱散了夜晚的黑暗；免费的光纤宽带和 4G 网络……这是他们梦里从未有过的场景。

这一年，托坪人在新居度过了一个意义非凡的春节。

政府想在了搬迁户前头

沿着干净的楼道走进王小波家，崭新的家具映入眼帘，厨房里厨具摆放有序，打开冰箱门，其中储存的肉类和蔬菜让人恍然觉得更像市民生活日常。“搬到新家后，乡干部和驻村扶贫工作队员带着我们村干部一点一点教村民整理内务，搞家庭和个人卫生，让他们在短时间内适应新生活。”王小波说。

王小波是托坪村村委会主任，在和驻村扶贫工作队动员村民搬迁的数不清的日日夜夜里，他遭过白眼，被吐过唾沫甚至被棍棒追击。推开窗，看着场院里怡然自得的黄发垂髫，曾经遭受的委屈从这个 34 岁的年轻村干部口中说出时竟变得轻描淡写——让他们离开祖祖辈辈生活的土地，一时想不通也是正常的，只要我们有耐心，终究会被理解。

正是有像王小波这样的村干部和驻村扶贫工作队员一起，他们扑下身子，一脚泥一脚水地走在扶贫路上，托坪村的脱贫之路才得以铺就。

在根四生家，记者看到，电视、电视柜、组合沙发、电饭煲、电磁炉等样样齐全。根四生的家在 4 栋 404 室，是名副其实的江景房。站在阳台上，看着脚下奔腾的江水和对面公路上往来的大小车辆，根四生不禁感慨：一分钱不用掏就有新房住；搬下来前还担心一样家具都买不起，想不到政府都帮我们安排好了！

事实上，政府帮搬迁户“安排好的”不止这些。根四生一家 3 口人，母亲年过八旬，儿子在普洱上大学，考虑到她需要照顾老人，不便外出务工，政府为她提供了生态护林员岗位，而今年 3 月成立的安置点管委会又将她纳入保洁员队伍

中，这样，根四生每月就有1800元收入。“等儿子毕业了，找工作了，加上国家的帮助，还有草果、核桃的收入，生活会好的。”根四生对未来甚是乐观。

扶贫车间让留守人员实现“楼上居住、楼下上班”；退耕还林和产业结构调整后种植的花椒、茶叶等生态产业作物让原住地土地充满生机；不定期开展的技能培训，为劳务输出做了充分准备；生态护林员、护边员、地质灾害监测员、保洁员、水管员、电工等公益性岗位的开发，有效解决了一批村民的就业问题；针对建档立卡贫困户设置的小额贴息贷款，为想干事、想创业的农户提供了资金支持……一系列后续帮扶措施的出台，让和根四生一样的贫困户对过上好日子充满了期待，而综合服务中心、爱心扶贫超市、物业管理、文化培训中心、关爱中心等后续管理服务，又给搬迁群众吃了“定心丸”。“像开关跳闸这些小事，跟他们一说，很快就来了。”四罗益说。

县退役军人事务局主任科员杨国华如今是安置点管委会主任，和来自县、乡、村及挂联单位的9名成员一起为群众服务。“管委会以后肯定要交给群众来打理，水费电费怎么收、线路故障怎么修理，都要教会他们。”杨国华同时介绍，安置点配建的商业设施，所得收益将作为集体收入，用于安置点自我管理开支。

“政府把路都铺好了，我们得自己走，不能一辈子给政府添麻烦。”四罗益说。

行进在脱贫路上的托坪人，骨子里透着硬气和自信！

新产业孕育新希望

要让安置点群众稳得住并过上好日子，除了帮助解决生活上的困难，最根本的还是激发内生动力。

“人均才7分地，种苞谷没有好收成，但我们村的气候适合种茶叶、花椒等经济作物。”今年3月刚从老书记王三益手中接过“接力棒”的托坪村第一书记和锐道，“茶叶销路自不用说，种花椒，契合州里打造绿色香料产业的提法，前景不会差。”

解决温饱后，如何在脱贫致富路上再迈进一步，做到发展与保护环境相统一，这是看到新希望后的托坪人讨论得最多的话题。经过培训后的他们，一头扎进原住地的自家林地，开始种茶、种花椒，走上了产业结构调整之路。截至2018年，全村共种植草果1500亩、核桃300多亩、金竹500亩、茶叶200多亩、花椒555亩，产业发展多样化格局初步形成。

草果花开，清芬四溢。正值农忙，村民李小波在自家草果地里忙碌。“再不抓紧管理，会影响产量的。”对于搬迁这事，李小波最初也有自己的顾虑：到了下面，靠什么生活？山上的草果、核桃怎么办？但后来，驻村扶贫工作队员和村干部从子女上学、看病就医、就业培训等方面多次动员后，李小波和其他村民的思想转过弯来，欣然同意搬迁。

“企业 + 编织户”模式的扶贫车间就在楼下，当四川成都新繁棕编在这里遇见草果秆，所有结局都变得妙不可言。随手拿起展台上展示的坤包、帽子、鞋子、抽纸盒等产品，淡淡的草果香在鼻息间似有若无。因是农忙季节，经培训合格后的村民大多会将材料拿回家中抽空编织，扶贫车间负责回收成品。

“在车间培训结束后就领来材料在家编了，编一个小箩用 3 天左右时间，回收价 80 元，平均下来一天能挣差不多 30 元。”李小波的媳妇阿花妹在扶贫车间上班很自由，她用于编织的时间，都是早上送两个孩子到三峡幼儿园上学、中午和晚上给孩子做饭的间隙。阿花妹受教育程度不高，但深知“幸福都是奋斗出来的”这一道理，她说她要不断学习新的编织技术，多挣钱，把日子过得更好。即便在跟记者聊天，阿花妹手中的活也一刻没停下过。

以往因照顾家人而无法外出务工的就业难题，如今不出村就得到解决，托坪人感慨：做梦都没想到能过上这样舒坦的日子，比以前强一百倍！

“我们村是全州乡村人居环境提升和风貌打造示范点，肯定只会越来越美！”和锐脸上满是对新时代乡村振兴的憧憬。

托坪村换新颜

徜徉安置点，党员活动室、农家书屋、卫生室、扶贫车间、综治维稳室、村史馆、幼儿园等新式场所分布有致，见证着这片神奇土地的变革。

“我爱我的幼儿园，幼儿园里朋友多……”晨曦洒进色彩斑斓的三峡幼儿园，孩童在老师的带领下学唱童谣，彻底告别“散养”的幼年生活。以前坐在旧房前眼巴巴看着山下正在建设新家的李雪聪和麻富贵，如今是匹河完小五年级的学生，放月假的日子，接送队伍中已鲜见他们父母的身影，因为从学校到新家，步行不过一二十分钟。

忙完扶贫车间的活，阿花妹还可在安置点或附近打零工，每天 100 元，“外出打工赚得可能多一点儿，但在家门口上班每天都能照顾老人和娃娃，心情不一样。”

扶贫车间进安置点至今，像阿花妹一样因故不能外出务工的妇女已全部接受草果编织技术培训。车间对工作时间不作硬性规定，实行计件工资，既让妇女增加收入，又方便其照顾家庭。

“目前正张罗建个小菜市场，到时，我们村的竹笋、青菜、小葱不愁卖不出去。明年，茶叶和花椒就可以陆续采摘，加上草果、核桃，我们村的日子只会越来越好！”一路行一路聊，和锐三句不离“我们村”，而李小波最大的愿望就是下一步乡村振兴战略的盘子里能有一条通往经济林的产业路，“产业管理方便了，挣的钱多了，不稳定不富裕都对不起自己。”

夜的帷幕刚落下，便有村民相约来到活动广场，跳民族舞是他们每天晚饭后的“必修课”。

“党的政策就是好，家家户户高兴了。房前鲜花屋后树，我们新家真正美……”随着手中“达比亚”的奏响，老党员普四三即兴唱起《哦得得》。

安置点的征地曾是“老大难”，普四三带头拆掉了自家两栋房，最终，其他村民在他的感召下积极响应，保证了工程建设进度。“土地本来就是国家的，不能因为自己的利益耽误了国家建设。”看着一天比一天热闹的安置点，普四三说他想利用自家宽敞的房子开农家乐和客栈，“怒江美丽公路就是致富路，凭我们托坪的名气，来的人多了，生意不愁好不了，后面都是好日子！”普四三说，他喜欢唱《哦得得》，想天天唱，因为幸福的歌就是要让更多人明白思想变化带来的新幸福。

“让全村今年脱贫，我们是立过军令状的！”王小波坚定的话语，让人仿佛看到连绵起伏的群山之巅有扶贫的千军万马。

村史馆里，阳光洒下一道光帘，轻柔地落在墙壁上，木碓、木犁、木桶、木风箱静静地立着，以古朴的姿态诉说着岁月流转。青山上，草果、核桃、茶叶、花椒等经济林木漫山叠翠；安置点内，小型菜市场正加紧建设，一个生机勃勃的托坪呼之欲出。茫茫高黎贡山脚下，一幅壮美的脱贫攻坚战长卷徐徐展开，怒江水激荡着欢笑……

怒苏茶香

彭愫英

我们到茶厂时，雨停了。阳光从水冬瓜树缝隙照射在茶叶上，犹如贵妃出浴，茶芽越发娇媚可爱。多年没来茶山，从林区公路到茶山依旧是土公路，只是这条土公路经多年岁月夯实，地面变硬，没了记忆中的泥泞。茶树葱绿，漫山遍野富有朝气。水冬瓜树在茶地上犹如鹤立鸡群，一树接一树。矮处是茶树，高处是水冬瓜树，翠绿树枝互致敬意。山是立体的山，树是立体的树，层层叠叠的绿色在碧罗雪山深处延伸。皇冠山就像一个巨大的王冠，搁在对面的高黎贡山山脉上。雾从王冠上升起，就像天神鼻孔里吹出的一缕白气。

篾笆围墙的厨房里，火塘上支着烧烤架，一位怒族妇女坐在火塘边，一手拿着手机通话，一手拿着长长的竹筷翻着烤架上的肉，不断把烤熟的肉拣到搁在凳子上的盘子里。一伙客人来到和大林家的农家乐玩，要吃烧烤。

我正在拍摄富有怒族特色的火塘、篾笆墙上挂着的腊肉等画面。和大林进来了，他身材偏矮，微胖，戴着一顶绣着“Jeep”字样的土黄色帽子，穿着一件浅绿蓝领的T恤，外罩一件浅灰色毛衣，再套一件黑灰色夹克衫，穿着一条蓝色牛仔裤，一双黄色皮鞋，国字脸，大眼。一说一笑间，他就像茶地里的一片茶叶，率真纯净，又像一壶色泽如葡萄酒般的晒红茶，开朗随和。

认识老姆登高山茶“怒舅山”品牌，起因在于同事泡的一壶茶，这个茶叫晒花茶。我首次见到由茶花加工成的茶，觉得稀奇，品之觉得口感不错。同事说他弟弟和大林创办了高山茶厂，有一天，弟弟的茶厂来了一位北京人，北京人告诉弟弟茶花可制茶。弟弟受到点拨，开发了晒花茶。品晒花茶，我萌生了去老姆登茶山走走看看，走进福贡老姆登高山茶种植农民专业合作社，采访社长和大林的想法，可一直没能成行，直到2020年4月下旬去老姆登茶山，才得以实现心愿。与和大林长谈，参观他的茶场和制茶车间、晒茶的玻璃房，特意品尝其农家乐怒

苏风味炒菜。怒江州境内的怒族有四个支系，其中的怒苏指福贡县的怒族，感受怒苏聚居地匹河乡的人文情怀，可以说是从饮老姆登高山茶开始的。和大林的故事，让我了解了一代老姆登村茶农的高远情怀与顽强追梦。

同事叫和利山，是和大林的大哥，这个在20世纪60年代出生的农家孩子，是老姆登怒族人家新一代大学生，也是和家兄妹7人中唯一的大学生。在老姆登高山茶场品茶，说起在六库城和利山家喝晒花茶的情景，和大林开心地笑了。他告诉我，茶花有润肺护肝的作用，因为茶花的花蕊相当好。至于花蕊如何的相当好，他没有说，我也没有深究。每年10月至11月，是茶开花的季节，采摘了茶花，在阳光下晒，不断翻晒茶花，直到晒干为止，这就是晒花茶，现今卖到600元一斤。做晒花茶时，和大林不知道其原理，只是想着不浪费茶树资源。2016年，老姆登茶山上的茶开花时节，高山茶场来了一位北京游客。他看到和大林家后花园的几棵古茶树开花了，向和大林提出要采摘一点儿茶花。和大林大方地答应了，让客人自己采摘。他在北京游客来之前已经做晒花茶了，北京来的客人以为和大林清楚花茶的功效，交流后才知道和大林并不知道花茶有润肺护肝的功用，北京人把这个告诉了懵懂的和老板。茶是个好东西，不仅茶叶、茶花有功效，茶籽外壳也可以治疗心慌心跳，把外壳晒干后，可以煮着吃。

在我的印象里，怒族人居住的地方稻田较多，他们不仅在江畔，甚至在半山腰开垦出一丘又一丘梯田，用勤劳的双手抒写怒江大峡谷中最古老的土著民族的农耕文明。守着稻田吃不饱，“穷怕了”，“害怕再过苦日子”，和大林坦言，这个奔向六旬年纪的怒族汉子，记忆中的穷日子令他难以忘怀。爷爷在指挥田种地，但田地再怎么多，如何辛苦地种稻谷种苞谷，一家人到头来还是吃不饱。胶鞋穿烂了，露出脚指头，拿铁丝穿着鞋子，能穿几天算几天。烂胶鞋舍不得丢，在鞋外面包一层篾笆穿。裤子补丁摞补丁。买不起皮带，用蒿枝秆当皮带，有时喘气重了些，不小心蒿枝秆就断了。和大林在知子罗读初中时，梦想有一天自己能拥有5角钱。加工厂做凉粉做豆腐，每天都有人去排队买凉粉买豆腐。当时，凉粉1角钱1斤，能拥有5角钱，意味着可以买5斤凉粉，吃饱肚子没问题，且吃不完。在初中生和大林眼里，拥有5角钱，在碧江县算是“老大”了，很富有的了。可惜初中生和大林在更多时光里连一角钱也没有，他家有7个孩子，靠父母及爷爷的那点工分，家里的贫困状况可想而知。他吃不饱，处在饥饿状态里无心读书，初中没毕业就辍学了。

知子罗是怒江州历史上的盐茶古道驿站，从兰坪县而来的盐马古道，以及从怒江沿线边境县而来的茶马古道交汇在知子罗。盐茶古道上的知子罗驿站，从某种意义上来说也涵盖了毗邻的老姆登村。和大林的爷爷和妈妈都到兰坪县背过盐巴。他们走碧江—营盘古道，从知子罗出发，到达澜沧江东岸的营盘街，在盐店买了筒盐，背回知子罗。筒盐放在火塘边，旁边放着一把刀，炒菜或有别的需要时，拿刀削下来一点儿盐。爷爷爱喝茶，他从兰坪背来筒盐的同时也背来砖茶。每天他都要从砖茶上掰一点儿茶放在土罐里，在火塘边烤出茶香味后再倒入开水煮茶。到兰坪背盐背茶，所走的碧江—营盘古道比较艰辛，翻越雪山的路被称为“碧罗雪山鸟道”。茶是好东西，值钱，年幼的和大林对茶有这样的粗浅印象。

集体化时期，老姆登村茶山上不种茶，种着木香、三七、人参等中药材。后来种茶，初始有60亩左右，在茶山上建起了村办企业，人们就把这个地方叫作茶厂。村办企业经营不善，承包给三户人家管理。茶厂周边是荒坡地。当时，老姆登村办有合作社，合作社员们在茶厂周边的荒地上种苞谷，现今和大林家的农家乐所在地是当年合作社的牛厩。老姆登村的人种茶苗，有的成活了，有的死了。加工茶叶，人们用簸箕把碎茶簸掉了。初中辍学的和大林在茶山放牛，坐在红土地上，面对茶树，看着嫩绿色的茶叶，他想起阿爷从兰坪县营盘街背来的砖茶，两块钱一饼。阿爷在火塘旁边边煮茶边喝茶的情景浮现眼前。他琢磨，茶是好东西，今后会有发展前景。看着地上废弃的碎茶，和大林痴想，茶叶有一天会翻身，茶农的收入总有一天会改观。

茶山上除有一些梯田外，全是荒地，三户人家承包不过来，于是老姆登村人抽签去茶山发展。凡到茶山的种植户，自己开荒，每亩地要交给村集体提留款8元，后来涨到每亩地交15元、25元。1990年，24岁的和大林加入茶山的承包户队伍，携妻带子在茶山上安了家。凡到茶山上搞承包的人家，要把村里的地留下，还要交提留款。茶叶没给承包户带来多大效益，加之茶山处在荒地间，柴火也有问题，20多户承包人家，有的打退堂鼓。凡有人家退出承包地，和大林就转手承包下来，累计100多亩。他发动亲戚们种茶，妹夫、姐夫、弟弟、小舅子等，在和大林的动员下，全跟着他上山种茶了。家族的茶产业地界，从茶厂直到农中。亲人们对茶叶的发展前景持怀疑态度，和大林耐心地说服，要亲人们相信，总有一天他们会打翻身仗。

1997年，老姆登村把村办企业承包给怒江州经济作物管理站（简称“州经作站”）。次年，州经作站在茶山上用茶籽育苗，把茶苗免费发给老百姓种。州经作站聘用陆金担任茶叶加工厂的厂长，和大林担任副厂长。陆金、和大林负责鲜茶叶收购和加工，州经作站负责包装和销售。和大林曾到普洱、镇远、景谷、景东去进茶苗，视野得到开阔。与州经作站合作时期是和大林从事茶产业生涯中最难忘的日子，他从单纯的种茶卖茶以求温饱的茶农，成长为带动一方百姓共同致富的产业能人，打造老姆登茶中一种品牌茶，成为地方茶文化代言人之一，可以说，州经作站给他搭建了迅速成长的平台。和大林感激地说，是在州经作站的关心、扶持下，才有我们的今天。

州经作站与陆金、和大林三家联营生产的老姆登茶。我对 32 元一盒的精品包装茶记忆犹新，里面放着小袋茶，每袋茶上都有一根细线。泡茶时，把一小袋茶叶放入杯子里，细线一头落在杯外，便于取茶渣。泡上一杯老姆登茶，捧茶在手里，闭了眼闻香气，清香沁脾。喝上一口老姆登茶，口齿留香，还有淡淡的回甘之味。我邮寄老姆登茶给在省城工作的弟弟，他喝了后赞不绝口，非常自豪这是怒江开发的老姆登茶，并邀请亲朋好友共同品尝。

2004 年，和大林在茶厂起房盖屋，为今后开办农家乐奠定了基础。2007 年，和大林离开州经作站茶厂，不再成为合作对象之一，自己分灶另干。起初，他没想到打造自家的茶产业品牌，依然用“老姆登茶”作为茶产品名称。两年后，和大林与同村好友李小荣带上各自的家人，开始了滇西及滇南旅游。李小荣在老姆登村做客栈生意，但他家与老姆登高山茶有着渊源关系。20 世纪 60 年代，老姆登村从普洱引进了大叶树茶，种了 60 亩茶叶地，且开办了村企业，李小荣的父亲是茶厂的第一任厂长，老姆登茶从引进到种植及加工成产品，都倾注着老厂长的心血和热情。和大林立志茶叶事业，携家人到茶山发展后，把老姆登村的老房子送人了，以此表明他的勇气和决心。两个从小一起长大的好友，从此，一个住在茶厂，一个住在村里，在碧罗雪山深处唱响了脱贫致富的歌谣。此行，和大林带着自己茶厂生产的老姆登茶，既是旅游，也是宣传。两对夫妇从老姆登村出发，到过的地方有六库、大理、丽江、德钦、香格里拉、维西、中排、石登、营盘、芒市、德宏、西双版纳。这一趟出游耗时 9 天，令他们增长了见识，开阔了视野。

2010 年 11 月，和大林成立福贡县老姆登高山茶种植农民专业合作社，社员有 11 户，茶叶种植基地 400 亩，从事绿茶、晒红茶和晒绿茶生产、加工、销售、科研及传播茶文化。合作社成立后，和大林发展茶产业开始走品牌道路，生产老姆登“怒舅山”高山茶品牌。和大林是土生土长的怒族人，他发展茶产业，重视茶文化，在茶文化里自觉不自觉地融入怒族文化。“怒舅山”品牌的取名，来自怒族神话传说。怒舅山是老姆登怒族人对皇冠山的称谓，怒族人认为，舅舅说了

算，可想而知舅舅的地位、权力之大，这充分体现了对一家之母的娘家人的尊重。老姆登村人认为，他们的祖先来自怒舅山。怒舅山里有个大洞，洞里有碗、筷等生活用品。怒族祖先从怒江西岸的怒舅山到达怒江东岸的老姆登、知子罗等地，并以此起步，沿着怒江向北走，望竹而居，直达贡山县丙中洛、秋那桶等地。老姆登高山茶种植农民专业合作社的茶品牌取名怒舅山，在茶文化中融入怒族文化，也是怒族儿子和大林的民族情结。他是个认准方向就大胆前行的人，下决心要把品牌做大做强，成为行业中的领头羊，带领乡亲们奔向幸福美好的生活。

福贡县老姆登高山茶种植农民专业合作社实行“合作社 + 社员（农户）+ 基地 + 市场”的产业化运营模式，带动广大农户扩大茶叶种植规模，确保加工厂所需鲜茶叶的收购，扩大了加工规模，增加了产值。合作社坚持“民有、民管、民享”“自主经营、自负盈亏、平等互利”的原则，以服务“三农”为宗旨，带领茶农走增收致富的路子，为社员提供茶叶种植、生产、加工、销售、运输贮藏以及与生产经营有关的技术、信息等服务。合作社成员由原来的 11 户增加到 25 户，直至现今的 125 户，茶叶种植基地面积由原来的 400 亩增加至 1806 亩（其中 6 亩为厂房面积），现已建成示范基地茶园面积 1000 亩，辐射茶园面积 1800 多亩。怒舅山高山茶现已成为福贡县生产规模较大的一家集茶叶种植、加工、销售于一体的产业化经营公司，其产品畅销广东、北京、上海、浙江、重庆、江西、成都等省市。

随着合作社成员越来越多，和大林按照国家标准新建了 1000 多平方米的厂房，增加烘干机一台、全套检验设备及防火墙。2015 年购买云 Q10 号茶苗，从保山龙陵引进紫金茶苗、白茶苗进行试验种植，成活率达百分之百。合作社积极筹建年产 30 吨老姆登高山茶生产线，为进一步发挥当地茶叶资源优势，做大做强老姆登高山茶“怒舅山”品牌，提高产品质量、扩大生产力，通过扩建厂房，茶叶生产设备淘汰更新、填平补齐，改进加工装备条件和加工工艺，提高茶叶生产机械化水平。对农户每年进行科普宣传，培训种植、施肥、修剪、害虫防治、打杈等技术。带动周边农户 1000 多人，年产量达 20 吨左右，收入 400 多万元。

正值春茶采摘季节，厂房里一片忙碌景象。每年从 4 月 20 日左右开始采茶，直到 9 月 20 日左右结束，加工茶叶的设备都处在开工状态，直到 10 月才停止。厂房有三层楼，我一层一层地参观。耳听和大林讲述他的茶叶世界，从茶叶加工车间到储藏室再到楼顶晒茶的玻璃房，嗅着茶香，感觉皇冠山就像一位宽厚的神灵，满脸宠溺地看着我们。在走廊上，我下意识地望向皇冠山，一缕雾在皇冠山上就像任性的顽童，自由自在地玩着。厂房顶层是玻璃房，大簸箕里晾晒着茶，红茶、

绿茶、紫鹃茶，和大林指着教我辨认。茶香弥漫中，我习惯地望向皇冠山方向，玻璃挡住了视野，但见对面的和大林正站在架子上翻晒茶叶。昨夜，他和工人们在厂房里加工茶叶，忙活到凌晨两点钟。望着忙碌而快乐的和大林，我被他的执着信念和数十年如一日地坚守在茶山上，带着乡亲们蹚出一条茶叶致富路子的故事打动心灵。

厂房旁边是一块精致的园地，三面由遮阴篷做围墙，另一面是品茶室墙壁，被和大林称为“后花园”。后花园里植物丰富，令人瞩目的是几棵古茶树，古茶树上石斛花开。石斛的根长在茶树上，吸收茶树的营养，使得石斛更具有药用价值。古茶树下套种着中药材，如半夏、黄连、重楼、土三七等，碧罗雪山上野生的中药材被和大林种在“后花园”里展示。除中药材外，还种有兰花。三两截胡乱搭着的栗柴上长满香菇，肥肥嫩嫩的非常诱人，我当场就向和大林点菜。作为一名背包游客，我决定将晚饭安排在和大林家的农家乐里，舌尖上的怒族文化，我对和大林家的农家乐饭菜很好奇，心想，这个置身在茶树和水冬瓜树间的农家乐，饭菜肯定别有风味。“后花园”是和大林的一块试验园地，他想在茶地里套种别的植物，尽可能把土地合理利用。

品茶室正在建盖。在品茶室观赏皇冠山，视野更加清晰，不像在厂房，也不像在农家乐所看到的，时不时苦恼电线的干扰和玻璃窗的多余。站在品茶室看皇冠山，黛青色的山裸露在眼前，皇冠山就像一位身材高大的勇士，戴着威严的皇冠。一缕雾不再如顽童般嬉闹，而是一头钻入皇冠的一角里，另一头袅袅飘向蓝色天空。行走老姆登，无论是在村里，还是在茶山上，左转右转都没有脱离碧罗雪山的怀抱，目光总是撞上高黎贡山峰巅的皇冠山。我喜欢这份在皇冠山目光里行走的感觉，在碧罗雪山与高黎贡山两大山脉的陪伴中，听着怒江流水声，行走大地变得从容和自信。这样的自信，和大林尤其浓烈。我虽然未能静坐于品茶室观赏皇冠山景致和品尝“怒舅山”高山茶，但在和大林开办的农家乐的厨房里，他给我与同行——茶厂的小罗泡的一壶茶就是紫鹃茶，这是他开发的“怒舅山”系列品牌茶中价格最贵的茶，这个朴实的怒族汉子没有一句客套话，却以茶饮的方式表达了对客人的欢迎。这份对客人的欢迎和自我推销，具象在品茶室的建盖上。我爱喝茶，但谈不上是品茶行家，仅仅停留在表浅的饮茶上。他泡的这壶紫鹃茶属于红茶类，色泽紫红如琥珀，饮之甘醇如饴，身心为之一爽。

“后花园”和茶厂之间，有一块茶地，茶地上的茶树叶子紫中泛红，与周边翠绿的茶树不一样，这是和大林引以为傲的紫鹃茶。2014 年，他到普洱考察时，

看到紫鹃茶，这是老姆登茶山所没有的茶品种，他喜欢茶的颜色，觉得紫红色好看，饮之，更是喜爱，这茶好喝。回到老姆登后，他在自家厂房旁边的坡地上，挖了一块平地。老姆登从没种过紫鹃茶，和大林决定科学化种紫鹃茶，他喜爱这茶，志在自家茶林拥有此茶。坡地被挖成一块平地后，他在翻挖的泥土上放一层腐殖土，在腐殖土上盖一层生土，再盖上地膜，最后种上购买来的紫鹃茶苗，成活率100%。一亩紫鹃茶，他投资了4万元。紫鹃茶是小叶茶，曾经是进贡皇室的贡品茶。紫鹃茶采摘且加工成红茶后，和大林琢磨，这是自己极其喜爱的茶，那就以爱字起头，饮爱心茶，售价2000元一斤。想不到，这个因爱而生的老姆登紫鹃茶，备受客户们欢迎，上市后供不应求，尤其让和大林感到自豪的是，2019年，1亩紫鹃茶收入20万元。这亩创造了茶产业佳话的紫鹃茶前面又有一块地，也栽上了紫鹃茶，栽种于2017年，2020年就可以采摘了。两块地里紫鹃茶树上，嫩嫩的紫红色一叶两芽茶正等待着人们来采摘。

茶禅一味，农民和大林说不出更多深奥的道理，但他做茶30年来的体会却朴实非常，充满禅机。他憨厚地说，做茶之人性格要好，心情要充满阳光和快乐，这样做出来的茶才会绵柔好喝。茶是一棵摇钱树，茶叶是钱币，采摘茶叶就像摇钱树回报勤快劳动的人。茶树越老越值钱，惠及几代人。

在土地上劳作的农民，相信眼见为实的利益。回想起当初，和大林就笑。他发给村民们茶苗，有的不敢种，说你种那么多茶叶，去哪里卖？去哪里推销？茶叶不能当猪饲料也不能当牛饲料，茶树不能当柴火砍来烧。和大林说，你们不必担心销售问题，茶市场大得很，只怕你们种不出来，大城市需要大量茶叶。有的茶农碍于和大林的情面，虽然没有拒绝和大林发的茶苗，但对茶产业的发展前景将信将疑，没有把种植茶树当回事，虽然把和大林发给的茶苗种下去了，但不好好种也不好好管理，敷衍了事。老姆登村有户胡姓的人家，和大林一次又一次给他家留茶苗，就是不种，隔壁邻居都种茶苗，就这户人家固执地种苞谷。和大林耐心地做工作，苦口婆心地说，你不要种苞谷了，种苞谷永远翻不了身。这户人家不听。和大林没辙了，只好硬压迫着这户人家种茶。胡家在和大林的施压下种了十多亩茶树，现今受益了，为此对和大林感激不尽。

作为产业带头人，和大林也有自己的一本创业经。刚成立合作社时，他举步维艰，得到匹河乡信用联社支持，无息贷款5万元，三年还清。茶树种下去了，三年里不见效益，但和大林深知茶树越老越值钱，他不仅想改变自己及家庭的命运，带动乡亲们脱贫致富，也想惠及子孙后代。种植茶树前期投入不算大，从第四年

开始，茶树有收益了，和大林边收茶叶边赚钱边不断投入，陆续种植茶树。2019年12月20日，他开始坡改梯种茶，但因新冠疫情暴发，他只好停工。他本打算把鲜茶叶收购价从8元涨到10元，后因疫情导致茶生意下滑，涨价之事暂时搁下了，待复工复产时再做调整。合作社成立以来，社员们采摘了新鲜茶叶交给和大林加工，从不为销路发愁。从2017年开始，和大林不仅发茶苗给社员种，还在年底召开交流会。随着生意规模越做越大，他在年会交流时发放给会员们的纪念品也越来越上档次，2017年交流会的纪念品是80元一个的铜锅，2018年专门定做180元一个的大边锅，2019年是棉毯，外加一顿饭。

高山茶厂的茶农中有建档立卡贫困户，和大林发给他们茶苗栽种，培训他们种植茶树，有的现今年收入过万元。合作社成员若自己销售茶叶比和大林代销还要好，可以自己销售，不必交给和大林代销。和大林成立合作社后，一年用几千个工，一天用30个采茶工，完成了乡亲们就近在家门口打工的心愿。尽管和大林创办的合作社成员越来越多，茶地近2000亩，收购和加工的茶叶越来越多，但他无法签到山外大城市需求的大宗订单，他们的合作社生产的茶叶满足不了供应。老姆登高山茶“怒舅山”系列品牌茶是和大林一手创办起来的，关系到合作社的信誉与生存，他反复叮嘱合作社成员，种植茶树不用化肥不用农药，若茶叶上有病虫害，就往茶树上撒一些灶灰，或喷洒烟头泡的水。老姆登村加工的茶是原生态茶，从不施肥喷药。

从老姆登村村情介绍上可知，老姆登高山茶种植农民专业合作社是福贡县境内生产规模较大的一家茶叶种植合作社，老姆登高山茶“怒舅山”品牌深受消费者喜爱，成为老姆登出产的茶叶中的名茶，带动周边农户1000多人增收致富。2016年，该合作社生产的老姆登“怒舅山”获得《食品生产许可证》，并取得《有机产品认证证书》，目前拥有四个茶叶包装外观设计专利。2017年，“老姆登高山茶”销售量8.8吨，销售额达528万元。通过积极探索制作工艺，截至目前已有炒青绿茶、晒青茶、晒青绿茶、晒青红茶、晒红茶等品种，茶农户均收入达2万元，约占全村总收入的50%。随着产业做大做强，各种荣誉和认证接踵而至，老姆登高山茶种植农民专业合作社于2017年取得了9个实用新型专利，5项实用新型专利均已授权。和大林本人也获得国家级、省级等各种荣誉、奖项。2018年，怒江州委州人民政府表彰怒江名师、名医、名家、能人，和大林荣获“怒江能人”称号。

一位中交人的怒江情怀

段国春

一枝一叶总关情，在脱贫攻坚的“战场”上，涌现出了许多用心为民、深受群众爱戴的扶贫干部，来自中交集团的王慧奇便是其中之一。2016年，王慧奇到怒江挂职扶贫，曾挂职中交集团驻怒江扶贫工作组组长、泸水市委常委、大兴地镇党委副书记、自扁王基村第一书记。来到怒江两年半，王慧奇的扶贫工作也已经结束，临走前，他决定再到曾经工作过的地方看一看，走访一下挂联的群众。

真心帮扶暖人心

王慧奇曾是大兴地镇自扁王基村的第一书记，两年半的扶贫生涯，他有很大一部分时间都和这里的群众在一起。

最让王慧奇牵挂的是他挂联的建档立卡贫困户密新兰。本来王慧奇是不用直接挂联贫困群众的，但考虑到贫困户多，而挂联单位人员有限的实际，王慧奇主动要求挂联了四户家庭最困难的建档立卡贫困户，密新兰就是其中之一。

“家徒四壁都谈不上，她家本来有一栋房子，后来倒塌了，把一块原来的猪圈改成生活的地方，那种困境是我没有办法描述的。”王慧奇说，初次走访密新兰家时，见到的情景完全出乎了他的意料。

通过深入走访，王慧奇掌握了密新兰家的情况。密新兰家庭情况本来还不错，但几年前她不幸得了癌症，沉重的负担使不堪重负的丈夫离家出走，从此杳无音信。为了筹钱治病，密新兰被迫把原有的一块宅基地卖给了别人，自己搬进了只有五六平方米的简易木板房里。而一向成绩优异，正在读高一的小儿子船春飞也被迫辍学，到六库打工为家里减轻负担。

“家里相当穷，我每个学期的生活费都是我妈妈去借来给我的。”船春飞说。

再苦不能苦孩子。王慧奇去到了船春飞打工的地方，动员他回到学校继续学习。考虑到他家的基本情况，王慧奇又和相关部门联系，亲自把船春飞送到怒江州职教中心学习，并为他支付了所有的费用。

从此以后，王慧奇真真切切地把密新兰当成了自己的亲人，只要工作不是很忙，每隔几天他就会去看望她，还送去米、油等。王慧奇还利用自己的人脉资源，多方为密新兰寻求医疗资助，帮她解决了不少医药费问题。经过多次手术治疗，现在密新兰的身体也一点点地好起来了，快要掉光的头发也重新长了出来。还有很多好心人来帮助她，家里的生活也越来越好了。

得知王慧奇就要离开怒江，密新兰十分不舍。她和儿子给王慧奇写了一封感谢信。在信中，她写道："王书记，您就是共产党派来帮助我们穷苦百姓的领路人，是您把我们从人生低谷拉上来，走向光明。"

王慧奇说，他之所以全力帮助密新兰一家，主要也是被她所感动。他说密新兰是个内生动力特别强的人，没生病前，她自己养猪、养牛羊、酿酒、种地，家里也料理得干干净净。

见到王慧奇到来，密新兰显得很激动。当听说王慧奇很快要回北京了，密新兰流下了泪水，握着王慧奇的手久久不愿松开，并不断地用傈僳语告诉我们这几年王慧奇是怎样帮助她家的。

在密新兰的执意要求下，王慧奇和她在她家的那间简易木板房前合影。密新兰说，她要把这张照片冲洗出来好好珍藏，留作永远的纪念。

在政府的关心下，密新兰家马上就要搬出简易木板房，搬进维拉坝易地扶贫搬迁安置点的新家。谈起对未来的期望，母子俩都有各自的愿望。

船春飞说，以后拿到会计资格证就好好工作，还要带妈妈去旅游。

密新兰说，她的愿望是儿子能好好读书，有一份稳定的工作。她始终坚信，好好读书才有出路，好好读书才能过上好日子。同时，她一直告诉儿子，要心怀感恩，知恩图报，不要忘记别人对自己的帮助，一辈子不要忘记，自己要努力学习，等有了工作以后要帮助像自己一样困难的人。

王慧奇对贫困群众的真心帮扶不仅感动了密新兰一家，也感动了与他共同工作两年多的市委统战部副部长、原自扁王基村第一书记桑娜妞。

桑娜妞说："我感受到王慧奇书记和密新兰已经结下了亲戚般的感情，在今后的工作中我要向王慧奇学习，继续走好扶贫的道路。"

王慧奇还到双麦地组看望他最为牵挂的挂联户李义华的妈妈，但遗憾的是老

人家不在家里。

李义华的妈妈已有 76 岁，两个女儿远嫁他乡，她独自生活，其房子破旧不堪，下雨天经常漏雨，冬天挡不住风，生活极其困难。王慧奇了解情况后，为老人协调了扶贫资金，帮助老人建盖新房，圆了老人的安居梦。

我们又和王慧奇走访了村民二四妹家。她家在政府的资助下修建了房子，但缺买家具的钱，王慧奇就帮她向中交集团申请了资助。

从二四妹家出来，我们遇到了村民九华益，他兴奋地约王慧奇参观他种的重楼。他不是王书记的挂联户，但他是在王书记的鼓励和帮助下种重楼的。

桑娜妞告诉我们，这两年多来王慧奇帮助的人还有很多。他给村民们送猪、送粮食、送油，给孩子送学习用品，资助了 15 名在校贫困大学生。到底有多少人受到过王慧奇的帮助，桑娜妞也记不清楚。

产业帮扶促发展

除了对群众的精准帮扶，在整个产业发展方面，王慧奇也有很多自己的想法。刚到自扁王基村不久，他就在村委班子会议上提出成立农民专业合作社，发展火龙果种植和肉牛养殖，带动更多的贫困群众实现脱贫摘帽的想法。但当时大家都比较茫然，不太支持他的提议。

怒江乡味经贸有限公司总经理、荣新火龙果种植农民专业合作社负责人祝荣新说：“王书记带着我们走遍了整个云南省种植火龙果规模大、有成效的地方，学习了种植技术还有培育技术，没有王书记的带动，我们的火龙果基地也不会达到今天这个规模。”

思想统一了，但项目要顺利实施还有很多的困难。之后，无论是前期筹备，还是项目建设，王慧奇都亲力亲为地抓好每一个环节。

“他基本上都在这个火龙果基地里面和我们的建档立卡贫困户同吃同住，时不时还帮我们解决火龙果基地里和群众生活上的一些问题。”祝荣新感激地说。

在大家的共同努力下，2018 年，火龙果基地有了不错的收成，合作社成员都分了红，村民们离脱贫致富又近了一步。

除了种植火龙果，王慧奇还亲自走访寻找具有怒江特色的农副产品，帮助村里成立了怒江乡味经贸有限公司。现在，公司经营的羊肚菌、草果、石斛、蜂蜜等具有怒江特色的农副产品已经销往省内外。2018 年不到一年的时间，公司就有

了9万多元的利润。

祝荣新说，现在公司的进货渠道也越来越多了，在中交集团的帮扶下，农特产品的销路也基本打通了。

种植业取得了成效，养殖业自然也要抓好落实。2017年11月7日，50头西门塔尔牛正式运进自扁王基村，这是由中交集团援建实施的肉牛养殖项目，项目的成功落地，为自扁王基村建档立卡贫困户摸索出了一条新的脱贫致富路子。

为了更好地繁殖，这次引进的绝大部分是待产母牛。在母牛待产的时候，王慧奇还亲自上阵，整夜整夜守着，生怕有一点儿闪失。这件事令群众深受感动，也让他有了“睡在牛棚里的第一书记”的美誉。

“王书记带我们去大规模的养殖场参观学习技术，然后在基础设施建设的时候，王书记亲自到我们基地来监督和指导，使我比较感动的是母牛生崽的时候，他亲自来基地指导我们怎么做。”张荣肉牛养殖农民专业合作社负责人张建生说。

“要注意仔细观察，它马上就要生产的时候要帮助它，特别是头一胎，第二胎的话顺产好一点儿。”临走前，王慧奇依然如同往常一样在牛棚里悉数交代工作，仿佛这只是一次日常的工作监督，仿佛他随时会回到这里，做那个睡在牛棚里的第一书记。

王慧奇说，很多人都喜欢吃牛肉，市场上的牛肉供不应求，肉牛养殖前景很好。现在由中交集团援建的第二个养殖场也在大兴地镇鲁奎地村加班加点地建设，预计3月底就能竣工，4月初就能将牛引进到场了。

养殖中华蜂是一项生态环保的产业，为了让群众持续增收，王慧奇多次邀请青岛姜岐中华蜜蜂研究院专家到怒江，给养蜂户和贮备养蜂户进行育蜂王、分箱等现代养蜂技术培训。目前由中交集团出资、青岛姜岐中华蜜蜂研究院出技术的蜜蜂产业基地也在王慧奇的争取和协调下在贡山县怒江第一湾开工建设。建成后它将成为怒江州最大的蜜蜂产业基地，有效地促进农业产业结构调整，加快农民脱贫致富的步伐。

强化基础利民生

中交怒江连心桥是由中交集团出资1.04亿元帮助怒江州解决群众出行难的扶贫举措。临走前，他非常关心工程的进展情况，向项目负责人仔细询问了工程进展情况，得知工程进展顺利，预计能提前半年完成项目建设。

“他帮我们跑前期的手续，和政府对接，包括前期的征地拆迁、水利、电力，我们特别感谢他为这个项目付出的努力。”项目负责人胡青松介绍，项目的许多前期工作是在王慧奇的支持下顺利开展的，为了加快项目的顺利实施，在短短两三个月的时间里，他就协调组织了相关部门开了四次现场协调会。

如今，连心桥的施工进展顺利，据了解，中交怒江连心桥有望在 2020 年 8 月全部完成。除此之外，由中交集团资助建设的洛本卓俄嘎完小、泸水一中高中部教学楼已经建成并投入使用，出资 1000 万元的恩感思落易地扶贫搬迁安置点也已经建成，搬迁群众正陆续入住。

依依不舍怒江情

回顾这两年多的扶贫工作，王慧奇感触颇深。他初到怒江时，所见的一切是他从前无法想象的，这里的群众的生产生活现状、人们的思维方式……贫困和落后让他的内心受到很大的触动，也坚定了他要尽自己最大的努力去帮扶怒江的决心。“当时自己感觉千头万绪，也没有什么好的方法，非常着急，对工作、对帮扶简直就是一片空白。”王慧奇说。

产业不是一步发展起来的，火龙果基地、养牛场、养蜂、农特产品这些产业的形成，靠的是一点点地深入走访、一步步地挖掘与构思。“下一步还是要面向深加工这方面发展，现在也在研究，也在逐步地实施，建立扶贫车间，以扶贫车间为依托建立加工产业，更多地带动产业链向纵深发展。”尽管很快就要离开怒江了，但王慧奇仍在思索着下一步该如何做。

两年半的怒江生活，让王慧奇感触很多。他说一起工作的当地干部们，都特别踏实，有韧劲儿，信念坚定，工作热情。“我觉得泸水的老百姓特别淳朴，因为知道我一个人在这里远离亲人又远离家乡，逢年过节的时候，他们都会主动邀请我去他们家里吃饭。”让他感受最深的是这里浓浓的人情味儿。

他说，第一年中秋节的时候，有多户人家邀请他到家里去过节，这让他特别感动。除此之外，在平时的生活中，当地群众也都对他非常关心。“我在赶集的市场上想买东西，他们都特别诚恳地不要我的钱，我就特别不好意思。”

两年半的时间，王慧奇和这里的干部群众建立了深厚的感情。脱贫攻坚，任务繁重，他和干部群众时常吃住在一起，天天相处在一起。王慧奇说，怒江是让他特别难忘的地方，也是付出最多的一个地方，归期在即，他不止一次表达出了

心中的不舍。百感交集的内心，无法言说的感情，都在群众握着他的手那一声声道不尽的感谢中，在他眼神中对群众自然流露的关怀里。

“些小吾曹州县吏，一枝一叶总关情”，这是王慧奇内心的情深义重，也是每一个中交人的怒江情怀。在未来，也会有越来越多像王慧奇这样的优秀干部，真心实意地帮助怒江群众走向更好的生活。就像王慧奇常提到的他很喜欢的那句话：“一朝峡谷行，终身怒江情！”

打中坡的月光

郭子雄

站在永兴村公所二楼的走廊上，看着月亮从远山缓缓升起。月光照着云岭山脉，照着打中坡，照着打中坡上的村公所，照着我。连日不断的雨终于停了，有雾在山间河谷飘荡，飘着飘着就淡了散了。山峦、村庄的轮廓，在月光下清晰可见。村公所院内的花坛上种着菜，有昆虫在菜间低声吟唱，仿佛在表达对菜地主人的怀念。

身旁站着时任兰坪白族普米族自治县河西乡永兴村扶贫工作队队长李鹏艳。这是一个小巧玲珑、精明能干的女孩子，她是我女儿中学时的同学，才 27 岁。看着她瘦弱的双肩，我无法想象她在老队长杨义飞因交通事故不幸殉职后，是如何承担起队长这一重任的。她的内心要如何强大才能承受如此大的压力？

我们身后，就是原驻兰坪白族普米族自治县河西乡永兴村党总支第一书记、扶贫工作队队长，被州委追授“全州优秀共产党员”“全州优秀扶贫工作者”称号，并号召全州学习的杨义飞同志生前的宿舍，小李的宿舍就在旁边。好一会儿，我们都没有说话。前面来采访过的记者告诉过我，每当有人来采访一次，小李就会难过一次。

月亮升得更高、更明、更亮了，山川静默。

“郭叔叔，你是不是也是来采访队长事迹的？”小李打破了沉默。我说“是的”。小李幽幽地说道，队长离开我们 48 天了，48 天来，我们无时无刻不在怀念他。我看见有泪花在小李的眼里闪烁。我没有说话，我不知道该从何说起。因为让小李去回忆，毕竟是件残酷的事。小李仿佛看出了我的心思，主动讲起了杨义飞同志的事迹。

她说，她永远不会忘记 2017 年 5 月 31 日这个日子。那天，怒江州连日的暴雨没有一丝停下的迹象。清晨，他们从州府六库出发，赶赴永兴村，开展新一轮扶贫精准识别工作。暴雨、山洪、塌方、滚石，没有阻挡住他们前进的步伐。一路上，由于她与杨队长没有同乘一辆车，他们先后六次通电话，商量着工作上的事。她的手机里至今还保留着他们的通话记录。最后一次通话时间是 16 时 16 分，他们商量着到河西乡后，先去河西乡九年一贯制学校看望慰问永兴小学借读的学生。因为第二天是六一儿童节，乡里要开扶贫工作会议，没有时间。她万万没有想到，4 分钟后，16 时 20 分许，她十分敬重的好队长、好大哥就在交通事故中不幸殉职。说到这里，小李的泪水还是忍不住掉了下来。

好一会儿，小李才控制住自己的情绪。继续说道，第二天早上开完会，他们按老队长的生前遗愿，去看望慰问了永兴小学借读的学生，当学生们拿到他们心爱的杨叔叔给他们买的书包时，围着她，不停地问，杨叔叔怎么没来？他不是说要亲自给我们发书包，等我们的学校建好后，还要亲自接我们去新学校吗？小李说她不忍心告诉孩子们，这次，他们心爱的杨叔叔要失言了，永远不能来了。小李说看到孩子拿到书包的高兴劲儿，她差点儿忍不住哭了出来。这些书包是 5 月 30 日那天，杨义飞队长带着她在六库中央大街冒雨买的。

小李说她忘不了，入村的第二天，由于村公所没有做饭的条件，他们经历了一碗青菜汤过一天的艰辛，晚上召开村干部会议时，她几乎饿昏过去。开完会，她抱怨这日子怎么过。杨队长笑着安慰她，要是这儿像住宾馆一样舒服，还用我们来吗？ 2016 年 6 月的一天，暴雨倾盆，队长带着她赶到乡里开会，从早上一直走到晚上。一路上，泥石流东一堆、西一片，每到危险路段，杨队长都要先去探路，确认没有危险后才让她通过。

让她记忆犹新的是去年的那个夏天，暴雨不断，山洪、泥石流、滚石、塌方阻断了永兴通往外界的路，队长带领她去查看灾情，排查安全隐患，疏散危险地段的群众。从早累到晚，回到村公所，他们几乎已经是弹尽粮绝，只有少量大米，蔬菜早就没有了，水也断了。开始几天他们还能吃队长自己种在花坛里的菜，接雨水做饭。时间长了，他们只能吃米汤泡饭。她建议队长向附近群众求援，可被队长否定了。杨队长说永兴的群众淳朴，你去买东西，他们不会要钱，我们是来扶贫的，不能增加群众的负担。他们的困境，后来还是被细心的村支书发现，去帮他们要来了十几个洋芋和几个鸡蛋，才解了他们的燃眉之急。他们的杨队长就是这样一个人，面对艰苦的驻村环境，从不抱怨，而是主动融入工作，想方设法克服困难。门锁坏了自己换，电线老化了自己换，炊具没有自己买，蔬菜没有自己种，把村公所当成了自己的家，俯下身子一心投入到扶贫工作中。

为了把贫困情况搞准、把贫困原因摸清，杨队长走遍了永兴村的山山水水、村村寨寨、家家户户，一户户进行精准识别，认真走访核对，对7个村民小组的情况了如指掌。因人因事施策，积极帮助群众出主意想办法。小李说让她特别感动的是去年建档立卡“回头看”、扶贫大数据系统信息录入时。数据录入最忙的那段时间，也是永兴去年最冷的时间。外面大雪下了一夜，队长电脑前的灯也亮了一夜。他的风湿关节炎发作了，脚肿得老高，为了不影响录入进度，他强忍剧痛，坚持工作，直到几乎无法走路。其他人劝他去治疗，他说工作任务这么重，这么紧，他怎么能走？还有今年3月份，建立一户一档台账时，为了按时完成任务，他们连做饭吃饭的时间都省了，泡一碗方便面，边吃边录入，不分白天黑夜。一天、两天、三天，第四天她终于支持不住了，队长见她太困，就让她去休息。等她第二天醒来，见办公室的灯还亮着，一看杨队长还坐在电脑前专心致志地工作着，就说：“队长你怎么不休息一会儿？”杨队长告诉她，自己也是刚刚起来。小李说，其实她知道杨队长又是一夜没有睡。

这家村民闹离婚了，找杨队长去协调变得和睦了；那家农田垮塌了，向杨队长反映，杨队长第一时间去现场查看灾情并及时处理了；有农户家的核桃树影响到周边村民的房屋安全，经杨队长协调，村民积极配合妥善解决了。李子坪村民小组组长的儿子儿媳都在外面打工，小组长每次去村委会开会都得带上4岁的小孙女。于是，善良细心的队长便留了个心眼儿，只要自己从乡里或六库回来都要带一些零食，这样每次小组长的孙女来村委会就可以吃到好东西了。小李说每当小女孩一走，她都会看到队长拿着手机久久地看着，那上面有杨队长同是4岁女儿的相片。小李说这是她最不敢看队长的时候，往往杨队长眼里含满了泪水，强忍着不让眼泪掉下来，谁说男儿有泪不轻弹？

小李转身指着宿舍说，村里安排住处的时候，杨队长的房间靠里，她的房间靠外，但杨队长主动和她换房间，为了保护她，使她能每夜安然入睡。小李告诉我，她不会做饭，杨队长就主动负责他们的伙食，不管多忙多累，总是能让她按时吃上饭。去年10月，村里开展低保评议和转走访工作，正是需要人手的时候，但小李左耳流脓流血短暂失聪，杨队长毫不犹豫地一人扛起工作任务，让小李赶紧去医院检查。今年1月份，小李扁桃体发炎，杨队长就去找来中药材，熬药给她喝。村里的大学生村官由于一直在备考公务员和事业单位，队长就尽可能不安排给她相关工作，给她创造看书学习的条件。工作队里有两名乡政府的工作人员，他们身兼数职，队长就尽可能地承担队里的工作，尽量少安排他们的工作。

我问小李，你们队长这么关心爱护人，就没有发脾气的时候？遇到原则性的问题怎么办？小李说，郭叔叔你想错了，我们杨队长在原则问题上敢于较真碰硬。在公开评选低保户时，一户不符合条件的村民，强烈要求将他家纳入其中，并跟村干部闹腾不休。杨队长了解情况后，主动找该村民谈话。多次说服无果后，有人建议妥协。杨队长拍案而起，原则问题没有妥协的余地，出了问题他负责。小李说这可能是他们的队长在永兴这个他为之献出生命的地方，唯一一次发脾气。

月光如洗。月光透过窗户射进了杨义飞队长生前的宿舍。我轻轻推开宿舍的门，走了进去。书桌上还放着习近平总书记的讲话读本和学习笔记，墙壁上还挂着衣服，床前还摆着沾着泥土的鞋子，桌上还有一饼压缩干粮。仿佛杨队长入户走访还没有回来。

是的，杨义飞队长没有离开我们。我们无时无刻不在怀念他。我们继承着他的遗志，在融有他血液的土地上奋力前行。他仍时时刻刻与我们一起走在怒江脱贫攻坚的路上，战斗在新一轮脱贫精准识别工作中。沧江两岸、云岭山脉、怒江峡谷，只要有脱贫任务的地方，只要有驻村工作队员的地方，就有他的身影。

殉职在怒江扶贫路上的“好队长”

王靖生

怒山呜咽，沧江垂泪。

2017 年 5 月 31 日，怒江州连日的暴雨没有一丝停歇的迹象。下午 4 时 20 分许，一位优秀的驻村扶贫工作队队长在新一轮精准识别工作途中发生交通事故，不幸殉职。这位魂断怒江脱贫攻坚路上的同志是怒江州密码管理局技术科科长，驻兰坪白族普米族自治县河西乡永兴村党总支第一书记、扶贫工作队队长杨义飞。

杨义飞，男，怒族，大理州云龙县人，生于 1979 年 10 月，2005 年 12 月参加工作，2010 年 10 月加入中国共产党。驻村工作两年来，他吃透村情，帮助村里谋划发展思路，情牵贫困群众和孤寡老小，留下了许多“鱼水情深”的感人故事，直至用生命诠释了一名驻村扶贫工作队长的担当和情怀。

他视驻村为家乡

六月，永兴村委会办公楼院里一角，几棵稀稀落落的青菜掩映在杂草花丛中。现任驻村工作队队长、怒江州委党校职工李鹏艳说，院角的青菜是“飞哥”亲手开垦种下的，那时还有白菜、葱、蒜等，长得郁郁葱葱。

李鹏艳和大学生村官李晓艳习惯称呼杨义飞为“飞哥”，两位女孩曾经在“飞哥”手下当过一年的工作队员。她们说，永兴村离乡镇集市较远，只有一条雨阻晴通的泥泞土路通往乡里，上街买菜极为不方便，“‘飞哥’牌菜地”就成了村干部和工作队救急的“菜篮子”。在这样艰苦的条件下，杨义飞一干就是两年。

永兴村委会位于平均海拔 2600 米的半山腰上，全村有 7 个村民小组 325 户 1180 人，大部分村民为傈僳族和白族。2014 年底，全村人均年收入仅为 2700 元。杨义飞同志于 2015 年 2 月 28 日至 2015 年 7 月 20 日任兰坪白族普米族自治县河

西乡永兴村新农村指导员、党总支常务副书记，2015 年 7 月 21 日至 2016 年 2 月 17 日任新农村指导员、党总支第一书记，2016 年 2 月 18 日至 2017 年 4 月 15 日任永兴驻村扶贫工作队队长、党总支第一书记，被评为“兰坪县 2016 年度优秀驻村工作队队长”。

杨义飞平时话不多，但爱琢磨事儿。驻村之初，结合村民白天出门干活儿很少在家的情况，他创造性地提出在村民晚饭后至睡觉前时段开展“夜访农户”行动。杨义飞了解到这一时段是村民茶余饭后和家人邻居唠嗑闲聊的时间，便瞅准这个时机串门走访，与村民围坐在火塘边，拉家常、话脱贫。通过“夜访农户”行动，杨义飞逐步掌握了不少永兴村情的第一手资料。

若要想致富，路是先行者。杨义飞了解到河西乡政府到永兴村有一条 23 公里长的乡村公路，其中，靠近村的 13.8 公里公路直到 2014 年 10 月才被列为硬化项目。2015 年 3 月，他第一次驻村时却见硬化公路项目开工不见施工，原因是涉及村民林地和其他用地矛盾突出。

“为这条路，杨队长不知道跑了多少次，调解了多少矛盾。”村委会主任和继华说。2016 年 10 月全面完成公路硬化项目之前，杨义飞带着工作队和村干部磨破了嘴皮、花费了大量心血。

通过深入调研，根据永兴村海拔、气候条件，杨义飞提出要因地制宜、因势利导发展以中药材为主的特色产业发展思路。同时，结合他带领部分村民到大理、丽江考察特色产业的成果，建议永兴村重点发展重楼、桔梗、芍药等中药材和油料牡丹产业。并由此归纳提炼，杨义飞和工作队员协助村委会制订了一个十分切合实际的《永兴村脱贫规划》。

除为村里谋划脱贫规划外，去年，还是驻村工作队开展建档立卡“回头看”和精准扶贫大数据系统信息录入最忙碌的一年。杨义飞在指导全村搞好相关工作的同时，对自己单位挂联的 3 个村民小组 136 户农户进行了 2 次遍访，对筛选出来的 47 户建档立卡贫困户做了 6 次走访。为村民调解耕地纠纷、离婚纠纷、道路硬化施工方与村民的纠纷、饮水工程队与村民的纠纷、学校征地纠纷等 36 起。

村民们说，在走访路上，在调解途中，杨义飞爱穿一套土灰色的迷彩服，见到哪位村民都会微笑着打招呼。殊不知，他这是从身到心把永兴村当作了自己的第二故乡。

他待群众如亲人

熟悉杨义飞的人都说，他是一位极富爱心和重情重义的人。他走访贫困户，看见有老弱病残在家，临走时总是自掏腰包留下 100 元或 200 元钱以表心意。村里哪家办红白喜事，只要被杨义飞知道，他都尽可能到当事人家里坐一坐。并且，按照当地习俗，他每次都留下份子钱。

他挂念留守儿童。李子坪村民小组组长和桂祥的儿子儿媳都在外面打工，和桂祥每次去村委会开会都得带上 4 岁的小孙女和秋蓉。于是，善良的杨义飞便留了个心眼儿——只要自己从乡里或六库回来都要带一些零食，这样，每次和桂祥的孙女来村委会就可以吃到好东西了。“飞哥每次看见和组长的小孙女，一定是想他 4 岁同龄的女儿了。”李鹏艳不忍回想。

他情牵孤寡老人。永兴村猴子箐村民小组有一位 70 多岁的“五保”户叫李老五，双目几乎失明，平常靠政府救济和左邻右舍照顾艰难度日。杨义飞了解情况后，主动把李老五划为自己的联系户。只要他在村里就隔三岔五去看望李老五，每次去都会给老人带一些吃的或用的东西。他不仅给老人送钱送物，还帮老人打扫卫生、穿衣喂食，一点儿都不嫌脏。看到杨义飞待李老五如待亲人，群众就给杨义飞取了一个外号叫“杨老六”，开玩笑地说他是李老五的拜把兄弟。从这个顺耳的外号不难看出杨义飞和村民的亲密程度。

他力帮求学女孩。2016 年 9 月，猴子箐傈僳族女孩和艳芬考入州民族高中，但和艳芬的父母亲没有到过州府六库。杨义飞得知情况后二话不说就答应帮助家长一道送女孩到学校报到。于是，杨义飞陪同和苟全夫妇和女儿来到了六库，他不仅帮助和艳芬完成了所有报到手续，而且自己掏钱承担了和苟全夫妇在六库的两天食宿费用。

村民当他是自家人

2017 年 6 月 2 日上午，永兴村“两委”班子集体向乡党委政府提出请求：“请允许我们请假两天，代表全村老小去送杨义飞队长最后一程！”

“阿飞，我的好兄弟，我的好队长，一路走好……”6 月 3 日，在杨义飞同志的葬礼上，铁骨铮铮的白族汉子、永兴村党总支书记和江林泣不成声。

6 月 3 日下午，永兴村“两委”班子成员从大理州云龙县表村送别杨义飞同

志遗体回到村里后，每一位碰见村干部的村民第一句话都问葬礼的情况。

其实，在之前的 5 月 31 日下午，听到杨队长发生意外的不幸消息时，正在地里干活儿的打坡小组组长和祥云来不及多想，甩掉手中农具，疯了般跑回家，设法联系到村干部打听好哥们儿的具体情况。

和祥云家紧挨着村委会办公楼，远亲不如近邻，空闲时，杨义飞最爱去和组长家串门。一来二去，他们成了好朋友。有时候看见工作队忙，和组长就叫爱人做好饭，邀请杨义飞他们来家里搭伙。和祥云有两个孩子，大的读初中，小的读小学，平时都住校。节假日，碰上和家小孩放假回家，杨义飞就像对待亲侄子侄女一样鼓励他们好好读书，并给上一些零花钱。

“兄弟，如果你的老家不是这么远，我们全组村民都会来送送你。”在杨义飞的葬礼上，和祥云红着眼圈一遍又一遍对着遗像说。

“这么好的人，怎么说走就走了？”和江林 78 岁的老母亲一提起杨义飞总是流着眼泪讷讷地说。

杨义飞走了，带走了太多遗憾。他和村主任和继华还相约带上永兴村的土壤去找专家测土配方，以便在村里发展更精准的种植业；永兴村第一家专业合作社社长和四堂，还等着与“飞哥”再倒上一杯酒，聊聊市场、侃侃人生；村民小组长和桂祥的孙女小秋蓉，还巴望着吃上“飞哥”叔叔买来的好东西……

杨义飞走了，带走了亲人团圆的天伦之乐。他驻村两年，待村里孤寡老小如亲人，但作为家中的“幺儿”和年轻的父亲，他想弥补年迈的父母和挚爱的妻女太多太多。为了开展好驻村工作，去年一年 365 天里，除了去河西乡里开会或回六库办事，杨义飞都驻扎在村里，回去六库看望妻子和女儿倒成了“顺路”。都说女儿跟爸爸关系最亲，杨义飞的女儿也一样，只要爸爸一回到家里，女儿就像“粘粘草”一样粘着不放。杨义飞的爱人至今也不忍心对年幼的女儿说她爸爸的事情。

带着对亲人无尽的留恋和对贫困群众深深的牵挂，杨义飞永远“倒”在了怒江脱贫攻坚的路上。但他亲民、爱民、为民的公仆形象如巨人般伟岸耸立！

大爱刻在峡谷间

陆娉婷

2017年2月21日，怒江州农业局驾驶员何龙海驾驶公务用车送扶贫工作组到福贡县开展脱贫攻坚工作，返程途中被山上坠落的一块滚石击中。在车辆即将失控冲向百米悬崖、坠入波涛汹涌的怒江之际，何龙海强忍剧痛，采取紧急制动，以生命的代价，完成了此生最后一次也是最完美的一次停车……

2月23日中午12时50分，六库镇小沙坝殡仪馆内，哀乐回旋，悲伤弥漫，数以百计的干部职工和自发赶来的群众聚集在这里。怒水呜咽，长歌当哭，泪眼中，人们万般不舍地送别一位他们心目中的好人。遗像里，那敦厚谦和的面孔，正无声地注视着这一切，是宽慰，是告别，是不舍……

这位令人追思、尊敬的人叫何龙海，46岁，生前是怒江州农业局驾驶员（高级工）。6月23日，中共怒江州委发文，追授何龙海为“全州优秀共产党员”，并号召全州共产党员向他学习。

参加工作28年来，何龙海在平凡的岗位上爱岗敬业，坚定理想信念，用点滴小事铸就短暂却不平凡的人生。

江风拂过大峡谷每一寸土地，人们回忆起关于何龙海“最后一刹”背后的点滴往事。

灾难突降，他用生命完成最后一次完美停车

2017年2月21日，元宵节的喜庆还在继续。清晨，何龙海和同在一个单位的妻子李雪芳一起有说有笑地走在去单位上班的路上。9时许，李雪芳接到丈夫的电话，说要送扶贫工作组去福贡县开展脱贫攻坚工作。和平时一样，叮嘱丈夫注意安全后，李雪芳便挂了电话，开始了一天的忙碌。

李雪芳说，她的电话，平时很少响起，响起时，一般都是丈夫打来的，无外乎是些报平安的话。然而那天下午 4 时许，离丈夫所说的“5 时左右可到六库”还差一个多小时，她的电话却骤然响了起来……

灾祸来得毫无征兆。返程途中，行至泸水市大兴地镇境内丙瑞线 K254+800 米处时，“嘭”的一声巨响，一块重 100 多公斤从道路西侧山体落下的滚石击穿何龙海所驾车辆的前挡风玻璃后砸入车内，并击中了何龙海的头部和胸部。

鲜血、剧痛、恍惚……就在车辆即将失控冲向百米悬崖、坠入波涛汹涌的怒江之际，何龙海强忍剧痛，紧急制动，向右打方向盘，原本疾驰的车辆，在靠右前行了一段距离后缓缓停在公路右侧山体下方，3 名同乘人员得救了！

车子停稳后，同车的曲义才立即打开车门跳下车，对着何龙海大声呼喊他的名字。然而，嘴角和身上全是血的何龙海伏在方向盘上，始终没有应声。悲痛中，另一名同乘人员立即拨打了“120”急救电话，而何龙海的亲属也在第一时间赶到事发地。

救护车一路疾驰，亲友声声呼唤。在州人民医院，虽经医生全力抢救，但因伤势过重，何龙海的心跳最终停在了当日 18 时 25 分。亲友的呼天抢地、同事的扼腕叹息，还是没能将何龙海唤醒。

常年出车在外的何龙海，这一次出了此生最远的一次门，再也没能回来，再也不会回来！

走得突然、走得匆忙的何龙海，还有许多未了的心愿和承诺。他曾答应过父母，等 8 月州庆纪念日放假，要驾着已预订好的车，带他们去广西北海旅游，因为参加工作 28 年来，他曾无数次向家人许诺过要带他们去“见世面”，却一次也没兑现过；他曾答应过妻子，等他下乡回来，要为她煮自己最拿手的酸菜鱼；他曾答应过这个夏天就要大学毕业的儿子，等他去省城出差，一定去看他，带他“吃遍昆明”……

平凡岗位，守时护车爱车是他的惯常

李和权、何余义、李忠彪与何龙海共用一间办公室，亲如兄弟。

何龙海生前的办公桌、桌上的台式电脑至今仍保留着。“好像一抬眼，就会看到龙哥在电脑前忙碌的样子。”李和权一脸惋惜地说。

“每次下乡出差，他都会像大哥一样不厌其烦地提醒我们注意安全。”何余

义沉浸在回忆中。

“他还叮嘱我们，车子过不去的地方就不要硬闯，不要为了逞能而拿生命开玩笑。”一旁的李忠彪插话。

从参加工作时分配在州乡镇企业局，到州运输公司，再到泸水县农业局、泸水县委组织部，最后到州农业局，接触过何龙海的人从未听过他因自己所处岗位平凡而发过一句牢骚。每次接到出车任务，他总会早早地赶到车库，将车开到指定地点，年年如此，时时如此，从不误事。

“没必要那么早，领导出发前 5 分钟到指定地点就行了。”有人说。

“不行，万一突然需要提前出发呢？”他反问。

而何龙海护车爱车，在单位和家人面前也是出了名的。

出车途中，用餐或休息，别人歇息时，他却闲不下来，围着车子，踢踢轮胎；俯下身，看看刹车，检查油门。

“出发前还好好的车，能有什么事？”同乘人员问。

“不怕一万，就怕万一，多个心眼儿准没坏处。”他答道。

每次出车回来，重复的，还是那些一成不变的动作：环车一周检查，确认无事后才将车子入库；只要车子不是太脏，无论多晚，他都要自己动手清洗，将车内的物品整理得整整齐齐。

“有时别人坐他的车，在车上吃东西，他什么也不说，但会主动递给人家垃圾袋。”州畜禽品种改良站职工杨国强说。

“有一次他在车上整理东西，我跟着上车，他居然把我赶下来，说我抽烟，烟灰会弄脏他的车。”儿子的“绝情”，让父亲何忠盛“耿耿于怀”又念念不忘。

安全行车公里数，是他心中最高的荣誉。

“安全行车公里数就是驾驶员心中最高的荣誉。”这是何龙海生前给单位其他驾驶员印象最深的一句话，也是何龙海对驾驶员这一职业的“成就感”最朴素的定位。

“阿龙忠诚老实，驾驶技术又好，安排给他的事，从来没有听他说过一个‘不’字，在组织部那些年，从来没有给单位添过堵，都是平平安安出去、平平安安回来。”时隔二十多年，时任泸水县委组织部副部长的杜成芳对何龙海精湛的驾驶技术和周到的服务仍记忆犹新。

“在单位 20 年，从来没有听说过他开车时和别人发生剐蹭或其他事故，更没有听说过他利用工作之便为亲朋好友加过一箱油、修过一次车，他把行车安全看

得很重，把这份职业看得很重，把领导和同事的信任当成一种荣誉。这么踏实肯干的人，早上还说说笑笑的，下午就走了，谁接受得了？”在副局长赵武孙的记忆里，何龙海的形象永远定格在细心、周到、规矩和敬业上。

“很多人觉得驾驶工作最清闲，不过是打几把方向盘的事，没意思。”年轻驾驶员有些动摇。

“得学会调整心态。”何龙海开导道。

“天天不是踩油门就是踩刹车，没有成就感。”又有人说。

“工作的成就感，得靠我们自己找。”何龙海语重心长地说。

“龙哥经常教育我们，说‘行车安全公里数’就是驾驶员最大的成就感，以前不当回事，后来慢慢想通了，龙哥说得没错，我们的工作离安全最近，保证同乘人员安全，就是我们最大的成就感。”有着17年驾龄的何余义红了眼眶。

正是因为对工作的热爱和忠诚，才让何龙海有着过人的本领。“只要车子一发动，或者在行车过程中，哪怕一点儿轻微的异响都逃不过他的耳朵，他能快速判断是哪个零部件出了问题，然后及时送修。”李和权毫不掩饰对何龙海的钦佩。

解读安全知识，分析出车线路，总结出车点滴……何龙海与同事分享个人经验，为年轻驾驶员寻找成就感的方向。

技术娴熟，服务周到，态度端正。领导和同事的评价，简单却有分量。这信任，就是何龙海内心最大的成就感。

憨厚“傻气”，带给他人无尽温暖

“叔叔走了，再也不能来看我和妹妹了。我们想他时，再也看不到了。”

得知何龙海去世的噩耗，家住泸水市六库镇新田村委会西北山村民小组的大学毕业生杨雪苹哭成了泪人，因为她和妹妹杨小芳，就是被何龙海“温暖”过的人。

“这是500块钱，先拿去应付第一个月的生活费，别担心，有我们一家吃的，就不会让你饿着。”2012年8月，临近大学新生报到的日子，从地里干活儿回来的杨雪苹接过何龙海递来的救急钱时泪眼蒙眬。父亲患病去世后，年迈的爷爷奶奶、上学的她和妹妹，全靠母亲一人支撑，日子过得捉襟见肘。“叔叔家需要用钱的地方很多，当时弟弟马上高中毕业，也需要给他筹钱上大学。”杨雪苹说。

与杨雪苹非亲非故的何龙海的这一“送”，就“送”到了杨雪苹大学毕业，48个月，每月200元，月月如此，从不间断。2013年，何龙海又担负起上初三的

杨小芳在校的生活费，同样是每月200元，直到生命的最后一刻。

虽然从父辈开始就已搬离老家西北山村并定居六库，但何龙海对西北山村却有着难以割舍的情。“我两个娃娃读书时，家里困难，阿龙也是一百五百地给，一直到娃娃大学毕业。那么好的人，怎么一声不吭就走了？”59岁的村民杨淑佪止不住流泪，“村里80岁以上的30多个老人，个个都收到过阿龙的敬老钱，都是一百两百的，年年给；家庭困难的也给，路上遇到小娃娃，也会五块十块地给。”

有人说何龙海“憨”，说有那点“闲钱”还不如一家子吃好点穿好点，或为儿子攒着。但何龙海没有那样做，依旧一如既往地“憨”着。

2016年，何龙海挂联的一户人家实现了脱贫出列，这让他很是高兴。2017年春节，何龙海前往这户人家走访，有村民知道后找到他，请求他帮忙解决扶持生猪养殖事宜。回单位后，何龙海向单位反映了这一情况，并为村民争取到了生猪养殖帮扶项目。有同事和朋友知道后，半开玩笑半认真地对他说：“你怎么那么傻，要帮扶，也要首先考虑你自己的挂联户，最起码年底考评时，挂联户脱贫了，你的任务也完成了。”何龙海听罢只是憨厚一笑：“能帮扶贫点做点事有什么不好，再说了，帮哪个不是帮，能帮一个是一个。”

无言的善举，镌刻在大峡谷每一寸土地上，也镌刻在大峡谷人心中。时至今日，贡山县的2000多名群众和被困游客仍记得，2005年那场罕见的暴风雪中有他冒雪运送救灾物资赶赴灾区的身影；单位的领导和同事仍记得，汶川大地震时，他主动缴纳了1000元特殊党费；挂联点的村民仍记得，只要进村，每一户挂联户俨然成了他的亲戚……

他是妻子眼中的“暖男”。“只要不出车，除了看望父母外，几乎都不出门，抢着做家务，说亏欠我们娘俩太多。”说起丈夫的好，李雪芳泣不成声。

何龙海一家的生活很简单，2013年贷款买下的房，装修简单，房内除生活必需品外，再也找不到其他点缀。翻遍资料，也没能找到更多何龙海的工作照。尽管不能以此为念，但他却以别的方式陪伴在亲友身边。

何龙海走了，在生命最后一刻迸发出人生最强音，把生的希望留给别人，带着对工作、对生活、对家庭的无限眷恋，永远地离开了喜爱他、牵挂他的亲人、同事和朋友。

何龙海没有走，因为他平凡而光辉的形象，忠诚、敬业、奉献的精神永远镌刻在大峡谷的大地上，定格在大峡谷人心中，他用自己的生命、用21年党龄，诠释了一名优秀共产党员的大爱。

用生命诠释电信人的扶贫情怀

王靖生

一条“怒江两名扶贫干部开展工作途中失踪”的消息，在2019年10月23日迅速从怒江人的微信朋友圈传到了全省、全国，揪住了所有人的心。两名失踪者都是中国电信怒江分公司的职工，他们于10月22日驾车从贡山县扶贫挂钩联系点返回六库途中发生交通事故，两人连同车辆坠入滔滔怒江，人们纷纷祈祷，希望能有奇迹发生。然而，噩耗还是传来了：10月29日，失踪人员之一和晓宏同志确认殉职！截至11月4日下午，另一名失踪者仍未找到，正在全力搜救中。

在中国电信云南公司举办的“电信壮丽70周年征文”比赛中，和晓宏这样写道：“我非常有幸成为一名电信人，保障通信是我们的职责，参与扶贫是国企应该担当的责任。”谁也没有想到，和晓宏最后用生命诠释了电信人的职责与担当——这位2007年10月参加工作，有8年党龄、在澜沧江畔长大的傈僳族汉子，把生命定格在了37岁。生前，他的职务是公司里最繁忙的岗位：中国电信怒江分公司办公室（扶贫办）副主任、公司行政党支部宣传委员。由于工作出色，他曾被中国电信云南公司选聘为全省青年骨干，参加天翼培养项目加速成长。

扶贫工作尽心尽责

“这样好的人怎么说不在就不在了？”贡山县茨开镇嘎拉博村委会马古当小组贫困户李向东，在得知其挂联扶贫人和晓宏殉职的消息后，凝望着滚滚怒江水，流下了伤心的泪水。

2018年8月，和晓宏被单位委任为公司办公室（扶贫办）副主任，不仅要完成自己的挂联户帮扶工作，还要完成全单位扶贫工作的统筹协调。他总是急挂联户之所急，当了解到挂联户愿意搬到安置点后，他及时联系协调有关单位和驻村工作队，为挂联户余学清争取到护林员岗位，给李向东争取到河道管理员岗位。2019年中秋节，因工作原因不能亲自前往挂联点，他还委托驻村工作队员前往联

系户家中代其送月饼看望慰问。

和晓宏的4户挂联帮扶贫困户都住在嘎拉博村马古当小组，这个小组地理位置偏僻，道路崎岖，属于“一方水土养不活一方人”的地方，涉及整组搬迁。一开始大部分农户都有这样那样的顾虑，不愿意搬迁，和晓宏与同事们抽空进村入户反复做工作，最终，他的4户联系户均已住进安置点的新房里，有望2019年底全部脱贫。

办公室（扶贫办）作为中国电信怒江分公司扶贫工作的牵头部门，和晓宏多次随公司领导入村调研，嘎拉博村的生产便道建设、农户产业发展等都是他心系的事情。他还心系村里贫困大学生。2019年7月，家住贡山县嘎拉博村其郎当二组的鲁兰英等23名在读大学生来到村委会，将一面印有“感谢助学恩德，学成报效祖国”的锦旗和23封感谢信送到了怒江电信分公司驻村工作队队员手中。

同事们都说，这次捐资助学项目的顺利推进，离不开和晓宏同志前前后后的统筹和协调。2019年初，和晓宏与同事们在遍访贫困户时了解到，村里在读大学生对完成学业和未来就业存在担忧和顾虑，逐户走访后发现多数大学生在为上学费用发愁。通过一系列努力，2019年7月6日，中国电信怒江分公司在帮扶联系村举行暑假返乡大学生座谈会，鼓励他们自强自立、勤奋学习、立志成才，并为23名在读大学生每人发放500元助学金。

公司工作从不居后

“我跟晓宏一个办公室，每天上班就看见他都提前20分钟到，下班晚回家，留下加班那是常事，有时更是到深夜。”同事克波才的家就在公司附近，但他说每天上班都能看见离公司住得较远的和晓宏总是在他之前就到了。在克波才的印象里，和晓宏总是有忙不完的事情。

除了统筹公司扶贫工作，和晓宏还负责公司文秘、法律事务管理、信息报道、党支部宣传委员等工作，他是一位“多面手”，而且，无论在哪个岗位上，表现都很出色。

他是一位业务能手。曾经在公司发展业务劳动竞赛中，仅一个月就发展了50多名用户，而一般情况下单个客户经理每月发展10个用户就顶天了。

他曾经在贡山分公司工作，当时独龙江公路高黎贡山隧道还未贯通。为保障独龙江乡通信畅通，他多次同贡山分公司通信抢险队一起，进入漫天风雪的高黎

贡山深处实施线路抢修工作。

2014 年 11 月 2 日傍晚，和晓宏接到“独龙江公路高黎贡山隧道光缆中断，独龙江乡信号全无，需要抢通”的电话指令，当时他刚刚答应 3 岁的女儿上街买第二天上幼儿园用的水杯。“宝贝，爸爸有紧急工作，对不起了。”“爸爸，你经常那么晚出去工作，都不陪我，回来还脏兮兮的。”这是当晚父女俩的对话，在爸爸简明扼要的解释后，女儿似懂非懂地咕哝着叮嘱爸爸：“早点回来，注意安全。”

“不用约定、不用强调，更不用安排，好多工作习惯都是约定俗成的。”后来，和晓宏在一篇回忆文章中写道，贡山县因常年频繁的自然灾害导致电信光缆中断的事故频发，这早已让电信人绷紧了神经，接到抢修任务后 10 分钟内在单位大门口集中是再正常不过的事。

当晚 11 时，和晓宏跟 11 名同事赶到了独龙江公路高黎贡山隧道。和晓宏详细记录了那次抢通过程，他说太多次的紧急抢通工作，兄弟们已配合得完美无瑕，不用使唤谁，大家各司其职，“五个人下光缆，三个人查找断点，两个人去跟工程队沟通，其余两个人背着抢修工具紧随着”。

那次抢通路上，有几个细节永远留在了和晓宏与 11 位兄弟的记忆里：23 时 30 分，找到第一个断点。次日凌晨 02 时 19 分，隧道里的温度为零下 4℃，他们开始补充食物，和晓宏主动负责分发食物和水，从这个断点跑到那个断点，当送到最后一拨人的手里时，他们发现面包僵硬得打在手里都疼。凌晨 5 时第四个断点找到，待所有断点全部恢复畅通，他们走出隧道才发现天亮了……这只是和晓宏同志无数次在通信助力怒江脱贫攻坚中，牢记使命、奋勇担当的一个缩影。

如今，和晓宏的女儿都已经 8 岁了，上小学三年级，因为经常与女儿聊自己的工作，上学和放学路上看见有“中国电信”标识的车，女儿都会和同学说她爸爸是中国电信的。聊得多了，女儿还知道了电信很专业的“熔纤、点检、套餐、安全生产大检查”等工作用语。懂事的女儿还在作文中写道：“电杆上的通信光缆是爸爸和他的同事编织的。”

家人朋友无限深爱

“融在血液中的坚强，刻在心底的善良。”这是和晓宏在生前一本笔记本的醒目位置上写下的一句话。诚如他所写，他是一个坚强、乐观和富有爱心的同志。

他兴趣广泛，爱好唱歌、打球等文体活动，每年公司的年会，他总会献上一曲吉他弹唱，为大家带来快乐。

他心地善良，乐于助人。2019年10月3日晚，同事杨铄不慎被开水烫伤，情急之下，打电话向和晓宏求助。和晓宏二话不说开车把杨铄送到医院，使杨铄得到及时救治。

在家，他是暖心的丈夫。10月14日是和晓宏的爱人赵红梅的生日，因为要出差，和晓宏便早早起来给爱人煮了一碗“长寿”面。“真没有想过，这是他陪我度过的最后一个生日，为我做的最后一顿饭。”时过10多天了，赵红梅仍不能接受丈夫殉职的现实。赵红梅说，晓宏不仅深爱着家人，对他自己的职业也是发自骨子里的热爱，谁说“中国电信”的一句不是，他都会跟谁急，哪怕对方是最好的朋友。

他是个孝顺的儿子。他特别关注父母身体健康，在他的张罗下，每年都会带着父母去医院检查身体状况。每当父母生日时，他精心准备，为他们送上祝福。每逢节假日，只要赶得上，他总会带着父母和孩子外出旅游。

10月23日，州委副书记张晓鸣和州委常委、组织部部长唐国华率领州扶贫办、州电信公司负责人看望和晓宏的家人时，他的老母亲怀着无限悲痛的心情说：“既然脱贫攻坚是一场‘战役’，那肯定要有人作出牺牲。我的儿子在这场‘战役’中付出了年轻的生命，作为妈妈我的心都碎了，但是因为有这样优秀的儿子我感到很自豪。”

在老父亲的眼里，和晓宏从小就非常优秀，他读书时成绩一直不错。工作以后爱岗敬业，只要不出差，每个星期六下午3点左右他就会去办公室，然后五六点钟回来带女儿，“苦就苦在白发人送黑发人，还要帮黑发人养小黑发人”。

两位老人的坚强和通情达理，令去看望的领导十分感动。在承受着巨大痛苦的同时，两位善良的老人还惦记着其他人的安危：“儿子走了，不能复生，我们都是受党培养多年的老干部，不能给组织添更多麻烦，只是希望儿子出事点的路再修平整一些，不能再有人在那里发生意外了。”

“爸爸，我要去村里搞扶贫工作，这次单位让我带队，家里面就辛苦你们老人家了。”这是和晓宏在10月16日出门下乡前跟老父亲的一句正常道别，哪知竟成了父子俩的诀别之言。

回忆，原来可以那么甜

和晓宏

回到家中，时针刚好指向22时，我习惯性地打开手机看看朋友圈，突然，一个非常熟悉的头像在晃动着，点击打开，几张照片映入眼帘：“兄弟，还记得这些照片吗？它们是我们最值得骄傲的回忆！”

照片中，12个面带倦容的汉子迎着寒风、挺着尊严，在离贡山独龙江隧道口五公里的观景台上矗立着，冷空气笼罩下的峡谷里，灰蒙蒙的景色中，一切都是那么的朦胧，唯有印着“中国电信”字样的马甲显得那么的耀眼。看到这一张非常珍贵的照片，我感到鼻头一酸，照片中的人和其余那几张同一个故事中的画面顿时变成了我那天晚上活生生的梦，再次清晰地浮现在我的整个生活当中。

那是2014年11月2日，就职于中国电信贡山分公司的我，同往常一样吃过晚饭后和几个同事在球场里遛娃、打球。11月的贡山已经很冷，平均气温在10℃以下，这个边陲小城全县只有3万多人，却因有着“怒江第一湾”“世外桃源丙中洛”、独龙江和“纹面女”而闻名遐迩。天色渐渐暗了下来，回到家，三岁的女儿叫嚷着让我陪她准备第二天上幼儿园用的水杯，这时手机就响了，看到再也熟悉不过的号码，我心里一紧，该不会是哪里光缆又断了吧？挂断电话，听到我要出去抢修电缆，女儿抱着我哭喊着不让我走，我蹲下抱着她，说道：“宝贝，这是爸爸的工作，明天是我们贡山独龙江隧道的开通仪式，全国人民都在关注着我们，现在隧道的光缆因为施工被挖断多处，需要爸爸去抢修。”我知道女儿一定听不懂什么意思，可她还是在一句“爸爸，注意安全，早点回来”的叮嘱中，极不情愿地松开了紧抱着我的小手，我吻了一下她的额头，从沙发上抓了一件外套就出门了。

不用约定、不用强调，更不用安排，好多习惯都是约定俗成的，贡山县因常年自然灾害、人为损害而引发的光缆中断事故众多，让大家在习以为常的抢修中养成了只要抢修，10分钟内必定在单位大门口集结好的习惯。当我到达单位大门口时，看到了好多身着电信马甲的“战友”已经到了。“丰主任准备抢修物料，

和主任准备干粮，我去准备应急备用油，大家抓紧时间，20 分钟后出发。”时任贡山分公司经理的李寿东干脆利落地布置完任务后，大家各负其责，准备用物。18 分钟后，夜幕中三辆印有“中国电信应急抢修车”字样的车开着双闪，结伴穿城而出，驶向独龙江方向。

边城的夜在寒气的笼罩下显得更加狰狞，张着大口吞吐着寒流，紧关着车窗也显得无济于事。在拉着设备的大车的长期碾轧下，这条通往独龙江唯一的公路更加颠簸和狭窄，很多地方只能通过一辆车，连续的转弯让我联想到“山路十八弯”应该就是为这条路而写的，只是这条路更加的“山”，更加的弯。路上，李经理简单地和大家交代了一下事由：第二天（11 月 3 日）上午 12 时，贡山独龙江隧道口要举行隧道开通典礼，时任云南省省长李纪恒等领导要亲临现场剪彩，而在最后一公里隧道贯通过程中，挖掘机不慎将已经埋设好的电信光缆挖断多处，导致独龙江方向通信全部中断，我们必须在最短的时间内完成修复，以保障第二天隧道开通仪式的顺利进行。听完李经理的介绍后，大家立马感到了此次抢修的重要性：这不仅关系着独龙江群众的通信畅通，更是贡山、独龙江和外界联系、交流的媒介保障啊！

从县城到断点只有 23 公里，我们却足足走了两个半小时，晚上 11 时到达事发地点。隧道内的机器施工声音在无尽的苍穹中震耳欲聋，五人下光缆，三人查找断点，两人去和施工方沟通，两人背负着抢修工具紧随其后。“第一个断点找到”，随着口令的下达，大家齐刷刷地来到了光缆盘前，放线的、准备仪器的、拉线的，各司其职。夜越深便越寒，隧道中，温度骤降接近 0℃，停放在隧道口的抢修车辆车窗上结的不知道是灰尘还是冰霜，可以让我自由地书写。手指被冻得不听使唤，身着四件衣服的我还是后悔出门时怎么不多加件衣服。隧道内一片漆黑，只有半边车道通行，这让我们工作起来极为不便。“晓宏，是时候给我们补充点能量了吧！”带着回音的声音从远方飘过来，我下意识地看了一下没有信号的手机：02：19，赶紧跑到指挥车旁，从后备箱中拿出了面包、矿泉水，从一个点赶往另一个点分发着，当送到最后一拨人手中，发现面包已经硬得打在手上都能感到疼。大家顾不上耳朵和脚尖的刺痛、发麻，狼吞虎咽地品尝着此刻的“人间美食”，直至吃完。“大家跳个舞吧，暖和一下身子。”不知是谁提议，于是，借着车灯、手机电筒，和着手机音乐，傈僳族舞、怒族舞、独龙族舞在这段 6.68 公里长的隧道中被我们这群汉子演绎得千姿百态。唱着，跳着，用矿泉水当作酒肆意地碰杯，尽情地欢唱！待身体有所暖和后，大家又义无反顾地投入到抢修中。

凌晨3点，第四个断点找到，因为隧道内的大坑还没有完全被填平，车辆无法正常通行，大家来到光缆旁，肩扛、手拉，唱着《纤夫的爱》走向断点。凌晨5点，最后一个断点找到，零下4℃的气温让手变得非常僵硬，两小时后才艰难恢复了断点。待所有断点全部恢复，三辆车子驶出隧道时，天已经亮了！简单修整后，8点钟，李经理下达了再次复查、检修的指令，所有人都从车上跳下来，对所有的断点、光缆、隐患进行二次、三次检查，对有隐患的地方进行加固、预留……“测试完毕，通信恢复畅通！”贡山分公司网络部经理丰建荣提高了嗓门在隧道口的这一声吼，穿破了长长的隧道，直达独龙江。电话那头的独龙江值守人员，见证了我们整夜抢修的工人师傅们都发出了震耳欲聋的欢呼声。

太阳渐渐地爬了上来，大雾也随之散去。11时，确定所有光缆和线路完全通畅后，12名勇士踏上了回城的路，经过观景台，“大家留个影吧，这或许是一辈子最值得骄傲的回忆，同时感谢大家为独龙江、独龙族人民作出的贡献”，土生土长的独龙族李经理说完这句话，大家明显感到了他的哽咽。尽管大家谁也不说，但都明白，这一天，对一个直过民族是何等的重要，这更是一个里程碑式的日子：独龙江人民从此也和其他地方一样，有网络、有隧道，91公里的车程需要开7小时的日子一去不复返。当天的各大新闻里，一条关于“独龙江隧道正式开通”的新闻格外耀眼，而“网络保障得力”是关键词。如今，女儿已经上三年级，她一定不知道也不记得那天发生了什么，每天早上送她到学校分别时，她都会说：“爸爸，注意安全！”

好多事情，不是不愿意回忆，而是不愿意被提及，怕触碰到心底尘封许久的弦。如今，那辆后窗上写着“中国电信贡山分公司应急抢修分队，再与天比高”的车辆已经报废，我也因工作原因调到州公司，照片里好多人都已经换了岗位，而唯一不变的就是国企应该担当的责任和我对电信执着的情怀，还有边疆人口较少民族对祖国一如既往的依恋。当险情再次来临，当光缆再次中断，我们依旧再次出征，出现在恢复光缆、保障通信的路上。

英国小说家毛姆在他的《月亮与六便士》中写道：“感情有理智所根本无法理解的理由”。是啊，有些经历，当时很累、很苦，回忆起来却是那么的美好，那么的甜蜜。我有幸和这11名汉子一起参加抢修并保障了独龙江隧道的开通仪式，也有幸见证了那一个历史性的时刻，更有幸成为所有身着“中国电信”字样服装中的一员，让每一个正在经历的时刻，在许久之后回忆起来，都能够那么的甜！

倒在扶贫路上的村干部

段国春

2019年12月23日，对于称杆乡赤耐乃村193户贫困群众来说原本是一生中最幸福的日子，因为这一天他们将迁出祖祖辈辈居住的大山，搬到紧挨州府六库城区的火烧坝易地扶贫搬迁安置点，住上政府免费给他们盖的新家。可是一个惊人的噩耗，让他们震惊不已：村委会副主任何光忠在护送群众前往集中上车点途中发生车祸不幸逝世。

危险来临，他用生命挽救了别人

这天一大早，家住市赤地二组的村民欧正李和他的妻子义妞就收拾好被褥、衣物及其他生活用品，约上邻居妞波华一起背着行囊离开了家。来到美丽公路怒作王地路口时刚好是8点30分，这时村里的第一书记光明子、党支部书记波中华、村委会副主任何光忠等人已经在那里等了好大一会儿。因为到集中上车点腊门嘎还有4公里左右，何光忠就主动抬起欧正李、义妞和妞波华的所有行李，放到他的皮卡车上并护送他们三人，与村党支部书记波中华他们所坐的车一前一后地驶向腊门嘎。

9点10分左右，何光忠的车子发生了车祸。事故造成何光忠头部严重受伤，欧正李等人皮外伤或轻伤，乡党委政府负责人接到报告后马上安排车辆急送何光忠到州医院抢救。但因伤势过重，10点20分时救护车还没把他送到医院，何光忠就停止了呼吸。这天距离他29岁生日仅有20天。

“是他救了我们的命，如果不是他反应快，我们全部都会死。”事故已经过去十多天，但义妞仍然心有余悸。她回忆说，他们乘坐的车子刚开出六库方向400米左右，就看见对面一辆水泥罐车占道高速驶来。何光忠急忙向右打方向盘并将车子紧挨着路沿停了下来，但是水泥罐车似乎失去控制冲了过来，撞上了何

光忠所在的驾驶室位置。

永葆为民情怀，他是群众的公仆

2010年7月，何光忠加入中国共产党。他自始至终以一名优秀党员的标准要求自己，积极深入群众、关心群众、帮助群众，打下了深厚的群众基础。2013年5月，何光忠高票当选为赤耐乃村委会副主任。

何光忠认为村委会副主任并不是什么官，但群众信任自己，就必须全心全意为他们服务。当村干部六年多的时间里，他走遍了全村17个村民小组，全村583家农户的火塘边都留下了他的音容笑貌。只要是事关群众利益的问题，小到一餐一饮，大到一瓦一房，他都了如指掌。

前村一组八旬老人普中华妈是个孤苦的人，老伴去世多年，她也因病导致下半身瘫痪。何光忠每次到前村入户都会去看望老人，或多或少给她一些钱物。听到何光忠遭遇车祸去世的噩耗，老人泪流满面，自言自语地感叹："老天不长眼，这么好的人怎么说走就走了呢？"

这些年受到何光忠救助的不止普中华妈一人，遇到因病因残的老人，他都会慷慨解囊，少的一百，多的两三百。知道他心地善良，很多贫困户在家里遇到实在过不去的坎时，第一时间就会想起他。去世前一个星期，他还分别给亚化二组的五保户东付益、亚吾培组的贫困户四波付送去50公斤大米。

怒作王地组的李华英家在2018年享受的农危改资金是3万元，主体工程完工后，再也无法筹集装修资金，一直拖着。走投无路了，李华英找到了何光忠，何光忠当场就借给了他们家4000元装修钱。借钱给村里的贫困群众，这样的事情在他身上已经见怪不怪了。

何光忠的工资并不高，一个月的工资入户几次基本就给完了。村里的第一书记光明子说，何光忠经常挂在嘴上的话就是："我们都会有老的那一天，有些老人实在太可怜了，能帮一点儿就帮一点儿。"

脱贫攻坚，他是群众的领头羊

赤耐乃村各小组分散在延绵起伏的群山之中，山高坡陡、土地贫瘠、交通闭塞，群众生产生活水平较低，社会事业发展滞后，是一个典型的山区少数民族贫困村。

自脱贫攻坚开展以来，全村人民奋发图强，自力更生，但因贫困面大、贫困程度深，至2019年底还有178户464人因为住房不达标等原因不能脱贫。村“两委”曾找过外面的施工队来组织实施危房拆除重建及民房加固工程，但施工队中途就退了出去，导致全村有30多户的房子成了烂尾房。在外来施工队退出后，村“两委”班子、驻村扶贫工作队专门开了会进行研究，但还是没有找到好办法。关键时刻，何光忠主动站出来承担了农危改清零和收尾工作。他到外面请来了技术人员，组织了队伍积极施工，保证了赤耐乃村如期顺利完成了农村危房改造任务。

第一书记光明子说，赤耐乃村施工条件差，农危改项目利润十分微薄。他也曾为何光忠担忧，但他说：“农危改是利国利民的事情，更是脱贫攻坚的重中之重，我既是村干部又是党员，即便是亏了本也是值得的。”

除了农危改工作外，易地扶贫搬迁工作动员说服群众也是村“两委”班子、驻村扶贫工作队近段时间最重要的工作之一。因为种种原因，很多原先报名搬迁到上江镇火烧坝安置点的农户出现了意愿反复的情况。随着原定的搬迁日期不断迫近，何光忠和其他工作队员没日没夜地耗在村里，对不愿意搬迁的农户进行反复说服动员。在出事前一天晚上，他还在亚化一、二组开展群众动员工作，直到晚上十二点半。目前，该村不愿意搬迁到火烧坝安置点的农户已由原来的19户减少到3户。

何光忠是个能干的人。2012年12月，攒了一定打工积蓄的何光忠从广东回乡创业，办起了养殖场，创办了养殖农民专业合作社和免烧砖厂。这几年在干好自己本职工作的同时，他还依托本村条件和资源，带领全村贫困群众积极开展产业结构调整。生前他个人流转453.5亩土地建设杂交构树试验示范基地，帮助48户农户实现土地流转收入18.14万元，解决易地搬迁群众的后顾之忧。基地带动村民长期务工4人，实现农户工资性收入9.6万元。利用能人带动资金110万元建设养殖场，带动农户130户168人，2018年实现分红11万元。自筹资金100万元，吸收建档立卡贫困人口发展生产奖补资金90万元，发展黄牛养殖，使农民变成股东，与900名建档立卡贫困户建立利益联结机制，确保建档立卡贫困户实现持续长效增收。

此外，在何光忠的带动下，全村在2019年完成产业奖补资金签约150.3万元，集体经济资金50万元，完成构树种植1400亩，完成草果种植840亩，完成小米辣种植180亩，草果提质增效500亩。

仁义慈爱孝悌，他是家庭模范的践行者

何光忠在家中排行老二，但他是家里的主心骨和顶梁柱。对年迈的爷爷、残疾的父亲和患有长期慢性病的母亲，他总能做到关怀备至。爷爷生病，他亲自开车送到保山，挂号、问诊、付款、拿药，他全程代劳，入院后又几天几夜亲自伺候。97 岁高龄的爷爷说："虽然隔了代，但这个孙子比亲儿子还亲。"考虑到父母身体欠佳，何光忠把家庭的生活负担全部扛在自己肩上，从不叫父母外出打工挣钱，即便很累他也从不向父母唠叨。因为别的原因，何光忠夫妇一直承担着一个侄子的抚养义务，对此夫妇从没怨言。对两个年幼的儿子何光忠既疼爱有加，又严厉管教，坚持树好榜样，抓好教育；与妻子相敬相爱，家中大事小情，有商有量，齐心协力共同经营好家庭。

何光忠一生奉献，不求索取，将人生最好的时光留在了基层，留给了群众。作为一名党员，他对党忠诚，坚持守初心、践使命，对党和人民的事业高度负责，自觉实践着共产党员的价值追求；作为一名村干部，他几年如一日，勤勉敬业，以忙为荣、以苦为乐。他有情怀、有担当、有血性，以苦干实干的务实精神与作风，推动村里各项事业的发展。

完成丈夫未了心愿

段国春

发生在泸水市称杆乡赤耐乃村的一件事，令大家感动不已。村民唐玉珍出任村委会副主任（代理）一职，而上一任担任该职务的是她已故的丈夫何光忠。

2019 年 12 月 23 日，赤耐乃村 193 户贫困群众迁出了祖祖辈辈居住的大山，搬到紧挨六库城区的火烧坝易地扶贫搬迁安置点。当大家正沉浸在对新生活的期待中时，一个令人震惊和悲痛的噩耗传来——村委会副主任何光忠在护送群众前往集中上车点途中发生车祸不幸逝世，年仅 28 岁。

在唐玉珍心目中，丈夫何光忠永远是最好的人，作为他最亲的人，她为他感到自豪，她要接过丈夫未竟的事业，继续为群众服务。她决定辞去恩感思落易地扶贫搬迁安置点幼儿园园长职务，大胆地向村“三委”班子提出申请，接替丈夫出任村委会代理副主任。

据称杆乡党委组织委员张红琴介绍，称杆乡党委在村“三委”提出意见、建议之后对唐玉珍进行了资格联审，一致认为唐玉珍政治思想坚定，各方面工作能力较强，同意她代理副主任职务。

2 月 20 日，何光忠去世 69 天后，唐玉珍正式到村委会报到，正式代理村委会副主任职务。“在村委会虽然工资不高，但是他在的几年，帮助老百姓特别多，我都看在眼里。现在他不在了，他还有很多事情没有完成，我必须完成他没有完成的任务。”唐玉珍说。

上任后，唐玉珍很快把所有精力投入到工作中，访贫问苦，查缺补漏，每一项工作都做得井井有条。

何光忠生前依托本村条件资源，积极带领全村贫困群众开展产业结构调整，建了杂交构树试验示范基地；利用能人带动资金，吸收建档立卡贫困人口发展黄牛养殖。目前，杂交构树试验示范基地和黄牛养殖场已初具规模，群众通过土地流转、务工或者分红等方式增加了收入，实实在在有了收益。在黄牛养殖场，13

头半大黄牛膘肥体壮。唐玉珍介绍说，养殖场前期建设投资 120 余万元，设计养殖规模 100 头牛，但因为这段时间饲草紧张，黄牛养殖规模暂未扩大。为此，养殖场周边流转的 20 亩土地上已全部种上了皇竹草，她打算等皇竹草可以喂牛时再引进大量的牛。

腊门嘎路边的农产品加工销售中转站正在紧张建设中，唐玉珍的公公每天给工人们送饭之余还参加劳动。唐玉珍说，这几年村里的草果、核桃都已经进入盛果期，但因为市场价格低迷，老百姓卖到的钱并不多。丈夫何光忠早就想建一个集农产品收购、加工、销售为一体的中转站，尽可能地帮助群众把产品销售出去。2019 年 11 月，中转站终于开工建设，但因为何光忠出事就停了下来。

2020 年 3 月底，在乡党委政府的帮助和关心下，唐玉珍又开始建设中转站，准备 6 月份建完，把设备安装好后就可以营运了。她每天在村里忙忙碌碌，虽然辛苦，但能给老百姓服务她很开心。她打算长期做下去，因为丈夫生前认认真真地为老百姓服务，她想完成他没有完成的事情。

请告诉我，脱贫后的幸福日子是什么样子

杨俊伟

2020年4月，怒江州贡山县已按程序报批宣布脱贫。令人扼腕叹息的是，为此奋斗了1000多个日夜的王新华，想看看脱贫后幸福的日子是什么样子，却没有等到这一天。

在老同志眼里，王新华在实践学习老县长“人民的楷模高德荣”一生只做一件事——为了人民的利益。

2016年3月，王新华由县委组织部副部长调任县政府办主任。贡山县总人口3.5万人，2014年全县贫困发生率高达45.74%，是怒江州乃至云南省脱贫攻坚的“上甘岭”。他到政府办的这几年，正是贡山县向深度贫困打响决战的关键时期。

脱贫攻坚统揽全县经济社会发展全局，作为政府办主任的王新华，手头的每一项工作都与脱贫攻坚有关。

统计王新华调到政府办四年来的考勤记录，在他重病之前，没有旷工和病假，只有1天事假。

2019年9月15日中午，王新华在单位微信群里发出“今明两天因亲戚去世需要请假”的信息，实际上只是请了15日下午和16日上午。

当天下午，王新华请假，晚上同事又见他在加班了。同事李学灵至今记忆犹新，同事们平时晚上出来散步，远远地就看见政府办502室的灯亮着，就知道王主任又加班了。

不仅是平日严格要求自己，同事李学灵还记得逢年过节放假，王主任就一句话：“你们休息，我值班”。

长年累月的超负荷工作，搞垮了王新华的身体。2019年11月25日，在贡山县脱贫摘帽“百米冲刺”专项行动誓师大会上，站在队伍前排的王新华突然晕倒，在送他去医院的路上，逐渐清醒过来的他说，可能是血糖低了，一会儿就好。

李学灵和何晓莉两位同事听说王主任是因为血糖低才晕倒的，立即上街买了红糖鸡蛋。但等她们再次到医院时，王新华已回到办公室。

两个人冲到办公室劝王主任住院治疗。王新华怕耽误工作连连说："没事，小病，等脱贫考核结束后再去做全面体检。"后来，同事们从王新华的病历中看到这样的记录："患者于 2019 年 10 月以来身体一直不适，先后表现症状为腹痛、腹泻、乏力、发烧等，并到县人民医院就诊。"才知道在生命的尽头，他承受着严重的病痛还在坚守岗位。

除了质朴、敬业以外，他讲起原则来甚至有些不近人情。

有一件事，贡山县政府办的同志们曾经"耿耿于怀"。按照规定县内出差每人每天可以报 80 元的生活补助，但王新华认为县财政困难，政府办同志要带头"委屈"一些，不用餐就不报账。

办公室的大复印机经常出毛病，王新华说能修就修，不要换新的。一直到修理工说机器使用时间太长了，同事们纷纷提出"影响工作进度"的理由，这才说服王主任换了一台新复印机。

王新华对公款的"抠门"是有原因的。因为县财政 95% 靠上级转移支付资金，作为政府办主任，他十分清楚县里的财政家底，他要求节约"三公"经费近乎苛刻。

在贫困户眼里，王新华就是他们的亲人。

无论多忙，王新华每个星期都抽空打电话给贡山县政府办副主任、驻丙中洛村第一书记尹福旭过问挂联村的扶贫工作情况。一个月里至少要抽一个周末到挂联村实地调研推动相关工作。

余红梅和她 72 岁的母亲杜国英是王新华生前的扶贫联系户，她们家住丙中洛村打拉二组。"走得太可惜了，这个小伙子话不多，良心好。"杜国英没有想到 2020 年 1 月 7 日王新华来到她家时，已是病入膏肓、强忍病痛。

"我住院回来，他来看望我，我们家院坝也是他帮忙协调施工队施工平整的。"余红梅说。她生过一场重病，花了不少钱，王新华每一次来家里，总要买些水果等礼物，碰上逢年过节还留点钱给娘俩，他每次来都说有什么困难就找他。

王新华在打拉二组的联系户还有金晓山和张德胜家。金晓山是孤儿，今年 31 岁，还没有成家，父母先后离世。高中还没有毕业，金晓山就跑到省外打工。王新华对这位要强的怒族青年格外关心。

"他经常在微信里开导我，我成家就业都离不开他的鼓励和帮助。"金晓山说，他于 2016 年 6 月份从浙江温州打工回来，王新华鼓励他就近务工，早日成家立业。

“我有一笔1800元的土地租金迟迟没有拿到，也是王哥帮忙催了才结到的。”金晓山对王新华的感激道不尽、说不完；2018年，得知镇里派出所招辅警，王新华积极鼓励金晓山去报名；2019年10月，金晓山的女儿满月，王新华利用周末时间，买了礼物前去道喜，临走还留下500元的“红包”。

“王主任关心的不仅是他的三户联系户，整个村的脱贫攻坚他都在牵挂着。”王新华对挂联村扶贫工作的亲力亲为，驻村3年的尹福旭最有发言权。

打拉村民小组二组共有56户，其中15户直到2019年初只有人行步道通到门口，王新华就到县交通运输局积极反映。通过他的协调，目前，两条共长532米，平均宽4.5米的通组公路已建成通车。

在工作上，王新华同志始终坚持原则。但在生活中，他是一位孝顺的儿子，暖心的朋友。

王新华参加工作没有几年，他的父亲就去世了。一直单身的王新华把老母亲接到自己身边赡养，平时要是没有紧急工作，他都在下班后匆匆跑回家陪老母亲吃饭。如果吃饭时间赶不回，他总要打电话给母亲说明原因。

在同事眼里，对工作严谨甚至“苛刻”的王新华，也有暖心的一面。“2017至2019年的三八节，政府办的每一位女同事都收到了主任赠送的礼物。”何晓莉说，王主任自掏腰包给女同事的节日祝福，还让隔壁单位的女同胞“嫉妒”不已。

王新华更是一位具有满满正能量的党员干部。2020年3月1日，生命垂危的他还通过微信转账给疫情防控捐了300元。3月13日，组织部要统计2015年以来在脱贫攻坚一线患重病人员情况，核查后认为王新华符合条件，王新华坚决要求不要报自己，心里就是怕麻烦组织。

因为积劳成疾，为了贡山县脱贫攻坚工作日夜奋斗的王新华遗憾地永别在贡山县脱贫攻坚工作完成的前夕，他多想看到脱贫后幸福的日子是什么样子。王新华的故事也将镌刻在打赢怒江深度贫困脱贫攻坚战的历史丰碑上。

幸福的达比亚

彭愫英

烟雨朦胧，大怒江两岸的山在雾霭中，有的露出山角，有的隐藏着高度，令人感慨云深不知处。美丽公路高架桥附近有一座老桥，新旧公路桥形成鲜明对比。两座桥背靠的山就像一个馒头，馒头山后又长出了山，一座又一座山峰连绵不绝。美丽公路桥前有一座雕塑，黑色大理石底座上竖立着一面小红旗，红旗上写着三行金黄色的字：把农村公路建好管好护好运营好——习近平。雕塑后面就是匹河乡沙瓦村易地扶贫搬迁安置点的高楼大厦。

匹河乡沙瓦村易地扶贫搬迁安置点指挥田地处怒江东岸，紧傍怒江。走进安置点，但见一栋栋高楼拔地而起。安置点内，绿树、花坛、菜市场、活动场地等布局合理，树状月季花怒放，空气中弥漫着清香。叶子花及别的花儿也不甘落后，争相开放着。站在指挥田安置点观赏对面的景致，雾绕着山腰，山与山凹地里露出的白屋，给人世外桃源的感慨。夏天的怒江水变得浑浊，怒江变得狂放不羁。

指挥田集中安置点属于2016年度搬迁任务，共安置搬迁户319户1204人，建筑面积30337.46平方米，共建安置房340套（包括1人户、2人户、3人户、4人户、5人户、6人户、7人户几种户型住房），入住率100%。安置户覆盖福贡县子里甲乡和匹河乡沙瓦村、瓦娃村、棉谷村、架究村、普洛村、果科村、知子罗村、老姆登村的群众。住户文化程度既有文盲半文盲，也有大中专生。指挥田安置点设有综合服务中心、综治维稳中心、关爱中心、村史馆、新时代文明实践中心和文化培训中心、“爱心扶贫”超市、文明新风理事会、群众文艺队、物业管理服务中心、活动场所等。我们在怒江旅游纪念品批发中心与正在忙着制作傈僳族头饰的几位妇女闲聊，了解她们每天做工收入的情况，这是东西部扶贫协作福贡县相宜旅游开发农民专业合作社开办的工作坊。

漫步在犹如都市小区规划的安置点，我想起了一位怒族老乡跟我讲述的情景：

指挥田原先是水稻田，集体化时期，他爷爷吃住在稻田前的一个石板洞子里，守护着这片田野。在匹河小学念书时，每到周末，他喜欢到爷爷那里玩。浇灌稻田的水是怒江水，有时，他会在稻田里抓到江鱼。那一刻，他和爷爷别提有多高兴了。

指挥田安置点成立了 23 人的达比亚文艺队，其中，有 2 名省级民间艺人、1 名州级艺人。每晚跳广场舞，每星期进行一次教唱弹跳、传统乐器培训等，丰富了搬迁群众的精神文化生活。隐隐约约，我的耳畔响起了达比亚的旋律。我们就近进入一户怒族人家参观，这是 6 人户的房屋，有 120 平方米，四室一厅一厨两卫，房屋收拾得整洁干净。女主人加琴热情大方。我们正在闲聊，她的大儿子回来了。没搬迁前，他们住在沙瓦村子楞八组。他们把安置点的房子叫作新家，以前的老住处叫作老家。老公住在老家，加琴说过两天要回老家，农忙季节到了，要回去与老伴一起忙农活儿。

加琴有三个孩子，都是中专学校毕业的，老二和老三是大专生。两个儿子外出打工，女儿在指挥田安置点的幼儿园里打工。加琴感慨地说，我们老两口辛辛苦苦地供孩子读书，有知识的人与没知识的人不一样，他们读书有学历，外出打工找工作好找一些。不读书的人找工作难找一些，且大都是重体力活。

以前，村里人只知种苞谷，加琴家田地种上苞谷，每年收成只有 3000 公斤。他们住的是油毛毡篱笆房，生活困难。20 世纪八九十年代，允许做木材生意，夫妻俩收购一些木料做一点儿小本生意，积攒了一点儿资金，率先在村里盖起了空心砖石棉瓦房。随着国家对农村扶持力度加大，惠民政策不断深入执行，加琴家的住屋也发生了变化。她记不得再次盖房的具体年份，告诉我们说，2004 年至 2007 年间，国家给空心砖、钢筋、窗子等建筑材料，他们把原来盖的石棉瓦房掀掉了，重新盖了五间套房。木材生意早就不能做了，执行退耕还林、生态家园建设等政策。国家无偿提供泡核桃苗让村民种，加琴家的核桃已经栽种了十多年，有收益了。

2016 年，国家又给了泡核桃苗，这是提质增效项目，让村民补种核桃，以前种下去的，没能成活或品种问题不能结果的，重新补种。加琴家的土地上套种的还有砂仁、橘子等，这些都是国家发放的苗木，到 2019 年，已有收获。另还有生态脱贫项目发放的枇杷苗等。美丽公路建设中，老家的房子被拆掉了，她家没了生产用房。家里人利用拆老屋的木料在地里盖了一间简易房作为生产用房。加琴的老公在老家养土鸡、种红薯、打整果木等，另外他还做牛生意，买来肉牛养殖，成为两家饭店的牛肉供应商。

加琴家里有一个棒球加工模子，她说老家也有一个。无论在老家、新家，农忙事、家务事忙完了，她得空就加工棒球。尤其晚上，与家人闲聊看电视，不耽误她加工棒球。在新家这边，她有时到扶贫车间加工棒球。2019 年，加工好一个棒球可收入一元三角钱，每月政府补助 30 元。从 2020 年 3 月开始，每加工一个棒球，可收入二元五角钱，政府不再补助。农活儿再忙，加琴每晚可加工 8 个棒球。加琴对易地扶贫搬迁的新居表示满意和感激，对现今的生产生活状态表示满意。达比亚广场舞活动，她有时也参加。

追寻着达比亚的旋律，我们到了安置点的菜市场，看到一位身材微胖、60 岁左右的男子，他坐在凳子上，悠闲地与卖菜人闲聊，菜柜台上放着一台小小的收录机。我们上前一问，他是省级达比亚传承人星罗益。我提出到他家里参观，他答应了。

他家有五口人，屋子有 100 平方米，三室一厅一厨两卫，一个小阳台。他给我们表演了达比亚狩猎舞、割漆舞等。从 12 岁起，他就跟着身为民间艺人的父亲学习达比亚技艺。“文革”时期不允许弹达比亚，他家关起门来，自家人跟着父亲跳达比亚舞。当时，父子俩用羊肠子做达比亚琴弦。羊肠子牢固，但声音不响，正好便于父亲关门教授儿子学艺。父子俩不仅弹过羊肠子琴弦的达比亚，也弹过飞鼠肠子琴弦的达比亚。父亲把平生所学的达比亚技艺全传授给了儿子。星罗益收藏着父亲的达比亚，这把达比亚有 50 年了，这是他家的传家宝，给多少钱他也不卖。

达比亚旋律是怒族人的话语，是他们唱的歌。星罗益弹起达比亚，用琴弦表达想说的话，就像怒江水奔流，自由豪放。他用琴语表述比用汉语表达更流畅。他边弹达比亚边唱《哦得得》。这首传统的怒族情歌，无论到哪个场合，每次听怒族民间艺人演唱，都令我感到达比亚的魅力。

“在阳光下遇到你们，在月光下遇到你们，是我的一种幸福。”星罗益弹着达比亚，给我们唱了起来。他用傈僳族语唱，我听不懂。同行的王红当翻译。

2012 年至 2016 年，星罗益是福贡县政协委员。这个从父亲那里传承了达比亚技艺的人，却无法把达比亚技艺传承给儿子。儿子没有遗传父亲对达比亚的那份喜爱，不喜欢跟着父亲学习达比亚技艺，这让星罗益颇感遗憾。文联召开的代表会议，他曾作为州、县代表参加会议。出于对文艺的热爱，他不在乎有无报酬，只要被邀请就参加表演。指挥田安置点成立了沙瓦文艺队，星罗益是老师之一，文艺队员都是他的徒弟，在达比亚传承上，弥补了他内心的遗憾。

1968年，星罗益是大队、小队宣传队成员之一，时常参加比赛。翌年，他成了红旗中学（匹河中学前身）第一批学员，因村里老人说怪话，与同村在红旗中学读书的人一起辍学。1972年，不能弹达比亚的禁令得到解除，星罗益家弹达比亚跳达比亚舞不再关着门悄悄地进行，他的达比亚情结得到放飞，在怒江大峡谷里自由放歌。

1975年，有一天，他和村里人到知子罗赶街。他们在部队丢弃的垃圾堆里捡午餐肉盒子，想用午餐肉盒子当烟盒子，上面还可以放火柴。他们没捡到午餐肉盒子，却捡到了废弃的电话线，有黑色外皮，里面有细小的八股线，觉得可用来制作达比亚琴弦，便捡了拿回家。回到家，撕掉黑皮取出里面的八股细线，有四股线是软的，有四股线是硬的。取四股硬线作为达比亚琴弦。从此，钢丝弦代替了羊肠弦。现今，达比亚琴弦到处买得到。

星罗益制作的达比亚，曾销售给150客栈。郁伍林也曾邀请星罗益到150客栈给客人表演过达比亚技艺。

居住在指挥田安置点的省级达比亚非遗传承人，除星罗益外，另一人叫波金山，我在150客栈曾与之邂逅。眼前难以抹去他背对皇冠山，弹着达比亚跳起达比亚舞蹈的情景。我有心参观他的新家，可惜他不在家。经打听，他家有四口人，住80平方米的房，有三室一厅一厨一卫。

2016年2月8日，波金山与一位退休教师组织沙瓦村业余文艺队。队员有14人，每人凑100元钱，队员轮流以苞谷砂稀饭做东，以此聚会交流达比亚技艺。凡喜欢达比亚的人都可参加，现在人员已壮大到20多名。波金山向我讲述的这支业余文艺队，是在指挥田成立的，我想应该与安置点的达比亚文艺队是一回事。

年轻一代的怒族人外出打工的多，不参与达比亚的学习，对老祖宗留传的达比亚不以为意。而年龄在40岁至60岁的人留守在家里，加之这把年纪的人了解祖宗留下的达比亚，对达比亚有感情，参加达比亚文艺队的多。作为达比亚非遗省级传承人，波金山对年轻人不愿参加学习达比亚的现状感到隐忧，担心达比亚技艺会失传。所幸他的小儿子孝顺父亲，听从老父亲的心愿没有外出打工，成了他的传人。波金山到150客栈演出，小儿子用摩托车接送老父亲，有时也参加达比亚演出。

一条河流从新旧公路桥下流过，欢快地投入怒江怀抱。河畔有一块又一块规划整齐的菜地，这是指挥田安置点住户的菜地。一间怒族传统民居千脚落地木屋，与周边的高楼大厦形成了鲜明的对比。木屋前有一个雕塑，造型为打开的一本书，

“书”的左边页码最上面印有党徽，下书福贡人民十谢共产党的内容；“书”的右边页码是老傈僳族文字，是对左边页码内容的翻译。十谢共产党是直过民族怒族一步千年的生活写照，是福贡县人民对决胜脱贫攻坚全面建成小康社会的感恩。读着福贡人民十谢共产党，心是一首纯朴的诗歌，弹着欢乐的达比亚。怒江水跳着欢快的达比亚舞，群山合唱。

村里有了“上班族”

程晓玲

早上 7 点，克义华走出家门，步行到不远处的安置点二期项目，开始了一天的工作。“每天工资 230 元，上个月挣了 5700 多元，还能照顾奶奶和父母。”克义华说。

得益于易地扶贫搬迁政策，克义华一家于 2018 年底搬到了州府六库镇丙舍坝桃源居安置点，分到了 80 平方米的安置新房。克义华还在二期安置项目找到了建筑钢筋工的工作。新房子、新工作、新生活，对于克义华来说，一切都是新的……

据了解，怒江傈僳族自治州在易地搬迁后续脱贫措施上围绕“精准实”强化保障，有针对性地开展技能培训，根据搬迁群众的就业需求，对 45 岁以下的劳动力进行烹饪、电工、建筑工、汽修、草果编、家政服务等技术技能培训，努力实现“培训一人、转移一人、就业一人、脱贫一户”的目标。

同时，合理设置安排公益性岗位，招聘了 7486 名公益性岗位人员，让一部分搬迁群众转为生态护林员、河道管理员、地质灾害监测员、城市保洁员、小区管理员等，组织建档立卡搬迁人口外出务工 8079 人次。

“易地扶贫搬迁政策让我家有了稳定的收入，是党和国家给了我们幸福。我作为护林员，以后要以身作则，带好邻里保护生态资源。”来自贡山县丙中洛镇双拉村比毕利一组的李福春说。他通过公益性安置岗位，每月有 800 元的固定收入。在完成生态护林员相关工作的空余时间，他还可以靠打零工来增加收入。

怒江州通过组建农民专业合作社和扶贫车间，大力发展草果、花椒等绿色香料产业和劳动密集型产业，进一步解决群众就地就近务工问题，实现楼上安居、楼下就业。

同时，落实好一次性创业补贴、创业担保贷款、职业培训等各项就业创业扶持政策，帮助有能力的搬迁群众在安置地创业就业。来自贡山县普拉底乡禾波村

吓嘎斗小组的龙新花就是受益者之一。

2018 年底，禾波村吓嘎斗小组整组搬迁到腊咱南大门安置点。搬迁后，龙新花参加了由怒江州易地扶贫搬迁攻坚战指挥部和州新时代农民讲习所联合举办的烹饪技能培训班。在 22 天的培训时间里，她学到了烹饪基本功、面点制作和家常热菜烹饪等烹饪技术，并通过了实操考核和理论考核，获得了初级烹调师和面点师资格证。培训回来后，龙新花自主在安置点开了一家小吃店，用厨师培训学到的技术经营包子、米线等早点，每月收入 4000 元左右。

为了支持像龙新花这样的人员创业，怒江州在各个安置点配套建设有商铺，并优先用于安置小区的建档立卡贫困户使用门面经营。结合安置点空间布局和实际需求，还配套建设社区便民服务中心、党群活动室、文化活动广场、卫生室、幼儿园、扶贫车间、警务室、村史馆、爱心公益扶贫超市、农贸市场、垃圾清运站等。

老人方便把病看，小孩就近把学上，青壮年务工机会多，产业扶持岗位全……从山里到城里，从田间到车间，从“下地”到“上班”，怒江 10 万贫困群众通过易地扶贫搬迁正在开启跨越式人生。

阳光照彻幸福梦

和瑞梧

认识杨天化，是因为他是一个以打工度日的农民作者。他在疲于应付生存、疲于为生计奔波的间隙，心怀梦想、一腔激情地追逐文学的那份执着，让我感动而又无言。

杨天化生命中的第一次幸运和转机出现在他十一二岁时。1981年9月5日，杨天化出生于营盘镇黄梅村委会小黄登四组。他7岁的时候，父亲不幸病逝，母亲改嫁他乡。小小的年纪，就遭遇了父逝母嫁的多舛命运，使他的人生过早地陷入了苦难的深渊。从此，成了孤儿的杨天化在凄风苦雨中，与爷爷相依为命。在他十一二岁的时候，一缕明亮的阳光照到了他的头上——这是幸运第一次降临到他的身上——在一些好心人的帮助下，正在读小学三四年级的他，由当地共青团组织送到山西大同市“希望学校”（后改为“中华育孤学校”）就读。衣、食、住全免，每个月还能领到120元零花钱。这么好的学校对于杨天化而言就像是天堂一般的存在。可是，命运多舛，好运难持。在他读五年级的时候，他十四五岁，因为爷爷病重，他被一通电话催了回来。他到家几天后，他最亲的亲人——爷爷病逝。当然，他还有三个姑姑，还有母亲。三个姑姑一个在啦井，一个嫁到维西，一个在村里，但各有各的家庭。而那几年，他对改嫁的母亲十分痛恨，并没有来往。毕竟，母亲的改嫁对儿时的杨天化伤害太深了。

就这样，杨天化彻底成了一个孤苦无依的孤儿。而他就读的山西学校也因为种种不明的复杂原因解散了。那一束曾经照到他身上的晴暖阳光就此暗淡、消逝了。他生命中的第一次幸运，还没有给他带来多大的转机，就消散得无影无踪，只留下无尽的苦涩充塞在少年懵懂的心田，痛楚和苍茫得找不到出路和方向。

自此之后，在四顾茫然中，为了生存，他毫无选择地走上了社会，走上了漫漫的打工之路。一直从事建筑施工，从搬运工、泥水匠到粉刷装修，样样学样样做。

租的房子从最简陋的每月 50 ~ 80 元，然后是 120 ~ 200 元，现在是 300 ~ 500 元。因为，他的人生也随着年龄的增长，从单身汉到找到人生的另一半，成了家，有了女儿，有了儿子。现在是四口之家。租的房子面积也随着人口的增加而增加，租金也就随之水涨船高。

在这期间，因为机缘巧合，他认识了一些爱好文学创作的人，在这些人的启蒙影响下，他对文学创作产生了不可遏制的兴趣和向往。记得几年前，我们刚认识不久，他就发来两篇散文稿子让我帮忙修改，一篇是《我的外号》，另一篇我稍作修改后改题为《雨愁》。文笔还算流畅。《雨愁》写的是由于连续的雨天，他不能出去打工挣钱，而孩子还在生病，眼望着下个不停的瓢泼大雨，心想着一家人就要断炊，一个大男人愁肠寸断，欲哭无泪……从单身到成家，他在县城租房一租就是 20 多年，却只能养活自己和家人，根本无法做到更大一点儿的改变。这是一篇触动人心的好散文，也是他对现实处境最真实的描摹和书写。我根据文章的内容，把原来的标题改成了《雨愁》，投到州文联的《怒江文艺》杂志后得以发表。

当时，他就是一个靠打工养家的人，每天都在为一家人的生计而劳碌奔波，很艰难很挣扎。就是在如此窘迫、几无闲暇的境遇下，他却痴迷地爱上了文学创作，实在令人感慨良多。其实，虽说文无定法，而从古今中外的作家来看，文学创作也并非一定要多么高的门槛，但是，这同样是一条漫长而又艰辛的道路，要在这条路上取得一点儿成绩，又谈何容易！

基于这样的现实认知，我在关注他的同时，不免有些怀疑他到底能坚持多久，能走多远。我想，如果他的处境换作是我，我肯定坚持不了多久。

也许，物质上太过贫乏的人，更需要一种强大的精神力量来支撑自己。这一点，我深有体会。因为，在三十多年前，在我读初中的时候，家里曾遭遇过一场火灾，我也曾经在极度的贫困中，寂然地挣扎了好多个年头，也同样是在艰难的生活处境下，深深地沉浸在对文艺的爱好与追求之中，一路走过来的。

杨天化一直在县城辛辛苦苦地打工，过着特别辛苦的日子，用自己的血汗养活自己和家人。甚至于他自己是怎样成为建档立卡贫困户的，具体的情况他都不知道，只知道一切都是自己的小姑在村里替自己反映、上报的，差点儿就没评上。杨天化的贫困不是因为自己好吃懒做，更不是因为自己不努力，而是因为家庭的根基太过薄弱，可以说是一无所有。从小父逝母嫁，十四五岁时爷爷去世，自己彻底成为无依无靠的孤儿。从那个时候起，他就开始了一个人的努力打拼，靠自

己的奋斗成家立业。十多年前，刚结婚不久，他还在村里盖了三间空心砖的房子，虽然家徒四壁，但他从来都是不等不靠不要的。长年累月在县城打工，盖在村里的房子，他们一家人每年都住不了几天。也就是过年的时候，回去祭祀一下祖宗罢了。

在县城打工养家，租房供孩子读书，日子是十分艰难的。杨天化说，别的人家是丈夫出去打工，老婆孩子在老家。老婆种地干农活儿，孩子在村小上学。杨天化在老家也是有土地的，但他说，每年也就两百多斤的收成，根本不够吃，而经济收入就更是无从说起了。自己之所以跟别人不同，一直把老婆孩子带到县城租更大一点儿的房子，付出更大的代价，最根本的目的就是让孩子从小就能够受到更好更优质的教育。因为自己没能好好地接受教育，读的书太少。他不能让自己的孩子重蹈自己的覆辙。如此一来，更增加了自己的负担。但不管有多艰难，他都决心给孩子一个较好的受教育的环境，绝不放弃，毫不动摇。

古话说得好：“自助者天助也！”

而今，一道旷世温暖的明媚阳光终于照进了杨天化的人生命运深处，他成了一名建档立卡、易地搬迁户，并搬进了移民搬迁新居。这个从小就浸泡在苦难不断的命运泥淖之中的人，终于迎来了人生的第二次幸运和转机，而且是一次在他整个人生境遇中将会起决定性作用的最大的幸运和转机。从此，他的人生毫无疑问地将翻开崭新的篇章。

搬入移民搬迁新居，这也算是这辈子命运对他最大的一次眷顾。而这次眷顾，不是凭空而来的，是党和国家重大战略决策部署，是全面建成小康社会的时代发展，是实现中华民族伟大复兴的中国梦的现实、真实、完美体现。

杨天化满含深情地说：“我很幸运地抽到了一套视野十分开阔的向阳的房子，站在阳台之上，自雪邦山至凤凰山一带的天空、山河、城乡尽收眼底，有种登泰山而小天下之感，感觉非常的好！每到这个时候，我心里便十分感恩祖国，感恩党，感恩时代。若没有党和国家的易地扶贫搬迁政策，我一个靠劳力养家糊口的人，一辈子也不敢想能有这样的一套房子。搬到新居后，每天起床后，我总喜欢到阳台站上一站，看一看，然后信心满满地、开开心心地去上班。”

真好，这一切都是这么的好！

杨天化深有感触地说：“我这一生喜忧参半，又是非常的不幸，自小父逝母改嫁，生活悲凉凄苦，命运坎坷多舛。然而我又是十分幸运的，我遇到了一个好时代，我遇到的每一个人都是好人，都是真诚待我的，让我原本灰凉的心里，遍地生花，

阳光满满。让我的一切变得十分的好！真的很好！”

的确，这是一个什么样的奇迹都有可能发生的时代。而杨天化已经是一个被温暖灿烂的阳光照射得通体透亮的人，现在，不仅是他的梦想，就连他的每一个细胞都浸润在大海一样宏阔无边的幸福里，激荡起中国式扶贫的绝美潮汐，响彻世界，响彻天宇。

展望美好新生活的杨天化，他的整个心田，已然是面朝大海，春暖花开！

盛开在知子罗的女人花

彭愫英

知子罗是傈僳语“季子洛”的谐音，意为有漆树的山谷，寓意好地方。怒族语称知子罗为“益味”，意为富裕的地方。

知子罗曾是怒江的政治经济文化中心、州府及碧江县县城所在地。1954年4月，经当时中央内务部批准，在知子罗成立怒江傈僳族自治区。1957年1月，自治区改为怒江傈僳族自治州。1973年8月，云南省委通知，怒江州由丽江地区改属云南省委直接领导，并同意怒江州首府从碧江县知子罗镇移至泸水县（时称）六库镇。1986年，碧江县撤销县制。碧江县撤销后，辖地一部分归入泸水市，一部分归入福贡县，知子罗属于福贡县匹河怒族乡。多次行走知子罗，为何还如此兴犹未尽？我给不了一个清楚的答案。但我明白，知子罗是需要耐着性子品读的一个地方，其历史情怀和人文精神吸引我前往。2020年4月，一场春雨将我迎接到知子罗，得以到易地扶贫搬迁安置点参观。

一条栈道，石板铺路，有台阶，有平路，顺着山势，弯曲迂回地从碧江老县城直达知子罗易地扶贫搬迁安置点。知子罗安置点处在高高的台地上，背靠碧江老县城，面对怒江大峡谷。站在安置点回廊上观赏簇新的现代化高楼建筑群，云雾飘过，与背后的山融为一体。伫立回廊上鸟瞰怒江，山高谷深，怒江水只是天上的一朵云落在谷底。放眼四周，山连绵不绝，沟壑纵横。谷底的云凝重，山峰上的云飘逸。读山读云读水，从一个角度到另一个角度，有不一样的视角就有不一样的感受。安置点住房与回廊的场地开阔，有人开玩笑说可以停得下一辆直升机。如水清洗过的山，如水漂洗过的云，如水冲洗过的地面，置身其间，心就像一首水做的歌。

知子罗村属典型的边境高山直过民族贫困村，贫困发生率在70%左右。知子罗易地扶贫搬迁安置点项目于2017年10月20日开工，次年竣工，住房有8栋12单元共121套。安置121户，其中建档立卡118户，建档立卡回迁2户，非建

档立卡回迁1户。安排到公益性岗位的有136人，包括生态护林员、保洁员、水管员、电工、保安、地质监测员等。安置点内有综合服务中心、警务室、卫生室、关爱中心、党员活动室、扶贫车间、幼儿园、就业创业服务站、劳务服务工作站、便民诉讼服务点等。知子罗村民委员会办公地点设置在安置点内。

巾帼扶贫车间大门前有一座雕塑，红色的底座，红色的“书”，上书福贡人民十谢共产党。我站在“书”前，再次读福贡人民十谢共产党的内容，心海荡起涟漪。扶贫车间大门两侧挂着两块木牌子，犹如两副对联般挂在大门两侧，分别写着：中央企业中国三峡集团援建知子罗村扶贫车间项目、东西扶贫协作珠海（怒江）我能商贸发展有限公司。这副“对联”的横批是：巾帼扶贫车间。车间里有几位妇女正忙着缝制棒球。2019年7月12日，这个日子她们都记得很清楚，这天，她们开始在巾帼扶贫车间里缝制棒球。同年12月直至翌年4月中上旬，她们没有缝制棒球了。新冠疫情令她们复工得晚，直到4月下旬，巾帼扶贫车间才有原材料供应，她们得以继续缝制棒球。扶贫车间的妇女们就像一个民族大团结的家庭，相处融洽。她们一边熟练地缝着棒球，一边说笑着，车间的气氛轻松愉快。

施肖花是知子罗的怒族人，原住在老县城广场附近，一家三口人，易地搬迁到知子罗安置点，享受60平方米的住房。2020年4月26日，匹河小学开学了，孩子读六年级，住在学校里。丈夫是村干部，忙碌在脱贫攻坚前线。家里有4亩茶叶地，施肖花除了采茶外，就在巾帼扶贫车间里缝制棒球，她一天能缝制15个。

阿杜是缅甸密支那人，嫁到知子罗村有七八年了。她的丈夫是怒族人，他们有两个孩子。对于阿杜来说，嫁到知子罗等于回归故土。解放战争时期，爷爷带着阿杜的爸爸搬迁到缅甸居住。阿杜是户口本上的名字，怒族名字是怒玛杜。阿杜的户口在缅甸，没办法落户到夫家。他们家四口人，易地搬迁时只能享受3人的待遇，住60平方米的房子。丈夫拥有护林员的公益性岗位，还可打工补贴家用。阿杜对新居非常满意。他们未搬入易地扶贫搬迁安置点前，住在老县城原检察院的房子里。新冠疫情导致中缅口岸关闭，她回不了娘家。两个孩子尚小，她在家照顾年幼的孩子，所以对能在家门口打工表示满意。她得空时缝制棒球，她缝制棒球只有两天的历史，因为去年她带着孩子回娘家住了好长一段时间。

蔡春平是傈僳族，娘家在兰坪县营盘镇凤塔村。回娘家探亲，她都是坐车经六库城到达营盘，没有走过碧江—营盘盐马古道。未到易地扶贫搬迁安置点前，他们住在知子罗下村。丈夫是知子罗下村小组的副组长，怒族人，拥有护林员的公益性岗位。他们还没有孩子，两人户，在安置点享受40平方米的住房。去年开始，

她就在巾帼扶贫车间缝制棒球，每天最多缝制十七八个。正值农忙、春茶采摘季节，她有时去采茶，顾不上缝制棒球。

和义妞是从泸水市洛本卓乡嫁到知子罗下村的，她是傈僳族，丈夫是怒族。他们有两个孩子，加上奶奶，一家 5 口人，易地搬迁到知子罗安置点，享受 100 平方米的住房。她拥有保洁员的公益性岗位。丈夫时常在外打工，在公路隧道里开拖拉机，以前在文山州干活儿，现在在美丽公路上干活儿。家里有小孩与老人需要照顾，她对在家门口上班满意极了。

和冬花来自兰坪县营盘镇连城村小村小组，19 岁时嫁给知子罗村一位怒族小伙子为妻，在知子罗生活了 20 多年。当年澜沧江畔的白族拉玛人支系少女，而今在知子罗成了一个小女孩的奶奶。她有 3 个孩子，老大和老二是男孩，老三是女孩。5 口之家，在安置点享受 100 平方米的住房。未易地搬迁前，她家住在知子罗老大队那里。她缝制棒球，一天最多可缝制 30 个。

时候不早了，她们要下班回家做晚饭。征得和冬花的同意，我在驻村工作队队长余红英的陪同下，到和冬花的新家参观。

客厅沙发上，和冬花的丈夫郭永生和二儿子坐着看电视，他们背后的墙上挂着习近平总书记接见穿着独龙族服装的高德荣及乡亲们的照片。和冬花家的住房有三室一厅一厨一卫，还有一间小储藏室和一个阳台，阳台连着客厅，放了一张床。大儿子从泸水市职业中学毕业后，在一所电站打工，已成家并有了一个女儿，但妻女户口不随夫家，故没能享受到知子罗易地扶贫搬迁安置点的住房福利。二儿子在大理技校读了 3 年的汽修专业，已毕业，现在重庆实习，希望在怒江谋取一份汽修工作。小女儿在福贡一中读高中。一家三代人团聚时，房间不够，连着客厅的阳台上摆放一张床，就是临时充当卧室的。

搬迁到安置点后，郭永生拥有了保安员的公益性岗位。他家有 4 亩多的茶叶地，还有部分核桃林。除了做好公益性岗位工作外，他还要管理茶叶地和核桃林。郭永生落落大方地说起了他与和冬花的爱情故事。当年，他走上碧江—营盘盐马古道，从营盘经啦井再到金顶凤凰山铅锌矿挖矿，他是小包工头。和冬花也到铅锌矿打工，正巧被郭永生招聘当炊事员，给郭永生和同伴们做饭。在朝夕相处中，两人产生了爱的火花，和冬花嫁给了郭永生。郭永生幽默地说，她比我大一岁，当年给我们做饭时，我喊她姐姐，想不到姐姐一辈子都给我做饭了。他们没少走过碧江—营盘盐马古道，夫妻俩时常走上这条古道，到碧罗雪山另一边去探望双亲。家庭困难，他们去营盘探亲，往往徒步走盐马古道。

这一天，他们早早地起床，煮好早饭和晌午饭，背上孩子就上路了。外公外婆还没见过孙子，他们带孩子去见老人。从知子罗经三道水、九曲十八弯，然后攀登碧罗雪山到达风口处，在雪山上走不多远，眼前有两条路，一条路去往弥罗烟村方向，一条路去往小桥村方向，虽然两地都有亲戚，投宿方便，但他们往往选择走上小桥村的路，那条路好走一些。在小桥村亲戚家住上一晚，第二天又早早地上路了，走到甸尾桥，甸尾桥是公路桥，若能搭到车到营盘街，他们再走路到小桥村就省事些。但他们在甸尾桥没有搭到车，只好走路，到小桥村时天已黑了。

从碧罗雪山风口到小桥村，这段盐马古道我曾走过，深知古道艰辛。在沿路村寨采访，听耄耋老人讲述往事，令人掬一把辛酸泪。他们告知我，翻越碧罗雪山要有经验，每年农历九月到翌年二月这半年，天晴时才可以翻越碧罗雪山，而且必须在早上七点至九点这三个钟头内翻山，十点以后，碧罗雪山风很大，同时也会下雪。风挟积雪冲天而起，雪有齐腰深。这几个月里，天阴下雨，碧罗雪山走不通。农历二月到八月份，天阴下雨也可以翻越碧罗雪山，但要在中午十二点以前翻山。十二点以后，风口便会起风，大风卷起石头，裹挟着不知去向，风险很大。

郭永生一家人对兰福公路的修建，喜悦之情溢于言表，今后去营盘探亲，两三个小时的车程就可到达，用不着两头黑地辛苦走山路了。实际上，从 2000 年起，他们家再也没有走碧江—营盘盐马古道回营盘探亲。日子比以往好过起来后，他们坐车，从知子罗到匹河再到六库转车，由六兰公路回到营盘小村，探亲的路比起走古道不算辛苦。兰福公路正在建设中，待修通后，令他们探亲的路比起六兰公路缩短了三分之一左右，更加省时了。

郭永生在金顶凤凰山承包铅锌矿洞时，村里的伙伴们不敢进洞干活儿，他只好招募别的人干活儿。2006 年以后，他带知子罗村的人到匹河电站隧道干活儿，村里人思想观念改变了，不再对进洞干活儿存有神灵方面的敬畏心理，跟着郭永生进洞干活。郭永生还带着知子罗人到保山挖隧道，一干就是四五年。2017 年，知子罗易地扶贫搬迁安置点开工以后，他带着村里人在安置点上干活儿。这位怒族汉子憨厚地说：“我当小包工头只是个名声，我把工程承包出来后，与村里人一起干活儿，一起分红。”新冠疫情发生后，郭永生没再出门打工。他闲在家里时，负责照顾孙女，和冬花到巾帼车间缝制棒球。郭永生若去茶叶地忙活，或在安置点出保安任务时，和冬花就负责照顾孙女。孙女小，她不能像同伴们那样带着孙女到巾帼车间干活儿。农村人结婚早，孩子生得早，他们只有 40 多岁就当爷爷奶奶了。望着其乐融融的这

一家人，我不由深深地祝福他们。他们家搬迁到安置点新居后，和冬花的老母亲从营盘坐车来到知子罗，在女儿的新家住过，对女儿一家人能住上这么漂亮的房子，生活在如神仙居住的美丽地方，由衷地高兴。

在知子罗易地扶贫搬迁安置点综合服务中心当志愿者的张碧梅，毕业于一所技工学校的护理专业。她家 4 口人，父母、哥哥和她，从老县城附近易地搬迁到知子罗安置点，享受 80 平方米的住房。她剪着一头漂亮的短发，一双大眼里盛满热情与真诚，一说一笑就像一株碧罗雪山上盛开的杜鹃。她做事麻利，谦虚好学，为人落落大方。这是新一代知子罗村民，给我的印象比较深。

知子罗是一首山水诗歌，也是一首人文诗歌。走在知子罗，读怒山怒水怒族人文，盘桓心头的情愫就是一曲怒族情歌《哦得得》。

吾马普

左敦圣

如果你要问“世界的吾马普”在何方，有人就会告诉你：在云南省怒江州兰坪县兔峨乡吾马普村。这个村位于兔峨乡西北边，距兔峨乡政府所在地 31 公里。

2019 年 6 月前，吾马普村是一个鸟不拉屎的山林，一些破烂不堪的民房，没有什么好看的。2019 年 6 月以后，吾马普村脱胎换骨，一改往日穷酸的样子，成了人们向往的地方，这里的树林开始茂盛，鸟儿开始欢叫，阳光开始明媚。易地搬迁点在蓝天、白云、青山的映衬下，咖啡色楼顶，淡黄色外墙格外漂亮，楼层鳞次栉比，参差错落，显得美轮美奂，所以，人们把这里称为“世界的吾马普”。

吾马普村 259 户 891 人，其中建档立卡贫困户 245 户 824 人，贫困发生率高达 92.48%，是全县最贫困的村寨之一。鉴于此，州委、州政府研究决定：由州委统战部挂钩联系，确保吾马普村整村搬迁。整村搬迁难度虽然很大，但无论任务有多繁重，工作有多忙碌，扶贫工作队员都默默无闻、任劳任怨，不折不扣地完成任务，努力让人民群众和党委政府都满意。

整村搬迁作为解决深度贫困的有效措施，在实施过程中势必会让村民舍弃一些东西，对于一辈子生活在山村的人们来说，这些东西是不能用一般东西来衡量的，因为他们割舍不掉生养他们的土地，他们的心灵已深深扎进这片土地，突然间要让他们割离斩断对养息之地的爱恋，一时阵痛是在所难免的。

怒江州侨联干部、现任吾马普村第一书记兼队长的李金荣说：“吾马普村是典型的一方水土养不活一方人的深度贫困村。加之村民文化素质普遍较低，自然条件比较恶劣，基础设施十分脆弱，人畜混居现象特别突出，贫困率为 92.48%，是全县最贫困的行政村之一，现在整村搬迁至安置点，将彻底改变这一贫穷落后面貌。”

吾马普村党支部书记和辉平说：“吾马普村是我县脱贫攻坚战中的一块硬骨

头，主要表现在：一是生态环境差，自然条件恶劣，滑坡、泥石流等自然灾害频发；二是全村95%的耕地在25度以上的陡坡上，农作物靠天生长，农业结构单一，产业发展难度大；三是受滑坡、泥石流等自然灾害影响，交通时常阻断，出行极不方便；四是群众文化程度偏低，致富意识、创业意识不强，缺技术、缺资金、缺门路，自我发展能力弱。”

州委统战部为了彻底解决吾马普村贫穷落后现状，多次深入调研，了解贫困症结，加强与兔峨乡党委政府沟通联系，形成整村搬迁构想，并按程序上报，通过审批后，他们全力做好宣传教育工作，不断走访村民，宣讲政策，描绘未来生活，促使村民们抛弃因循守旧观念，接受新思想，树立新理念。

搬迁户和青龙是第一个接受新思想、新理念的村民。他家以前住在石布子村，两层木楞房，下层圈养牲畜，上层是一家人生活的场所，只有一张快要散架的床铺，一个火塘，几个破破烂烂的碗碟、锅，没有像样的物件。尽管这样，说到搬迁，当时的他多少有点儿纠结，一方面觉得到搬迁点肯定好，另一方面又舍不得离开这片心爱的土地，更担心一家人去安置点后的生计问题。通过驻村工作人员做工作，和青龙终于想通了，决定搬迁。他说：“我做梦都想搬出大山，想给孩子们一个好的学习和生活环境。孩子们早已盼望着搬迁，现在终于如愿以偿了。政府想方设法安排我们工作，如消防员、栋长、保洁员、水电工等，我打心里感谢党委、政府！”

克尔朵村医生熊太发激动地说：“我早就想搬出去了，当时一是顾虑老伴有病，楼房生活不方便，二是顾虑村民还需要我这个村医，谁知道党委政府想得太周全了，楼房有电梯，每家每户还配置了家具等，安置点交通便利，医疗保障到位，生活物资齐全，比在山里方便多了，不积极响应国家政策，我这个村医不是白白干了这么多年？我们除了感恩还是感恩。”

托巴克村81岁的孤寡老人余发能，还是一个残疾人，他原本拥有一个大家庭，一家人其乐融融，谁知道不如意的事情接二连三发生，先是老伴去世，三个儿子也是没有福分，前几年一个接一个离世，现在只剩下他一个孤寡老人，面对这样的生活，正感到无望之时，政府居然给他分新房，安顿好生活。他老泪纵横地说：“党和政府把我列入社会兜底对象，依靠国家保障来维持生计，现在又分新房……没有共产党，我恐怕活不到今天。”

搬迁前的吾马普村，有人改写唐代杜牧《山行》的诗句，形容为“远上寒山石径斜，白云生处有穷窝”。搬迁后的吾马普村，村民们随时仰望高楼上鲜红的

大字“感恩共产党，感谢总书记”，这是发自内心的话语。现在的吾马普村民时常遥望巍峨大山，奔走在鸟语花香的田地，穿梭在热闹非凡的小区中，尽情畅游在“世界的吾马普”。被政府打造成如诗如画的吾马普，引起了州、省、国家、国际级媒体的关注，纷纷前来宣传报道。

 永安社区出了个和大哥

杨天化

兰坪县城永安社区 3 栋楼前，一个人高马大的人手里拿着铲子正用力地铲路面上的泥沙。他是 3 栋 41 户 187 名易地扶贫搬迁户口中的好大哥——和永栋。和永栋说因为永安社区及专为搬迁户修建的三小还在施工中，来来往往的施工车辆较多，泥土飞扬很是呛人，所以他时常来这里铲铲路上沉积的泥沙、冲洗冲洗地面，减少灰尘，降低污染。

听 3 栋里的人讲，和永栋是个热情善良乐于助人的人，住在 804 的一位残疾老人说，因为社区尚未完工，水电都还不正常，别人倒也罢，他一个残疾老人要到离 3 栋有 20 米左右处提水到八楼是很吃力的，和永栋知道后就随时帮老人提水，保证老人必需的生活用水。1002 的住户说因他腿有残疾，电梯还不能正常运行，时不时就会停运，那回他买了袋米，要从一楼背到十楼十分吃力，和永栋见了，接过来扛上就走。202 的住户家的小孩不懂事，把自己和钥匙反锁在了家里，看管小孩的老人不知所措，满脸泪汪汪地给和大哥打电话，和大哥立马放下了手中的家务，从窗户爬进去，从里面开了门，解救了小孩……这样的事，3 栋里的人说也说不完。

和大哥原来是兰坪县石登乡谷川村人，2017 年云南国土资源职业学院驻村工作队入村宣传易地扶贫搬迁政策。不甘贫穷落后的和永栋听完工作队宣传的系列政策，特别是听到工作队算的七笔账（搬迁经济账、土地账、发展账、子孙账、教育账、医疗账、生活改善账）后，被党和国家的好政策打动了。9 月份带头签订了《兰坪县易地扶贫搬迁协议》和《易地搬迁政策告知书》，因为他觉得这是千载难逢的能改变自己和后代命运的好机会，怕乡亲们错失良机，继续在山中受苦，所以积极主动帮助工作队挨家挨户地宣传政策、讲解好处，动员村民搬迁。他深深地知道搬迁的好处是能改变村里人和下一代人的命运。

搬到永安社区后，通过社区组织的社区管理人员竞聘活动和在3栋群众极力推荐下，和永栋被选为3栋楼栋长。成为楼栋长后，和永栋挨家挨户地询问、了解各家搬迁户的情况；与搬迁户群众面对面沟通交流情感；耐心详细地宣传党政时风；调动搬迁户的积极性。通过了解，和永栋知道搬迁户群众学历低、思想觉悟低、生活陋习多、安全意识差、卫生意识差，甚至还有“等靠要”的思想。为逐步改变搬迁户群众的精神面貌、思想意识，和永栋不辞劳苦，一而再再而三地到群众中讲移风易俗、礼节礼仪、社区规范、环境卫生、健康生活、公共文明、公共安全等知识，并率先垂范，亲力亲为，以一个新市民的标准严格要求自己和家人。和永栋更是知道居住在社区的人几乎全是弱势群体，留守老人、儿童、残疾人等，是极需要关注照顾的。“和大哥，我家的门打不开了。”“和大哥，我家水管漏了。”“和大哥，我家孩子还没放学回家。”像这样的电话，和永栋每天能接到几十个，一挂电话，他就马不停蹄地跑去为群众解决问题。一天从一楼到十一楼上上下下跑个十几二十趟，常常累得满头大汗，腰酸背痛，但他没有一丝不高兴，反而包揽了更多的活，比如，协助工程建设方到搬迁群众家里安装窗帘和晾衣绳、电梯应急工作，等等。为了能使搬迁户尽快过上幸福快乐的新的社区生活，配合社区工作，向社区反映更真实可靠的民情民风，使社区工作更好地服务于搬迁群众。和永栋不辞劳苦，马不停蹄，入住四个月来共收集搬迁户意见和建议九十多条；完善各种制度十余项；解决各类矛盾、问题、纠纷四十多件；寻找并发布招聘信息六七十条；引导有文化、有技能、有经营头脑的群众开办超市、卖瓜果蔬菜、开设便民店餐饮店；等等。将居民当作家人一样，以心换心的和永栋因真诚、热心、勤奋地关心、对待、帮助群众，深受感动的群众便亲切地叫他“和大哥”。

听熟知和大哥的人讲，和大哥以前很有故事。他高中考完后回乡等待消息，可是当他终于等到了大学录取通知书，兴冲冲地跑到县教育局问情况时才知道，因为交通不便，这通知书是迟了一个多月才到他手里的，现在大学早就开学了。伤心透顶的他回乡后边整理情绪，边发誓要搬出这个山旮旯，不让自己的子女步自己的后尘，所以他一直勤奋努力，寻找机会。他曾受挂钩兰坪的交通运输部推荐到台湾地区学习高速公路建设、重型机械操作、水稳实验等技能；他曾任兰坪县中排乡坝尾铜选厂车间主任；曾在坝尾小学当过老师；也曾做过买卖。他是真想干点事，好改变子女们的命运。然而命运似乎偏偏喜欢和他开玩笑，他做的这些事都因各种缘由没能成功，更没有真正地改变他的命运。直到这次的易地扶贫

搬迁，他才如拨云见日，真切地感受到了希望。儿女们终于可以走出大山了！终于可以受到更好的教育了！终于有更高的平台了！

想想真不容易啊！凭自己的能力他真买不起这一套房子啊！每到这个时候，他心里无比感激，总想着回报，哪怕是做一丁点儿的事。他常常想，自己没能耐做大事回报国家，可是帮邻居做点小事、帮社区给民众宣传一下政策的好处、鼓励一下民众士气，也都是回报呀。所以他总是想方设法地为社区居民排忧解难，希望民众能尽早地过上幸福安康的新的社区生活，使民众有从内到外的改变、提升。

“我对我们社区的明天充满了希望，社区会一天比一天好起来，人们一定会过上更好的日子。”和永栋乐呵呵地说。

怒江有飞机了

和　伟

2019 年 12 月 30 日上午 9 时，兰坪白族普米族自治县通甸镇，艳阳高照，碧空如洗。上千名来自全县各乡镇的代表、当地干部群众、各级领导嘉宾汇聚在新建成的兰坪丰华机场遥望蓝天，期待着一个具有重大历史意义时刻的到来。

9 时 10 分许，伴着马达的轰鸣声，两架从昆明长水国际机场起飞的“飞鸿 300”型飞机经过 1 小时 20 分钟的航程，犹如银燕从东面的天空飞来，徐徐降落在宽阔的机场跑道上。十多位专程赶来参加通航仪式的领导和乘客代表走下舷梯，走向停机坪外的人群。

“兰坪通航喽！”“怒江有飞机了！”“我们也能在家门口坐上飞机了！”迎候的人群中爆发出阵阵欢呼声和热烈的掌声，响彻云霄，久久回荡。

为了这一天这一刻，怒江各族人民翘首以盼多年，而今，梦想终于成了触手可及的现实。

一

改革开放以来，怒江的交通运输事业发生了翻天覆地的变化，但与国内发达地区相比，还有相当大的差距，特别是无高速公路、无航空、无铁路、无水运、无管道运输的“五无”，一直是怒江各族人民心中的“痛点”。

随着党中央、国务院对全国深度贫困“三区三州”的高度关注和关心，怒江交通的“五无”问题被列上议事日程并逐一得到解决。尤其是国家、云南省对通用航空产业发展的支持，让怒江根据本地自然地理条件完善交通运输体系、发展民航业迎来了新的重大发展机遇。

为深入贯彻落实习近平总书记考察云南重要讲话精神，主动服务和融入国家

发展战略，推进云南民族团结进步示范区、生态文明建设排头兵、面向南亚东南亚辐射中心建设，2016 年 11 月，经省政府批准，云南省发改委印发了《云南省通用机场布局规划（2016—2030 年）》，将兰坪、泸水（怒江民用）机场建设列入云南省滇西城市群未来 15 年机场建设之列。兰坪通用机场成为云南省加快通用航空产业发展规划第一批新建 20 个一类通用机场之一，并被列为全省“十三五”重点工程项目。

“来而不可失者，时也；蹈而不可失者，机也。”面对这一千载难逢的重大历史机遇，怒江州各级党委、政府高度重视。

思想有多深，目光就有多远，脚步就能延伸到哪里。兰坪县在全省刚启动加快通用航空产业发展之际，就积极谋划和开展兰坪通用机场项目前期工作，通过汇报争取，使兰坪通用机场在规划上从二类机场改为一类机场，为远期按民航运输机场规划预留了发展空间。

二

自兰坪通用机场建设工作启动以来，州委、州政府主要领导常听汇报勤指示，多次莅临相关会议或现场协调各种关系，督促职能部门全力支持配合，有力推进了机场建设工作。

兰坪县则以“等不起”的紧迫感、“慢不得”的危机感、“坐不住”的责任感，层层发力，薪火相传，主要领导既“挂帅”又“出征”，分管领导全心投入，部门领导恪尽职守，将规划一步一个脚印从蓝图变为现实。

机场从规划到正式建设并投入使用，涉及多种报告审批。报告审批牵涉部门多，时间跨度长，标准要求高。稍有不慎，即功亏一篑。对此，自始至终全程参与机场建设的兰坪县通用机场和铁路建设领导小组办公室工作人员李凯深有体会。在他给我们提供的一份《兰坪通用机场大事记》里，粗略统计了一下，从 2013 年 6 月到 2019 年 12 月 13 日，各种有据可查的大事累计 200 多项，月均 3 项左右。“长年出差出门协调关系或修改报告申报审批手续，有几次直到春节前一天才赶回家中，现在回想起来，虽然苦点累点，但还是觉得很值。”他说。

2017 年 3 月 28 日，经过完善各种报告和审批手续后，兰坪通用机场实验阶段项目正式开工，标志着兰坪通用机场建设进入实质性建设阶段。

根据相关协议，兰坪丰华通用机场由云南机场集团有限责任公司投资建设，

机场总概算投资 4.4987 亿元，其中：云南机场集团投资 3.2731 亿元，负责场内主体工程建设；兰坪县投资 1.2256 亿元，负责项目征地拆迁及场外配套工程实施。

为了实现怒江人民的飞天梦，兰坪县举全县之力给予支持配合：机场建设用地是兰坪县为数不多的高稳产农田，县里积极向上反映及时调整了用地规划；对机场建设相关手续涉及县级的，以最快速度办理；机场建设所在地通甸镇成立了由镇村干部组成的工作组，全力支持配合县里做好征地拆迁等各项工作。特别是在工程建设过程中，兰坪县打破工程建设程序常规做法，采用项目同步审批、同步建设、同步完善的做法，做到项目审批和建设同步，既节省项目审批时间又为主体工程建设赢得了黄金时间。

当地群众在机场建设中表现出来的舍小家顾大家的高尚情怀，也让机场建设的工作人员感动不已。

兰坪丰华机场位于通甸镇丰华村、黄松村，根据规划，涉及 2 个村 8 个小组儿百户农户的耕地 1100 亩，其中 40 多户是在选址规划区的红线内，必须搬迁。要舍弃自家住了几十年几代人的老房子，所有群众二话没说，经过工作组的宣传动员后，在征地款一分没有到位的情况下，都在协议书上签了字。

黄松村村民李汝成，原计划在 2017 年底给儿子操办婚事，为了按期搬迁，把儿子的婚期提前了 1 个月，全家 7 口人住进了临时建盖的板房里，他却没有丝毫怨言。这个质朴的中年汉子说："我父亲曾是村里的老支书，我不能给他丢脸，对于国家建设要无条件服从、支持。"

丰华村村民张柏夫妻二人均有残疾，全家的 6 亩多耕地全部被征收，他却豪爽地说："国家建设即便一分钱的补偿款没有，也要尽力支持。"话语不多，却铿锵有力，掷地有声，令人动容。

"群之所为事无不成，众之所举业无不胜。"在省、州、县各级党委、政府和相关职能部门的关心支持下，在兰坪县各族干部群众的全力支持、配合下，广大建设者克服各种困难，圆满完成机场的建设任务，创造了省内同类型机场建设的"兰坪速度"，吸引省内 10 多个建设通用机场的市（县）前来参观学习。

三

经过广大建设者的努力，兰坪丰华机场全面完成各项附属配套设施、主体建设工作，并于 2019 年 12 月完成主体工程的行业验收，12 月 12 日完成试飞，成为《云

南省通用机场布局规划（2016—2030 年）》中首个建成通航的通用机场。

兰坪丰华机场的通航，结束了怒江州没有航空运输的历史，圆了 55 万怒江各族人民的飞天梦。更重要的是，机场的建成通航，有效提升了怒江州综合交通能力和水平，对全省通用机场建设发展具有重要的示范引领和带动作用，有效加快了怒江融入全省“五网”建设和大滇西旅游环线建设战略的步伐。

中国民用航空局将海拔高于 2438 米（含）的机场定义为高高原机场。新建成的兰坪丰华机场跑道标高 2522.8 米，属 A1 级一类高原通用机场，机场占地面积 977 亩，跑道长 1800 米，宽 30 米，跑道标高 2522.8 米，站坪占地面积 4.33 万平方米，可满足 5 架 B 类飞机及 4 架直升机停放需求；航站区建有综合业务楼（含塔台）、机库、特种车棚、橇装加油站、动力中心、道口及门房，配套空管、供电、消防救援、供水等辅助生产设施，总建筑面积 2902 平方米。

根据功能规划，兰坪丰华机场主要用于短途运输、旅游休闲、农林作业，同时还可开展医疗卫生、护林防火、抢险救灾、应急救援等通航飞行服务。

目前，云南机场集团将兰坪丰华机场交由大理机场代管，由七彩云南通用航空有限责任公司负责执飞，初步开通兰坪至昆明的航线，下一步根据实际需要新增适飞机型，适当增加载客量、航班数量，以满足地方经济社会发展和相关工作需要。

来自兰坪营盘镇新华村的白族青年刘林浩是全县第一个在丰华机场工作的本地人。2017 年，他通过考试被云南机场集团录取并被安排到公司兰坪机场建设指挥部工作。他说：“能够到机场集团工作，并参与兰坪机场建设，为家乡建设尽一点儿力，自己觉得很欣慰，家里人也感到十分高兴。”

通航仪式结束后，当地的白族、普米族、傈僳族、怒族等人口较少民族群众跳起欢快的舞蹈，唱起幸福的歌谣，沉浸在无比的喜悦中……

歌声越唱越响亮，舞步越跳越轻快。

机场周围，巍峨的雪邦山、老君山山脉上，白雪皑皑，银光闪闪，昔日先民们背盐运盐的盐马古道早已湮没在历史的风尘中。山脚下，剑兰二级公路上，车来车往，川流不息；在距公路不远的机场上，两架准备返航昆明的飞机正振翅欲飞，它们将带着 55 万怒江各族人民的希望和期冀，带着 55 万怒江各族人民对幸福美好生活的向往飞向更加广阔、高远的蓝天！

怒江天堑变通途

彭愫英

2020 年 4 月 9 日，怒江州人民政府上线云南人民广播电台新闻广播《金色热线》节目。在直播间，州长李文辉谈到怒江交通时说，美丽公路建成后，从怒江到独龙江，也只用一天半的时间。力争在 2023 年之前，把怒江的飞机场建设好，同时在 2022 年之前把贡山的通用机场建设好，到那时，怒江将会有三个机场：北边有贡山县的通用机场，南边有怒江的民用机场，东边有兰坪县通甸镇丰华机场。三个机场刚好在怒江成了三角形。到那时，从昆明坐飞机到兰坪县，再从兰坪县坐飞机到贡山县，再从贡山县坐飞机到泸水市民用机场回昆明。怒江州要在近三年内实现这个目标。

这个直播令人热血沸腾，美丽公路的建成和三个机场的建立，真正意义上实现了怒江天堑变通途，我情不自禁地回顾怒江交通发展史。怒江州交通史上没有公路记载时，辖地内的盐茶古道连接滇藏茶马古道和滇缅茶马古道，就像从古西南丝绸之路上旁生的血管，沉淀一方厚重文化。条条古道上，人背马驮演绎了怒江往事。中华人民共和国成立后，怒江州交通史上有了公路记载。随着公路的发展，怒江大峡谷里人背马驮现象渐渐淡出舞台。当年的古道，有的成了怒江旅游业中的户外运动经典线路，其中著名的盐马古道碧江—营盘古道就是一个典型的户外运动线路，因这条盐马古道线路中碧罗雪山鸟道的特殊因素，我以碧罗雪山鸟道称之。

碧罗雪山鸟道一头连着营盘一头系着知子罗，道路崎岖险恶。十多年前，我深入盐马古道进行田野调查，老一辈人向我讲述民国时期的碧罗雪山鸟道，野兽出没，强盗横行，加之恶劣的雪山气候，途中白骨随处可见。这条背夫们踏出的著名盐马古道，被怒江人喻为“死亡之道”。居住在怒江两岸的人，把人死了称为“背盐巴去了”，可想而知碧罗雪山鸟道的险峻。知子罗是怒江州茶马古道的一个重

要驿站，曾是怒江州府和原碧江县城所在地，被游客称为“记忆之城”。作为三江并流地区之一，兰坪县被喻为三江之门，营盘镇成了三江之门的锁。营盘镇作为云南省三十三个古镇之一，自古以来是兵家屯据之地，四条古道彰显其战略地位：从营盘街向东行，经啦井镇往金顶镇，过盐路山到大理州剑川县、丽江市等地，与滇藏茶马古道接榫；从营盘街向西行，经西营村由沧东桥渡过澜沧江，走鸟道翻越碧罗雪山到知子罗，进入怒江大峡谷，到达缅甸，与滇缅茶马古道接榫；从营盘街向北行，进入迪庆州维西县，经德钦到达西藏，与滇藏茶马古道接榫；从营盘街向南行，到达腾冲、保山等地，与西南丝绸之路接榫。知子罗及邻近的老姆登居民以怒族为主，怒族是怒江州原生态民族，有着独特的民族文化。营盘居民以白族拉玛人支系为主，拉玛人被称为“最纯粹的民族”，有学者认为拉玛人文化是白族历史文化发展的活化石。连接两地的碧罗雪山鸟道，富集高山峡谷风光、民族文化和民族人文精神，作为旅游线路魅力无穷。

清宣统三年（1911 年）元月，英军武装入侵泸水市片马镇，傈僳族头人勒墨夺扒率领各族人民奋起抗击英国侵略军，以可歌可泣的民族气节抒写怒江历史上著名的“片马事件”。民国元年（1912 年），云南省政府建立殖边委员会，在营盘街成立怒俅殖边总办。国民军兵分三路，从营盘渡过澜沧江，由鸟道翻越碧罗雪山进驻知子罗（原碧江县）、上帕（福贡县）、菖蒲桶（贡山县），分别成立知子罗、上帕、菖蒲桶三个殖边公署，派官员实行军事管制，在营盘设立殖边总局，管理怒江地区军政事务，目的是遏制英国军队的扩张和开发怒江。来自省城及丽江的公函，经大理州剑川县城，过盐路山进入金顶，再从金顶到达啦井、营盘，经碧罗雪山鸟道进入怒江大峡谷。“二战”时期，中国远征军赴缅作战失利，经野人山撤退回国。从福贡县境内归国的部队，大多数走碧罗雪山鸟道翻越雪山到达兰坪县后返回内地。中华人民共和国成立后，为保障物资运输，兰坪县和碧江县对碧罗雪山鸟道进行多次整修和改建，羊肠小道一律改建成五尺马帮道，洼地用大树和石头及泥巴填平，栈道得到加宽。碧罗雪山风口处，石崖上修建挡风墙。挡风墙就像一段立在峭壁上的长城，高与人齐头，人走在挡风墙后，再也不必为脚底下的万丈悬崖而打战，也不必担心会被狂风扫落悬崖。碧罗雪山上建盖了前、后哨房和救命房。人马驿道避开碧罗雪山鸟道中被冠名“最穷剥”的路段。碧罗雪山鸟道对怒江地区的政治、经济、国防等建设起到了至关重要的作用。

听耄耋老人讲，翻越碧罗雪山要有经验，每年农历九月到翌年二月这半年，天晴时才可以翻越碧罗雪山，而且必须在早上七点至九点这三个钟头内翻山，十点以后，碧罗雪山风很大，同时也会下雪。风挟积雪冲天而起，雪有齐腰深。这几个月里，天阴下雨，碧罗雪山走不通。农历二月到八月份，天阴下雨也可以翻越碧罗雪山，但要在中午十二点以前翻山，十二点以后，风口便会起风。风口起风，就像风婆婆打开风口袋，狂风卷起雪块和石头，呼啸着从碧罗雪山峰顶往澜沧江西岸小桥村一带的山谷飞去。以前的背盐人，在碧罗雪山风口遭遇风暴时，往往被暴风吞噬，也有的踩在雪窝下面的杜鹃树上，陷入杜鹃树枝空隙里再也出不来。还有的被风裹着走，迷了路，活活困死在雪山上。即便没遇到大风，但有的人背着盐走到雪山峰顶，累得走不动，卸下背篓喘口气，一口气上不来，背板绳还在头上，人靠着背篓再也起不来了。

1939 年，兰坪县雪灾，颗粒无收，知子罗一带玉米却是罕见的大丰收。家住石登的一对母女为躲避饥荒，想到知子罗投奔亲戚。母女溜索渡过澜沧江，经过猴子岩村翻越碧罗雪山，赶到风口时，恰逢风口刮大风，饥寒交迫的母亲倒毙在路边，孩子才一岁半，在母亲怀里含着奶头哭。从知子罗方向来了一伙人，过风口时听到孩子的哭声，把孩子抱回村里抚养。有一个怒族老阿妈，从知子罗翻越碧罗雪山，要到猴子岩村看望出嫁的女儿。老阿妈刚过风口，就被大风刮往黑白龙潭的方向，活活冻死在白龙潭附近。

从小桥村到猴子岩村，我耳朵里灌满了昔日老百姓翻越碧罗雪山所遭遇的悲苦。碧罗雪山上不仅有夺命风口，还有匪患。土匪劫掠财物，奸淫妇女。我到猴子岩村时，村民雀正华已经去世，他的女儿给我讲她阿爸的故事，令我感同身受怒江人走夷方的不易。有一次，雀正华和同村人到啦井背私盐。为避开缉私队，他们在晚上从啦井偷偷地背出私盐，翻山越岭，渡过澜沧江到达猴子岩村家里，第二天一早背着盐巴翻越碧罗雪山。翻越碧罗雪山，与雀正华他们同行的还有从怒江大峡谷的贡山、福贡一带来兰坪背盐巴的人。在碧罗雪山垭口，他们遭到土匪抢劫。背夫们奋起反抗。猴子岩村的人胆子小不敢杀人，来自怒江大峡谷的背夫杀死了一个土匪头子。背夫们到达知子罗后，杀匪的背夫受到了碧江县政府的嘉奖。

有时，雀正华他们把盐巴背到知子罗后，过怒江大峡谷，出境到缅甸出售。背夫苦，穿着草鞋上路。一件蓑衣是背夫的宝物，遇到下雨，蓑衣披在背篓上为盐巴挡雨。睡觉时，蓑衣垫在身下成了睡床。雀正华他们辛辛苦苦地把盐巴背到缅甸，缅甸人买盐巴前，你尝一口我尝一口，甚至有的人光尝不买。盐巴金贵，雀正华他们眼睁睁看着盐巴被缅甸人的舌头舔舐，心里着急，但又不敢制止，唯

恐缅甸人恼羞成怒，在异国他乡出事自己会吃亏。盐巴全部出手时，比他们背来时的斤两少好多。

家住营盘镇西营村的和六全老人，生前说起当背夫的过往，就会心酸地说那时的日子苦够了。背夫到啦井盐厂背盐巴，如果是公盐，必须给盐厂砍柴，砍多少斤柴就背多少斤盐巴。为了赚取公盐与私盐间的差价，和六全和西营村的伙伴偷偷背私盐，想办法躲避缉私队盘查，不走大道走小路，在深山老林里钻来钻去。他们遭遇缉私队，打得赢就打，打不赢就丢下背篓逃跑。有一次，他们趁雪未封山时翻越碧罗雪山，想不到山头风大，一位怒族人在营盘街上买的羊被风吹落悬崖。他们在雪山上小憩，风吹来一块头盖骨，停在和六全脚边。对此，和六全见怪不怪。从营盘走上鸟道，翻越碧罗雪山到达知子罗，再沿着怒江溯流而上到达福贡，往返一趟，往往需要十天半个月。在碧罗雪山峰顶，突如其来的大风裹挟着背夫不知去向，冻死饿死在雪山上的事时常发生。

怒江州建州初期，为支援州府和边境县建设，兰坪县组建支边马帮和背夫队伍，运送物资到知子罗。十多岁的彭寿跟着父辈们踏上盐马古道。他们从西营村走到兰坪县城，背上粮食、盐巴等物资，回到营盘。路过西营村，他们为赶时间不入家门，从沧江桥过澜沧江，夜宿江西岸的村庄。他们除背着国家物资外，还背着干粮、一口做饭用的小锅、路上避风寒的毯子。第二天，他们早早地起床上路，走上碧罗雪山鸟道，赶在风口起风前翻越碧罗雪山，把物资安全背到知子罗。第一次领到背物资的报酬，彭寿别提多高兴了。他与同家族的一位叔叔合资，在知子罗买了一把口琴。回家的路上，两人轮流吹口琴。古道悠悠，琴声飞扬，西营村背夫们跋涉碧罗雪山鸟道，有口琴声相伴，路再长再险，也不觉艰辛……

文化是旅游发展的灵魂，旅游是文化发展的依托，碧罗雪山鸟道沉淀着厚重的盐马古道文化，这是一个值得打造的户外运动精品项目。

怒江州在三年内实现交通方面的美好目标，令人振奋。

红色旅游重镇片马

彭愫英

怒江州旅游扶贫中，红色旅游线路的打造是一项重点工作，其中的片马镇就是红色旅游线路上的一个重点乡镇。

片马镇地处泸水市西部，高黎贡山西坡，恩梅开江支流小江（中缅界河）以东。镇政府所在地片马距怒江州府所在地六库城 96 公里。片马峡谷幽深，山连绵不绝，峰峦叠嶂，眼前的山滴翠，远处雾锁山岚。片马街上，现代化建筑鳞次栉比，绿树掩映房屋，白云如龙飘逸上空。

片四河的原始森林莽莽苍苍，中间有一块地皮，长着杂草、藤蔓、蕨类，给人感觉就像森林长着癞痢头。置身“二战”期间侵华日军片马飞机场遗址，昔日营盘如一丘丘草田盘缠山岗，三两棵木瓜树在一地杂草里显得孤清。机场隐藏在凹地里，坡地上的球场难以再现当年风采。草木葳蕤，但掩盖不了战壕。70 多年过去了，时光蛀蚀不掉铁丝网。狗尾巴草随风摇曳，就像在风中蠕动着一条又一条肥胖的虫。西面坡地上，一棵高大的水冬瓜树孤立在“虫”中。北面的核桃树树皮粗糙，就像百岁老人脸上堆叠的皱纹。

向导说：“片马的土地适合种植梅子、木瓜、核桃，可是奇怪得很，日本侵略军住过的地方不长树，光长草。”同行中有人感慨，日军住过的营盘连树也不愿意长，他们干的缺德事太多了……我在一棵核桃树下薅开草，查看当年的战壕痕迹，脑海里如海啸般翻腾片马的烽火岁月。

片马物产丰富，与缅甸接壤，自古以来就是我国南方丝绸之路上的丝盐古道，与南亚东南亚进行商业贸易往来。片马是大西南门户，从昆明到缅北重镇密支那转向南亚的所有通道中，经片马到密支那是最快捷的通道。英国侵略军武装攻入高黎贡山西麓，强占片马，妄图打通片马到大理的商道，向我国大西南地区实行殖民主义扩张。英军入侵片马前，于光绪二十六年间（1900 年），武装侵略茨竹、滚马、派赖这些属于腾越明光土司领地的边疆村寨，土守备左孝臣壮烈殉国。片马危机四伏，清政府不派兵防备。清宣统三年（1911 年）元月，英军武装入侵片马，修建飞机场。片马管事勒墨多扒号令各寨头人组织民众抗英，得到响应，人们手拿大刀、弩弓等武器踊跃加入到抗击英军的队伍中。英军入侵片马时，正值大雪封山，勒墨夺扒的手下冒着生命危险破雪翻越高黎贡山到六库告急求援。“片马事件”传到内地，全国舆论哗然，但昏庸无能的清政府没有派兵，只有六库土司段浩号召泸水五土司组织民众征援，快速招募兵勇，组成弩弓队赶到片马，与勒墨夺扒的蓑衣兵并肩抗英，最终把英国侵略军赶出片马。

抗战爆发，日本侵占缅甸，中国远征军出国作战失利。1942 年 5 月，中国远征军与日军凭着怒江天险隔江对峙。6 月 2 日，片马落入日军手里。从 9 月开始，日军在片马大修防御工事，为攻打怒江做准备，妄图以片马这个重要的滇西门户为根据地，东侵滇西，北窥康藏，亡我中国。

日军在英军入侵片马时修建的小型飞机场的基础上进行扩修，以便于从密支那飞往片马的运输机和战斗机降落。营房周围布满铁丝网。修筑了一条长 20 公里的摩托车道，这条摩托车道可从营盘到大田坝小垭口，日军每天骑着摩托车巡逻。日军在片马风雪垭口修建坚实且隐蔽的碉堡，还在不远处的姚家坪密林中修筑了暗堡，阻击从古炭河或从鲁掌方向来的远征军的进攻。在大田坝小垭口修筑永久性哨房，以对付其后方缅甸的动静。

宽阔的水泥路四通八达，公路两边商铺林立。走在片马街上，无处寻觅“二战”时的摩托车路痕迹，只有在片四河上方 500 米处，通往日军飞机场和营盘的山包上，还有一段完整的摩托车路，杂草藤蔓难以抹去“二战”留下的痕迹。

日军在片马无恶不作，烧杀抢掠奸淫无所不为。日寇的罪行，除了“二战”亲历者指证外，还有三棵大麻栗树作证。这三棵大麻栗树处在日寇屠杀片马民众遗址所在地，旁边有临时商铺。这个日军杀人场西面是片马至大田坝公路，东侧是陡坡。在乡政府会议室，片马镇退休医生勒麦三和退休教师张学亮给我们介绍了片马在解放初期的医疗卫生、教育教学情况，讲述了“二战”时的片马状况。勒麦三讲述了三棵麻栗树及杀人场的故事，之前我读过一些文史资料，对此不陌生，但倾听他口述母亲讲给他的抗战故事时，我还是感到脊背凉飕飕，心里燃起愤怒的大火。

杀人场上现今存活着三棵大麻栗树，当时有六棵，日军杀人就在那里。日军杀人时一枪打不死，再打一枪，踢一脚，让尸体滚下山坡。有时日军杀人，把人

四肢捆绑在树上，活剥皮。我们去看三棵大麻栗树，心情异常凝重。大树的树冠绿如玉，树荫下祥和宁静，周边山峰绿得令人心醉，小鸟啁啾，声声入耳。此情此景，令人倍感当今和谐安详的生活来之不易，更加痛恨“二战”时期日本侵略者在这里犯下的暴行。

远征军士兵十多人到古浪村民委员会伍扒干村，驻扎在营盘上的日军不知是如何得知的，从营盘连夜赶到伍扒干村，天蒙蒙亮时发动偷袭。远征军士兵和老百姓没有防备，有的老百姓在床上来不及穿衣服就吓得不会走路了，有的急于躲到村外密林里，从陡坡上连滑带滚摔下去。日军偷袭令远征军遭到重创，死伤过多。这次偷袭事件过后，村里有个猎人爬上挨近原始森林的山梁打猎，发现一个饿死的远征军士兵，他身上有伤，枪在身边。猎人返回村里喊人，村民带上铁锹，将这位远征军士兵的遗体掩埋了。

驻扎在片马风雪垭口的日军“黑风队”，时常窜到附近的鲁掌，或从古炭河窜到怒江边的村寨，掳掠老百姓财物，对老百姓进行惨无人道的屠杀，诸多罪行令人发指。有次日军洗劫鲁掌三寨后，经过片马风雪垭口，到达二道垭口时，将抓来的十九名背夫处死，其中乔金贵因穿着数层补丁的衣服，被刺数刀没死，幸存了下来。古炭河的汉族青年刘绍康、鲁掌区上寨的彝族青年茶芳卫，两人奉命化装到片马侦察敌情，不幸落入日军手里，日军把两人倒捆在树上，浇上汽油，活活烧死。

无论是听村里老人讲述，还是捧读怒江文史资料，怒江抗战的血泪故事都令我心里沉甸甸的。日军在怒江犯下的种种罪行，更加激起怒江人民的反抗和英勇不屈的斗争，留下了忠义支前、巧施迷魂计、渡江侦察敌情、飞锄劈日寇、借刀斩杀仇敌、落井下石砸鬼子、箭惩敌人等抗日故事，在怒江畔谱写了与远征军联合抗日的可歌可泣的篇章。

片马是怒江州唯一的省级开放口岸，也是怒江州爱国主义教育基地。每次到片马，无论多忙，我都要去参观片马抗英纪念馆和怒江驼峰航线纪念馆，到片马人民抗英胜利纪念碑下缅怀先烈。犹如弩弓造型的馆门，箭在弦上，竖立着直指蓝天，箭镞下是“片马抗英胜利、怒江驼峰航线纪念馆”几个镏金大字。

驼峰航线纪念馆内，一架“二战”时期坠落的C–53运输机默立眼前，四周墙壁上贴着珍贵的历史照片和有关驼峰航线以及“飞虎队”的资料，馆内收藏着实物。C–53运输机于1943年3月11日坠落在片马镇境内的高黎贡山中，这是驼峰航线上的飞机坠落怒江境内的残骸中保存最完整的一架。

大理石墙上横书胡耀邦题写的“片马抗英纪念馆”几个大字。腰挎长砍刀、手持弩弓，傈僳族头人勒墨夺扒的雕塑栩栩如生。雕塑底座上有文字，介绍了在清末片马事件中，勒墨夺扒率领片马人民抗击英军侵略、保卫祖国领土的斗争事迹。馆内陈列着片马抗英时勒墨夺扒他们使用的牛皮盔甲、弩弓箭袋以及砍刀，还有英军使用的头盔、长短枪等，墙上挂满相关的文字介绍以及再现当年片马人民抗击英军的画面、名人墨宝。

纪念碑在纪念馆后山上，形状犹如呼啸而起直冲蓝天的飞机。纪念碑的正面刻写着由胡耀邦题写的“片马人民抗英胜利纪念碑”几个银色大字。纪念碑底座是空的，里面立着墨色三角大理石，上书由怒江傈僳族自治州委、州政府立的“片马人民抗英胜利纪念碑”碑文，碑文分别用汉文和傈僳文、景颇文刻写。

行走片马，思绪穿行于片马抗英和片马抗日事件里，难以忘怀驼峰航线留在怒江的足迹。

日军占领缅甸后，切断滇缅公路，中美政府开辟驼峰航线，替代滇缅公路，继续提供同盟国援华物资。从印度汀江到昆明，驼峰航线要穿过印度东北部、缅甸北部、怒江大峡谷。日军占领片马后，修建飞机场，妄图阻击驼峰航线的运输机。怒江上空，时常发生空战，飞机掉落到怒江大峡谷里，飞虎队飞行员得到当地军民救护的事时常发生。飞虎队的飞行员为了怒江抗战视死如归，怒江老百姓为救助飞虎队的飞行员不畏艰辛，甚至不惜搭上自己的性命。驼峰航线铭记中美两国人民并肩作战，共同抗敌的友谊。

怒江人民对美国援华空军“飞虎队”的感情，从建在片马的“怒江驼峰航线纪念馆”里陈列的被修复的 C–53 坠机可见一斑。坠机发现后，为守护飞机残骸，傈僳族少年曲天成献出了宝贵的生命。

片马风雪垭口位于高黎贡山海拔 3150 米处，从跃进桥到片马的公路穿过风雪垭口，地势险要，是进入片马、缅甸的关隘，曾经是边防关卡。日军在风雪垭口上方修建碉堡，企图“一夫当关万夫莫开”。每次从六库到片马，进出片马风雪垭口时，我都要在碉堡前逗留一会儿。垭口的气候变化无常，空气比较冷。日军修建的石头碉堡青苔斑驳。透过碉堡门俯视，垭口天桥上，“片马风雪垭口”几个红色大字醒目，青砖砌成的桥柱上，蓝底白字书写“忠诚固边”，已废弃不用的部队营房默默立在山冈下，不时有车辆从天桥下通过。

碉堡建在片马风雪垭口制高点上，四面八方的景色尽收眼底。站在碉堡上放眼四望，峰峦波涌层叠向天边，天空中云卷云舒。公路就像一根肠子，弯弯扭扭

地穿行在崇山峻岭中，从碉堡眼皮底下通过。碉堡背后耸立着电线塔，山脉蜿蜒舒展。垭口的石头饱受风雪浸润，坐在上面，就像坐在冰上。草色青青，林海苍翠欲滴，瀑布在一片碧绿色里就像细细的银链子。青砖砌成的片马风雪垭口天桥，把隔公路对峙的两个山包连接起来，便于游客在上面观赏壮阔的山岭景色。

离开碉堡，走上天桥，站在对面的山包上打量碉堡。逐级而下，走到鹅卵石砌成底座的大石头前，脸靠在大石头上，目光深情地抚摸大石头中心草书的“片马风雪垭口”几个大字，内心波涌如水。在观景台凭栏远眺，以山谷为纵向，山连绵如波浪横向而行。光影斑驳的山谷，色彩或墨绿或翠绿，渐至天边，成了一色的蓝，与云连成一体。

我伫立在片马风雪垭口，思想被风鼓荡，沉溺历史往事不能自拔。“二战”烽火距今 70 多年了，日军修筑的碉堡没有全部倒塌在岁月侵蚀里，如此坚固的工事，令人想起怒江抗战中的片马收复战，攻打片马风雪垭口时颇多艰辛和曲折。

1944 年 5 月，滇西全线展开抗日大反攻。收复片马的反攻部队兵分两路，一路由上校团长余子述率第一步兵团向片马风雪垭口进攻，另一路由第十一集团军滇康缅边境特别游击区第一纵队少将司令谢晋生率独立营从称杆尺必哥垭口进攻。片马垭口工事坚固，日军凭借天险重兵把守，余子述部反复攻打，也打不下片马风雪垭口。谢晋生部在老百姓的有力支持下，挖了从称杆到尺必哥垭口的驿道，突破尺必哥垭口天险，首先攻入片马，迂回敌后，两路夹击，终于攻下片马风雪垭口，赶走日本侵略军，收复了片马。

怒江抗战时期留存片马的遗迹，而今成了红色旅游景点，吸引众多游客前往。关于怒江抗战，让我们记住这句话：“可以原谅，但不可忘却。”

2017 年 7 月 25 日至 27 日，由昆明赛莱旅游规划设计有限公司牵头的泸水市旅游解说系统暨旅游项目招商考察活动，在泸水市顺利开展。泸水市与考察组一行举行泸水市旅游文化产业考察及旅游解说系统规划设计思路汇报座谈会，各路旅游达人、企业家、专家学者与泸水市委、市政府一起就泸水旅游如何发展踊跃发言，红色旅游重镇片马的打造是其中的一个话题。我有幸作为专家学者团队成员之一参加了这次活动，在片马考察时，就片马的红色旅游话题请教云南省旅游规划院暨中国旅游研究院昆明分院副院长蒙睿。翌年，我在深入脱贫攻坚前线采访、切实做好文学助推脱贫攻坚工作中，再次来到片马，深感红色旅游重镇片马的建设意义重大。就旅游扶贫写作话题，我在省城出差期间，再次请教蒙睿副院长。片马是英雄的故里，对片马红色旅游的打造，蒙副院长给予高度概括：“从精神

层面来说，片马的英雄精神激励着广大干部群众在脱贫攻坚中担当有为，传承红色基因，打赢脱贫攻坚战，激励大家继续在服务和融入乡村振兴战略和‘一带一路’倡议中建功立业；从产业层面来说，旅游业有着经济政治文化和社会生态建设的综合功能，但在适宜发展旅游业的贫困地区发挥其经济功能是主要的。片马有一定的旅游基础，在泸水打赢脱贫攻坚战中具有龙头示范效应。”

泸水市对片马抗英胜利、怒江驼峰航线纪念馆创 AAA 景区基础设施改造的工作，将于 2020 年底完成。

倾注扶贫一家人

左敦圣

1968 年，宋林武大学毕业后被分配至丽江军分区学生连锻炼，当时怒江隶属于丽江地区管辖。宋林武得知怒江艰苦偏远，总想有机会来怒江工作，为怒江人民做一点儿实实在在的事情。作为一名军人，天职是服从命令、听从指挥，使命就是保家卫国。但他一直想为怒江建设发展做一点儿力所能及的事情，由于部队有纪律约束，所以不能完全如他所愿。尽管如此，他还是拿起手中的照相机，想方设法把怒江贫穷落后的原貌记录下来。

由于宋林武偏爱在怒江工作。1973 年，组织决定将他调至怒江军分区工作，这下他可是如鱼得水，每次深入防区各个连队检查指导工作时，途中都要拍摄怒江具有历史价值的交通路况、居民住房、生态环境、民族文化等，这一干就是 11 年，收集了大量有价值的照片。1984 年，组织安排他转业时，许多同志选择回乡工作，可他毅然决然选择继续留在艰苦偏远的怒江工作。由于他特别热爱扶贫事业，组织根据他的意向，将他分配至怒江州扶贫办工作。这回，宋林武可谓是心想事成了！由于对扶贫事业的热爱，加之多年接触或参与扶贫活动，所以，开展扶贫工作也就游刃有余了！他除了做好扶贫办日常工作之外，就是专注拍摄怒江扶贫工作方面的照片，这些照片均具有史料价值。

说实话，宋林武在州扶贫办工作时，专注拍摄扶贫方面的照片，还被个别同志误认为“不务正业”，对他后来专注拍摄扶贫方面的照片是有一定影响的，他就这样委屈了自己 16 年。2000 年，宋林武光荣退休之后，别人可能选择颐养天年，种花养鸟遛狗度日，他却不是这样。他选择继续关注怒江扶贫事业进展，仍然不停地穿梭在怒江深山峡谷之中，拍摄新照片，不断反映怒江日新月异的变化，不断讲述怒江可喜可贺的政绩。2019 年，宋林武老人和女儿宋媛合著《决不让一个兄弟民族掉队——图说怒江扶贫与跨越 50 年》，此书出版发行后，在全省各地新

华书店、新知图书城等均有销售。这本书浓缩了宋老先生大半辈子的心血，充分体现了宋老先生关注怒江扶贫事业的拳拳之心，得到怒江人民乃至云南人民和国家有关部门的高度赞誉，具有一定的历史价值。

说到这本书，不得不说宋老先生的女儿宋媛女士。宋媛从小受到父亲潜移默化的影响，也跟着专注扶贫事业，特别是怒江扶贫事业，她一干也是20余年，所以，宋媛女士能够帮助父亲完成心愿，撰写《决不让一个兄弟民族掉队——图说怒江扶贫与跨越50年》。让大家充分了解当年交通、教育、医疗、农业、科技、生态等方面的情况，也让怒江人民了解到党和国家历年来扶贫怒江的有关政策、措施、政绩，全书配有600余张珍贵的历史照片，可谓图文并茂，这需要花费多少精力和心血啊！这需要多大的毅力和勇气啊！

宋老先生大半生都在为怒江扶贫事业作贡献，他的精神直接影响到女儿宋媛女士，更有甚者影响到女婿王仕平同志。

当全国打响脱贫攻坚战时，原本在省里安心工作的王仕平同志，也想延续岳父宋林武的心愿，决定投身到怒江脱贫攻坚战之中。2017年3月，组织任命王仕平同志担任怒江州副州长，主要分管扶贫方面的工作。王仕平同志开始过上了翻山越岭的日子，忙于怒江易地搬迁、教育、医疗等方面的扶贫工作，从不敢有半点懈怠，每当怒江扶贫工作取得实质性进展，他就感到无比欣慰，总是第一时间告诉岳父大人和自己的爱人。宋老先生得知怒江扶贫事业迎来春天，发生了日新月异的变化，就兴奋得睡不着觉，非要从千里迢迢的省城赶过来，用他那双独特的视角，还有那双老练的手指，使劲抓拍怒江扶贫的新变化、新亮点、新政绩，一如既往地记录或讲述怒江扶贫发展史、脱贫攻坚史、精准扶贫史、致富奔小康史……

他们一家就这样默默无闻地为怒江扶贫事业添砖加瓦，这种精神难能可贵，令人敬佩！

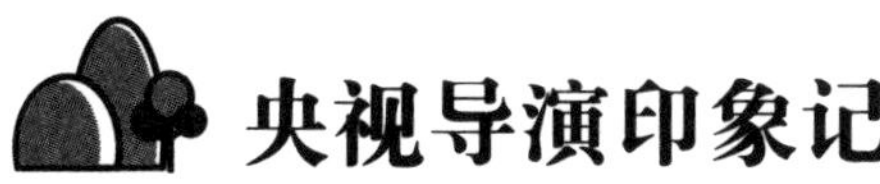

央视导演印象记

欧春梅

我们初次相遇是在一次开展妇联的工作中，当时她给我的印象较深的是一张北方妇女的脸型，素面朝天。她是一名地地道道的山西妇女，穿着朴素，人很随和。对她的事迹，我早就在过老师和沙瓦村支书那里有所听闻，加之观看过她执导的沙瓦村脱贫攻坚纪录片《落地生根》，对她有着浅浅的了解。百闻不如一见，我见到她本人，感觉比想象中的还要谦逊随和，她说起话来慢条斯理，声音圆润动听。脸部稍有些怒江人民的色调，唯有脖子下方诠释了她是一个外乡人。虽然岁月在她眼角留下了浅浅的吻痕，但她的双眼依然神采飞扬。岁月的风霜在她脸上刻下了沟壑，却掩饰不住她曾经的美丽。她穿着一件深蓝底浅红花纹的小碎花棉衣，一条休闲宽松的软牛仔裤，一双3537解放鞋，就像一位北方的妇女在自家院子里忙碌一样。在沙瓦村，当你看到央视著名的导演柴红芳这样的装扮，没有什么不协调，反而使人觉得她亲和力十足，特别平易近人。

2017年5月17日，她和她的团队共7人来到怒江，驻扎在福贡县匹河怒族乡沙瓦村沙瓦小组。在这个穷乡僻壤之地，柴红芳与她的团队一待就是3年。他们刚来时，沙瓦小组还没有通公路，村民们要是没有特别重要、急着去办或非办不可的事，都不愿轻易下山，因为路途遥远，耗时耗力，特别是下雨天，还时不时来个滚石路滑的险情，出门要倍加小心才行。这么恶劣的条件，对一个外乡人而言那是何等的困难，尤其是对一位年过半百的妇女而言，更是无法想象的挑战。1095个日夜，不知哪儿来的毅力和耐力，让她坚守且奋战在怒江脱贫攻坚前线，用镜头纪实地再现一个村庄的脱贫攻坚历程，反映怒江人民的情怀。

三年里，虽然当时团队来了许多年轻人，可是在面对恶劣条件的情况下，有些人坚持不住就半途而废了。他们从北京来到滇西北的怒江，深入沙瓦村，不仅

要适应这里的气候，更重要的是还要融入当地群众生活中，实属不易。一起来的队友，现在有的已经与柴红芳导演分道扬镳。可这位央视著名导演执着和坚守得毫无怨言，她以沙瓦村的视角，通过沙瓦村乡亲们的变化，真实地记载了“三区三州”之地的怒江州脱贫攻坚战役，向全世界讲述了中国打响打赢脱贫攻坚战的重要意义。

柴红芳刚来那会儿，群众都想，这样从大老远的城市来的领导可能只是来做做样子，来为自己的政绩镀镀金罢了，过不了几天，待不下去就回去了。时间一天天过去了，柴红芳依然与刚来时一样，三天两头去农户家聊家常，教小朋友念诗歌，宣传国家方针政策，积极帮群众解决疑难问题，找出沙瓦组发展的法子，过问村民们关心的通组公路情况，积极向上级领导反映和争取资金修路。现今，沙瓦村沙瓦小组的公路已经通了，而且公路两侧种满了一排排整齐的树。这条通往原始森林和通往梦想的大道，走在上面，使人震撼，感受来自心底的敬畏。沙瓦小组的群众对这位外来的“老姑娘”都竖起了大拇指，乡亲们都亲切地称呼她为“柴导”，还有的尊敬地称她为柴老师。

一次下乡，我亲眼看见一位年仅四岁的小姑娘，看见柴老师大老远来就欢快地蹦跳着相迎。她们俩的对话绝不亚于亲人之间的那种默契。旁边的人说，小姑娘常常跟着柴老师，而柴老师在紧张忙碌的工作之余，常常教当地的小朋友背诗。小姑娘的普通话讲得很流利。我当时带了一个苹果，将苹果送给她时，她很有礼貌地谢绝了。当时我深深地被触动了，因为眼见的场景，这是一场无法演绎的戏，令我更进一步地了解柴老师。

对待工作，她认真细致，总是用严谨的态度和满腔的热情投身于工作中，对团队成员的要求也相当严格，同时在生活上也非常关心他们。有一次，一位队员因消化不良生病了，柴老师连夜找车，将其及时送至医院治疗。

在生活上，柴老师能做一手漂亮的馍馍（馒头）。她称馒头为馍馍。有时，她做了馍馍，会拿去与当地的群众分享。被时间消磨了理想，我逐渐成了机器人似的机械，在与她接触时突然觉得眼前开朗。总之，与她相处是紧张和进步共存的体验。在摄制组的人眼里，柴导是一位贴心的大姐姐，在生活上她经常无微不至地关心他们。在群众的眼里，她是一位能干的外地女人，热情大方，村民有事，她都会热心帮助。

《峡谷怒江》助推脱贫

左敦圣

都说怒江有“生物物种基因库”“自然地貌博物馆”“民族文化大观园”“养心天堂”“天然氧吧”等美誉，是世人向往的旅游胜地和旅游目的地。

近年来，怒江各行各业都在加大旅游文化基础设施建设、旅游文化宣传力度，目的就是助推怒江早日脱贫致富。

为了进一步扩大影响力，怒江州与怒江州扶贫投资开发有限公司精心策划原创民族歌舞《峡谷怒江》，着力打造一张旅游名片，使广大旅客认知怒江、喜欢怒江、宣传怒江、帮扶怒江。2019 年 5 月 1 日，这张旅游名片在怒江州泸水市上江镇傈僳族风情小镇首场展演，引起了广大旅客的兴趣，令人惊叹不已，他们深切感受到了怒江民族文化、自然风光的魅力。

《峡谷怒江》分为三章十五幕，第一章《怒江·山》、第二章《怒江·水》、第三章《怒江·人》，主题突出、内容丰富、形式多样，运用科技手段，给来到神奇美丽的怒江大峡谷的旅客们留下了极好的印象。

《峡谷怒江》从第一幕《大怒江》拉开序幕，让旅客仿佛从青藏高原唐古拉山麓漂流而下，一路向南至怒江大峡谷深处，感受《溜索》的刺激，无奈于一江怒水；虔诚《接仙奶》，表达“圣水”的珍贵；沐浴《澡堂会》，感悟人与自然和谐共处，人与人之间的天真无邪；聆听《酒歌》，感受怒江人的热情好客。所有这一切，无不感受着怒江之水来自上天，来自怒江人民勤劳的汗水，来自民族同胞骨肉相连的浓浓血水，来自“有朋自远方来，不亦乐乎”的泪水，更是养育怒江儿女的“奶水”和除病消灾的“圣水”。

没有水，山永远失去灵气；没有山，水永远失去依靠。《峡谷怒江》不知不觉帮助旅客经过“圣水”的洗礼来到“神山”——高黎贡山和碧罗雪山，从远古的《悬崖对歌》《牧羊女》《独龙彩蝶》《上刀山》到当今《花谷怒江》，无不充满神

奇美丽、风光无限、惬意而宁静的生活，感受如诗如画的怒江峡谷。仰视巍峨挺拔的大山，赞叹勇敢无畏的怒江人，“逢山开路、遇水架桥”建设怒江美好家园，使怒江人在或怒江江畔或山腰或山顶过着幸福美满的生活。

赞美怒江的水，赞叹怒江的山，还远远不够精彩，精彩之处在于怒江的人。怒江人特别好客，特别勤劳，《丰收舞》《酒歌》无不流淌出怒江人民的朴实和热情好客。怒江人拥有“上刀山”“下火海”的勇气，誓死保卫着这片热土。怒江人用一支《恋草》舞蹈把旅客拉进宁静的夜幕，欣赏浪漫的夜晚。怒江人用一曲无伴奏多声部合唱《友谊天长地久》，这天籁之音在峡谷之中久久回荡，当然也会在旅客心中久久回荡。

是啊！在怒江，如果你想花一两天就游遍全部山水，那是不可能的；如果你想用一两个星期尽兴游玩，依然是不可能的；如果你想用一年半载游遍怒江的山山水水，恐怕没有那么多时间和那么大精力。然而《峡谷怒江》能够帮你做到这一点，可以足不出户，尽享怒江的神奇美丽：无论是民族的、民俗的，还是历史的、文化的；无论是原始的、传统的，还是现代的、时尚的；无论是贫穷的、落后的，还是富裕的、先进的；无论是歌、是舞、是诗，还是画；无论是春、是夏，还是秋、是冬……如果你有足够的时间亲近神奇美丽的大怒江，《峡谷怒江》就是最好的导游。

如果旅游没有文化，这样的旅游是苍白的。如果只有文化，没有旅游这个载体，文化就略显单调。如果文化与旅游融合，效果绝对不一般，必然能够宣传带动一方经济社会发展，甚至能够成为一张耀眼的名片。《峡谷怒江》基本上做到了这一点，所以在“云南省第十四届新剧目展演”和“中国光彩事业怒江行展演”中，赢得了观众的一致好评，这得益于国家一级编导杨晓凡带领的团队，将先进的灯光设计、专业的舞蹈、高级的化妆、优美的词曲等专业技术融合吸纳在一起，着力打造出怒江大型的、高品质的、民族的、原创的歌舞《峡谷怒江》，填补怒江大型的高品质歌舞的空白，呈现在怒江人及游客面前，效果非同凡响。

这就是实实在在、点点滴滴做好旅游文化扶贫的具体举措，必将带动怒江的旅游文化产业，也必将助推怒江脱贫攻坚的步伐。

黄梅拉玛协会

彭愫英

黄梅村地处澜沧江东岸。行走黄梅村，沉醉在黄登小组民间艺人演唱的开益里，天籁之音让时光变得或娇嫩或沧桑，山水滋润的人生在开益里或快乐或悲伤。开益是怒江州境内白族拉玛人的民歌总称。居住在澜沧江两岸的拉玛人，喜怒哀乐都通过开益来表达，开益是拉玛人对大山的恋歌、对大江的爱情，拉玛人在澜沧江峡谷中通过开益笑谈沧海桑田。作为黄梅村拉玛人协会会长，和华元的才艺展示及组织活动，令人对退休后的他有了全新的认识。在黄登小组，看到游客与村民们一起推磨、打草鞋、编背篓、舂碓，体会拉玛人传统的生活，我对营盘镇脱贫攻坚战中涌现的农村文化生活有了全新认识。

和华元从营盘中学退休后加入了沧江书院老中青艺术协会，担任副会长。这个把家安置在营盘街上的黄梅村子弟，为了更好地传承和发掘拉玛文化，萌生了成立黄梅拉玛协会的想法。他找到了家族兄弟和瑞肥，希望两人把拉玛协会创办起来。拉玛人能歌善舞，和瑞肥自然也不例外，他因病在家休养，也想为拉玛文化做点事情，与和华元的想法不谋而合，两人一拍即合。和华元拿出36000元积蓄，从兰坪县城订购拉玛人民族服装，从网络上订购其他各民族服装、音响设备、狮龙等道具。这些东西陆续到达营盘街和华元家里后，在黄梅村两位跑农村客运的村民帮忙下拉回到村里。2013年农历十月，黄梅拉玛协会成立，和华元担任会长，和瑞肥担任副会长，活动地点在村小学。和华元成立拉玛协会，挖掘和传承拉玛文化，得到村里人的响应，参与活动的有一百多人。和华元担心拉玛协会的活动影响村小学及周边村民，把拉玛协会活动地点迁到黄登小组自家的院子里，老屋中的一间房子做了存放演出服装和道具的保管室。孩子们无法理解老爹的行为，认为老爹发疯了，但他们爱老爹，只要是他认为开心和快乐的事，孩子们孝顺地不加干涉。随着拉玛协会的成长，孩子们也渐渐地理解了老爹对拉玛文化的痴情和心志，支持老爹的事业。

2014 年 1 月 8 日，从农历上来说，这天是腊月初八。黄梅拉玛协会举办首届腊八节，在黄梅水库演示祭天牛仪式。腊八节是白族拉玛人的一个传统节日，主要内容是祭天牛。很早以前，每当发生灾荒、瘟疫或者干旱之年，拉玛人都会杀天牛祭天神，以求天神保佑，消灾祛邪，希望能够风调雨顺，村人安康。黄梅村已经好多年不过腊八节了，对于年轻人来说“祭天牛”是一个陌生的名词。黄梅村拉玛协会举办腊八节，再现祭天牛仪式，这不仅仅是抢救民族文化的行动，也是尝试打造乡村旅游的一个招牌。

黄梅拉玛协会的宗旨是传承与挖掘拉玛文化，表现在他们编排的《祭天牛》节目上。《祭天牛》是黄梅拉玛协会歌舞表演中的压轴节目，他们把祭天牛仪式与拉玛人在澜沧江两岸的农耕文明结合起来，通过舞台，艺术性地再现了白族拉玛人日常生活中的两个经典仪式——祭天牛和开秧门。黄梅拉玛协会的宗旨，还可以从他们编排的另一个经典节目《赶马调》管中窥豹。《赶马调》是弦子舞，来源于一个马锅头的经历。马锅头赶着马帮，有时从营盘镇经过啦井镇到达金顶镇，有时从营盘镇翻越碧罗雪山到达知子罗。赶马帮的路上，马锅头的日子颇为艰辛，尤其是走碧罗雪山鸟道，三山两箐说不完“处处留下冷火塘”的辛酸，不期而遇的大雪把他与马帮困在雪山上一天一夜。这位马锅头随身携带一把三弦琴，走在盐马古道上有琴做伴。休憩时，他弹三弦琴，唱开益，内心的忧伤与快乐通过弹拨弦子表达，向碧罗雪山的山神倾诉，与大自然交流。说起采编马锅头的经历，副会长和瑞肥感慨万分，如果他们挖掘得再晚一些，就不会再有舞台上再现的《赶马调》了，因为九旬高龄的马锅头瘫痪在床，已说不出话来了。提起一位已经去世的开益演唱高手，和瑞肥叹息不止。他们得知这位老人住在和平村，于是前往采访，谁知老人已经去世了。抢救民族文化遗产刻不容缓，和瑞肥的讲述令人产生共鸣。

黄梅拉玛协会还编排了一些教育意义较深的小品，颇受好评，如《如此村官》《如何脱贫致富》《赌醉回春》《要不得》……内容涉及反腐败、脱贫攻坚、乡村文明建设等。

“拉玛协会不仅是营盘镇黄梅村的，更是整个民族的。”和华元这样想，也是这样去努力的。在黄梅村成立拉玛协会后，翌年二月，和华元带着和瑞肥及四个村民，到营盘镇政府开了介绍信和证明，到兰坪县城相关部门申请办理手续。他们在县城奔波了一个星期，办理了成立黄梅村拉玛协会的合法手续。黄梅拉玛协会得到相关部门的认可和扶持，县里举办的罗古箐情人节和二月会、营盘镇举

沧江围炉夜谭

张雪梅　郭文科

“火塘乃生存之源、民族之魂，滋养生命，温暖灵魂。重拾兰坪文化，探究人性光辉。可阅读，可阔谈，可酌杯，可歌舞。千年相聚，万世谈资。”

2019 年 1 月，依托兰坪及滇西火塘文化，中国人民大学挂职兰坪县副县长的宋彪老师提议设立“沧江围炉夜谭”，旨在引领当地大众的闲暇情趣，让火塘这一温暖空间成为传承、推广民族文化的平台，成为脱贫攻坚促进多元文化沟通与融合的开放通道，小空间汇聚大智慧。

2019 年 11 月 10 日，“沧江围炉夜谭”正式启动，推出第一期，截至 2020 年 1 月 31 日，已经连续推出 14 期。每一期都力求发掘不同故事，呈现不同生命存在方式，譬如对民族教育的关注和探索，对脱贫攻坚驻村工作队的聚焦，对经典老歌的集体记忆，对公益助学的心灵追问，对培养孩子好习惯的经验分享，对盐马文化传承的寻根溯源。夜谭主题多元，地点随意，人数随意，参与热烈，沟通深入，形式轻松。譬如 2019 年 11 月 27 日晚，在兰坪永安社区 3 栋 10 楼杨天化家，来自不同行业的张雪梅、付金龙、肖祖武、蒋丽蓉、杨杰、和四水几个喜欢探究生活秘籍的人，围炉倾心而谈，围绕同一个主题“听杨天化讲故事，在困境中搏击，读书能否助你实现人生梦想”，大家度过了一个温馨之夜。

杨天化，兰坪县营盘镇新华村人，从小父亲去世，母亲改嫁，是个孤儿，曾经受到“希望工程”资助，到山西某小学读书三年，后因故返回兰坪，以打工为生。其关键的亮点是：在他挣钱养家糊口的打工生涯中，无论生活怎么艰苦，他从没有放弃读书，先后读了数百册古今书籍，提升了自己的文化素质和精神境界，并创作了文学作品，受到了兰坪文学圈的肯定与好评。如今，他适逢建档立卡易地搬迁的机遇，入住干净明亮的高楼，过上了幸福的日子。

杨天化在孤苦伶仃的青少年时期，流浪、饥饿，无助、绝望，其中的感人细节，

在此一言难尽。通过“沧江围炉夜谭”，告诉人们一个道理：一个人在处于生活低谷的时候，是怎么撑过去的？必须坚守一米阳光！杨天化的一米阳光是发生在玉龙雪山的爱情典故，但同样适用于人生，只有守住瞬间即逝的阳光，才能成就永恒。读书端正了杨天化的人生态度，令他明智与开悟，使他拥有了灿烂的今天。

同年11月30日的北京，初雪。清冽的冬日配上陈年老茶，飘逸的水雾氤氲着茶香，慢慢沁入心脾。一炉在旁，暖意融融，夜凉如水，一次“沧江围炉夜谭”活动在北京举办，主题是教育帮扶永远在路上。

“寒夜客来茶当酒”，中国人民大学的宋彪教授、在鲁迅文学院第三十七届中青年作家高级研讨班学习的怒江籍白族作家彭愫英和怒族作家李铁柱、爱佑基金项目经理梁晨、燕参居项目负责人王晨、北京南北展览公司总经理宋晨阳等，品着茶香，就“教育扶贫理念创新”主题，各抒己见，共话未来。

宋彪教授挂职兰坪县副县长，参与脱贫攻坚三年来深入一线，做过广泛的田野调查，了解贫困地区的教育现状。他首先介绍了兰坪地区的扶贫创新项目，沧江读书会、公益微课、好未来远程教学，对当地教育发展均起到了良好的示范效应。

南北展览公司长期从事教育公益活动，在兰坪县营盘中学设立了“晨曦计划”，从2018年1月至今，已经捐赠图书5000余册，建设网络课堂，邀请北京名师在线教学，让数千名学生受益。

“孩子的世界是纯真的、简单的，他们之间相互激励产生的能量是巨大的。”宋晨阳先生的女儿结对帮扶了两名兰坪学生，尽心为他们查找学习资料，鼓励他们努力改变命运，两名兰坪学生分别以优异的成绩考入云南民族大学附中和怒江民族中学。

宋晨阳先生提出：“扶贫教育最好的资源对接方式，就是在孩子间达成一对一帮扶。”下一步，南北展览公司将发挥在北京地区的资源优势，鼓励学校和家长自发组织“公益教育夏令营”，让城里的孩子走进大山，与同龄人交流学习，互帮互助。

宋彪教授也非常赞同这种“同辈教育”“同伴教育”的方式，“让孩子去影响孩子”。

北京中学师生已连续两年暑期来到兰坪，分别在啦井中学和营盘中学开展“主题夏令营”，进行跨地区教育交流活动，并建立长期帮扶机制。“游学扶贫”既能锻炼城市孩子的组织能力，也调动了地方学校的积极性，开阔了山区孩子的视野。反之，一些缺少针对性、自主性和持久性的教育项目，有可能会打乱地方的教育

课程体系，不适于推进开展。

谈到代际教育时，宋晨阳先生兴致高昂，他的女儿今年被排名世界前十的多伦多大学录取。陪伴式家庭教育对孩子的成长不可替代，家长有义务打开孩子的格局，帮助孩子树立正确的价值观。而现实是，贫困地区的家长在这些方面做得还不够好，家庭教育的这部分责任只能落到学校，这就需要加强教师队伍建设。

在基础教育方面，宋彪教授指出贫困地区“保姆式教育”的问题：老师在管理上多了点，而在教育上少了点。师生关系中存在传统家长制，过多地强调老师的权威，忽视了孩子的个性。一些乡镇中学，老师家访率不足 1/3，不了解学生家庭状况，教育难免会疏忽。“每个学生都是一个小世界，老师要以欣赏的态度去认识他们，学会柔和教育。”

宋教授认为，在社会转型中，矛盾总会出现。对于贫困地区，经济、体制、文化等条件很难在短时间内发生改变。但是，教育不能去等，个人应从微观上努力，要见贤思齐，发挥能动性和创造性。

归根到底，大家一致认为，教育扶贫，物质是次要的，关键在于意识上的改变。

彭愫英和李铁柱认为，首先得让孩子认识到“读书的目的”：上学是为了找工作，还是培养能力；是为了走出大山，还是学成归来建设家乡。同时，老师自身要加强学习，端正教学态度，适应现代教育的变化；校长也要开阔视野，当好领头羊，做好教学管理。

一盏暖灯，一壶香茗，夜不再黑，雪是暖的。

一盆火，一群人，在宁静的夜色里，燃烧着生命炽热，充满着远古诗意。

宣讲路上谱写最美的民族团结进步之歌

李树奇

我是兔峨乡新时代农民讲习所的一名怒族讲习员。贫穷农村家庭出身的我，从小就深知贫穷意味着什么。每当下乡进村看到贫困百姓期盼的目光，我时常在思考，他们在渴望什么？最需要的是什么？除了完成上级交办的任务，我还能为他们做些什么？

2017年10月，党的十九大召开，兔峨乡党委委派我以怒族代表的身份参加党的十九大讲习员“怒江培训班”学习。当时，乡里的同事对我的能力持怀疑态度，我自己心里也不那么踏实，但骨子里与生俱来的怒族汉子坚韧的性格，使我没有退缩。除了在培训班上认真学习请教，课后我也在不断学习研读。我深信勤能补拙，课上，我把老师的授课内容录了音，课后反复听，反复琢磨，从刚开始的模仿到后来逐渐形成了自己的宣讲风格。

宣讲要靠“一张嘴”，同时，还要具备一定的理论知识储备。由于文化水平相对较低，于是，我就通过网络收集和查阅资料，一有空闲就往图书室跑，我每天坚持看四小时的书，雷打不动。

2018年，怒江州州委讲师团来兔峨乡讲课，我把老师讲课的内容从头到尾用手机录了音，同时，边听边记，课后整理出近万字的学习材料。

结合实际，发挥特长。我所能做的，就是努力让我的宣讲有温度、有热度，把与老百姓息息相关的事情和老百姓关注的热点、难点问题，以群众喜闻乐见的方式，用通俗易懂的民族语言进行宣讲。

功夫不负有心人。在怒江州文艺“轻骑兵”党的十九大精神宣讲团到兔峨乡宣讲的时候，我第一次用怒族语言向怒族群众宣讲，在群众中引起了强烈的反响，首次宣讲获得成功。

这次宣讲经历鼓舞了我，我发现老百姓对用民族语言来宣讲的方式接纳度很

高，更加坚定了我当好基层讲习员的志向和信心，我希望能够用自己的一言一行在农村向广大老百姓传播党和政府的声音，唱响各民族共同团结奋斗、共同繁荣发展的旋律。

党的十九大召开至今不到两年的时间里，我已走遍兔峨乡十四个村委会、几十个村民小组，宣讲了上百场次，听众近万人次，宣讲各类法律法规、惠农政策上千条。平时，只要一有时间我就进村入户，给乡亲们讲授各类脱贫致富技能，认真解读当前国家的各类惠民政策。通过召开报告会或田间地头现场授课的形式，为民说时事、谈经验、讲故事，深入宣传党的理论、路线、方针、政策。

讲习工作任重道远。乡政府公务用车少，我就自己掏钱买摩托车进村宣讲。讲习过程也并非一帆风顺。2019 年 2 月 18 日，我去兔峨村委会碧鸡岚小组宣讲“扫黑除恶，共创和谐社会”的过程中，老百姓已在村党群活动室里等着我，我穿上民族服饰，骑上摩托车去宣讲，心急如焚的我只想着赶路，由于路况不好，摩托车翻了，我被甩在路边，还好没受多大伤，就起来拍拍灰，骑上摩托车继续走，坚持做完了宣讲。

2019 年 5 月 7 日，我去江末村委会核桃坪小组宣讲“扫黑除恶，建设善美兰坪”。由于白天老百姓去干活儿没有人在家，到了晚上七点半，我才骑摩托车去宣讲。到村子里，有些老百姓还没吃晚饭，我就等到晚上 8 点 40 分才开始宣讲，讲了 2 个多小时，此时已快到 11 点了。许多老百姓挽留我住下，但因为第二天我还要去别的地方宣讲，就婉言谢绝了。回家途中，有蚊虫飞进我的眼睛里，当时我的眼睛刺疼得睁不开，我又一次翻车了，倒霉的是那天晚上天很黑，连星星月亮都没有，当我爬起来，扶起摩托车，发现车灯已经坏了，摸出手机看看，连手机也没电了，我只好打着指示灯慢慢地开回家，快到家时，摩托车又没油了，我只好推着回家。

不顺心的事固然有，但更多的时候，这些不开心都会被老百姓的温情慢慢融化。

宣讲中有的百姓听到我声音沙哑时，就会有人主动给我泡杯茶或者倒碗开水，结束时给我掌声鼓励我；宣讲结束很晚没车时，他们还会用私家车送我回家。印象中有那么几次，我在兔峨乡政府院内，碰见听我讲过课的老百姓，他们对我说：“李老师，我们村的人最爱听你的宣讲了，什么时候再来给我们讲一讲。”这时，我心里总会有一股暖流缓缓流过，让我更加真切地感受到党和政府的声音对老百姓是多么的重要，各民族相互交往、交流、交融的浓厚氛围是多么重要。这对我来讲，是一种感染，是一种激励。

有付出，就有收获。通过创建“平安兰坪”的宣讲，老百姓知法守法的意识

增强了；通过农村低保政策的宣讲，老百姓争低保抢低保的事减少了；通过易地搬迁政策的宣讲，建档立卡贫困户全部签了三项协议，并全部搬到新安置点；通过矿产资源开发政策的宣讲，矿山开发过程中群众阻工上访事件减少了；通过移风易俗政策的宣讲，农村红白事的攀比风减少了；通过扫黑除恶政策的宣讲，兔峨乡的赌博风已得到有效遏制。

功成不必在我，功成必定有我。发生在宣讲过程中的点点滴滴，都深深地打动着我。在这里，我对所有帮助和支持我的人道一声：谢谢！

讲习之路漫长，我会克服一切困难，忠实履行工作职责，在讲习之路上谱写出最美的人生赞歌。

医疗扶贫好医生马明生

左敦圣

2019 年 5 月 1 日，云南省委下派脱贫攻坚驻点人才时，玉溪市人民医院心胸外科主治医师马明生被抽调至怒江州人民医院开展医疗扶贫工作。

马医生是一名很实在的医生，一不会卖弄博大精深的医学知识和技术，二不会在州医院得过且过混日子。他一来就把州医院当作自己的单位，一方面把自己先进的医疗技术分享给州医院同行，另一方面虚心学习他人之长，坚持做到互帮互学。

其间，马医生打破了州医院有史以来多个首创，让州医院医生们大开眼界，让怒江的患者获得实惠。今后，一些重大疾病再也不用跑到千里之外的各大医院看病做手术，在州医院完全可以治疗啦！这是多么深得人心的一件事情啊！

2019 年 5 月 31 日，有两位外伤患者来到州医院，当时病情比较复杂，因患者肋骨骨折分离移位明显，骨折断端刺破肺组织以及胸壁导致胸腔积血、积气。州医院迅速组织相关医生进行病例讨论，制订手术方案。驻点外科专家马明生、主任医师左毕、医师鲍四雄等专家主动承担手术治疗，历经 6 小时，顺利给两位患者实施了肺裂伤修补术、胸廓成形术、膈肌裂伤修补术、胸膜粘连烙断术等手术治疗。在马医生的带领下，州医院外科成功实施两例全麻下肺裂伤修补手术，术后，患者病情平稳，恢复良好，这标志着州医院外科业务水平迈上新台阶。

马医生介绍："胸外伤分为开放性外伤和闭合性外伤，根据受伤的程度不同，临床表现也不一致。较常见的症状为胸痛及胸闷，胸痛多由外伤后软组织损伤或肋骨骨折引起，局部可有肿胀压痛，部分可有皮肤伤口或瘀青。胸闷多由肺部或心脏受损引起，比如气胸、血胸、心肌挫伤、多根多处肋骨骨折所致的反常呼吸、肺挫伤等，有些时候会危及生命，必须紧急处理。"

2019 年 7 月 22 日，一名患者因前胸部疼痛到州医院就诊，经复查胸部 CT 提

示——前纵隔有肿瘤，1.5 ~ 2cm 大小。马明生建议：立即收住入院。医院迅速完善术前常规检查、科室讨论并制订手术方案，经外科团队历经两个半小时的努力，顺利给患者实施了微创纵隔肿瘤切除术、胸腺扩大根治术、胸膜粘连烙断术等手术。又是州医院首例成功实施胸腔镜微创纵隔肿瘤切除术，首次成功实施双腔气管插管技术，术后第 7 天患者就能康复出院，标志着州医院微创手术迈上新台阶。

州医院外科医生们感慨地说：“此次手术在患者右侧腋前线第 3 肋位置切开长约 3cm 的切口为操作孔，真正意义上实现了微创小切口，呈现患者术后恢复快、缩短住院时间、减少患者住院费用等优点。”

州医院领导感激地说：“通过上级医院和驻点专家帮扶，我院不断加强学科建设，努力补齐学科短板，不断提高业务水平，外科成功地开展微创手术新技术，有效地促进了我院手术室、病理科、CT 室等科室业务能力建设，健康扶贫取得实质性进展，为怒江百姓创造良好的就医环境，为实现大病重病不出怒江的目标迈出重要一步。”

马明生总是谦虚地说：“这是我应该做的，不过纵隔肿瘤是临床胸部常见疾病，其中前纵隔肿瘤是发生在纵隔区域靠胸骨后、心脏前方这一片区域，也是大血管最多的区域，部分病例可无明显临床症状，体积较大的肿瘤因其压迫或侵犯纵隔内的重要脏器而产生相应的临床症状：如压迫气管则有气促、干咳；压迫食管可引起吞咽困难……微创手术需要麻醉双腔插管的支持，需要较强的医生与助手、医生与护士之间的默契配合等。”

2019 年 10 月 11 日，有位病人因胸部刀刺伤入住州医院，经医生检查，发现左侧前胸部有一个长约 3cm 的切口，医院给予清创缝合处理，次日患者出现发热、心率快等症状。马明生建议对患者进行急诊复查胸部 CT 后，采取急诊行开胸探查术，手术难度虽然较大，但经外科专家们共同努力，成功实施了左肺大面积贯通伤修补术以及血管修补缝扎术。术后 5 天，患者病情明显好转，休养几天后办理了出院手续。

此手术的成功，标志着州医院外科团队、麻醉科团队具备了处理急诊胸部大面积刀刺伤、大面积挫裂伤等急危患者的能力。因此，州医院外科医生们感激地说：“在马专家的带领下，今后，我院外科有能力处理危重患者，为怒江州患者提供更好的医疗服务。”

2019 年 11 月 3 日，一名患者因胸部疼痛来到州医院，查胸部 CT 提示左肺上叶肿瘤占位性病变，恶性肿瘤与结核待排。马明生诊断后建议：“院内手术治疗。”

于是，医护人员迅速对患者进行血常规、肿瘤标志物筛查及纤维支气管镜左右肺各肺段检查后，送手术室进行治疗，在驻点专家吕志勇等麻醉科团队的配合下，在叶联华、马明生以及州医院外二科医疗团队的共同努力下，历经1小时，顺利给患者实施了单孔胸腔镜肺内肿瘤切除术、胸膜粘连烙断术、胸腔闭式引流等手术。术中切除物急送病理科做快速冰冻诊断。纤维支气管镜各肺段检查和术中快速冰冻诊断技术均在马明生医生指导下首次开展。

马明生严谨地说："肺良性肿瘤的细胞分化和形态与正常细胞相似，肿块大多有包膜，和周围组织分界清楚，边缘光滑、整齐，呈圆形或椭圆形，多为实体病变，但某些良性肿瘤有恶变的可能，该患者胸部CT发现肿瘤边缘不光滑，有毛刺，恶性肿瘤待排，所以手术指征很明确……单孔胸腔镜手术是指仅在腋前线切长约4cm的切口，在一个切口中完成所有手术的操作，在省内也是领先的技术。帮扶期间会不断加大外科医生胸腔镜技术培训力度，努力让大家全面掌握单孔胸腔镜下复杂手术的操作等新技术，力争留下一支"带不走的医疗队"，以造福怒江患者。"

是啊！马明生医生确实把精湛的医技毫无保留地传授给州医院外科医生们，他千方百计带出一支"带不走的医疗队"，努力为怒江医疗扶贫事业贡献自己的一份力量，努力帮助怒江患者解决最关心的问题。马明生医生无私奉献、敢于担当、勇于创新的精神，赢得了州医院及患者们的普遍好评：医疗扶贫好医生马明生。

纳西之花

马星星　段秋雨

福贡县是一个多民族聚居的县城，各民族荣辱与共、唇齿相依，相同的信念将福贡各民族融合成一个团结和睦的大家庭，民族团结进步事业取得了辉煌的成就。在民族团结进步之花常开不谢的福贡县人民医院，和仕仙就是其中一朵“纳西之花”。

“你叫什么名字？现在你需要做痔疮手术，我们要给你打麻醉，你不用担心，哪里不舒服就和我们讲，手术一会儿就结束了，放松，不要紧张。”手术室里，福贡县人民医院副院长和仕仙正用流利的傈僳语和病人交谈着。

和仕仙，云南丽江人，纳西族，1969 年 8 月出生，1991 年从昆明医学院毕业后被分配到福贡县人民医院工作。22 岁的和仕仙背井离乡，独自来到一座陌生的边陲小城。为了能尽快适应福贡这个多民族聚居的县城生活环境，偶尔她也会学习一两句当地的民族语言和同事、患者们交流。

“刚刚参加工作的时候还是比较难的。因为我是从丽江来的，听不懂傈僳语和怒语，不能很好地和不懂汉语的病人沟通。所以我就和当地的医生、护士、病人学习了一些傈僳族语言。印象最深刻的一次是我去查房，我想问病人肚子胀不胀，因为肚子胀不胀和白不白的发音有点儿像。我第一天查房和第二天查房，病人都很好地答复我。当我第三天去查房的时候，病人就问我：‘医生，我的这个肚子白不白和这次治疗有什么关系？’当场我被吓蒙了。从那以后，我就觉得我应该好好地学习本地的民族语言。”和仕仙告诉记者。

为了实现自己治病救人的理想，和仕仙深知这样“偶尔”地学一学不足以支撑她严谨的工作态度。为了能更好地了解病患的诉求，她暗暗下定决心要认真地学好当地的民族语言。在工作闲暇之余，她虚心向同事请教，向病人学习傈僳语、怒语，这样一学就是整整 29 年。

和仕仙这样说道：“工作 29 年以来，我常常一有机会就和病人、医生、同事学习傈僳语，只有学会傈僳语，我才能更好地和本地的病人沟通，才能方便我的

诊断，也能够让病人早日康复。”

通过坚持不懈的学习，现在的和仕仙已经能够轻松地和当地的少数民族交流，在诊断病人的过程中也能够很快了解病人描述的症状。在医院，和仕仙不仅是一名医生，还是行政领导，将心比心，眼看着越来越多的后辈进入医院工作，都面临着沟通难的问题。这让和仕仙越来越着急，总是想着怎样才能帮助到后辈。

时值福贡县医院开始创建民族团结示范县级医院，和仕仙想利用这个机会，计划在医院里面大规模地把这个学习民族语言的活动开展起来。

说干就干，和仕仙把这个想法和院长沟通以后，得到了院长的支持。于是，她带领小组成员一起，各司其职，从活动方案、学习内容、学习时间到授课老师等，她都一一亲自把关，最终利用科室晨会和闲暇时间组织各科室医务人员开展傈僳语、怒族语学习活动，以医院日常工作用语和服务用语为学习的主要内容。

医务人员杨永霞表示：“通过这一段时间的学习，我们逐渐克服了语言不通的困难，已经能够和患者进行语言沟通了。患者也会更加信任我们，所以我觉得开展这个活动还是很好的，一方面是让我们更好地了解当地少数民族的文化，另一方面是拉近了我们和各族群众之间的距离，让我们更加团结，互帮互助。”

不仅如此，在创建民族团结进步示范“进医院”活动中，和仕仙不怕吃苦，真情奉献，积极牵头在医院建设民族团结进步文化走廊；创建妇产科孕妇学校，帮助各民族孕妇得到专业、科学、实用的孕育指导。同时，还成立了傈僳语、怒语等人口较少民族语言翻译小组，以此加强医患沟通，在提高医院服务质量的同时，也为创建民族团结进步示范营造了良好的氛围。

福贡县人民医院党支部书记、副院长和幸福说：“这个活动开展以来，和仕仙同志就积极主动承担起了医院（民族团结）创建工作。在工作中她兢兢业业，作风严谨，特别是成立了这个翻译小组以后，对医生的帮助非常大，在一定程度上缓解了医生与患者间的沟通问题。”

和仕仙总说，事成于和睦，力生于团结。只有各族儿女像石榴籽那样紧紧抱在一起，才能让人与人之间的情感更浓，民族团结之花方能常开不谢。

民族团结是各族人民的生命线。实现中华民族伟大复兴，需要各民族手挽着手、肩并着肩，共同努力奋斗。中华民族多元一体是先人们留给我们的丰厚遗产，也是我国发展的巨大优势。如今，习近平总书记“不断铸牢中华民族共同体意识，促进各民族像石榴籽一样紧紧拥抱在一起，推动中华民族走向包容性更强、凝聚力更大的命运共同体”的美好期待正在变为现实。

珠海夫妻的蜜月之旅

段国春

2019 年 1 月 31 日，广东省珠海市从事特殊教育的骆怡文和杨彦文携手步入婚姻殿堂。婚后第一次出行，他们没有去马尔代夫，也没有选择爱琴海，而是来到了云南怒江，开启了他们别样的蜜月之旅。

骆怡文任珠海市特殊教育指导中心培训组组长、珠海特校特殊儿童个别化教育计划专业研讨组组长、特殊儿童语言行为评估师，致力于孤独症儿童的个别化训练研究。杨彦文则是珠海特校的教研新秀，担任启智中重度班的班主任，并致力于脑瘫儿童的康复训练研究。

在他们操办婚礼的这个月初，针对怒江州特殊教育学校听障学生多、康复训练急需指导的实际情况，珠海市特殊教育学校在校内动员教师到怒江进行支援。骆怡文和杨彦文主动请缨。

推行“五步工作法”

“学校的老师几乎都是从普校转行过来的，虽然部分人参加过一些短期培训，但特殊教育专业化程度仍然很低，教学效果不是很理想。”校长邓吉祥说。骆怡文和杨彦文的到来起到了专业引领的作用，他们从教育教学管理、班级管理、教学科研等方面对学校老师进行悉心指导。

到达怒江后，骆怡文和杨彦文通过观察、聆听、研讨等途径了解怒江州特校的基本情况和帮扶需求，起草和提交了《支教怒江州特殊教育学校调研建议》。同时，他们还在校内推行起了“五步工作法”，即带一个示范班、每人每月举办一场讲座、每周分领域进行一次实操培训、每人上一节示范课、不定时听推门课。

推进个别化教育

怒江特校原先的教育教学几乎和普通学校没有什么区别,也没有康复训练室。

由于师资力量不足和专业技能的缺乏，怒江特校一直没有根据学生的不同障碍类别、能力层次进行分班教学。了解情况后，骆怡文组织全校班主任根据学生障碍类型对全校学生开展评估工作，为怒江特校下一步进行个别化教育提供理论和事实依据。“首先从学生类型可以分为聋生、盲生以及培智的学生，起码要把他们按几大类分开去进行教学，而不是用混班教学这种模式。”骆怡文说。

杨彦文还在校务会上提出了建设康复训练室的提议。学校不仅认同了他的提议，还把筹建工作全权交给了他。从器材采购，到有效安装，杨彦文全程跟进。终于在 3 月底，康复室基本建成并投入使用。同时，针对怒江特校康复训练课程缺乏专业性的现状，举办了“如何开展康复训练课”的专题讲座，理论和实操相结合，帮助学校明晰了今后康复训练课程开展的方向。

让学生感受到关心和关爱

怒江特校的教师欧杨芬说，以前每天都要学生读、记、背、考试，这样的结果是老师教得枯燥，学生学起来乏味。而骆怡文、杨彦文两位老师则倡导教师的主要任务是用爱心使孩子们感受到老师对他们的关爱、感受到社会对他们的关心，让他们的心理得以正常发展。他们的课堂气氛活跃，学生学习快乐。

尽管骆怡文和杨彦文仅分别任教一个班级，但几乎全校学生都喜欢他们。孩子们常常围在办公室门口，你一言我一语地表达对两位老师的喜爱。

根据两地特校的教育帮扶协议，继他们之后还会有三批专业特长不同的老师到怒江特校支教。而对于骆怡文和杨彦文来说，在怒江工作的这半年里，彼此的陪伴和与学生相处的时光都将让他们毕生难忘。

贫寒学子去德国留学

段国春

山沟里飞出金凤凰，泸水市一个贫寒家庭出了个留学生。2019 年 7 月，泸水市老窝镇崇仁村洋溢着喜气，乡亲们纷纷奔走相告：村里建档立卡贫困户张兴光的女儿张池到德国读书了，为家乡争了光。

张兴光家本来不应该是贫困户，几年前，夫妻俩还盖了一栋白族风格的土木结构的大瓦房。但还来不及装修房子，妻子杨永连就因身患恶疾动了手术，他本人也得了腰椎间盘突出，做不了重活儿。缺了顶梁柱，家里的日子越来越艰难，不仅盖了七八年的房子没装修，两个孩子高中毕业后也没能力继续送到大学就读，他们家也因此被评为建档立卡贫困户。所幸两个孩子很懂事，特别是女儿张池从小就特别乖巧听话，看见父母做什么她就做什么，从学校回到家里，放下书包就忙着收拾家里。

2017 年 6 月，张池高中毕业，按成绩她可以到心仪的大学继续学习，考虑到家庭情况她选择了放弃。正当张池沮丧的时候，一个好消息传来了，珠海市实施帮扶怒江发展技工教育，培养怒江州技能人才的“双百工程”，到珠海各技工学校就读的怒江贫困学生在珠海学习期间免除学费、住宿费、杂费，并给予生活、交通补助，这让张池重新看到了学习的希望。当年 9 月，张池终于和其他 55 名来自怒江 4 县（市）的同学步入珠海市技师学院“怒江班”。

张池十分珍惜这次难得的机会，刻苦学习，多次参加各种技能竞赛并获奖。她还担任了班级学习部成员，协助班主任管理班级。由于成绩优异，她多次被评为“三好学生”“文明学生”等，受到了学校的表彰奖励。到现在她已经拥有电工中级证、电工高级证等资格证书。

鉴于张池的表现，学校与联合培养的订单企业决定把她和分别来自福贡县、兰坪县的两位同学一起送到德国深造学习一个月。

被推选到国外学习，张池感到非常荣幸，她表示一定不负政府、学校及家人的期望，争取学有所成。她深知还肩负着家庭脱贫的责任，希望通过自己的努力改变家庭状况，让家人过上幸福的生活。同时，毕业后她也会努力工作，用学到的知识和技术回馈社会，报效国家。

张池的父亲张兴光激动万分，他从来没有做过让孩子到国外读书的梦。女儿到国外读书，这是崇仁村有史以来第一个。他感谢各级部门的关心，希望女儿珍惜机会好好学习。

望子成龙梦

段国春

刚刚进入2019年7月，六库镇段家寨村建档立卡贫困户包貌兰家又传出喜讯，儿子陈润杰以高出一本线44分的成绩被昆明理工大学录取，这是他们家继两年前女儿陈润荷以高出一本线67分的成绩被云南大学录取后的第二次成功逆袭。

为了孩子的未来　夫妻俩含辛茹苦

包貌兰和丈夫是舍得吃苦的人，但他们家却是村里为数不多的建档立卡贫困户之一，贫困的原因是婆婆眼睛残疾生活难以自理，以及一对儿女正在读书，花销巨大。

包貌兰家共有两栋房，一新一旧。旧房子是土墙房，建于20世纪70年代，经过50多年的风风雨雨，早已破败不堪，夫妻俩和婆婆住在里面。新房子是两年前在政府帮助下建的一层平顶房，居中的房间是客厅，左右两间是两个孩子的卧室兼书房。

客厅里靠北的墙上贴满了几十张奖状，里面不仅有学校颁发的，还有国家级、省级、州级教育主管部门颁发的。“优秀学生”“三好学生”“尊师孝亲之星”“英语口语大赛希望之星”“全国最美中学生”等耀眼的荣誉，引人生发“别人家的孩子真了不起”的感慨。女儿陈润荷说这仅仅是她和弟弟从小学到高中获得的各种荣誉中的一部分。

因为家庭贫困，包貌兰只读到小学二年级，陈伟亮也只是初中毕业，成为他们人生中很大的一个遗憾。作为父母，他们一直梦想两个孩子能读书成才，希望两个孩子每一天都努力，无论是将来还是现在。每当孩子们从学校拿回奖状，夫妻俩都会高兴地把奖状贴到墙上，目的是鞭策姐弟俩努力学习，作为推动孩子自

身前进的动力，同时督促自己努力挣钱为孩子们的学习创造条件。

姐弟俩说，像他们这样的条件很多家庭都不再供孩子上学了，而是把孩子早早地送出去打工挣钱养家。“母亲卖菜回来，把猪喂完，可以睡觉的时候已经是晚上八九点了，第二天凌晨两三点就要起床。我就觉得父母特别辛苦。”姐弟俩非常感激父母这些年吃尽苦头却能让他们在学校安心读书。

陈润杰说，爸爸几乎一年四季都在外面打工，只有在过年的时候才能回家短暂地陪陪他们。前不久，高考完填报志愿时，爸爸特意回来了一次，他发现才 45 岁的爸爸已经明显变老了很多。

多年来哪种工作工资高，陈伟亮就去做哪种工作。现在做的是隧道挖掘中的爆破工作，这份工作虽然工资高些但非常累，而且特别危险。包貌兰因此特别担心丈夫的安危。夫妻俩这么辛苦的目的只有一个，就是好好供孩子读书，让他们成才。只要两个孩子考得上大学，无论多辛苦，夫妻俩都要把他们供到大学毕业。

为了把钱都用在孩子的学习、生活上，家里是能节约就节约，就连村里随份子这样的人情世故，夫妻俩也是尽量能不去就不去。

知父母辛劳　姐弟俩奋发图强

“女儿晚上回来做作业做到凌晨一两点，我还要起来叫她睡觉了，时间到了，不要太累了。”包貌兰说。虽然他们并没有给孩子太大的压力，但两个孩子对学习都很自觉，特别是女儿陈润荷，从小就很用功。

穷人家的孩子懂事早，父母的辛劳和期望被两个孩子看在眼中、放在心上，他们不仅学习努力、刻苦，而且是父母的好帮手，打猪食、喂猪、喂牛，他们都是抢着做。

2017 年 5 月，女儿陈润荷迎来了人生中的第一次大考，最终以理科 567 分的优异成绩被云南大学录取，高出一本录取分数线 67 分。这个分数本来可以报考更好的学校，但陈润荷考虑到去省外上学费用会更大，所以选择了在省内读大学。

上大学期间，陈润荷丝毫没有放松自我，不仅学习努力，而且从德、智、体、美、劳全方位严格要求自己。陈润荷说，父母每个月给她寄 1000 元钱，她拿出 300 元左右的钱做生活费，其余的都用来购买书籍和参加各种社会实践活动。大二综合测评，她的考评分名列班级第一名，获得了“国家励志奖学金”5000 元，她把这笔钱全部用来参加英语口语提升培训。

为了减轻父母的负担，陈润荷还在中秋、国庆等节假日外出做短期兼职。两年里，她在酒店餐厅洗过菜、端过盘子，帮助超市、健身房、美容院发过宣传单。

弟弟陈润杰一直把姐姐当作榜样，一直都在向她靠近。姐姐考上大学后，他更是努力学习，2019 年高考以理科 579 分高出一本录取分数线 44 分的优异成绩被昆明理工大学录取。

“我在读好书之余，还要多参加一些课外活动，让自己多方位发展，能更加适应未来社会需要，如果还能考研的话，打算去考研究生。”陈润杰对即将开始的大学生活充满了好奇和憧憬，他说在大学四年里一定会严格要求自己，让自己更加优秀。

走在扶贫路上

陈永昇

“这边的比那边的要甜一些。”

“这一辈子还没见过自己种的桃子这么大。”

“是，这边的嚼起来要比那边的要脆一些，更坚实……”

兰坪县农兴农业科技有限公司正在举行品尝初果仪式。听到这些评价，公司负责人笑了，种植户笑了，我的眼睛有点儿湿……

朴实信念

2016 年 8 月，我们一路颠簸到达目的地。站在兰坪县农兴农业公司门前，看着简易土路、简易铁皮房，我疑惑，这是公司吗？能在这儿做出什么成果？接我到公司的是负责人彭继永，一个老实的农民，黝黑的脸，个子略显矮小。走进铁皮房，几个正等待的乡亲热情地和我打招呼。简单介绍后，我大体了解了公司的情况，兰坪县农兴农业公司旨在以雪桃和中药材种植为基础，打造一个生态循环观光农业，并带动周边贫困户脱贫致富。我理解他们创建公司的艰难，可心里直嘀咕，这种条件，我这个从西南林学院种植专业毕业的高级讲师能做什么？出发去兰坪前，我做了种种规划、计划，现在什么也用不上。我徘徊了，留下还是离开？

一张简陋的桌子，一盏并不明亮的灯，我和两位公司负责人、几个农户代表，开始了第一次公司发展会议。说实在的，我想尽快离开这个地方，不愿多待一分钟。开会期间，乡亲们坦诚地表达了他们的想法，令我感到意外，也让我感到惭愧。他们坚定了发展产业的信念，做好用几代人来经营公司的打算，其中有一个上了年纪的人说，死了也要埋在公司的种植基地内，看着公司发展。一夜交流，我感到乡亲们朴实无华背后缺乏技术的无奈。他们战胜困难的自信和坚强，这是多少辈人在泥土中苦苦挣扎之后的力量爆发，是对国家脱贫攻坚工作的强烈响应。

渴望是力量爆发的源泉，信念是拔掉穷根的强大力量，建设美丽而幸福的新农村，他们有着添砖加瓦的快乐和追求。冲着他们这种朴实的信念，我决定留下来。我想，只要认真做事且问心无愧，哪怕失败，也值得。

我在公司负责人带领下，对当地气候、土壤等条件进行全面调查，再次召开会议，确定公司的发展项目和发展方向：公司以雪桃种植、中药材种植和蜜蜂养殖为主，实行“公司＋合作社＋农户”的经营方式，打造集生态采摘、旅游观光、度假为一体的休闲娱乐基地。

从“零”开始

根据调查结果，我进行了全面分析，决定从丽江引进雪桃进行种植并适当种植重楼。公司决定以“人人是股东”的方式进行发展，并确定了公司未来发展和目前急需开展的工作。

目标确定了，说干就干。我购置了 50 套嫁接修剪工具发到种植户手中。公司组织了一批种植户代表到丽江雪桃基地考察、学习，当年引进了第一批 200 多株丽江雪桃，在种植基地进行试验种植。从打塘、栽植到部分定干，所有公司人员和种植户没日没夜地劳作。雪桃树苗种下了，管理又成了问题。由于经验不足，对降雨估计不足，没有深挖排水沟，雨季来临时，部分苗木受涝沤死，种植户中出现了不同的声音，有些种植户对公司产生了不信任，有的甚至打退堂鼓。公司负责人不厌其烦地一家一户进行劝说、鼓劲。最终，种植户们又扛上锄头，带上修剪工具，再次进入桃园……

桃园再次热闹起来。打塘、施肥、修剪，我到种植基地进行指导。修剪期间出现“矛盾”，有的种植户不干了，辛辛苦苦种植的桃树，长得那么好了，为什么要修剪？修剪工作不得不停下来，我耐心给种植户做工作、讲道理，经过多次讲解，农户心里的疙瘩解开了，继续修剪工作。类似这样的事情经常发生，我们就这样不断沟通，不断做工作。时间一点点过去了，桃园从试验种植到全面种植。在不断磨合中，桃园种植发展到了 200 多亩，有了蜜蜂土墙养殖房，也有了几亩重楼种植地。

春意盎然

2018 年 3 月，我站在种植基地的最高处，看着桃花开得灿烂，听着蜜蜂飞来飞去的嗡嗡声，想象未来的情景，美滋滋地与山风拥抱。从美景回到现实，我深知眼前的情景只是走出种植产业的第一步。刚开始种植雪桃，无论是管理还是规模都远远达不到要求。两年的种植虽然付出很多心血，但离预期效益还有一段距离，再加上种植户的思想意识还停留在传统的种植上，放任生长，长树不长果。为了更好地解决这一问题，光讲不行，还得有种植指导材料，还得对乡亲们不断进行培训引导。为此，我按照以往的桃树种植和两年雪桃种植经验，查阅相关资料，再结合种植基地的实际情况，编写了《丽江雪桃引种种植》指导培训教材。这个培训教材成了公司第一本资料，也成了公司文化的一部分，它更大的意义是起到一个象征的作用，就好像给乡亲们吃了定心丸。

经过多次到现场直接培训，乡亲们渐渐接受了以科技为基础的桃园管理方式。定植的密度、施肥的关键、疏花疏果、套袋、冬春修剪等一系列的管理技术得到了乡亲们的认可，他们自觉地运用到桃园管理中，有序适时地完成好桃园管理的各项任务，桃园的管理逐步规范起来。虽说辛苦，但得到了乡亲们的认可，我的内心也是一片春意，乡亲们遇到问题也开始主动询问，再也用不着我苦口婆心地劝说，很多问题通过电话、微信就能得到解决。

望着满园春意，乡亲们信心更足了。他们心里有底，对脱贫致富就更有信心。现在是春天，也是种植起步阶段，更是乡亲们拔除穷根的开始。相信不久后，乡亲们一定会品尝到脱贫致富后的甜果，在这片桃园中享受到幸福，感受到党和国家对边疆百姓的关怀。

初见成“果”

花开三个月后花瓣落地，雪桃开始生长，雪桃树上挂满了一颗颗嫩绿的小桃，这些小小的雪桃承载着乡亲们的梦想，寄托着乡亲们的脱贫希望。桃园经过短暂的平静后，又一轮忙碌开始了，乡亲们忙着疏果和套袋，桃园中不时传来讨论声和欢笑声。

一颗颗小小的雪桃在安全、舒适的“育儿袋”中进入下一阶段的生长。不要

小看这些灰色的袋子，它们的作用可不小，既可以防虫防病，还能保证果形和后期着色，提高果实品质。小雪桃在这个属于自己的“育儿袋”中慢慢成长，需要乡亲们精心呵护，不断检查，既要照顾雪桃“吃饱喝足”，还要注意防止桃子“生病”。进入9月，在“育儿袋”中生长了几个月的雪桃，又该给它们晒太阳了，这是桃园管理的又一个重要环节——去袋。去袋后的雪桃，着色还不那么均匀，随着10月的到来，雪桃逐渐变得白里透红，甘甜多汁，成了又大又圆的高品质雪桃。红红的雪桃映红了乡亲们的笑脸。摘一个雪桃尝尝，雪桃特有的甜味一直甜到心里。

稳步前行

又是一年三月，基地里的桃树开满了花，树树绽放着春天的风采。兰坪县农兴农业科技有限公司养殖的蜜蜂在桃花间穿梭忙碌，自由自在地采花蜜。公司员工和合作农户在桃园里忙碌着。蜜蜂和人们各司其职，蜜蜂采蜜，人们做着各项准备工作，共同为脱贫致富的目标奋斗着。基地种植步入正轨，22户农户依靠公司产业发展致富，16户建档立卡贫困户将在公司推动下于2019年内实现脱贫摘帽。

兰坪县农兴农业科技有限公司稳步向前发展，到2019年底，公司将基本实现“四位一体”的基地模式，即“月季花围园＋雪桃＋苦荞＋蜜蜂养殖”，实现桃园生态循环发展，进而打造生态宜居环境。在未来规划中，将进一步加入生态采摘、小型农家乐、生态旅游观光、景观摄影等元素，提升公司的知名度，带动周边农户实现全面小康。

经历过风雨，才能见彩虹

杨俊伟

茨开镇茨开村的余小利，现年35岁，傈僳族，初中学历。生活中，他奋斗不息，乐于助人，热爱邻里，无私奉献，是新时代精神文明建设的先进典型。在脱贫攻坚中，他更有一段精彩的故事告诉我们，只有经历过风雨，才能见到彩虹。

勤学苦干，成就致富梦。致富，如何启程？经历了一系列的波折和失败后，一个农民的梦想，又将如何实现？余小利同志给了我们一个最生动、最响亮的回答。

近几年来，怒江傈僳族自治州坚持把发展草果等产业作为脱贫攻坚的主要途径和长久之策，以绿色引领、规划先行、创新模式、科技支撑、精深加工为主要举措，推进产业发展和构建稳定增收长效机制。2018年，实现全州农民人均纯收入6534元，较2011年的2280元增加了4254元，年均增长15.76%。产业扶贫精准发力成为带动力最强、辐射面最广、贡献率最大的脱贫路径，怒江草果香飘万家，成为边疆稳定、百姓脱贫致富的“金果果”。

过去，余小利依靠传统种地方式种植玉米、蔬菜等，吃了不少苦，也流了不少汗，增产不增收，难以脱贫，更别说致富。

近年来，在党和政府的大力扶持下，他加入了种植草果的行业。草果见效快、收益大且适合林下套种。

余小利是村里第一批响应政府号召带头发展新的种植产业的农户。种草果这个新鲜事物他说干就干，短短几年来，经过余小利的辛苦劳作，他的草果种植面积高达50余亩，且全部挂果。自此开启了他的致富事业和致富梦想。

大力培育种植大户和新型职业农民，多种渠道增强了产业带动能力，也促进了百姓增收。贡山县在推广种植过程中，村组干部和农村党员示范带头种植，让群众看到种植草果的效益后，群众种植草果的积极性得到激发，探索出“农村经济能人+农户”等经营模式。茨开村原是贡山县茨开镇经济发展落后的村委会之一，

在村干部及致富能人余小利的带领下，全村 90% 以上的农户种植草果，草果产业成为茨开村名副其实的支柱产业，让农民走上了增收致富的产业之路。

彩虹下幸福的金果果

草果是个金果果，只是这个来之不易的金果果，令余小利经历了他人生当中最复杂和最痛苦的时候。

这要从前几年说起。刚开始的时候，余小利一口气在自家林地上种植了 20 亩草果，准备大干一番。

然而，由于缺乏科学的种植技术，不到 3 个月时间，草果幼苗就因说不出来的病害死亡了一大半，损失惨重。

面对这突如其来的打击，余小利并没有打退堂鼓，而是通过冷静地反思，认识到自己之所以失败是吃了不懂科技的亏，对于许多种植草果中遇到的实际困难以及可能遇到的困难，需要多请教、多学习。反思了 4 天后，他决定重新向政府申请草果苗，自己也购买一部分，继续发展好金果果事业。从哪里跌倒，就从哪里爬起来。

此后，他主动参加了县镇两级举办的各类草果种植培训班，系统地学习并掌握了草果幼苗种植、施肥、除草、提质增效和挂果及翻种时间。他严格按照所学的种植技术，定期预防疾病和虫灾。

在不断的实践中，余小利总结出了科学种植的五大“法宝”：优良的幼苗、科学的防疫、完善的管理、全面的提质增效和及时更新果树。在技术成熟后，他果断抓住机会，扩大种植面积，几年时间就将草果种植面积发展到了 50 亩。

为全面提升怒江草果产业发展的科技动能，怒江州科学研判，“健全机构、技术攻关、突破瓶颈”三管齐下，为怒江草果产业发展插上科技的翅膀。

为加快推进怒江草果产业发展，怒江州于 2016 年及时批准成立怒江草果产业发展研究所，安排专业技术人员专项从事草果生产科技示范推广，从培育优选种苗、种养管护、采摘加工等技术环节入手，广泛开展草果种植、管理技术培训，着力提升群众的草果种植管理水平，提高草果产量和质量。同时，联合多家高校院所攻关，重点围绕怒江草果品种选育、草果品质分析化验、草果产品深加工、草果病虫害种类鉴定、绿色防控技术措施推广等方面开展研究，合作开展技术攻关。

就是在这一大背景下，余小利通过自身学习和政府技术扶持，使得他在经历

过风雨之后，走向了幸福的彩虹下。

目前，他种植的草果在一年里平均挂果4万余斤，年收入高达20余万元。余小利带动村民致富，成为致富带头人。

分享经验，共同脱贫致富

在自己草果种植不断发展壮大的同时，余小利看到村里其他种植户观念落后、技术条件不好，心里着急，主动将自己的种植经验分享给邻里乡亲。哪家有困难，他主动上门帮助解决，以此来提高小组的种植水平。在他的带领下，小组内家家户户的草果种植技术越来越成熟。

随着种植技术的成熟，余小利家的草果林面积也在扩大，人手明显不够。这时候，附近一些青壮年劳动力主动联系余小利，要求到他的林地里打零工。余小利也常会在村子里雇用乡亲给自己打零工，让村民在家附近就能挣到钱。

分享经验，共同走上致富路。在余小利的多方努力、多方面的帮助下，他让村民的腰包鼓起来，提高了村民的生活水平。

每当提起余小利这个人时，村民都会竖起大拇指，交口称赞。他在农民中树起一面带头致富的旗帜，创先锋争优秀。余小利在困难中不肯低头，突破阻挠，经历一番风雨终于见到彩虹的经历，已成为村里人走向脱贫致富路的励志故事。

 父亲的秘密

杨俊伟

余龙只有小学文化，但他把两个孩子培养成了大学生；响应国家的号召，他扩大了草果的种植面积；他从学养猪技术开始，综合养殖具有本地特色的独龙牛、独龙土鸡，成了脱贫致富的带头人，带动乡亲们共同致富。有人问余龙："你的秘密是什么？"余龙总是笑着说："我的秘密是……"

生于1967年1月的余龙，是普拉底乡禾波村吓嘎斗小组的一位傈僳族汉子，2002年12月17日加入中国共产党，现为普拉底乡禾波村吓嘎斗党支部党员。他在党的富民政策鼓舞下，立足当地实际，在增收致富的道路上带头发展养殖产业，自己摸索出了一套致富"秘密"。

普拉底乡禾波村吓嘎斗小组所居住的地方海拔较高，山路比较崎岖，是整个乡里道路交通较为不便的地方。同时，这里也是自然资源极为丰富的地方，这里降水量充足，植被覆盖率高，发展林间种植有得天独厚的优势。

散养猪的秘密

2008年，余龙以养猪为起点，在实践中开始摸索一些养殖的方式方法，他的猪比其他村民养的肥壮一些，发病率低、出栏率高。作为一名共产党员，他在自己养好猪走上脱贫致富路的同时，也响应党支部的号召，并从中总结一些经验来指导周围的群众一起发展养殖业。

或许他的养殖经验不是什么特别能够吸引人的秘密，但周围群众靠养猪收入获得了提高。只是，大家脱贫致富，还需要更加努力。

发展本地特色养殖业的秘密

党的脱贫致富政策和惠民政策越来越好，普拉底乡禾波村扶贫工作队开始驻

村帮扶。党员余龙也开始和工作队进村入户，分析产业发展情况，宣传党的惠民政策和扶贫政策。

余龙更加意识到自己作为党员，更要带头致富。他引导村民们懂得在脱贫致富的道路上，其实没有秘密，如果有，那就是学习技术并结合自己总结的种植养殖经验。为此，余龙开始学习种植养殖技术。只有小学文化的他，用心聆听技术员的讲解，同时让两个学习成绩好的孩子把那些国家发的技术书讲解给他听。他通过学习，提高种植养殖技术。结合扶贫工作队的产业改良分析，余龙觉得可以在自己积累的养猪经验上，再利用村子里得天独厚的自然条件扩大养殖规模，要走具有特色的养殖产业路子——养殖独龙牛。

随着一些养殖经验和技术的积累，余龙不断扩大养殖规模，从开始单一的养猪模式发展到现在的综合养殖模式，已养殖了 8 头牛、近 20 头猪、近百只土鸡，他渐渐成了当地远近闻名的养殖大户。

在综合养殖模式取得成效之后，同村人都到余龙家里来参观学习，想知道他致富的秘密。余龙毫不吝惜地将自己的养殖经验教授给村里人，他们有什么关于养殖方面的问题，余龙也会积极地给予解答。

余龙介绍，独龙牛长得比较健壮，肉质鲜美，符合现在城里人的饮食习惯。但是独龙牛也需要在家乡这样高海拔的地方生长，更需要喂养原生态的植物和山泉水。这样原生态的独龙牛，包括黄牛在内，不需要自己拉到市场去，直接由外地老板或者政府联系的供货接收单位上门来拉走。拉走前，他们还要请牛和牛主人合影留念，作为原生态来自大自然产物的“证据”。

获取了秘密后，在余龙的带动之下，村里人也开始尝试小规模的养殖。

多种产业结合发展的秘密

在国家的惠民政策带动下，在以草果种植产业为支柱的普拉底乡，发展草果种植无疑是大多数农户的选择，对于养殖大户余龙来说也是如此。

在大力发展养殖产业的同时，余龙也没有忘记发展草果种植产业，加上当前扶贫政策的大力推动，通过扩大种植和学习种植培育技术，余龙的草果种植产业也取得了较好的成效。在国家提供种苗扶持的基础上，余龙扩大了种植面积。2018 年，余龙种植草果 16 亩，年产量达 1000 公斤。今后，随着草果种植面积的扩大和草果产量的提高，这将成为一项主要的经济收入。

除了种植草果以外，他也响应产业结构调整的号召，种植花生、黄豆、荞麦等农产品，寻求产业的多样性发展。余龙诚挚地说，这个致富的秘密不是秘密，这也是扶贫工作队提倡的“念好‘山字经’，发展不用愁”。

培养两个儿子成功的秘密

在村子里，他是养殖种植大户，但更让人津津乐道的是，他是两名大学生的父亲。

余龙只有小学文化，成天又忙着在山林里养牛，在林间地里搞种植业，他是怎样把两个孩子培养成大学生的呢？这是村里人想要深入了解的秘密。

余龙鼓励孩子读书，教育孩子好好读书。在勤劳致富的父亲的鼓励下，两个孩子学习努力，取得了好成绩。

余龙培育两个儿子上了大学，长子毕业于云南民族大学武装学院，次子就读于楚雄医药高等专科学校。无论家庭经济是否困难，余龙都将孩子的教育放在第一位。如今，吓嘎斗组的余龙家有两个大学生，已成了小组里人们津津乐道的事。

余龙教子成龙的秘密，就是教育两个孩子用心读书，要珍惜这个好时光。他对两个孩子说：“党和政府给了我们那么多的惠民政策，将来我们的日子会越过越好，脱贫只是第一步，将来，需要有知识有文化的人带着乡亲们过上更好的日子。”

两个孩子的父亲余龙，没有受制于高寒山区交通不便的自然条件，积极在党的好政策指引下、扶贫工作队的驻扎帮扶中谋求出路，在实践中不断追寻发展之路，通过自己的努力来念好“山字经”，实现走上脱贫致富路的愿望。

一个人富了不算富，带头走上脱贫致富路后，余龙始终以一个共产党员的标准来要求自己，在日常生活中践行“全心全意为人民服务”的宗旨，将自己宝贵的经验无私分享给周围的群众，带动周围的群众共同致富。

父亲的秘密，就是没有秘密。

和文东和他的爱心超市

杨俊伟

贡山县丙中洛镇甲生村重丁组的和文东在一个晴天从镇里回来后，仔细研究学习到的新工作方式——建立爱心超市。刚开始只是想着把一个小超市建好，慢慢地经营大了，作为超市管理员的他，全身心投入到爱心超市中。

和文东所居住的山区隶属于丙中洛镇甲生村委会，位于丙中洛镇北边，距离甲生村村委会 1 公里，距离丙中洛镇政府所在地 6 公里。海拔 1625 米，年平均气温 17℃，气候温和，降水量充足，林地面积广，风景优美。

甲生村重丁组是丙察察进藏公路的必经之处，而公路两旁堆放的建筑垃圾及生活垃圾对本村小组的卫生文明风貌造成了一定的影响。

为了加强精神文明建设，提升群众文化素养和文明程度，作为村小组组长的和文东依照学习到的新管理方式建立爱心超市，他自己担任义务爱心管理员。

甲生村组织实行家庭联户区域划分，分片分包，确保人人有片区、家家有责任。在每周三，各小组片区统一对道路沿线及杂乱堆放物、活动室周围、水沟、家庭内务进行环境卫生集中整治，对各片区的环境卫生工作及庭院内的环境卫生情况进行评比，评比出最勤户、示范户、差评户。

每周评选结束后按评比所得积分多少，到公益扶贫爱心超市进行“积分兑换物品”。

对打扫期间不到岗到位、不认真进行打扫的村民，村民反响强烈的，或有群众举报属实的，评为差评户，并要求立即整改。卫生环境评比的举措极大地改善了村民的生活卫生环境面貌，同时也提高了大家爱村护村的积极性和主动性。

在担任爱心管理员期间，和文东和村民们交流得更多，交流党的扶贫好政策，更交流扶贫先扶志的理念。他和村民们都意识到，到爱心超市进行“积分兑换物品”的村民，往往是村里最先脱贫的人家。

和文东明白："人的精神整洁，居住的环境整洁，就会向往更好的生活。"正是因为明白这个道理，他才继续做好这个义务爱心管理员。

过去的和文东曾吃过"精神不整洁"的苦。自开展脱贫攻坚工作以来，2013年和文东被列为建档立卡贫困户，一回想起过去，他仿佛觉得自己当时的心情和现在这些不能到爱心超市的人一样，特别向往那些能到爱心超市进行"积分兑换物品"的村民。

和文东有文化，在党的好政策和扶贫工作队的帮扶下，他最先让自己的思想开始"整洁"起来。通过自身不断的努力，艰苦创业，努力奋斗，发挥村民小组长带头作用，与群众一起用双手辛勤劳作，发展后续产业，带领小组绝大多数农户光荣脱贫。

他认真配合村"两委"及驻村工作队工作，不怕苦不怕累，为群众默默奉献，为改善组内村容村貌不遗余力，增强村民的综合经济实力，提高村民的生活水平，为小组农户们的脱贫出列付出了很多时间和精力。

脱贫攻坚是一场硬仗，不仅需要村"两委"和扶贫工作队员的努力，也离不开群众的积极配合。四十不惑的和文东作为一名经验丰富的"老村民组长"，群众工作经验丰富，深受重丁组百姓的信任。

脱贫攻坚的各项工作能顺利开展，他一直用自己的实际行动响应上级号召，认真学习并传达落实各项政策文件，积极配合村"两委"及扶贫工作队员完成危房改造、搬迁安置以及种苗发放等工作。对于新到驻村工作队员对村民不熟悉的情况，他还专门抽出时间带领新队员走村入户，协助与村民交流沟通，完成各项政策的落实。

村里林地面积多，在完成村民小组长本职工作的基础上，和文东在2018年6月与其他建档立卡贫困户村民合作开办魏福种植合作社，当年种植羊肚菌27亩，实现建档立卡贫困户分红78000元，户均6000元。

和文东在此基础上同时进行重楼、白及、天麻、百合等药材及草果、核桃等中药材和经济作物的种植、初加工及销售。

在政府的帮扶下建立独有的销售渠道，无须依靠中间商，最大限度地保证了合作社农户的利益。通过合作社的建立，项目区建档立卡贫困户增加了经济收入，从根本上建立了可持续脱贫致富的长效机制，做到生产发展、生活富裕、生态良好，实现了脱贫致富的大目标。

脱贫只是第一步，和文东主动承担了乡风文明建设及旅游示范户推进工作。

他把学会的公益扶贫爱心超市进行“积分兑换物品”的管理方法放大。村容村貌要整洁，家家户户要整洁，心里的深处更要整洁。

和文东和他的爱心超市只是一个推手，作为一名爱心管理员的他通过言传身教让村民们认识到，作为文明建设的参与者，热爱家乡，热爱生活，在党的好政策的帮扶下，日子会越来越好。

平安家庭示范人

杨俊伟

咪谷村隶属于云南省贡山县普拉底乡，这里有一位脱贫致富带头人，他响应党的政策，带领大家努力改善人居环境，建设美丽乡村，创建平安家庭。他就是平安家庭示范人物——余文光。

余文光心系群众，解百姓之忧，排群众之难。他积极主动地向村“两委”班子反映小组情况，争取小组利益，在生活、生产中起到带头作用。尽管他是一位朴实的农民，却有着一股吃苦耐劳、永不服输的创业精神。通过他的不懈努力，在党的富民政策帮扶鼓励下，立足当地实际，在增收致富的道路上带头发展草果种植，并且始终不忘左邻右舍，带领周围群众共同致富。他为拟期当小组农业农村经济和社会事业发展作出了积极贡献。

响应党的政策号召，成为草果种植大户

2004 年，余文光开始种植草果，在党的政策的鼓励下，他带头在自家承包地上进行了草果种植，面积 200 亩左右。

自从余文光认准了种植这条路，就开始埋头苦干。他每天早出晚归，白天搞好种植管理，晚上努力学习科技知识，增强致富本领，并通过报纸、杂志、上网等各种途径获取资讯。经过几年的管理实践，他掌握了草果种植技术，成为咪谷村一名种植能手。他靠自己勤劳的双手、灵活的头脑，走上了脱贫致富的道路。

经过 10 年的努力，当草果收成好、价格高的时候，年收入达 50 万元，但遇到收成不太好、价格低的年份，收入相对就会少些。现年均纯收入近 20 万元。

余文光成为远近闻名的致富能手，取得了经济效益和社会效益的双丰收，成为农村致富带头人。余文光用自己的热血和辛勤的汗水在家乡这片土地上奏响了一曲动人的致富之歌。

热心公益，分享致富经验

在稳步发展的过程中，余文光并未就此满足，必须在自己富的同时，带动和帮助一批贫困人员脱贫致富，走共同发展、共同富裕的道路。因此，他将学到的知识结合自己的经验，传授给小组成员，并免费向建档立卡贫困户发放草果苗，积极出资建设生产渠道。

平时在生活中，他主动修缮被泥石流摧毁的路面；照顾邻里，经常分发土鸡及猪肉等帮助家庭困难的人家改善伙食；因自家有车，在赶街的时候带上去办事的乡亲们；草果丰收的时候，无偿提供马匹及除草机，帮助缺乏劳动力的家庭。

目前，余文光一家养了独龙牛 50 多头，经济收入不断提高。国家有惠民政策，村民修建住房，国家给予补助，但是余文光从不申请国家补助，自己修建了 50 多万元的住房。

他也无私地将各种种植、养殖经验分享给咪谷村的父老乡亲们。

现今，余文光成了拟期当小组农民致富的标杆，农户有什么问题都愿向他请教，而他也总是毫不保留地解答问题，勤于服务。

村民公选的小组长

余文光致富的同时，也不忘记帮扶乡亲，热心公益事业，这使得他成为当年公选票数最多的村小组长。

担任小组长后，他严格要求自己，把耐得住平淡、努力工作作为自己的准则，把作风建设的重点放在严谨、细致、求实、脚踏实地埋头苦干上，做到了干一行、爱一行、钻一行，具有较强的职责感、服务意识和协调潜力。对于繁琐的村务工作，他树立了不骄不躁、扎实肯干的工作作风，不断增强工作的主动性和用心性，尤其是应对脱贫攻坚工作杂、任务重的工作性质。他毫无怨言，跋山涉水、走村入户进行宣传动员。接待群众来信来访时，他耐心倾听群众的问题与疑惑，对老百姓的需求，他第一时间反映给村“两委”班子。积极排解矛盾纠纷，维护农村社会稳定。他应对矛盾不回避，公平、公正地提出自己的观点和意见，努力化解矛盾纠纷，把不稳定因素消灭在萌芽状态。

他与家人和睦相处，积极参加咪谷村的各项活动，为咪谷村创建“平安家庭”

作出了积极的贡献。他和家人知法守法，积极倡导无暴力、无犯罪、无违法的安全文明之家。

平安家庭示范户，美丽乡村建设进行曲

余文光牢固树立“发展是第一要务，稳定是第一责任”的思想，积极顺应新形势、新任务、新情况的变化，坚持在发展中促稳定，在稳定中求发展。

在担任拟期当小组长期间，拟期当综治维稳工作保持着和谐稳定。他紧紧抓住影响本组社会和谐稳定的源头性、根本性、基础性问题，扎实开展矛盾纠纷排查化解、社会管理创新、公正廉洁三项重点工作。狠抓矛盾纠纷排查调处工作，经常深入农户家中，及时发现和化解群众苗头性、倾向性问题，及时把矛盾纠纷解决在基层、化解在萌芽阶段，努力做到小事不出户、大事不出村。

与此同时，他积极组织村妇女之家、村民兵组织，开展形式多样的集体活动。

竹子围成的篱笆分布在村间路和菜地周围，独具民族特色的安居房和干净卫生的入户道、院坝相得益彰，构成了一幅美丽的农家田园风光。结合村里的实际，他制定了村规民约，认真落实环境卫生三包责任制，做到一个月清扫三次环境卫生，用常态化的制度提高群众的环境卫生意识。每月 1 日到 10 日由河道管理员以及地质监测员、护林员整治环境卫生。11 日到 20 日由党员整治环境卫生，同时监督村民把自家的房前屋后卫生、内务整理在开展活动中提升上来。20 日到 30 日是村民统一大扫除整治环境卫生的时间。把河道管理员、护林员以及地质监测员的积极性调动起来，让他们去监督农户，把各家的卫生环境提升上来。

由村“两委”、驻村工作队等组成的卫生监督小分队，定期和不定期挨家挨户对每个小组的公共卫生区域、农户的家庭内务整理等进行抽查或全覆盖的检查评比。综合评判后，对最好最优的农户给予相关奖励，以此激发群众的内生动力，建设文明、和谐的社会主义新农村。

余文光为咪谷村的公益事业建设、村容村貌整治、社会治安维护作出了积极贡献，形成了群防群治、共建共治、生产发展、生活改善，以及村风文明、团结、和谐的良好氛围。他是咪谷村的致富带头人，也是平安家庭示范户，是我们学习的榜样。

用网络链接致富的梦想

和倩如

我是泸水市的“90”后大学生村官。记得上大学那些年，志愿者服务就一直伴随我度过了美好的时光。怀着对家乡深深的眷恋，我放弃了在大城市工作的机会，回到了家乡，现在是鲁掌镇浪坝寨村的一名大学生村官。

刚到村的第三天，老主任就带着我入户走访。因为走访的对象较为偏远，天还没亮我们便出发了。山里的冬天寒气袭人，大家都裹得严严实实的。乘坐的汽车行驶到半路时，突然停了下来，我摇下车窗，透过车灯我见到一位满头白发的老农，背着满满一筐蔬菜，手里提着一篮鸡蛋，不停地向我们挥手，他走上前打着寒战问我们买不买土鸡蛋，那双黝黑的手被冻得通红，我毫不迟疑地买下了那一篮土鸡蛋。

这一刻，我看在眼里，疼在心上。回到村委会，我总在想，凭我的能力，能为村民们做点什么呢？

我看着买来的土鸡蛋，心想，这么好的鸡蛋却难卖出去，太可惜了。怒江大峡谷自然生态非常好，农产品都是绿色健康的，但因为交通条件的制约，很多农产品很难运输出去，导致农民增产却难以增收。

平时喜欢看直播购物的我，突然想到可以通过直播卖货，在网上帮助村民销售大山里的农产品，于是，我萌生了开网店的想法。

没有网店，没有客服，我便主动去学习；村民不相信、不愿意，我便磨破嘴皮天天去跟他们说；没有直播设备，我就拿自己攒的钱购买了设备。

就这样，折腾了一阵子，我的网店正式营业了。

一天过去了，三天过去了……一个月以后，我终于卖出了第一单，那是1公斤草果，下单的是湖北武汉的一个客户。我兴奋极了，但是，离村委会最近的快递公司在镇里，怎么发货呢？我合算了一下成本，这一单是赔本的生意啊！

自从网店开业以来，销量不是太好，这让我愁上了心头。怎样提高销量？怎样才能吸引更多的“粉丝”呢？于是，我想到把民族文化与农产品销售结合起来，这样，既可以传播民族文化，又能吸引大量“粉丝”。我便开始尝试穿着傈僳族服装进行直播，以大山做背景，以村落做衬托，直播对话怒江傈僳族文化。

为了给网友们更多体验，我还亲自背着我们怒江的山货过溜索。果然，我的网店被越来越多的“粉丝”关注，销售量也得到了提升。

去年 4 月，村里的樱桃熟了，驻村工作队和村干部借助互联网传播带动游客 5000 多人次，农户户均创收 1000 多元，直接带动全村农民增收 50 余万元。樱桃种植户唐祥开的那一句：“我第一次见到村里还会堵车了呢！”这让我们借助网络发展乡村生态旅游有了信心。

今年秋天，核桃销售又成了村民的一块“心病”，驻村工作队及时与怒江邮政打通了核桃的电商销售渠道，才上线，订单就突破了 700 多公斤，这让村民对发展网络营销增添了信心。

互联网销售慢慢有了成效，村民们慢慢开始相信我，并主动加入我们的队伍。如今的浪坝寨村俨然成了十里八乡有名的“网红村”，我也成了网销的“一号客服”。平时村民聚在一起不聊别的，就爱聊微信朋友圈、抖音、快手、头条……时不时还将自家农产品在自己的 ID 号上晒一晒。

村里 70 岁的老唐总喜欢刷抖音，不识字的李大婶也喜欢把自己唱的傈僳族歌曲传到网上。许多村民还自筹资金建起了简陋的网络直播间和村电子商务交流群。大家总想着怎么把村里的干货销售到州外、省外，把新鲜的农产品卖到六库城。

在网销的带动下，村民们渐渐萌发的互联网电商理念，不仅改变着祖辈们传统的商品交易模式，也让全村人的思想观念悄然发生着改变。互联网已成为大山里这个小村庄的生活方式。

去年 7 月 17 日，村里安静的校园迎来了一批特殊的客人。我们通过互联网众筹校园广播的募捐者代表聚集在校园。张校长用刚刚安装好的校园广播播放了一首《感恩的心》，校长告诉来自远方的客人，因为是暑假，孩子们都放假了，就用这首歌代表孩子们的心声。

这些年，通过互联网为贫困户募集爱心物资、为因病致贫学生募捐医疗费、为孩子们募捐书籍，互联网聚集起了脱贫攻坚的社会爱心力量。

今年 9 月初，因为工作的原因，我离开了我的村庄。离开的那一天，村医生夏姐抱着我说：“你是我们远嫁的女儿，这里就是你的娘家，今后不论走多远，

记得常回家看看。”那一刻，我的眼睛湿润了，我感到我所有的付出都是值得的！

我的青春是对农村一份真挚的爱，一寸寸田埂记录着我的青春与梦想。怒江缺条件，但不缺精神，不缺斗志。脚踏实地，团结一心，真抓实干，我们就一定能实现全面小康的梦想。

星光不负“摘帽”人

杨俊伟

段连辉是力透底村委会的党员，新来的驻村第一书记带着他到村民家宣传党的扶贫政策，调查村民家可以脱贫致富的路子。这些工作大都在夜里开展，白天村民们要下地干活儿。到了村民家，驻村书记慢慢发现，段连辉总是低着头跟村民说话。一直走访到段连辉家时，驻村书记这才发现，段连辉家也是贫困户。

段连辉红着脸对新来的驻村书记说：“书记！让我做点其他的事吧，整天去搞帮别人‘摘贫困帽子’的事，我自己的‘穷帽子’还没有先摘下来。”

身体健壮的段连辉原本不是一个贫困户。自从与儿子相依为命，靠着家里那几亩坡地上耕种的微薄收入支撑着全家的生活用度，日子变得煎熬了起来。2013年，他被村委评选，上级核实为建档立卡贫困户。在被确定为贫困户时，一向要强的段连辉觉得抬不起头来，他坚持把帮扶贫困户的优待条件让给其他村民，一再说自己是一位党员，要先让给群众。

段连辉家中无林果种植产业，个人也没有什么一技之长，他被评选为建档立卡贫困户，这对于好强的段连辉来说是一件极不光彩的事，他整天愁容满面。

他必须面对家庭的窘迫现实！

力透底村“两委”干部和驻村第一书记了解他的情况后，从他的思想根源上进行了沟通疏导，提升他的志气，给他多出点子，从“智”上给他扶持。

段连辉意识到，作为一名共产党员要迎难而上，首先带头为自己摘下贫困户的帽子，全村人才能相信摘下贫困户的帽子不难。有这样的想法后，段连辉不再低着头跟新来的驻村第一书记去做贫困户的工作，开始抬着头在自家贫瘠的土地上日出而耕，日落而归。

光有勤劳耕作还不能快速地“摘帽子”，自己过去并不是一个懒汉，自己也辛勤劳作，但就是脱离不了穷根。走在星光下，段连辉开始结合党的政策和那些

致富的路子，思考自己怎样做好戴上“富裕帽子”的人。

段连辉家中有 5 亩地，近几年草果势头好，虽然可以种草果，但家中地少，光靠种草果可脱不了贫，只能把剩余的土地全部利用起来种植中药材。段连辉参加政府组织的技术培训，向种植户学习种植技术，把国家发放的扶持农户种苗依照科学种植方法精心打理。

政府组织村民外出务工，段连辉结合家里的情况，利用农闲外出打工。他选择离家近的地方打工，打工时间不超过一个月。这样既不耽误种草果和管理中药材，还能利用空余时间增加收入。他在打工中主动学习技术活，随着技术的提高，他打工的收入开始成倍增加。

就这样，天亮时出发，星光下回家，段连辉发挥一名共产党员的先锋模范作用，在党的好政策指引下和扶贫工作队指导下，短短一年时间里，为自己摘下了贫困户的帽子。如今，段连辉一家不仅年人均收入达到24917.5元，还开上了长安小汽车，让乡里邻居十分羡慕。

戴上“富裕帽子”的段连辉对村民们说：“贫困户不是一件光荣的事情，现在政策这么好，总不能坐享其成等着别人给，别人给的始终没有自己劳动得来的踏实。”

力透底村的月夜特别美好，星光闪闪，微风徐徐。从村民家宣讲党的扶贫政策归来的路上，段连辉对着月亮暗暗发誓，自己摘下“贫困帽子”后，还要帮扶更多乡亲摘下“贫困帽子”。

在脱贫攻坚的路上，段连辉说自己是受益者，是党和政府把他从一个不敢面对贫穷的人转变成勇于面对现实、迎难而上的人，是扶贫工作让他对未来生活有了新的希望、新的追求。

时光不负有心人，星光不负“摘帽人”。

修剪致富的发型

杨俊伟

“贡山的天蓝蓝，贡山的水绿绿，贡山的小伙帅。”

家住茨开镇丹珠村打所小组，今年41岁的“帅小伙”胡绍惠通过勤劳致富成了村里的脱贫致富带头人，在他用双手劳作的过程中，因为对所发展的产业钟爱，自己的发型也会在无意识中和所发展的产业有相类似的情况，比如说他的山羊胡子，是茂盛的草果林型。村民们事后都联想到，贡山的帅小伙因为学习、发展种植草果、蜂蜜事业成为村里的致富带头人。有人为此开玩笑地说他不断和发展的事业一样变换的发型是致富的发型。

和草果一样的发型

胡绍惠，全家4口人。驻村扶贫队最初来调查的时候，缺少劳动力的胡绍惠家被核实为丹珠村的建档立卡户，而如今的胡绍惠是丹珠村数一数二的致富能人。这位身份发生巨大转变的农村人，诠释了习近平总书记的那句话：幸福都是奋斗出来的。

胡绍惠夫妻俩一直勤勤恳恳在家务农，虽然勤劳能干，日子却过得不宽裕。因达不到“两不愁三保障”的标准，被纳入建档立卡贫困户。为了给两个孩子创造更好的学习条件，像别人家的孩子一样在学校里茁壮成长，顺利完成学业，奋斗出幸福日子的想法一直存在胡绍惠的脑海里。帮扶干部分析出他家经济来源单一、没有致富产业、发展资金缺乏成为脱贫致富的主要制约因素。要想脱贫致富，还是要从产业发展上想办法。胡绍惠一家有近80亩的林地，扶贫队分析帮扶路子，让他继续做好林下草果种植，这也成了胡绍惠脱贫的第一条路子。

在党的好政策关怀下，政府发放了大量的草果苗。胡绍惠通过政府培训，学

会种植方法，扩大草果的种植面积。想要脱贫致富的胡绍惠，自己主动到种植大户那里去取经学习，在政府安排和工作队的鼓励下，胡绍惠开始学习，为日益壮大的草果种植进行改良增产投入。那一段时间他更是像爱自己孩子一样呵护着这80亩的“钱袋子”茁壮成长，林子里的果子在他的精心照料下，长出红宝石一样沉甸甸的果子。林子茂密得如胡绍惠头顶上的头发。

功夫不负有心人，草果获得大丰收。尽管2018年草果的市场价格不好（新鲜草果每公斤仅3~4元），胡绍惠还是以产量多、质量高的优势获得了150000元的收入。草果的价格在不断地波动，胡绍惠扩大种植和改良后的草果林，如他头顶上茂盛的草果林发型，用勤劳致富的思想和双手让草果林一年比一年结出更多的红宝石般的致富果子。让更多的人看到贡山的天蓝蓝，贡山的草绿绿。

和山羊一样的山羊胡子

“贡山的天蓝蓝，贡山的草绿绿，贡山的山适合养山羊。”

收入一天比一天高，胡绍惠又开始动起了脑筋：山上的地一直空闲着，趁草果不需要管理的空隙，我还得做点其他的事儿。打所山就是一个天然放牧场，养几只山羊，既可以欣赏到蓝天和绿草，还可以让腰包鼓起来，这样的好事为什么不做呢？

他的想法得到了政府的支持。说干就干，胡绍惠开始购买山羊。通过政府组织的培训和外出参观学习，胡绍惠认识到买羊不难，但要养好并不容易，既要科学饲养，又要有实干精神。为此，他积极联系懂技术的人员为其提供技术指导和支持。平时，他也经常去羊舍里转，打扫圈舍卫生，整理圈舍杂物，查看山羊的生长情况，发现问题及时采取措施，不管是饲草饲料的搭配还是养殖设施的运行，每个细节都不放松，更多的是让山羊自由生长，使山羊更健硕、更生态。一分耕耘，一分收获。打所山上，胡绍惠不断抚摸着和他的山羊一样漂亮的山羊胡子，一起在蓝天下、草地中行走。

胡绍惠用不怕苦、不怕累的毅力，在山羊养殖过程中，不断总结经验，提高效益，山羊已发展到了12只。根据2019年市场情况，他打算出售成年山羊一只，城市需要这种原生态养殖的山羊。胡绍惠相信一只只留着山羊胡子的山羊，会在蓝天下不断扩大数量，健壮成长。他开心地唱道：“贡山的天蓝蓝，贡山的草绿绿，贡山的空气甜蜜蜜。”

驻村扶贫队根据胡绍惠所在的山区适合开展养殖中蜂的项目，请来技术员为村民培训，同时让胡绍惠做第一批养殖户，起到引导作用。

胡绍惠在不断“修剪致富发型”中积累了致富的经验，沉下心，静下来，在实干中总结新事物的经验。2017 年，胡绍惠养殖中蜂达到 24 桶，多年来，“甜蜜的事业”成为胡绍惠一家稳定的收入产业，同时也达到引导的效果，更多的村民来向胡绍惠请教，从事这一项“甜蜜的事业”。

多产业发展，使得昔日的贫困户成了如今小有名气的致富能手。胡绍惠的儿子于今年 6 月高中毕业，等待着步入大学校门。胡绍惠一家的日子越过越红火。农户有什么问题都愿向他请教，而他也总是毫无保留地教会别人。

作为“贡山的天蓝蓝，贡山的水绿绿”里一位贡山的帅小伙，他在不断“修剪致富发型”中积累了致富的经验，并无偿分享给了全村人，他的所作所为得到了老百姓的高度赞誉。

“正是党的脱贫攻坚的政策让我们一家踏上了脱贫致富路。”胡绍惠发自肺腑地说。

阿客哆咪

彭愫英

阿客哆咪是傈僳族话，是“特别好喝”的意思。这里要说的“阿客哆咪”是怒江阿客哆咪农产品开发有限公司的咖啡系列产品，来自泸水市上江镇蛮英村委会旧乃山小组。

20世纪90年代后期，泸水县上江镇蛮英村旧乃山小组种过咖啡，因价格低迷，老百姓把咖啡树砍掉了，只有两三家没有砍掉，全村的咖啡种植面积只有十多亩。2005年，来自保山市芒宽的小伙子苏福卫，作为香料烟产业公司的员工，来到旧乃山当产业指导员，他邂逅了一位美丽的姑娘。他看到村里不种咖啡种苞谷，苞谷价钱太低，农民收入有限，而芒宽的农民种咖啡已有收益了，于是动员女友家种咖啡，并把芒宽家里育的咖啡苗提供给女友家种植。在苏福卫的推动下，女友家于2006至2007年间，把原来的3亩苞谷地全种上了咖啡，对此，村里人劝女友的父亲，说种咖啡恐怕不行。2009年，咖啡有收益了，这年的收入有6000元。2010年，咖啡价格特别好，3亩咖啡收入2万多元。3亩地种苞谷，苞谷每年收成1000公斤左右，而种咖啡，这年的收入等于种20年的苞谷收入。苏福卫是香料烟产业的种植技术指导员，不知道怎么销售咖啡，女友家的咖啡都是收购商来村里收购。苏福卫结婚后，家里的咖啡在第二年收益较高，他辞掉工作，专门从事咖啡生意。村民们看到苏家种植咖啡收入高，不再抱有怀疑和观望态度，也开始在苞谷地上种植咖啡。苏福卫的岳父从2011年开始，主动种植咖啡，从3亩地扩大到40亩地。从2011年至2014年，旧乃山村的咖啡种植面积有3000多亩。

2011年，咖啡价格逐步下滑，尤其是2012年，价格掉得厉害。在这一年里，苏福卫成立了泸水福兴咖啡种植农民专业合作社，社员有26户，通过合作社成员抱团取暖，谋求咖啡种植业新的出路，带领乡亲们走出困境。同时，为了打开销路，他不断外出学习，开阔视野，在与外地咖啡户接触中不断积累经验，增长咖啡产

业方面的知识。他与外地客户签单，面临两大尴尬：大宗签单，需求量大，合作社没有这么大产量的咖啡，签不了单；签单后，因为没有自己的品牌，话语权弱，效益少。于是，他开始琢磨做自己的品牌，只有把品牌做起来了，才有话语权。2013 年，他开始申请 4 个商标：阿客哆咪咖啡、阿客扎咪核桃、怒江源咖啡、怒江源核桃。阿客扎咪也是一句傈僳族话，是“非常好吃”的意思。

2015 年 11 月 30 日，苏福卫一手拎一箱咖啡，离开旧乃山，要到上海参加展销会。他坐下午 7 点从六库发往昆明的客车，第二天早上 9 点左右到昆明西部客运站，又从西部客运站坐车到机场。他第一次坐飞机，不知道可以提前托运行李，抱着装满咖啡的箱子就上了飞机。下午 4 点 45 分，飞机安全降落上海。苏福卫一手扛着箱子一手抱着箱子走出机场，这才知道上海的天黑得早，已经进入夜晚了。第二天要参展，他得先找到参展地点。他抱着箱子去找，找了两小时才找到，但参展地点附近的酒店都被订完了。他在离参展地点 2 公里处找到了住处，安顿好东西后已经是夜里十一点半了，肚子早就饿得咕咕叫了，他就近吃了一碗馄饨。第二天，他早早地抱着箱子去参展。经历此事后，他知道了如何参展，咖啡参展要如何做，该做什么，提前做什么。这次参展，他才晓得咖啡还有其他品种。有人告诉他，怒江坝的铁皮卡是世界上排名最好的咖啡品种之一。从上海回到旧乃山后，他有心了，上网查询，更坚定了做自己咖啡品牌的决心。

在外出参展中，有件事令他印象深刻，是意大利面参展，团队有 14 个人，只带了 3 包面。他们来参展，在展柜上展示意大利面，不是卖东西，而是寻找商家。苏福卫当时对意大利面很好奇，心想自己没吃过，买一把面尝尝。对方拒绝了，说他们只展示不销售。这让苏福卫的思想很受冲击。

做出有话语权的产品，打出品牌，更好地销售旧乃山的咖啡，保障合作社员的利益，这成了苏福卫的奋斗目标。2016 年，苏福卫成立了阿客哆咪农产品开发有限公司。这个傈僳族汉子，确定了目标，就去努力和实现。他终于实现了生产有话语权的咖啡产品，打出了阿客哆咪品牌的咖啡，他憨厚地说：“只有整个怒江好了，人家才知道怒江栽的咖啡好。只有咖农好，产品才会好。我要把自家的咖啡——旧乃山咖啡带出去。”现今，阿客哆咪销售渠道不仅在六库有几个点，还远销上海、江苏、北京、深圳、广东等地。

无论市场如何波动，苏福卫总能有办法把合作社社员的咖啡卖完，且他自身也做得好，让咖农服气。如今，其合作社社员由 26 户发展到 102 户，其中建档立卡户 10 多户，均已在 2018 年脱贫。在建咖啡加工厂及咖啡产业发展中，有不同

的声音，但他坚定地走自己认定的路。他有压力，要承受市场风险，但他坚持经营咖啡产业，因为他有三个条件：第一，他拥有咖啡产业；第二，他有坚定的信心；第三，他有群众基础。

依托怒江州文化旅游产业的发展及一二三产业的融合，怒江阿客哆咪农产品开发有限公司的发展理念有两个方面：咖啡和以咖啡为核心；以种植农户的日常生活与傈僳族种植文化结合为载体引入客户。

现今，阿客哆咪咖啡入驻了怒江供销农产品展示展销中心、怒江州电子商务公共服务中心、泸水农产品扶贫服务中心等，与中国邮政怒江分公司、中国农业银行怒江分行、中国建设银行怒江分行、怒江一键通农业等平台合作进行线上销售，和中交集团怒江分公司联制了咖啡系列产品进行销售，成了怒江州知名的农产品品牌，走出了怒江大峡谷，走向了全国。

2020 年 5 月 29 日，在怒江农产品进京的“百日总攻，抖来助力”活动中，阿客哆咪咖啡在泸水市市长的亲自推介下，实现了“开门红”，当日销售 7000 多单，实现收益 36 万余元，成了市长带货直播的“网红”产品。同时，这次活动也让世界了解了怒江咖啡，让全国人民知道了“阿客哆咪”。

我坐在怒江畔，品味着旧乃山出产的咖啡和核桃，将现代新型农民自主创业的故事讲给朋友们听。

神奇的梭子

段国春

纺纱织布是旧时每个女子必须学习的技艺，伴随着机械化的发展，这种历史悠久的技艺逐渐消失于历史长河中，传流至今已是十不存一。最近，在上江镇水沟头寨，古老的傈僳族火麻纺织却着着实实火了起来，一把梭子带着当地群众演绎脱贫致富的神奇故事。水沟头寨里发生的故事和一个来自杭州的女人分不开，她就是浙江省土布纺织技艺非遗项目代表性传承人、“2017 年非遗年度人物提名”荣誉获得者和“2017 年中国文化产业年度人物”郑芬兰。

2016 年 9 月 14 日，郑芬兰无意间闯入水沟头寨，认识了八四妹奶奶和三百妞嫂子，从此她就和这个傈僳族村寨结下了不解之缘，而寨子里的 37 家贫困农户的日子也悄悄地发生了变化。

7 月 15 日，郑芬兰带着第 10 批志愿队暨亲子夏令营队伍在旧乃山完小稍事停留后，往水沟头寨进发。在前两天大雨的侵袭下，公路有好几个地方坍塌了，几台清障的装载机和挖掘机占了大部分的路面，大家只能弃车步行。三公里多狭窄崎岖的山路在雨后异常湿滑，孩子们从小在城里生活，走在泥泞的道路上比较吃力，但在家长们的鼓励和帮助下，孩子们还是坚强地走到了村里。走过几户人家的院坝，再穿过几片核桃林和甘蔗地，大家终于到了水沟头寨。

寨子里的男男女女早已在三百妞家前的空地上排成队迎接大家，看到大家一到，爷爷奶奶和大妈们就唱起了欢快的傈僳族迎客曲子，而大爹们也端着自家酿的酒给客人们敬迎客酒。郑芬兰接过酒杯和每个相识的老乡打招呼。乃吃六爷爷牵过了她的手，郑芬兰就顺势跟着傈僳族曲子扭起身子来。看到傈僳族老乡独特的迎客方式，大家感到十分新奇，纷纷拿出手机拍了起来。

乃吃六爷爷和三百妞大嫂他们又向客人们展示了极具浓郁傈僳族特色的起本弹奏、刮克和摆时。作为答谢，孔紫漫小朋友表演了二胡曲《我和我的祖国》，朱妍小朋友也拿起吉他给乡亲们演唱了世界经典英文歌曲《Take Me Home Country Road（乡路送我回家）》。

古朴无华和华丽典雅两种风格迥然不同的艺术形式在水沟头寨发生碰撞，不

断赢得阵阵掌声。

好客是傈僳人的本性，三百妞大嫂把家里珍藏的核桃拿了出来招待大家。孩子们拿起木槌砸开核桃，动作略显笨拙。优美的环境、清新的空气以及老乡们的热情友善让客人们喜欢上了这里。

等到郑芬兰分配好后，客人们各自寄宿到亲戚家。孙逸晟母子和解菲母女分到乃吃六爷爷家。刚到乃吃六爷爷家，两个孩子就被牛圈里的黄牛吸引住了。乃吃六爷爷把饲草分给他们。起初，两个孩子都比较怕，站得远远地把草扔给牛，但看到牛温驯的样子，他们很快就放下了心，直接拿着草喂到牛嘴里，男孩子还大着胆子摸了摸牛头。喂完牛，顺着很陡的楼梯上到乃吃六爷爷家的二楼，刚放下行李，他们又被放置在一边的箩筐、罐子、大南瓜和一些其他装饰物吸引住了。乃吃六爷爷把用草籽做的串珠送给孩子们，并亲手给杨妮小朋友戴在脖子上。看着她高兴嘚瑟的样子，可把别的小朋友羡慕坏了。

最吸引妈妈们的当然是傈僳族的织布和挎包的缝制了，所有的妈妈基本上都找到一位傈僳族大妈做自己的师傅，当起了学生。师傅教得耐心，学生学得认真，一会儿妈妈们就能飞针走线了。

三百妞家楼上是合作社的织布作坊。正在织布的三位大妈说，以前她们织的都是麻布，织出的布基本上都是自家使用，并没有把产品变成钱。郑芬兰来到水沟头寨后，教会她们把传统的傈僳族纺织技艺和现代元素融合在一起，现在她们的作品已经是独具民族特色的工艺品。郑芬兰帮她们把产品带到山外变成了商品，现今她们的产品供不应求。她们原先用的织布机效率很低，现在用的是改良的织布机，织布效率快了不少。新织布机中有两台是郑芬兰赠送的，另外 10 台是她们的合作社被确立为州级非遗扶贫工坊时政府赠送的。

为了表达对政府和郑老师等爱心人士的感激之情，织布的大妈们唱起了傈僳族调子。

郑芬兰带来的这支志愿队里有教育工作者、企业家和商人，但大家都是爱心人士。这次大家带着孩子前来水沟头寨，除了体验农家生活，还有一个任务就是做公益。他们先要逐户进行调研，然后根据实际情况与水沟头的农户进行结对帮扶。

“我们就想先做一些调研，看一下他们学校的情况，希望以后在英语教学方面给他们提供力所能及的帮助。”董璐璐是一名大学英语老师，她最关心的是教育问题。她说，经过初步了解，旧乃山完小由于缺乏师资力量一直没开设英语课。他们学校里有大学生志愿者团队，如果可能的话，他们可以派一些人过来支持泸

水薄弱的学校教育。

解菲是从事电商行业的，她说除了麻纺织品，村民们的核桃、草果、花椒等也是好东西，可惜村民们不懂营销，不能卖到好价钱，所以她打算教村民们一些基础的电商理论和实操技巧，帮助他们开网店。

郑芬兰告诉我们，她是浙江省土布纺织技艺代表性传承人，这么多年，她一直在国内和世界各地探访各种土布纺织技艺。她说现在的土布纺织的原料基本上都是苎麻，而火麻织的土布是最好的，防虫、耐洗，但因为工业化进程的推进，火麻纺织规模急剧萎缩，现已接近消亡。2017 年 9 月 14 日，她到水沟头寨时，发现火麻种植面积仅有一两平方米，而且村里大部分女性都已经不再做了，只有八四妹奶奶还在坚持做这个手艺。“八四妹奶奶告诉我说，这点麻留着在她死后孩子们披麻戴孝用，当时我就觉得一个手艺的传承，最后是用死来做代价的时候，是非常震撼的。”郑芬兰说。

作为一个寻梭人，经常会看到如此令内心震撼的事，但还不足以让她留下来，可临别时她的一句“我还会回来的”，引起三百妞嫂子的一番心酸话，却让她彻底改变主意。“嫂子就哭了，她说来我们这里的人都说会回来的，结果没有一个人再回来，因为我们这里太苦了。”郑芬兰决定一定要帮助她们恢复这门手艺。

三个月后，郑芬兰再次回到水沟头寨，和她一起来的除了一些爱心人士，还有两台新式的织布机，他们手把手教老乡们使用新织布机和新的织布技术。这以后，郑芬兰多次进到水沟头寨，尽自己最大的努力给他们组建合作社、开设民宿、送产品订单。2018 年 4 月 3 日，郑芬兰陪同中华人民共和国文化和旅游部非遗司副司长王晨阳到水沟头寨调研，王副司长的充分肯定给了郑芬兰更大的信心。合作社在当地政府的推动及三百妞的带领下，播下的希望种子正在茁壮成长。

9 月 14 日，这是郑芬兰找到水沟头寨的日子，她把这个日子作为两个地方的一个见证的纪念日。每年暑假、阔时节和 9 月 14 日，她都会带一批公益爱心人士到寨子里。

除了住宿费、餐饮费和产品销售收入外，老乡们的核桃、草果、花椒等农产品都被提前认购，老乡们的收入也有了很大提高。

三天的水沟头寨农家生活体验，内容包括攀亲结对、住民宿、吃农家饭、徒步高黎贡山、干一天农活儿、体验土布纺织技艺、了解乡风民俗。活动结束后，亲子夏令营队伍还要走访旧乃山完小，开展同走上学路、“我教你学”互助活动、专家知识讲座、趣味游戏等活动。

兔峨印象

彭愫英

碧鸡岚小组背靠的山腰上竟有开阔平坦的稻田地，对面的坡地上也有一块稻田。正是稻谷成熟开镰收割的时节，大地一片金黄，这一片金黄的田地有一个好听的名字——“金甸坝”。金甸坝所产的是澜沧江优质红软米。怒江的田地被形象地称为“挂在大山上的宣传报”，因怒江两岸高耸着碧罗雪山、高黎贡山，典型的高原峡谷地貌造就了怒江的农田是壁立农田。处在澜沧江峡谷地区的兔峨乡，不会令人想到半山腰上居然会有大片的良田。

兔峨乡的怒族是兔峨境内的古老民族，他们的先民在宋末元初即在此繁衍生息。他们栽培水稻的历史可以追溯到13世纪初，至19世纪中叶，低海拔村落就已经遍地生根。半山区、江边河谷地带大面积开垦水田种植水稻是中华人民共和国成立后随着兴修水利才陆续得到推进和拓展的。最早把兔峨本地红软米推向市场的是若柔姑娘李宪，她注册了品牌“绿兴源”“沧江红”。兔峨村的欧庆元、杨耀军、杨耀德创办了兰坪若柔产品有限公司，通过电商等方式推介兔峨红软米。2017年，公司在没有注册的情况下卖出红软米五万多公斤，销售到兰坪县城、州府六库、省城昆明、广州、珠海、上海等地。兰坪若柔产品有限公司采取“公司+农户”的发展模式，按市场价格从农户手里收购红软米，公司在此基础上创收1元。兰坪若柔产品有限公司推介兔峨农特产品，打造红软米品牌，推出无公害绿色产品。试销红软米时期，他们才收购了碧鸡岚小组生产的红软米，销售渠道打开之后，计划翌年把收购红软米的范围扩展到丰登坝、果力坝、瓦窑坝。改良包装红软米的袋子，有50公斤装袋、20公斤装袋，也有5公斤装袋。

碧鸡岚山上，有一种植物叫三颗针，其别名叫细叶小檗、针雀、酸奶狗子、刺刺榴，开黄色花朵，结红色果子。三颗针性凉味苦，能清热去火，主治急性胃肠炎、急性结膜炎、急性咽炎、口腔炎。兰坪若柔产品有限公司计划将三颗针开发成醋。

公司在县城设置铺面，以供应红软米等农副产品，在兔峨街上建盖厂房。兔峨乡农田可以种两季，大春种水稻，小春种油菜。兔峨乡铁核桃较多。厂房建起来后，兰坪若柔产品有限公司除加工红软米外，还可以加工生产核桃油、菜籽油。

居住在吾皮江村的杨军雄创建了兰坪县宏达养殖专业合作社，合作社以养殖牛、猪、羊为主。我们到合作社访问时，遇到珠海何佰蜂业公司的两位技术员来调研中蜂养殖情况。棚子上的红布标上写着“兰坪县兔峨乡中华蜂养殖技术培训活动现场”几个大字。珠海扶持中蜂养殖点，每个点投入 200 箱中蜂，带动 40 户建档立卡贫困户脱贫致富。兔峨乡有两个中蜂养殖点，即兔峨村委会吾皮江小组和大麦地村委会瓦窑小组。每个点上有两位技术员当老师，培训村民养殖中蜂。吾皮江小组的中蜂养殖采用“公司 + 合作社 + 贫困户”的模式经营。通过交谈得知，两位技术员于 2018 年 8 月 28 日到兔峨村培训建档立卡户养殖中蜂，爱好中蜂养殖的村民可以参加培训。本来是分期培训，但农活儿忙，培训班便采取灵活机动的方式，以村民方便，随时来随时培训，两位老师耐心细致地给予教学。宏达养殖专业合作社有五位社员参加了培训。

吾皮江背后的山被村里人叫作细普扁。翻过细普扁山，就可以到达泸水市称杆乡。这条盐马古道，村民为图近便，至今还有人行走。以前，吾皮江村民时常翻越细普扁山，到称杆那边的山上寻找奇花虎头兰，采集后出售。他们在早上 9：00 从吾皮江村出发，下午 3：30 就到达目的地，借宿在玛迪寨。寻找奇花虎头兰，往返需要一个星期。

从碧鸡岚小组、吾皮江小组返回兔峨街，绿色田野临水而舞，依山势壁立而上。眼眸被江东岸田地间的几个凸出的绿色大字——“绿水青山就是金山银山”吸引。这批“农业学大寨”时期开发的梯田，而今成了退耕还林地，种植水果。

有一种感动叫作永远坚强

杨俊伟

余贵权是滇藏边界、峡谷深处、雪山脚下的贡山县丙中洛镇秋那桶村青那桶组的村民，是一名残疾人，同时也是贡山县聋哑协会副主席、青那桶组的党支部书记。

余贵权的座右铭是“永远坚强”。他中专毕业后，外出沿海打工学经验、学技术，更在自己带头致富以后，成立养殖合作社带动了更多和他一样身体有残疾的人，大家共同走上富裕的道路。他的事迹让我们知道，有一种感动叫作永远坚强。

秋那桶村毗邻西藏察瓦龙乡，这里海拔1750米，年平均气温15℃，降水量充足，森林面积广，适合种植玉米、小麦等农作物，村民主要以种植业收入为主。

2001—2004年，余贵权就读于楚雄体育师范学院师范专业，顺利地拿到中专毕业证书。毕业返回家乡的余贵权成了家里的主要劳动力，他有文化、勤劳能干，在2007年7月被村委会发展成党员。

五年时间里，余贵权和其他村民一起，从村委会领到国家发给的草果苗，发展林间种植，锄草，施农家肥，学习种植技术，使得自家草果林的种植初具规模。

2009年，政府开始组织村民外出打工增加收入。余贵权和村里的青壮年一起到沿海城市的工厂打工。除去打工能增加收入，余贵权更加看重的是能增长见识。功夫不负有心人，在这次打工中，余贵权发现沿海的海产品特别丰富。他抽空去看了沿海的渔民是如何养殖海产品的。他心想，将来自己打工积攒了钱，有了收入，也要投入到养殖业中，人家靠海吃海，我可以靠山吃山。

余贵权自己也没有料想到当初的这一梦想最终会变成现实，不仅他自己富裕了起来，还带动了和他一样身残志坚的人共同富裕起来，带动更多的建档立卡户走上脱贫致富的道路。

2016年，外出打工归来探亲的余贵权发现，散养的本地土鸡是贡山县乃至怒

江州内大小餐桌上不可或缺的美味，瞅准这一商机，余贵权返乡开始创业，专门养殖高黎贡山土鸡。

除了发现养殖高黎贡山土鸡是一个商机，一次在沿海打工生涯中吃土鸡肉的经历，也促使他要养好高黎贡山土鸡，带动乡亲们共同致富。

那一次，工厂老板因为余贵权连续加班完成了紧急需要的订单，所以让管理员请大伙吃饭。这一次请吃饭，管理员说你们平常吃海鲜也吃腻了，这一次给你们加上一道土鸡大餐。那土鸡是药膳土鸡，据说是从云南冷藏后运过来的。这次吃饭，让余贵权看到了家乡的土鸡也和海鲜大餐一起上了沿海的高级餐厅，余贵权更加坚定不移地觉得沿海人可以靠海发展养殖产业，我们山里人也能靠山发展，壮大养殖产业。

因为有知识，在沿海又长过见识，学会养殖技术的余贵权，充分利用家乡秋那桶的良好气候条件和良好的种植条件，成功养育出优质的高黎贡山土鸡。余贵权打工积累的资金多数被投入养殖高黎贡山土鸡中，但是随着养殖规模的扩大，他的资金开始不足了。正当他发愁的时候，得到了党委政府的扶持和帮助，余贵权于是扩大了养殖规模，并申请成立了贡山县青那养殖农民专业合作社；在贡山县残联的帮助下，身为残疾人的余贵权又成立了残疾人养殖示范基地，专门帮助村里的建档立卡户、残疾人等困难群众养殖土鸡，帮他们增加收入。随着养殖规模的扩大，余贵权的名字和他的养殖合作社都上了网络的头条。目前，合作社共有 15 户 59 人，其中建档立卡户 7 户 31 人，残疾人 8 户 28 人。

为农户发放鸡苗，教授养殖技术，出栏后联系销路，这是余贵权日复一日重复做的事。他希望能够通过自己的努力，带动身边的贫困户，使他们都能通过自己勤劳的双手来摆脱贫困。乘着国家东西协作扶贫的东风，在定向帮扶结对的珠海市相关部门的帮助下，合作社的土鸡、鸡蛋已经远销珠海，2017 年最大的一单，余贵权创建的合作社一次向珠海销售了 5000 枚土鸡蛋，一次性收入 4 万余元。

2017 年，凭借自己的努力和各类政策的扶持，余贵权退出了建档立卡户的行列。新的一年，他希望能通过合作社多多带动贫困群众，调动百姓的内生动力，靠自己勤劳的双手脱贫致富。

2018 年 4 月 18 日，余贵权和秋那桶村驻村扶贫工作队以及村委会，协同配合贡山县农业农村局及丙中洛镇农业部门工作人员，共向尼达当、秋那桶、初岗、贡卡、石普 5 个村民小组发放了共 4000 羽有防病防疫保障的健康土鸡苗，供农户养殖，出栏销售，从而提高农户收入。发放后，余贵权将进行为期一个月的跟踪

保活，确保成活率，并教授农户养殖技术，保证农户能通过土鸡养殖在一定程度上提高收入，提升生活水平，实现脱贫致富。

2019 年 1—6 月，余贵权又先后发放了 10500 羽鸡苗给百姓，其中 9300 羽发放给其他乡镇的贫困老百姓，其余 1200 羽发放给了秋那桶小组的残疾人。他想要让更多的村里人参与到土鸡养殖事业中，让沿海的人吃上优质的高黎贡山土鸡。

“现在党的扶贫政策那么好，我们可要加油努力干啊，互相帮衬，共同走上致富路。”余贵权用自己亲身经历的故事，告诉合作社的乡亲们，有一种感动叫作永远坚强。

因在带领贫困群众脱贫致富方面表现突出，2017 年，余贵权被贡山县残联授予“残疾人优秀带动模范者”荣誉称号，被丙中洛镇秋那桶村授予“优秀共产党员”荣誉称号；2018 年，他又一次被授予贡山县“残疾人优秀带动模范者”荣誉称号；2019 年，在中国共产党成立 98 周年之际，他被丙中洛镇授予“优秀共产党先进带头致富人”荣誉称号。

重新背上我的小书包

杨俊伟

2001年的一天，20岁的贡山县茨开镇双拉娃村珠利当小组村民此阿龙在草果林边发愁，甚至流泪。是谁让他这样伤心?

这要从一年前说起。一年前，依据国家惠民政策，乡里发放了一批草果苗，听说三区那里种草果的已经有一批人发家致富了，此阿龙心想，既然如此，那我也要借助这一次机会好好种草果，说不定我也可以成功呢!

于是，此阿龙就开始大量种植草果。把国家发给自家的那些草果苗种完之后，听说有一些家里缺少劳动力的乡亲有少量草果苗种，此阿龙第一时间冲到亲戚家里，一番好话后把他们的草果苗要到手，跌跌撞撞地跑回家，关上门，如获至宝般在屋子里欣赏这些能给自己带来致富希望的“仙草”。他后来回忆说，自己当时从天亮就盯着这些“请”来的草果苗，一直看到天黑亮灯时。

除草、施肥、浇水，像孝敬父母一样好好地照顾每一棵草果苗。休息的时候，此阿龙总在掰着手指头，盘算着这些“仙草”来年能给自己带来多少好收成。那一年，此阿龙一个人总共种植了20亩的草果苗。

让人意想不到的是，当时他没有掌握种植草果的技术，在种下去后的一段时间里，尽管此阿龙天天跑草果地，可是他辛勤耕种的20亩草果苗还是出现了大面积枯黄的状况。此阿龙一下子慌了，心想是草果苗埋得不够深，还是缺水呢?于是，此阿龙又仔细检查了三遍，把自己认为埋得不够深的草果苗重新埋了一遍，甚至拿50公斤的水桶一桶一桶地背水去浇灌。

把该想的办法想了一遍，可是此阿龙却发现没有用，枯黄的状况没有得到缓解，而且枯黄的面积越来越大了。此阿龙欲哭无泪，一下子不知道该怎么办了。

就在此阿龙在草果苗旁边发愁时，村委会人员发现了此阿龙的情况，他们找

到了此阿龙，告诉此阿龙他种植的方法不对。村委会安排了一次去普拉底乡学习种植草果的培训，优先安排此阿龙去学习。此阿龙在村委会的安排下去普拉底乡进行学习，终于发现自己错在哪里了。

这一次外出学习，让此阿龙如梦中人一样惊醒过来。学习结束，他立刻赶回家。进村后，此阿龙马上到草果地里重新种植，挽救那些快死的草果苗。此阿龙每天早早起床去草果地，中午饭后又到草果地里查看情况。一出现什么状况此阿龙就马上打电话请教培训老师。整整十五天的时间，此阿龙几乎吃住都在草果地。终于，奇迹发生了，此阿龙的草果苗成活了！学习带来的初次胜利让此阿龙非常兴奋。

就这样学习—实践，实践—学习，再加上当地得天独厚的适宜草果生长的气候，此阿龙家的草果算是种植成功了。2004 年此阿龙家第一次卖草果，收入了 1356 元，此阿龙第一次尝到了自己的劳动成果，这也成了他继续种植草果的动力。接下来的几年里，每一年乡政府都会依据国家惠民政策给此阿龙和乡亲们发草果苗，加上此阿龙拆种老苗等，在 2018 年以后，此阿龙家种植的草果面积从当初的 20 亩地发展到了 100 亩地。

草果地种植面积的逐年扩大，让此阿龙走上了发展的大道。虽然草果的价格波动也比较大，不过每一年的收入都是有增长的。到了 2018 年，虽然草果价格跌了，但此阿龙家的草果收入还是达到了 9 万元。

日子开始好过了，但是家里父母年迈，劳动力少，在草果产量逐渐增加的年份里，此阿龙不断学习新的致富方法，为此他重新背上了当年辍学时藏在柜子里的小书包。

此阿龙为什么早早辍学？这要从 1993 年此阿龙 12 岁时说起。

此阿龙读五年级时，学校离家远。虽然是义务教育阶段，但还是需要交一些学杂费和生活费用。每一次开学前，此阿龙都目睹山区生活的父母为了自己的学杂费急得像热锅上的蚂蚁，跑遍了亲戚们的家里去借钱。看着父母亲如此奔波，此阿龙最终放弃了上初中。此阿龙认为，只要自己放弃了读书，父母亲就不必为了他的学杂费而奔波。虽然父母及老师们极力劝说，可此阿龙还是没有去读书，他固执地认为，不读书可以减轻父母的负担，甚至可以帮父母做一些农活儿，改变家里的经济状况。

此阿龙年纪太小，去打工根本就没有人敢用，而在家里，他也只能帮父母亲做一些简单的家务而已。当时，家里也就靠种一些洋芋及玉米来维持家庭生活。此阿龙不读书，没有“小书包”里的知识，导致自己在后来种植草果时走了许多

弯路。他重新背上小书包，在党的好政策指引下，学习种植知识，此阿龙这才弥补了早年的缺失。

党和政府的惠民政策越来越好，重新背上小书包的此阿龙，有一次去街上时，发现有人在卖中药材重楼，价格挺高的。经打听，这种中药材也适合在村里种植，只是有些难“伺候”。

此阿龙为此主动去乡里的有关部门学习新的种植方法，通过学习种植重楼的方法，他把找来的一些重楼苗种在了自家附近的地里，在小规模种植实验过程中，重楼长得挺好的。此阿龙找来更多的重楼种扩大种植规模，在政府的技术指导和扶持下，重楼长势较好。此阿龙心里盘算着，等到重楼长大了，有一个好价钱的时候再卖。

通过重新背上小书包学习，此阿龙在种植业上的发展，让家里的日子越过越好。他更知道家里人能过上幸福日子，离不开党和政府的关心与帮助，在 2016 年，此阿龙从重新背上的小书包里取出纸和笔，郑重地向党组织提交了入党申请书，经过学习、培训、组织考察，现已成为一名正式党员。他希望通过自己的党员身份，回馈社会，为社会贡献出一份自己的力量。

此阿龙还是一个孝顺儿子。父母亲年纪大了，需要照顾，他没有出去务工的条件，所以就抓住一切可以增加收入的机会发展种植业。他希望自己的孩子好好背上小书包去读书，不要出现像他当初一样由于经济原因而放弃接受教育的情况。在田间地头，每当父老乡亲们问到此阿龙种植草果、重楼的技术或者其他的问题的时候，只要此阿龙会的，他都倾囊相授。此阿龙希望乡亲们在党的好政策指引下，和他一起过上好日子。

走，我带你们到国外去挣钱

段国春

他是一个富有传奇色彩的人。早年丧父，家里穷得叮当响，小小年纪就种过庄稼，打过短工，吃尽苦头，成年后当过兵，上过建筑工地，当过服装销售员。现如今却成了公司高管，带着一帮兄弟远赴国外挣钱，实现了人生逆袭。

茶文学是泸水市大兴地镇自基村人，家里共五个兄弟姐妹，他排行老五。小时候，他在父母和哥哥姐姐们的呵护下，感到比村里的其他孩子还要幸福。但在他 13 岁时，遇到了人生中的第一次坎坷，深爱着他的父亲不幸因病去世，于是家里的状况一落千丈，生活变得困难起来。

父亲去世后，茶文学被迫辍学。为了生活，他每天跟着哥哥姐姐们一起劳动。他种过庄稼，到山上挖过中药材，到木材加工厂当过工人。19 岁那年，他参军当了兵，在部队生活了两年。两年的部队生活，培养了他坚毅的性格。

2004 年的一天，母亲想念远嫁浙江绍兴的四女儿。别的哥哥姐姐没读过书，不敢出远门，看望四姐的重任就落到了茶文学身上。在绍兴的那段时间，他才发现山里的世界太小了，于是他决定留在绍兴打工。茶文学在绍兴先后当过水电工和服装销售员，但因为工资低，花销大，也没有挣到什么钱。一年后，他到了一个纺织厂，虽然起始工资只有 500 元，但那份工作很适合他。因为肯学，不久，他的技术有了很大提高，再加上肯吃苦，他深受老板赏识。几年以后，茶文学从普通员工变成了带班班长、小组长，工资待遇一次次提高，到 2016 年，月薪已经过万元了。

2018 年初，老板把工厂开到非洲的摩洛哥和埃及，问茶文学想不想到那边工作，想不到从来没出过国的茶文学一口就答应下来。茶文学想，在国内待了那么多年，但是国外还没去过，自己还年轻，不妨到外面看一看，闯一闯。于是，茶文学带着首批 12 名弟兄到了摩洛哥。半年后，他们又到了埃及。茶文学带到埃及打工的

弟兄已经有 17 人了，这些弟兄都是他和妻子从老家带出去的亲戚朋友。他们在国外工作遇到的困难，除了刚去时的水土不服，最大的困难是语言不通。平时跟外国人交流就比手势，如果比画不清楚，就靠手机的翻译功能来解决。

外国人比较洒脱，一发工资，请不请假无所谓，先旷工几天。而中国人的素质比较高，工作态度端正，不轻易请假，更不会旷工，且对企业忠诚，因此深受外国老板喜欢。辛勤的劳动给弟兄们带来丰厚的回报，普通的看车工工资能到八九千元，熟练工的工资更是过万元。

茶文学的妻子密学花现今还在浙江绍兴的老厂里担任带班班长，夫妻俩近几年带出去的工人有七八十人，目前稳定下来的有 50 多人。这些工人原先基本上都是村里的贫困户，通过打工，大家的生活发生了巨大变化，绝大部分人都回到老家盖上了砖混结构的平顶房。

茶春林是跟随茶文学到国外务工的员工之一。中专毕业后，他曾经到山东青岛和江苏无锡打过工，打工期间除去生活费用和车旅费，每年攒不了多少钱。前两年他在老家盖了两层半的房子，但因为资金不足一直没有装修。后来，他跟茶文学出门打工，先到了绍兴，然后又到了国外。他带回家的钱足以把房子好好装修了。他已经 28 岁，谈上了女朋友，说不定下次回家时就可以结婚了。

同样觉得幸福满满的还有茶真荣，他是最早跟随茶文学到外面打工的人之一。挣到钱后，在两三年内，他就盖好房子了。2020 年春节，他回家过年，想给妻子一个热热闹闹的婚礼。但受新型冠状病毒感染影响，他们的婚礼被迫取消，但夫妻俩依然觉得幸福满满。茶真荣的人生目标不仅仅是在老家盖个房子这么简单，夫妻俩打算再辛苦几年，攒一些钱，然后到城里发展。

跟着茶文学打工的所有人，几乎都有一个美好的梦想，有的是娶个心仪的媳妇，有的是盖栋漂亮的房子，有的是到城里发展成为城里人。茶文学的妻子密学花的梦想则更加高远，她打算夫妻俩再辛苦几年，然后回到故乡，发展一个属于自己的事业。

目前，跟着茶文学一起出去打工的主要是本村的一些亲戚朋友，别村的很多人因为文化层次低，加上没出过远门等原因不敢走出怒江大峡谷。

在我国“一带一路”倡议的推动下，现在国与国之间的文化交流、经济贸易往来更加频繁、广泛，到国外去打工也不再是新鲜事。泸水市的脱贫攻坚工作已经进入最关键的阶段，还有一些贫困群众没有摆脱贫困，劳动力转移是帮助贫困群众实现脱贫摘帽最直接、最快捷、最有效的方法。作为一名共产党员，茶文学表示，愿意带更多的人出去打工。

三次创业，只为乡亲们都能过上好日子

王丽芬　刘　丽

48 岁的他，乐天派的笑容常常挂在脸上。作为一名普通的农民，除了兢兢业业务农以外，他还任劳任怨地帮助村民解决生活中的各种困难，以群众脱贫为己任，将个人得失置之度外。多年来，他一心做事，融入群众，遇事集体商讨，好事先想群众，再考虑自己，尽心服务群众。他就是带领施底村日马子小组脱贫致富的能手此路恒。

此路恒出生在施底村一个普普通通的农民家庭，由于兄弟姐妹多，家境贫困，读到初中此路恒便辍学在家，那年他才 16 岁。但生性好强、善于思考的他没有抱怨生活，而是暗自寻找未来的希望，决心用自己的双手来谱写自己的人生。可是对于一个没有任何技术的农村娃来说，初次接触社会，没有任何工作经验，只能在建筑工地干一些繁重的体力活。

打工一段时间以后，深感自己专业技能欠缺的此路恒开始四处学习建筑技术，在施工现场，项目部技术员、机械员、施工员、电工都成了他的老师。对于此路恒来说，做事就是学习技能的教科书，历经三年，练就了一身过硬本领的此路恒开始带着所学的技术组织村里的年轻人一起承包工程，增加大伙儿的收入，实现了人生的第一次创业。

渐渐富起来的此路恒，腰包鼓起来了，生活状况也有了明显改善，但他没有止步不前，而是继续通过自己的努力，到处揽工程，积累资金，因为他还有更大的抱负。

工程干久了，他发现混凝土、空心砖这些建筑材料都需要去别的地方购买，运输成本也高。如果就近取材，既能降低成本，还能在本地销售，这样才能提高自己的收入。于是，此路恒拿出自己所有家底，再加上从亲朋好友处借的一部分钱，购买了空心砖机、一辆农用车，开启了人生的第二次创业之路。得益于国家安居

房建设政策的实施，砖厂投入生产以后，不仅方便了大伙儿，减少了村民的运输成本，还给附近的村民提供了就业机会，让此路恒在实现自身创业致富的同时，也带动了附近村民尤其是贫困户增收脱贫。

同村的迪路叶说："他（此路恒）自己比较努力，为百姓着想，创办了空心砖厂。我们没有钱，他也会赊账给我们，等我们什么时候有钱了，什么时候再付，他也不会上门催账，这对于老百姓来说就是给予方便了。"

村民余华也给予此路恒很高的评价："在此路恒家的空心砖厂，我也挣到了一些钱，非常感谢他们两口子的帮忙，我不用出远门，就可以在自家门前打工挣钱。我一天可以打一百片，400 块空心砖，一个给 7 角，一天可以赚到 280 元。我的两个儿子在上学，孩子上学的费用就是用这里的打工钱支付的，家里的开支也是从这里打工挣的。非常感谢他们两口子。"

两年后，在众人惊奇的目光中，此路恒毅然放弃了当时最挣钱的建筑行业，搞起了种植业。"自己富不算富，大家富了才算富，我要带领乡亲们一起致富。"此路恒深有感触地说出了其中缘由。为了改变家乡的贫穷样貌，为了让家乡的老百姓都过上好日子。此路恒积极响应党和国家的惠农政策，拿出所有积蓄，率先在自家地里试验种植草果、重楼，开始了人生的第三次创业。

深知"打铁必须自身硬"的此路恒，为了掌握种植技术，积极报名参加县里举办的草果种植、提质增效等技术培训，并购买相关书籍自学，还到别的乡镇、村进行学习考察、参观取经。如今他的草果种植已达 25 亩，仅去年就实现收入 6 万余元。

致富不忘穷乡亲，尝到甜头之后，此路恒更是毫无保留地把技术和经验传授给身边的村民。如今，在他的带动下，草果、重楼种植已经成为当地村民增收致富的优势产业。

"谢谢此路恒，是他教会了我种植草果，让我有了稳定的收入。""感谢此路恒，是他带领我们通过劳动赚钱，走向了致富的道路。"走在施底村，我们听到最多的一句话就是村民们对此路恒的感谢。一句句感谢的背后，是老百姓对此路恒工作的肯定，是对他为人的赞许，更是对他脱贫成绩的认可。

此路恒憨厚地说："我就是一个普通的农民，能够为老百姓办实事、办好事，带领老百姓一起过上好日子，就是我最大的心愿。我还总觉得我做得不够多，做得不够好呢。"

"勤俭生富贵，懒惰出贫穷。"靠着勤劳朴实的本质，自力更生、艰苦奋

斗的优良传统和作风，靠着自信、自强脱贫成功。此路恒，一个普普通通的农民，在用初心向我们诠释着勤劳致富的美德，用实际行动践行“幸福都是奋斗出来的”誓言。

哈尼西的创业“三部曲”

王　红

哈尼西，原名胡利三，福贡县匹河乡普洛村达科小组人。他在匹河街道上开了一家“哈尼西影音公司”，创业十多年来，匹河乡镇上的乡亲都叫他“哈尼西”，久而久之叫出了名，以至于有些生活中的熟人竟都忘了他的真名。

哈尼西初中毕业后就辍学在家，与父母一起日复一日面朝黄土背朝天地劳作。看着父辈们忙碌一整年，却仅能解决基本温饱，还是年复一年在贫困线上挣扎。与其他农村青年一样，哈尼西也有自己的梦想，他不甘心一辈子被困在山里，希望走出大山到外面的世界看看，同时还可以通过打工多挣点钱增加家庭收入。在这种想法的驱动下，他向父母要了一点儿路费，便毅然决然地跑到省城昆明打工。

问起哈尼西的打工经历，他简单告诉笔者，那是他第一次出远门，坐了十多个小时的夜班车到昆明，一下车，分不清东西南北，两眼茫然。后来他到一家仓储公司上班。仓储公司主要经营塑料制品的收储和批发。刚到公司上班，哈尼西觉得就是给老板打工的，只要能拿到工资就行。每天看着琳琅满目、各式各样的塑料制品进进出出，他并没有更多的想法，只是勤勤恳恳地干着自己的本分工作。但每天重复着老板安排的任务，看着成千上万件大小不一、价廉物美的塑料制品被前来批发的商家拉走，时间长了，接触的人多了，经手的货品多了，也触动了他年轻不安分的心。他也想过马上回家创业，但彼时的自己没有本钱，没有经验，创业的想法终是镜花水月纸上谈兵。于是他决定继续留在省城，一边打工攒钱一边观察学习。

等到哈尼西回到老家已经是两年后的事，他凭着在外磨炼了两年的经历敏锐地发现，匹河乡这个不足 2 万人口的小乡镇，对拍摄证件照、纪念照，打字文印等需求越来越大，而匹河乡并没有足够的资源满足客户需求。他发现商机之后，凭着在外学到的一些基本技能，着手准备在匹河街道上开一家小店。开店的本钱

是第一个难题，自己只有打工省吃俭用攒下的一点儿积蓄，他只能向父亲伸手借了养殖山羊辛辛苦苦攒下的7000元钱。他一个人东奔西跑找店面、弄装修、买设备，最初的设备就是一台电脑、一台卡片相机、一台打印机、一台扫描复印打印多功能一体机和一台封塑机。门口挂个招牌，店里支上从省城买来的简单布景，挂两盏灯就算装修。30平方米的小店被一分为二，一边开照相馆，一边卖杂货。2007年6月28日，匹河乡的街道上响起了一串鞭炮声，“好来屋”小店总算正式开张营业，也正式开启了这个年轻人的创业之路。

那一年，他22岁。

创业刚开始，哈尼西也是“摸着石头过河”。店小乾坤大，接触的人和事多了，哈尼西发现钱多钱少不是问题，有事做才能有发展。只有初中文化水平的他舍得吃苦又善于学习，白天忙业务，夜晚就上网查资料，一个人悄悄躲在小店里“瞎折腾”，一点点突破自身技术的局限，在摄影技术不断提升的同时，还学会了电脑维修技能。小镇上谁家电脑需要维修，他随叫随到，哪一家子女办婚礼需要拍照，他从不计较劳务费，不论给多给少，都会热情主动帮忙。无偿帮助客户处理一些自己能力范围内的事，做得多了，哈尼西在匹河乡内也逐渐小有名气，小店经营慢慢走上正轨。一年忙碌下来，除去日常开销，不仅还清了跟亲戚借的钱，而且自己银行存款有1万多元。第一步的成功更加坚定了他创业的信心。“好来屋”的经营一开始是以价格为卖点，营业三年间根据市场需求和业务需要对各种设备进行更新换代，反复尝试，不断提升质量，从而赢得了市场。三年后，哈尼西在匹河乡内完全站稳了脚跟。为扩大经营和接洽业务，他于2010年考取了驾照，还用6万元积蓄购买了一辆微型车。至此，小店的经营上了一个台阶，“好来屋”也变成了“哈尼西工作室”。

哈尼西的勤奋和坦诚，不仅为他带来创业路上的小有成就，同时也让他收获了爱情。2012年结婚后，小店的经营主要以照相、文印为主，也会与其他乡镇的同行一起承接一些婚礼、节庆活动及MV的拍摄，“哈尼西工作室”也成长为“哈尼西影音公司”。一个偶然的机会，哈尼西认识了一些远道而来的户外运动爱好者，在交流中哈尼西又一次发现商机，便将店中的大部分业务交由妻子打理，自己腾出更多的时间在外面拓展业务，承接一些远程接送游客的活计来增加收入。

最先是从州府六库接送游客到匹河老姆登景区，根据游客需要，顺便当他们的摄影师、向导和民语翻译。由于哈尼西热情真诚，价格公道，得到了游客的认可。游客返程后会介绍客源给哈尼西接送。慢慢地，哈尼西在“越野e族”户外运动圈内积攒了一些人气，还通过曾经接送过的游客介绍，结识了著名电视栏目《荒野求生》《做客中国》摄制组，并受邀全程参与在云南境内几期节目的摄制，负责所需物资的运送工作，挣得一笔可观的收入。

哈尼西告诉笔者，他在与《荒野求生》《做客中国》这两个摄制组一起工作和生活期间，最大的收获不是赚到了可观的劳务费，而是被所有参与栏目摄制的演职人员执着的敬业精神所感动的同时，也学习到了一些先进的理念和思维方式。为此，他回过头重新审视了自己，发现只有立足现实，不断开辟新的创业门路，才能有更大的发展空间。

哈尼西曾多方考察看到了种植生态茶叶的前景。但苦于自己没有经验和相关技术，一直不敢染指。本村山高路远的哈达小组有好多老茶园无人打理以至荒废，他看在眼里，疼在心上。后来在邻村一个有着多年种植生态茶叶经验的亲戚的不断鼓励和帮助下，2015 年初，他下定决心，从本村村民那里流转了 30 多亩荒废的老茶园和闲置的荒地，组织了 5 家建档立卡户成立了“福贡寒丹生态茶种植专业合作社”，注册了“寒丹”品牌，一边请工人修复老茶园，一边开垦新茶园，同时在茶园附近建设茶叶加工厂房，开启了新的创业方向。

哈尼西告诉笔者，在本村流转土地的成本并不高，最大的压力就是来自茶叶加工厂房的建设。由于不通公路，所有物资需要马帮驮运。一包水泥驮运到地，成本高达 43 元；一块空心砖的运输成本达到 6 元！建设厂房前后花去了近 40 万元，资金一度成了最大的困难。凭着一股韧劲，他顶住压力，东筹西借，终于把厂房建好了。村民看到哈尼西不惜成本地专心投入，激发了他们种植茶叶的信心，便陆续利用闲置荒山种植茶叶。截至 2019 年，哈达小组的村民在哈尼西的带动下，修复和发展了茶园 1000 多亩。茶叶种植形成了规模，也为他的“福贡寒丹生态茶种植专业合作社”的发展提供了强大的后续支撑。通过茶叶种植增加了群众的收入，拉近了哈尼西和村民的感情，也促进了“寒丹”牌生态茶稳步发展。

2019 年春天，哈尼西的福贡寒丹生态茶种植专业合作社第一批“寒丹”牌春茶上市，因品质好，一上市就得到市场青睐，产品供不应求。哈尼西说，自己茶园产出的鲜叶根本不够自己加工，主要还是靠收购附近村民的原材料加工。2019 年收购到鲜茶叶 2000 公斤左右，附近村民靠出售鲜茶叶从中获益近 2 万元。他以 2019 年为例算了一笔账：他的茶园请工采茶一年可提供 120 天左右的工期，每天 70 元工钱，外加提供一顿免费午饭，仅采茶一项，附近群众一年内从他手里直接受益近 5 万元；茶园春秋两季除草需要临时用工 100 多人次，每天工钱 70 元，外

加提供一顿免费午饭，群众劳务收益也有近万元。

问到哈尼西今后的打算，他说："目前茶园不通公路，山高路远，大一点儿的机器设备运不进去，将来近千亩茶园进入盛产期，加工滞后将是最大的痛点，希望在政府的扶持下，帮助修筑一条能通车的'产业路'。"同时，他也着手计划将哈尼西影音公司交给朋友打理，并尽快安排一段时间到外面系统学习茶叶加工生产技术，然后一心投入生态茶种植专业合作社的管理，带动身边的村民一起把"寒丹"茶品牌做精做大，趁年轻有精力，为家乡的乡村振兴贡献一份力量。

“陆军司令”熊文清

杨俊伟

丙中洛村驻村扶贫工作队入驻的时候，工作队对家家户户的情况进行了调查，结合村里的整体情况，对每家每户提出了扶贫帮扶计划。当时还被列为扶贫建档立卡户的熊文清，在回答驻村扶贫工作队队长的时候，提出了一个非常响亮的口号，他要当“陆军司令员”。

后来他的确成了“陆军司令员”，而且这“司令”的“队伍”越拉越大，从当初清唱调子里的“七八个人、十来条枪”，发展到上百人的规模。他又从银行贷款扩大规模，2019 年，他还要准备把更多的村民拉入这个“陆军部队”里面，让他这个“陆军司令员”的“部队”规模越来越大。

熊文清是藏族人，家里有 4 口人，2014 年被识别为建档立卡户，2017 年 10 月脱贫。

故事要从 2014 年说起，那一年经过扶贫工作队严格审核，熊文清家成为建档立卡户。

熊文清是家里的主要劳动力。人过中年后，他已经没有外出打工致富的路子和技术。虽然成为建档立卡户，但他并没有坐在家里等着国家给自己帮扶，而是积极创业，经常和妻子余金花一起想办法，怎样才能让生活好起来。驻村扶贫工作队为他家提出了产业改良和种植养殖计划，为他们家谋划的出路是“陆海空”军里面选一样当“司令员”，如果能够同时当“陆海空”三军司令，脱贫致富会更快一些。

驻村扶贫工作队通俗地把产业扶贫和三军司令员的部队结合起来：把养蜂扶贫工作称为“空军司令”；村子里水源充足，把在村子里养鸭称为“海军司令”；熊文清所在的村子由于降雨量充足，无霜期长，利于植物生长，猪饲料来源多，

特别适合养猪，于是养猪扶贫工作被称为“陆军司令”。

“空军司令”和“海军司令”的职业，熊文清两口子都不熟悉，听工作队介绍这里面的大好前程时，一家人听得一头雾水。当工作队知道熊文清的妻子以前会养猪，只能无奈地对他们说，养猪需要投入较大的劳动力，但是只要你们愿意，我们会为你们家提供技术支持和政策支持。

熊文清听了工作队宣传党的新时期扶贫政策后，心里热乎乎的。他和妻子商议后，两人决定一起养猪，当“陆军司令”。

《沙家浜》里唱道：“想当初，老子的队伍才开张，总共才有十几个人七八条枪……”这或许是每个“陆军司令员”开张时的“队伍”规模。刚开始创业，只有熊文清两口子从事养猪业，“队伍”的规模也只有 6 头猪。

不甘心当贫困户的熊文清两口子，开始了艰苦的创业路，扩大了种植猪饲料的林地规模。熊文清每天天黑前都要摸一下一头头猪的肚子，看一下自己的“队伍”训练的情况，了解成长的情况。猪一天天长大，母猪生下猪崽后，它的“陆军部队”的规模开始增长。

工作队的帮扶技术跟进，猪比熊文清妻子独自养猪的时候长得更快，培育的数量更多。

这一次当“陆军司令”的过程，还使得熊文清及村里的人改变了以往吃小猪崽的历史。

小猪崽肉质嫩，烧烤吃或煮清汤吃，都是一道非常好的传统菜。过去母猪下崽子的时候，时常有一半的小猪不到个把月时间，就被端上了村里人的餐桌。村里的人有需要，通常也会到别家去买小猪。办红白喜事时，村里人都喜欢把个把月大的小猪当一道名菜来吃。

驻村扶贫工作队深入工作中发现后，提倡村民改变这个对发展养殖业有延缓进展的陋习。熊文清也在养殖猪的过程中，发现这是他“陆军司令员”“队伍”不能扩大的原因，于是彻底地戒掉了对这一美食的爱好。

母猪下的猪崽，熊文清不仅舍不得吃，而且还像对待亲儿子一样，每天看了又看，喂了又喂。因为这是他这个“陆军司令员”“招兵买马”扩大“队伍”的机会，也是他脱下贫困帽子的关键所在。

“陆军司令员”熊文清的“队伍”越来越大，他想在工作队和党的好政策的帮扶下，扩大他的“部队”规模。不仅要脱下贫困的帽子，还要昂起头戴上致富的帽子。

2017 年，在驻村扶贫工作队核实情况后，对符合政策扶持的熊文清启动了政府的扶贫帮扶项目，熊文清得以在银行贷款 15 万元在自家建起了一个能养 80 头猪的猪圈。猪圈搭建好后，熊文清还需要继续扩大“陆军司令员”的“队伍”规模。

熊文清听说县农技站有一些扶贫的小猪，很快就要运到镇上。他很想借此增加养殖猪的数量，可是自己的银行贷款大部分已经在建设猪圈的时候用完了。这该怎么办呢？

这时候的熊文清全家经过政策的帮扶，通过这几年养猪，其实已经能在年底时摘下贫困的帽子，可是他想趁着这个冲刺在脱贫路终点线上的劲头，不仅要摘下贫困的帽子，还想通过这个党的好政策的帮扶过上更好的日子。全家人支持他扩大养殖业规模。熊文清东借西凑，加上工作队的扶持，凑了 5 万元，又买了 30 头小猪进行养殖。

“队伍”规模扩大是好事，但是“队伍”大了心就散了，不好带了。更何况熊文清这个半路出家的“陆军司令员”还从来没带过这种近百的“队伍”。

“队伍”规模扩大后，熊文清时常会在夜晚提醒自己，能带好这支“队伍”吗？能管理好吗？

为了把猪养好，实现自己对扶贫工作队帮扶时承诺过的当好“陆军司令员”的口号，只有小学文化的熊文清买了许多关于养猪方面的书来看，遇到看不懂的地方就及时向工作队及政府的技术员请教。这些请教和摸索，使得他在扩大养猪规模后遇到的猪病问题及时得到遏制。经过努力，熊文清的养殖业成功了，这位“陆军司令员”盘点了一下年出栏的猪，扣除养殖费用后，年利润 3 万元以上。这一年也是熊文清脱下贫困帽子的年份，这是一个让他难以忘怀的年份，通过养猪，他开始走向了致富的大路。

2018 年初，“陆军司令员”熊文清又扩大了“营房”规模，“队伍”的数量也有了大规模的增长。

熊文清学会了养殖技术，能够常年保持养殖场中有 80 多头猪，拥有引进改良的 4 头母猪、2 头种猪的产值规模。虽然扩大了养殖规模，但熊文清为了节约养殖成本，没有雇人打工。他和妻子起早贪黑打理着养殖场。每天喂猪 2 次，每天都清洗猪圈 1 次，每天都要观察 2 次防止猪生病。辛勤劳动总会有回报，熊文清的养殖场每年出栏 70 多头猪。

每次镇上或者县里有培训会，扶贫工作队都会优先安排熊文清去学习，他自己也主动跟技术员师傅们学习，后来学习变为交流和分享经验。

2019 年 5 月，他想成立一个养殖合作社，把周围的建档立卡户都吸纳进来，帮助他们把日子过好。政府有扶持项目，经过核实后将会批准和扶持他的产业，相信熊文清的“陆军司令员”旗下的“部队”规模会越来越大。

逐梦澜沧江畔

陆娉婷　王玉林

离不开土地，是因为爱得深沉。

今年45岁的和建忠，10年前携千万身家毅然回乡，承包了13亩土地，建了养猪场，成为父老乡亲眼中名副其实的“猪倌儿”。10年间，他陆续流转了周边村庄的土地，成为1820亩土地的“农场主”，他成立的怒江建浩农业科技发展有限责任公司，走出了集畜牧养殖、果蔬种植于一体的生态农业循环之路，特色现代农业成为照亮峡谷脱贫路的一盏明灯。

从“猪倌儿”到“循环农业践行者”，和建忠有着自己的理解——让农业生产循环起来，让农民赖以生存的土地生生不息。

“红土地养育的孩子，只有回到红土地上才踏实”

“产房3单元，正常；保育舍1单元，正常；后备母猪舍，正常……”尽管非洲猪瘟疫情发生后，和建忠已有一年时间没到过养殖场，但场内情况却了然于胸。每天早上洗漱停当后，到会议室调取养殖场的监控成为他雷打不动的习惯。

走进建浩农业生猪标准化万头养殖场，让人不禁惊讶于其中分类之细——母猪妊娠室、分娩室、产仔室、保育室、育肥室、后备室、饲料配方间、化验室……没有想象中的低头污水横流、抬头臭气熏天，杜洛克、长白、约克等品种的猪摇头摆尾，膘肥体壮，“零污染”的养殖环境，彻底打碎了人们对传统养殖场的固有印象。“别人常开玩笑，说我现在都把猪当自己的娃娃了！”和建忠笑道。

这个说起猪来头头是道的男人，10年前却是个“矿老板”。

20世纪90年代初，因生计艰难不得不辍学的14岁的和建忠告别父母亲人，只身一人外出讨生活，一去就是20年整。20年间，他当过汽车修理学徒，在小

饭馆洗过碗，当过保安，收过破烂，贩过水果，备尝艰辛，直至成为运输司机，靠着帮人拉木材赚取运输费，积累资本做起矿石生意而至身家千万，和患难与共的女孩结成伉俪，定居县城。

“没钱的时候，想着等有了钱，一定要吃遍好吃的，玩遍好玩的；等到真的有了钱，被人前呼后拥，反而心慌得难受。”曾经，和建忠以为，这就是自己背井离乡漂泊数年苦苦追求的生活，却不料，过了一段时间纸醉金迷的生活后又渐觉惶惑，甚至觉得自己很“病态”。一番思量后，和建忠放弃苦心经营但回报丰厚的矿产业，携千万家产回到生养自己的红土地——兰坪县营盘镇白羊村，在不解的目光中又做回了农民，他说他要“振兴门庭，带领族人过上体面的生活”。于是，一个“为家族创业”的小企业——建浩养殖场在自家门前诞生。“我是红土地养育的孩子，只有回到红土地上才踏实。”离开红土地 20 年，在外艰难求生后过上梦寐以求的生活的和建忠，又回归土地，成为地地道道的农民。

在当地政府的支持下，和建忠顺利流转土地，投资 200 万元建起了占地 13 亩、年出栏 1000 头的建浩养殖场。

然而造化弄人，由于种猪品种差、圈舍设计不合理、管理人员缺乏科学养殖技术等原因，养殖场连续 7 年亏损 490 万元。

顶着同情和质疑的目光，和建忠重整旗鼓，一边积累资本，一边为筹建标准化万头猪场做准备。

“群众信任我，我就得对这份信任负责”

时至今日，和建忠说他一辈子都会记着养殖场遭受重创后村民对他说的话——能顶住灭顶打击的人，做我们的当家人肯定不会差！

这是一份比黄金贵重千万倍的信任。

2010 年 5 月 3 日，和建忠全票当选白羊村村委会主任，但考验也随之而来。那年雨季，白羊村水沟塌方，近百亩秧苗面临劫难。“不能等着政府帮我们抢修！”紧要关头，和建忠背着妻子拿出 16300 多元买来 PVC 排水管，带着村民用最短时间抢通了水渠，汩汩山泉欢腾着奔向田间，渴了数天的秧苗又绿了回来。是年建党节，和建忠举起右拳，面对党旗庄严宣誓：“入了党，这辈子才算活明白了。”

“有没有考虑过成立农民专业合作社，带着大伙儿脱贫致富？”来自镇党委的建议，让和建忠又一次忙碌起来，外出考察、论证、规划、建场、投产，2014 年，

兰坪县建浩养殖专业合作社挂牌成立。因发展需要，2015 年，和建忠成立了兰坪县建浩农业科技发展有限责任公司。

扩建养殖场、成立合作社和公司并不难，动员农户加入公司养殖中来才难。习惯了传统养殖的村民，无论如何不相信这个在他们看来虚头巴脑的“有限责任公司”能真正对他们负起“责任”来，能让他们干瘪的腰包鼓起来。

第一个举双手反对的，是和建忠的姐夫张德全。

“什么？把你们要下崽的母猪免费拿给我们养，然后把猪崽收回去，这样倒腾一下老百姓就可以赚钱了？”“你自己都养不成功，还想说服别人？”养了一辈子猪也没见到几个钱的张德全还没等和建忠把话说完就劈头盖脸地把他给轰了出去，他觉得，小舅子的脑子一定是被门夹坏了。

“我们先试养嘛，好还是不好，让事实说话。”关键时刻，党员和成法、和德齐、张秀堂成了“吃螃蟹第一人”，每人分别领走 3 至 7 头不等的待产母猪。割舍不下亲情的张德全，一番抱怨后，咬咬牙，也领走了 6 头待产母猪。

2016 年，3 户党员户分别有了 2 万元到 5 万元不等的收入，而张德全这边的纯利润一下子“飙”到了 9 万元！澜沧江边的村庄沸腾了！新华村、沧东村等周边群众纷纷找上门来，要求加入合作社。那几天，和建忠的手机平均每天要接四五十个电话，还要接待前来咨询的村民。

“免费给村民投放待产母猪，由公司提供饲料、疫苗和兽药，全程对养殖户进行技术培训，最后通过收购仔猪等方式教会他们科学养殖，带动一批养殖户。”和建忠道出公司的养殖模式。

2017 年，合作社 58 户养殖户实现了户均纯收入 2.1 万元，好多人家的院落里多出了不同品牌的摩托车。

回到红土地上的和建忠，没有辜负这份信任。

“让党建引领更多人脱贫致富”

早在 2016 年，全州脱贫攻坚如火如荼开展时，作为村里“当家人”的和建忠就意识到了党建引领群众脱贫致富的分量：只有充分发挥党组织战斗堡垒作用，才能让更多人脱贫致富。

当年 7 月，经镇党委批准的公司党支部应运而生。当年和次年，每名党员联系 5 户建档立卡贫困户的挂联制度，实现了挂联户户均收益 2.1 万元。2018 年，

支部明确每名党员结对帮扶 10 户建档立卡贫困户，按照“带动一批、预选一批、脱贫一批、监督一批”的模式，挨家挨户走访调查，最终“量身定制”出有针对性的帮扶模式。

小河边村赵门松一家是和建忠的亲戚，夫妻俩所生育的 3 个孩子均为先天性残疾。一亩三分地原本就喂不饱一家 5 口人的胃，因病致贫的阴影几十年来又如影随形，古稀之年的赵门松夫妇看不到生活的希望。经公司董事会讨论后，赵门松的二儿子赵贵肥成了养殖场员工，月薪 3000 元。加上 2000 元土地流转费，近 3000 元生猪托管代养、产业帮扶资金分红等，2019 年春节，沉寂多年的赵家门前鞭炮炸响，笑声洋溢。“大恩人！”这是赵门松认为可以用来感激和建忠最妥帖的话。“赵贵肥对得起这份工资。”和建忠淡然说道。

同样让和建忠放不下的，还有因病致贫的发小杨鹏飞一家。前些年，杨鹏飞夫妇先后被查出前列腺炎和中耳炎，到省城治疗需要不小的费用。常年卧病、年近八旬的老父亲、两个年幼的孩子，举债度日的艰难，让杨鹏飞几近崩溃。得知杨鹏飞有挖掘机操作技术，和建忠便买来挖掘机，鼓励他放手干，“我说给鹏飞，开坏了我来修！”和建忠笑言，“事实上，两年下来，我的挖掘机没大修过。”病愈后，杨鹏飞的妻子成了公司食堂的一名炊事员，夫妻俩 9 万元的年薪，外加托管代养、土地流转、入股分红的 6000 多元，让久违的笑声又回到了这个家。

有朋友打趣，和建忠可以生病，但他的猪不能有任何闪失，因为关系到很多人的利益。朋友所说的“很多人”，是指公司带动的 226 户托管代养户和贷款入股分红户。2017 年，通过政府托管代养扶持资金 80 万元，珠海帮扶建档立卡贫困户入股 600 万元，白羊、新华、小桥、连城等 9 个村委会入股 840 万元的方式，和建忠投入 4200 万元，建成了占地面积 98 亩、年出栏 16000 头的万头生猪养殖场，经专家设计的圈舍，现代化养殖理念无处不在。按协议规定，226 户贫困户和 9 个村委会享受分红，并有在建浩农业优先务工的“特权”，5 年后公司返还本金，农户和村委会可根据自身情况决定是否续股，所有承诺不变。

养殖场每天出栏 30 头左右肥猪，首选供应地为镇上和县城。记者了解到，近 30 名养殖场员工中，除科班出身的场长杨永红外，其余员工均为建档立卡贫困户，入职前，不知科学养猪为何物的员工，在杨永红的培训下，配料喂食、看病防疫、给猪接生、照顾猪崽，甚至生长期的商品猪该喂什么样的饲料等都轻车熟路，如数家珍。

循环农业“织”出乡村振兴好蓝图

一场如酥的春雨，让澜沧江畔绿意点点。淅沥的雨水中，建浩农业 1600 多亩特色水果种植基地上，戴着斗笠、披着雨具的工人正在松土除草。昔日满目疮痍的“伤疤地”，正迎来充满生机的春天。

2017 年，生猪标准化万头养殖场建成时，和建忠就有一个大胆的设想：他要依靠养殖场，探索“公司 + 合作社 + 基地 + 建档立卡贫困户 + 农户 + 电商”的运作新模式，走一条生态循环农业之路，而土地流转也成为必然。“流转后，地还是那块地，但不再是简单地将小块组成大块，而是让土地产生更大的效益，让农民也跟着提高生活质量，这才是最终目的。”

“地租出去了，但还是自己的地，在自家地里干活儿，还可以领工资，像我，每月不少于 5000 块！”正在柑橘地里除草的和云魁对现在的生活很是满意。四年前，不适应“在外漂”的和云魁回乡后来到建浩农业，靠着踏实勤奋掌握了柑橘种植技术并收获了爱情，有了幸福的小家庭。

行走在欢腾的玉龙河畔，占地面积 61 亩、预计 6 月份投入使用的冷链、屠宰加工车间和农产品交易平台映入眼帘，标准化的施工方式和现代化设备让人误以为时空发生了交错。

对土地流转方式，和建忠有自己的想法，将所有土地按功能划分为生猪养殖、饲料加工、生猪屠宰加工、有机农业种植、大型沼液池等，每个区域互相循环，牲畜粪便经处理后产生的沼渣、沼液等有机肥料供周边柑橘、石榴、火龙果种植基地利用，真正实现“养殖业—沼渣（液）—种植业—养殖业”的生态循环经济模式。2019 年，养殖场收入达 1400 余万元，挂果的 105 亩柑橘也为公司带来了 20 余万元收入。得益于一系列生态循环发展，建浩农业先后被评为“怒江州农业产业化经营州级重点龙头企业”“云南省科技型中小企业”“云南省畜禽养殖标准化示范场”“云南省省级成长型中小企业”“云南省 AAA 信用企业”，获得“先进科技工作单位突出贡献奖”，拥有 16 个实用新型专利，23 个注册商标，和建忠本人则先后获得“怒江州优秀共产党员”“怒江州社会扶贫模范”“云南省五一劳动奖章”“怒江州脱贫攻坚贡献奖”“全国农村创新创业优秀带头人”等荣誉称号。

“自然万物都处于循环链中，土地也如此，让农业生产循环起来才能让土地生生不息，否则就没法让农业良性、快速地发展。”这是和建忠对发展生态循环

农业的理解。

企业越做越大，责任也越来越大。2020 年 2 月，历经大浪淘沙后的“兰坪县建浩农业科技发展有限责任公司”更名为“怒江建浩农业科技发展有限责任公司”，注册资本 3000 万元，累计投资 1.128 亿元。卸任村委会主任的和建忠成为坐拥 1820 亩土地的“农场主”。

“上半辈子已经过去，下半辈子只想认认真真做好养猪种树这件事，踏踏实实做一个新时代的合格农民。”创业之初，和建忠说他最大的愿望就是“建一个浩大农业”，把脚下这片红土地建成全州最大的生态农业示范基地、观光农业休闲基地，把更多精力放在带动更多村民脱贫致富上。

从最初的“为家族创业”到后来的“为农户创业”再到如今的“为社会创业”，全州脱贫攻坚战打响以来，建浩农业共带动 1905 户建档立卡贫困户实现种植养殖增收，户均增收 8200 元。

和建忠说，这么多年，他似乎从未离开过这片土地，因为那个和自己意见相左而不止 5 次丢掉账本，嚷着“不干了不干了”但最后还是留下来帮着打理新养殖场的姐夫张德全还在；那个时时被别人以高于建浩农业薪酬很多为诱饵最终还是选择留下的养猪场场长杨永红还在；那个和自己相伴了 40 余年的发小杨鹏飞还在……他们在建浩农业的群英谱上续写澜沧江畔的传奇，而和建忠，这个听着杨玉科将军故事长大的沧江之子，骨子里流淌着英雄的血，在澜沧江畔，循着英雄的足迹，铿锵行进在逐梦的路上……

“四美”女帅

杨俊伟

家住贡山县捧当乡永拉嘎村的丰会花，心善人美，家庭和谐。勤劳致富后的她，带动农户发展种植养殖业，作为扶贫引路人，她被前来采访的记者形容为扶贫路上的“四美”女帅。

心善人更美

年轻时的丰会花，有过一段乡村教师的美好生活经历。1993年，丰会花在贡山一中读完义务教育后回乡。对传授知识的老师极为崇拜的她，在获知牛郎当完小需要一个懂汉语和人口较少民族语言的乡村教师后，她就申请到牛郎当完小当代课老师。那是她人生中最庄重、最快乐的一年，她用每日浇水、护花的心态去呵护每一个学生，尽职做好一位老师教书育人的工作。

美好的日子总是过得那么快，学校来了新老师。尝试教书育人的职业后，丰会花辞去代课老师的工作，和村里的姐妹们一起到外地打工。

外出打工能改善家里的经济状况，丰会花带着用学会的技能帮助更多人的想法，认真做好每一样工作，留心掌握工作中的技能，学习成功人士与人相处的方式。

经过多年的闯荡，丰会花打工的收入改变了家里的经济状况。与其他打工者不同的是，心细好学有梦想的丰会花带着打工积蓄的财富和积累的宝贵工作经验回乡，她要实现当年外出打工前的愿望——把自己所学的知识传授给乡亲们。

不同于丰会花当过乡村教师时呵护小学生的经历，这一回，她要教会一群成年人走上脱贫致富路。“教学”方式和“教案”都要独创和新颖，可以说是一种全新的尝试。

“尝试”，多么简单的两个字。可是，谁也不敢保证尝试了就一定能成功。可是，

不试一试怎么知道是成功还是失败呢？翻开丰会花本人的履历，细细了解丰会花夫妇的早期岁月，不难发现，丰会花是一个勤劳勇敢、敢于尝试、敢闯敢干的人。

下海经商，夫妻俩从承建工程做起，凭借多年承建建筑工程的经历，不仅在20世纪90年代初就进入了万元户行列，而且还在老家盖起了自己的小洋楼。后又转行到餐饮行业，短短二十年里尝试不同的行业，辛勤挣钱，并把一双儿女抚养成人。大学毕业后，女儿成为一名人民教师。多年在外打拼的经历，使得丰会花跟长期在村子里的一些农民不一样，变得有见识、有胆量、有责任心。

扶贫引路美

全面建成小康社会是我们党对全国人民的郑重承诺。怒江州作为全国深度贫困的“三区三州”之一，地处藏缅边界的永拉嘎村更是深度贫困的农村。近年来，国家对深度贫困地区加大关心扶持力度，按照精准扶贫的要求，各行各业都从不同角度关心帮扶贫困地区。丰会花作为从小生在永拉嘎村，又在外打拼多年，既见证过城市的繁荣也经历过家乡的贫穷的怒族儿女，她和丈夫商量，决定回到村里发展，尝试发展种植养殖业，带领村民致富。

为了改善村民生活水平，早日实现脱贫致富，2014年，她带领五位村民创办了贡山县丰裕养殖有限公司，在县政府的资金支持下，加上自己贷款，她盖了猪舍，养殖猪100头，鸡200只，但因鸡瘟和猪瘟，导致公司经营难以为继，不得已只能破产。当时的家庭经济条件和外债的压力一度让她心灰意冷，甚至还有亲戚劝过她：“你现在条件很好了，该享享清福了，一个女人，就不要好强出头了。”

“尝试”，多么简单的两个字。这条扶贫路还需要走很长的一段路。丰会花多年闯荡形成不服输的性格，她没有气馁，重整旗鼓，积极寻找别的致富道路。

2015年至2016年两年时间里，村党支部有国家扶贫种植天麻的项目。丰会花学习技术，多次参加乡政府组织的技术培训，人勤地不闲，她一心想着打一场翻身仗。但扶贫路程却远远没有想象的那么美丽。这两年因为气候原因收成不好，加上路程遥远导致外销成本增加，最终不得不放弃天麻种植项目。丰会花这位扶贫路上的“女帅”，在创业的路上一波三折，她不得不静下心来思考新的“战略战术”，打败“贫困”这个敌人。

遇到许多的困难和挫折，可是丰会花从没有想过要放弃，阳光总在风雨后，付出的汗水终会得到回报。

2017年贡山县推广种植羊肚菌，丰会花带头和党支部的6名党员种植了5亩羊肚菌，当年获利7万多元。

这一次胜利极大地鼓舞了扶贫路上的“女帅”，她开始趁热打铁，扩大种植规模和种类。2018年，她怀着带领村里脱贫致富的想法到保山市潞江坝、昆明等地考察学习白及种植技术。在时机成熟后，于2018年3月创办贡山县丰源中药材种植专业合作社，合作社与云南百花中药材种植有限公司签订“回购协议”。合作社成立初期，有社员15户54人（包括建档立卡贫困户9户，非建档立卡贫困户6户，党员户10户），自筹资金120万元，其中60万元用于向云南百花中药材种植有限公司购买白及种苗30万株，共种植白及47亩、重楼10亩，目前长势良好。随着群众不断参与，投资规模现已增至130万元。

种植白及、重楼获得初步成功后，为了分散风险、扩大种植种类、探索更适合永拉嘎村种植的药材。2019年，合作社在县农业农村局推广黄精种植项目中争取到94亩种植面积，共带动52户农户（包括建档立卡贫困户40户，非建档立卡贫困户12户，党员户12户），以不同的方式入股合作社参与该项目，从而带动更多的贫困户脱贫致富。近几年脱贫攻坚工作持续深入，群众自我发展的意识开始觉醒，有力地助力了永拉嘎村的脱贫攻坚事业。通过不断考察学习、探索尝试，合作社成员已经学会了常见中药材的种植、管理，丰会花带领社员摸索出了一条适合永拉嘎村的致富门路，她和社员表示在种植药材上更有信心了。

勤劳致富美

丰会花有一儿一女，全家4口人。夫妇俩敢闯敢干、齐心协力、勤劳致富，做过建筑工程、开过饭店，现在带动农户发展种植养殖业。丰会花是全村公认的勤劳致富的带头人。作为一个有见识、有胆量、有责任心、上进好学、能担重任、能当领头羊的“女帅”，在2019年5月永拉嘎村村“两委”改选中，村监委一职空缺，她在村民心中是最佳人选，高票当选为村委会监督委员会主任。

为了不辜负村民的这份信任，履行好村监委的职责，起好模范带头作用，她虚心向其他村干部、上级部门请教学习，尽快掌握履职所需知识，理清工作思路。为了做好交接工作，她一大早便出门，与同事一起挨个从一组到九组进行查账理账，认真核对，仔细记录，厘清新旧账目，数清公共物品，做到一清二楚，给各组村民一个清楚交代，给上级部门一个详细报告。

在建设村集体猪舍中，从选址到开工建设，丰会花多次冒雨到现场了解施工情况，对有损村集体或村民利益的地方及时提出纠正，保障建设工程按质按量进行，保证村集体和村民的合法利益不受损害。在这些硬件加强后，她要和乡亲们一起勤劳致富。

家庭和谐美

在丰会花致富过程中，她深深地明白这一切离不开党的好政策。丰会花有一颗积极向党组织靠拢的心，有一份积极进取的热忱，于 2015 年 7 月正式加入中国共产党。从递交入党申请书的那一刻起，她就以一名正式党员的身份严格要求自己，遵守党章，时刻牢记党员的义务，处处提醒自己、鞭策自己。她勤勤恳恳地为村民服务，在村里认真学习政治理论，积极参加党员义务劳动，每次村里大扫除、植树节植树活动、帮扶困难群众等都是走在前头，用吃苦耐劳、积极主动的行动给村民起到妇女党员模范带头作用。积极引导帮助农村妇女转变观念，积极协助并参加行业部门给村民举办的各类培训，提高农村妇女的综合素质。关心妇女，丰富其精神文化生活。积极组织妇女参加各类文艺活动，组织妇女成立业余舞蹈队，在每年的仙女节、三八妇女节、阔时节等重大节日，组织妇女参加丰富多彩的文艺活动，丰富村民业余文化生活。凭借“细心、诚心、耐心、恒心、初心”的精神，一心向党、不忘初心，当好“妇女需求的知情人、问题的报告人、发展的促进人、权益的维护人和党委政府各项政策的宣传人”。丰会花的家庭是全村公认的和睦美满模范家庭，2019 年 3 月 5 日还荣获怒江州“最美家庭”称号。

丰会花带头致富，是社员脱贫致富路上的“女帅”。在群众眼里，她吃苦耐劳，甘于奉献，是妇女党员中的先锋模范。心善人美，家庭和谐，这就是我们的丰会花，一位“四美”女帅。

喊出来的致富能手

杨俊伟

“希望通过今天的表彰大会，进一步坚定全村人民脱贫攻坚的决心，传递正能量，引导全村干部群众把精力和心思聚焦到脱贫攻坚上来。”这是捧当乡在评选2019年致富能手会上的讲话。

根据《中共捧当乡委员会关于开展2019年脱贫能手竞赛评选活动的通知》要求，结合《捧当乡2019年脱贫能手竞赛评选活动实施方案》，本次评选包括2名“致富能手”、5名“最美庭院”、3名“光荣脱贫户”，主要是为了树立脱贫致富典型，激励更多贫困户自力更生，激发脱贫攻坚的内生动力。

党员张建荣就是致富能手之一，他不仅自己响应党的政策号召，积极发展种植养殖业，更在致富路上带领乡亲们“喊出各种致富口号”，用党员的引领作用，引导村民一起走上致富路。

支部党员通过学习，提高发展生产和脱贫致富的能力

身为“80”后的张建荣从怒江州民族中专学校毕业后，有文化的他主动申请加入党的队伍。自2016年担任迪麻洛村木楼小组副组长以来，积极配合村委会和扶贫工作队，参与到群众思想工作和协调工作中，并于同年配合建设部门顺利完成通组公路的建设。陪同施工队，积极参与到美丽宜居建设中，协调群众搬迁危房、找基地，配合施工队完成村组道路硬化建设工程。

在全乡上下积极开展脱贫攻坚工作的关键时期，张建荣心想要带领群众致富奔小康，必须从自身做起、严格要求、率先垂范。他通过努力学习党的方针路线和脱贫攻坚政策，提高思想认识、理论水平、政策水平，树立全心全意为人民服务的思想。同时深刻领会并坚决贯彻党的基本理论、基本路线、基本方略，努力

提高自身工作能力。他对工作安排十分严谨，每干一件事都要积极与支部党员讨论、深入群众中调查研究、吃透实情，依靠群众的智慧，力求实事求是。针对群众的思想问题，他通过说服教育、利益驱动等，着手调动群众的积极性，使每位村民都能行动起来，他用自己的行动影响着木楼小组的党员和群众。

张建荣依托村民小组党群活动室这个“主阵地”，围绕脱贫攻坚工作开展“三会一课”等党组织生活，定期组织开展村民议事活动，扎实开展“两学一做”学习教育，以“两学一做”学习教育常态化制度化为契机，积极开展党员集中学习，除了学习党的理论和路线方针政策外，还开展脱贫攻坚政策学习，独龙蜂、犏牛养殖和羊肚菌、党参、赤芍、白山药种植等农村实用技术培训，引导支部党员通过学习提高发展生产和脱贫致富的能力，全面提高了农村党员群众的综合素质。

书记喊破嗓，不如自己带个头

张建荣同志在带头发展地方畜牧养殖业的同时，把本地白山药、重楼、灵芝、羊肚菌、党参、赤芍等作为小组的六大主导种植产业。

在发展产业、带领小组党员致富过程中，他以“书记喊破嗓，不如自己带个头”的务实作风，努力将党支部打造为小组产业带头人，即以党支部党员同志为基本单位，形成党支部“帮”困难党员，党员“帮”建档立卡户的脱贫致富“互助帮扶”发展体系。在脱贫攻坚工作中，他一直大力提倡党员“想在先、走在前”，党员同志要率先脱贫、带头致富、引领小康，切实发挥先锋带头作用。

他带领小组在持续发展传统畜牧业的同时，看到了全县通过扶贫项目发展产业致富的时机，张建荣找遍捧当乡、贡山县的相关部门负责人，积极发展扶贫产业项目并发动支部党员勇当致富能手，通过自己的努力和上级的支持，2016 年，他带领木楼小组的村民以“党支部＋党员＋一般农户”的模式种植了丹参 30 亩、山药 5 亩、白芸豆 30 亩，积极发展集体经济。

通过中药材种植基地的建设，迪麻洛村木楼小组群众的收入明显提高，土地经营效益低的状况逐渐改善，不仅农业结构得到有效调整，劳动力素质也明显提升，且剩余劳动力也得到充分利用，建档立卡贫困户的人数在逐年减少。

喊出来的致富能手带头人

画面又回到脱贫致富能手颁奖会上。乡党委政府对迪麻洛村的脱贫攻坚工作给予了高度评价，并强调，迪麻洛村“两委”和驻村干部敢于担当，务实肯干，措施得当，激发了贫困户的内生动力，确保了全村贫困户在脱贫攻坚的道路上不掉队，工作取得了实效。还号召其余参会群众要积极向本次获奖人员学习，学习他们发奋努力、锐意进取、不等不靠、苦干实干、勤劳致富奔小康的好措施、好方法，在脱贫致富路上实干巧干、埋头苦干，同步奔向小康路，过上幸福生活。

可以说，张建荣用喊口号的方式：加强党员模范带头作用；党员帮助困难党员，困难党员帮助建档立卡户；“党支部 + 党员 + 一般农户”的模式，使村民走上了脱贫致富路。

2018 年，在乡党委、政府的引导下，张建荣从林业局争取到林下套种灵芝产业项目 20 亩，示范带动小组建档立卡贫困户参与其中，千方百计发展集体经济，提升支部产业“造血”功能，拓宽小组村民增收渠道，支持帮助贫困党员率先脱贫，示范带动贫困群众共同脱贫致富。

村民们纷纷改变以往的种植方式，全力调整种植业结构，大力种植适合当地自然环境、有经济价值的农作物。

在张建荣的带领下，小组党员全部脱贫，真正在脱贫攻坚中发挥了党组织战斗堡垒作用和党员“一先双带”作用，实现自己脱贫的同时带领村民一起脱贫。

期井新气象

彭愫英

期井是古盐镇啦井辖地内最早开课报井的地方，也是期井村民委员会的简称。清雍正二年（1724年），丽江府改土归流，境内盐井由知府督令经营，统称丽江井。是年，下井、日期、高轩等井报课开煎，其中的日期就是期井。

最近几年，期井小组发生了翻天覆地的变化，一个美丽的新兴的山村出现在眼前：一栋又一栋楼房在山谷里拔地而起，自来水、太阳能、自动冲水厕所、水泥院坝、铁门、水泥路，这是期井给我的最新印象。陈旧的木楞房保留得不多，且都是拆建后的牲口畜养处。期井村容整洁，印象中的贫穷与落后已荡然无存。

已卸任期井村党支部书记的杨益花，为了给小女儿鼓励，与小女儿一起报考乡村医生。期井村招考三个乡村医生名额，有七个人报名考试。通过笔试、口试，杨益花和小女儿顺利考取了乡村医生岗位。小女儿到啦井医院打工，杨益花成了期井全职乡村医生，在家里办起了医疗点。杨家三代都是乡村医生，在种植药材上颇有见地。改革开放的春风吹入期井村，杨益花的父亲杨有平老人改变种地的陈旧观念，在自家土地种上了五六亩广木香。这是期井村唯一种植广木香的人家，已种了10多年。初种时，广木香价格每斤2元多，现今涨到每斤7元多。杨有平老人还在自家土地上种秦艽。秦艽现今每斤7元。另外，杨益花家还种了2亩多续断。

期井村林下产业多为中药材，品种繁多，有续断、附子、重楼、广木香、秦艽等。村民们在退耕还林的土地上种植药材，对药材市场的行情了然于胸。村里出了两位种重楼的能手，哥哥赵文才51岁，曾当过村委会主任，弟弟赵文海42岁。重楼有三类：水重楼、旱重楼、野生重楼，种类不同价格也不一样。赵文才于2013年开始种重楼，初种时，他只种了五分地，自己到期井山上采野重楼培育。他关注市场调查信息。当时，重楼根每斤180元，小苗5元一棵。随着重楼市场发展，现今，重楼根每斤 280 元，小苗 5 元至 20 元一棵，种子 480 元一斤。重楼三至五年才结果，他种了 3 年，已收入种子 3 斤。今年到明年，他准备扩大种植面积。齐奔致富路，赵文才夫妻分工合作，丈夫负责种重楼，妻子负责种附子和放牧牲畜。弟弟赵文海种重楼有六个年头。他家种了近一亩的重楼，有 3 万苗左右，打算今年出售 500 斤大重楼。他介绍说：大重楼前几年值钱，每斤可卖到 600 元左右，近年来跌到一斤 300 元左右，小重楼每斤 280 元，旱重楼每斤 380 元，水重楼每斤 280 元。他家除种重楼外，还养着野生的雪鸡、山鸡、箐鸡。他说养野鸡仍处在起步阶段，有 20 多只，打算明年扩大到 200 只左右。野鸡市场价目前每斤五六十元，他的养殖场主要满足市场需求。

除重楼基地外，期井村还有山葵基地。山葵基地规模较大，有木桩、遮网、铁丝围护，大棚菜地里，山葵长得葱绿。山葵基地原计划种 70 亩，因土质不好，种了 60 多亩，其中 12 亩是自家的。山葵基地是家在金顶镇金凤村的一位老板投资的，山葵苗从保山拉来，所用的肥料、农药等都是老板负责。和庆全负责种植，已经种了 3 年。2015 年，他们种的山葵拉到昆明、宜良等地出售，每斤售价 6 元，今年价格下跌，每斤售价 3 元。山葵种植一年半后就可以挖根，山葵根每斤不低于 20 元，到八九月份时，他们就挖根了。和庆全说，老板已经投资了 70 万元左右，他家也投资了八九万元。待有利润时，拨回老板投入的原材料后再分红。

村尾和三妹家，记忆中的那栋木楞房不见了，被火塘烟熏火燎的那块作为墙面的塑料布，成了和家过往历史的一道屏风。二层水泥楼房，厨房中电饭煲等炊具俱全，围墙及大铁门、太阳能、水泥院坝……点点滴滴所见的一切，给人的惊喜不亚于春风中一树抖动的杜鹃花。大女儿赵应兰的家在村中间，与杨益花家紧邻。她家翻修了老屋，还盖了新屋，其余建筑与妹妹家大同小异。拆掉了以往的木楞房，重新搭建了牲畜圈。冲水厕所、太阳能等设施齐全。闲聊中得知，和三妹的孩子们出门打工去了，女儿去了西藏，儿子去了县城。玛卡被炒得火热时，滇西大地有一些农户不遗余力种玛卡，和三妹家也是，投入 5 万元在地里种了玛卡。谁知那年玛卡在市场上的价格一落千丈，她家投入的 5 万元打了水漂，有去无回。她家种玛卡，没走公司和农户合作的路子，而是自家经营，没得到任何赔偿。说起这件事，她有点儿无奈，但也能平静接受。她感叹市场行情瞬息万变，作为农民，不能只埋头干活儿，还要适应时代发展，信息要灵通，掌握市场行情，不能盲目跟从，要有自己的主见和判断。我对她家的损失无从安慰，但对她的认知感到欣慰。

打工是最近几年来期井涌现的新现象，用期井人的话说是“新产业”。期井村的年轻人都是接受过教育的新一代，他们识文断字，在外地打工的足迹遍布全国各地，上海、福建、江苏、西藏等地，都有期井人的身影。他们的收入不仅带回家乡用以起房盖屋改善居住条件，同时还带回新观念新思想，影响留守在家里的人。人们视野开阔，观念改变，期井不再是封闭的期井。电视、手机、电脑的普及，加之年轻人打工潮流的影响，从某一个角度来说，也是带动期井变化的因素。

张长吉打开羊圈，让 80 多只羊到野外吃草。她家的羊群原来有 100 多只，卖掉了 16 只，每只价钱 780 元。另外还养着牛、马，年前各卖出一头，每头价格 3600 元。另一位陪同我登过雪山太子庙的同龄人杨三妹不在期井村，她随孩子们到江苏打工去了。她有三个孩子。老大参军复员后留在昆明当保安，过上城市生活不愿再回到期井河畔的家。老二夫妇在江苏打工，有两个孩子。杨三妹跟随二儿子一家人到江苏，帮忙照顾小孙子，同时负责接送大孙子到幼儿园读书。杨三妹的丈夫张瑞平留守家里，老婆随孩子们打工去了，他在家里不甘示弱，积极为家庭增收创收，以放牧牲畜为业。往年，他卖了 40 只山羊，只留下 4 只种羊，现在又已发展到 10 多只了。这些山羊，他说留给姑娘家。他还卖了 12 头牛。目前，他放牧着 15 头母牛和一头毛驴。

火塘边的夜话，村民就像自家人一样，说起了他们的种植和养殖，毫不避讳自家的收入，言语中洋溢着自豪。70 岁的胡嘉宝老人是中村养蜂专业户，2014 年办了营业执照，成立宝箐养殖场。胡嘉宝老人精神矍铄，言谈思路敏捷。他年轻时曾当过期井村测量员，且当了多年的小队干部。刚开始养蜜蜂时，他养了 3 窝，边养蜂边放牛。从 2008 年开始，他专门养蜜蜂，割蜜卖蜜。他的养殖场里有蜂筒 107 个，原有蜜蜂 82 窝，可惜在 2015 年里，黄鼠狼光顾养殖场，吃掉了 14 窝蜜蜂，养殖场里只剩下 68 窝蜜蜂了。他不给蜜蜂喂糖水，蜜蜂产蜜纯属天然，因此慕名来宝箐养殖场买蜂蜜的人多，用不着家人到街上卖蜂蜜。2015 年，蜂蜜价格每斤 45 元，宝箐养殖场卖了 200 多斤。他自豪地说，他卖出去蜂蜜最多的是 2009 年，那年的蜂蜜价格每斤 30 元，宝箐养殖场卖出 600 斤蜂蜜，来买蜂蜜的不仅有本地人，还有四川、昆明、重庆、大理等地方的人。在他的带动下，中村、期井、大山箐等地的人专程来跟他学养蜂。儿子儿媳出门打工了，三个孙子读书。老伴儿在家打理，他专心养蜂。此外，他还养着两匹马，准备出售。他的愿望就是得到镇里扶持，扩大宝箐养殖场的规模。他还提议，希望有关部门来考察，在期井河支流的温水河上围堰造坝养鱼，既是旅游观光的景点，也是造福一方的举措。

59 岁的张振权自豪地讲述了他的养殖业，牛、羊、马、鸡，几项养殖项目的

收入有两三万元。他养了30窝蜂，收入5000多元，掏岩蜂的收入有18000多元。岩蜂蜜每斤85~90元，主要是保山人来买。他一人住在山上，除养殖外，还种植中药材。在地里种下了重楼、续断、秦艽，总共五十多亩。续断种植两年后可以出售，他卖续断的收入有3000多元。秦艽种上三年后才可出售，明年他可以卖秦艽了。重楼已种了三年，主要是养籽种，培养五年后再卖苗。“在期井，我收入属于第一位。”张振权自豪地说。他希望我向有关部门反映，要高度重视期井河上的古桥以及河畔盐马古道的保护，眼看就要破败消失了，这是很令人痛心的事。他的话令我动容，期井人生活温饱得到解决后，爱家园、建设家园的热情更加炽烈，文化传承与保护的觉醒意识也在增强。

行走期井，老百姓的心声令人感动：“国家政策相当好，退耕还林等相应的政策得到落实，每一个人分一片山，每一个人分一块林，还有低保等福利享受，相应的款项拨到个人账户上，农民真正得到实惠，我们没有理由不爱护环境、不爱护家园。”

平坦宽阔的柏油路顺着期井河延伸，太阳能路灯成了风景线。村小学综合楼和附属幼儿园正在紧锣密鼓地建着。妇女们说笑着前往村委会参加烹饪培训。

冷山小组的村民原先住的是木楞房，村里的道路不通畅。现今，这个大山深处的小山村，美丽乡村建设令其就像女大十八变，通到村里的公路已经完善，村路干净整洁。木楞房全部被拆除，建成了砖混结构的标准房子。

冷山新村的房子一律是青砖楼房，就像期井河畔的一串珍珠、耳钉挂在了公路的耳洞上。建档立卡户杨汝州家住的是一栋三间两层砖木结构楼房，水泥院坝里晒着中药材。杨汝州乐呵呵地介绍说，建盖房子的投资大部分由国家补助了，小部分由自己投工投劳。杨汝州家原住在冷山村后面的山顶上，拥有木楞房两间。他懂中药材，目前以种秦艽为主，另外种着天麻、续断等。杨家成立了家族式合作社“绿生源种植养殖合作社”，目前启动的有两家，即杨汝州和侄儿杨四伟。杨四伟从兰坪县职业中学毕业，不慎烧伤了手落下残疾。杨四伟以养殖土鸡和中蜂为主，利用所学开展电商业务。他的蜂蜜在本地卖每斤80元，通过网络销售能卖到每斤120元。

期井村委会书记赵春林成立了兰坪县金林农民种植专业合作社，有社员6户。金林农民种植专业合作社以种植当归中药材为主，2016年里种了50亩，2018年规划种植300亩，流转土地种植。合作社社员及村民种植当归，合作社赠送种苗，并按照当地市场价格回收。赵春林还在期井河畔办起了农家乐。期井村除种植中

药材秦艽、当归、独定子外，还种植白及、重楼等。我问及附子的种植情况，被告知因价格低，已被村民淘汰。

期井人就是这样，除享受国家给的政策外，村民还主动发展。行走期井村，总是被“主动发展”中的人文情怀打动。

我们一起去放羊

和陆凤

军官和羊倌是两个相差甚远的职业，前者是保家卫国，可用威风凛凛、飒爽英姿等词来形容，而羊倌呢，则是管理照料羊群，终日与羊为伍的人。如果你够诗意，可以这样形容：劈柴，放羊，隐匿深山，看四季更迭。这两个角色本是风马牛不相及，可杨福山却将之完美转换融合。

现年 47 岁的杨福山，自 1991 年入伍以来，先后在原成都军区 14 集团军 40 师 120 团（1998 年改为 40 师装甲团）、云南省军区怒江军分区服役，历任战士、排长、副连长、装甲步兵连长、坦克营副营长、营长等职。2009 年 9 月，被交流到怒江军分区福贡人武部任副部长、军分区军动办主任，副团职中校军衔，服役期间，先后荣立二等功一次，三等功三次，2006 年被评为“全军优秀指挥军官”，2008 年带领所在营参加“5·12”汶川地震救灾，被救灾指挥部表彰为营集体三等功。

原以为获得如此多殊荣的杨福山，在当了二十多年兵后，凭着是副团级退役的他，会选择安置在昆明，过着体面和安稳的城市生活。可想到自己的家乡丰华村，现如今还是传统的农业村，加之交通不便利，家乡的很多父老乡亲还挣扎在贫困线上，他经过一番思索，决定回家乡创业，为全村发展贡献一份力量，早日实现共同致富的梦想。

起初，杨福山的家人和朋友都感觉不可思议，劝他要慎重考虑，毕竟创业路上充满了荆棘和泥泞，创业失败的例子举不胜举。可他凭着自己继承的特别能吃苦、特别能战斗、特别能忍耐、特别能奉献、特别能团结等军旅优良传统，毅然放弃了城里优渥的生活，选择了回到家乡、扎根深山的艰苦创业之路。

2014 年，经过对村民贫困情况、市场环境和相关政策了解后，杨福山首先带领了 5 户贫困户，创办了兰坪黄木芊福养殖农民专业合作社，就这样当上了“羊倌”。

万事开头难。创业初期，面临场地偏远、交通极度不便、自然环境恶劣、高

寒山区资源匮乏、生活用水用电困难、无网络信号等困难。可抱着办法总比困难多的想法，杨福山凭借着敢吃苦、能吃苦的精神和大家对他的信任，一一克服了问题。经过近 5 年的苦心经营，兰坪黄木芊福养殖农民专业合作社已初具规模，从刚开始的荒山野岭，发展为具有 400 亩人工草场、250 平方米圈房、400 平方米员工和山庄住房、存鱼 18000 多斤的 27 亩鱼塘、黑山羊 280 多只，实现年生产效益 30 余万元。累计带动 65 户建档立卡贫困户脱贫。

更值得一提的是，2019 年合作社计划再投入 80 万元，扩建 40 头生产母牛养殖及配套设施。同时继续投放 10 万元的鱼苗，预计 2019 年带动贫困户户数将达到 100 户以上。

播种爱心希望，成就未来梦想。兰坪黄木芊福养殖农民专业合作社成立以来，即使面对再多的困难和压力，杨福山总会挤出一部分资金，来帮助更多的人走出困境。他在扶贫帮困、捐资助学、公益捐助等方面做了卓有成效的工作，如春风化雨。

创业艰辛自不必说，尤其在大山里，可杨福山把困难逐一排解，硬是闯出了一条发展特色产业，带动更多村民脱贫致富的路子，把生态的、绿色的产品带给广大消费者。

他曾把青春热血洒在军营，把宝贵的青春献给国防事业，那段金灿灿的军旅生涯让杨福山显得格外刚毅。他脱下军装后依旧本色不改，在深山里踏踏实实按照自己的想法，把军人雷厉风行的作风、吃苦耐劳的精神贯穿创业的整个过程，不与华宠，成了深山里最美的使者，带着村民一步一个脚印走在幸福的康庄大道上。

心系箐门

赵丽春

2019年1月30日，张丽总被选派为第一书记赴金顶镇箐门村开展驻村帮扶工作。张丽总出生于金顶镇文兴社区杏花小区，作为一名土生土长的农村人，现在有机会回到农村，用自己的能力为乡亲们做点什么，张丽总感觉很幸运。于是，张丽总把驻村工作当作一件大事，认真对待。在驻村工作日记本上，张丽总郑重写下了这样十个字：真情驻村，脱贫有张丽总！这是激励张丽总的座右铭，也是张丽总对扶贫工作的坚定目标。

心系群众，做广大百姓的“贴心人”

金杯银杯不如老百姓的好口碑。要赢得广大老百姓的认可，就得做好百姓的“贴心人”。金顶镇箐门村，位于金顶镇南边，距离金顶镇8公里，国土面积6980亩，海拔2215米，年平均气温10.5℃，适合种植玉米、大麦、豆类等农作物。全村耕地面积349亩，林地6631亩，森林覆盖率95%，人均耕地0.58亩，全村有农户803户，共有2633人，其中农业人口总数为2487人，劳动力334人。要顺利开展驻村帮扶工作，首先要主动“找事”，多接地气，与群众打成一片。为此，张丽总为自己制订了走访计划。来到箐门村的第一天，张丽总就带着矿泉水、工作记录本，进村入户，调研村情民意。在不到两个月时间里，挨家挨户走了85户人家，调查摸底30人次，为全村62户贫困农户建档立卡，虽然鞋子走烂了，脚也磨破了，但心却踏实了。

通过全面调研摸底，张丽总较快地融入基层工作，为精准扶贫掌握了大量的第一手资料。在工作中张丽总深切地体会到，作为一名驻村干部，在做群众工作时，要真情投入，实实在在地“想群众之所想、急群众之所急、办群众之所需”。主动解群众之困、纾群众之难，全心全意帮助他们，才能取得群众和村“两委”的信任。

加强党建，做党员干部的“引领人”

张丽总把驻村工作的第一把火放在了找准“贫”根、抓住“困”源，对症下药上。她以党的群众路线教育实践活动为抓手，指导村党组织开展好“三会一课”。抓党建促脱贫攻坚是一项系统的工程，支脉众多，层次复杂，工作量大。习近平总书记指出：“要把扶贫开发同基层组织建设有机结合起来，真正把基层党组织建设成带领群众脱贫致富的坚强战斗堡垒。”作为驻村第一书记的张丽总深深地认识到，抓党建促脱贫工作开展得好坏，最终实践还是在村组织。因此张丽总用党建引领全面工作，使党建与脱贫攻坚工作相互促进、相互融合，持续唤醒根植于党员内心的党性，保持激励党员干部回望初心，时刻以饱满的激情、昂扬的斗志践行诺言。保持过硬的作风，奋战在脱贫攻坚的一线，让抓党建工作成为脱贫攻坚战胜利的“法宝”。

“小康不小康，关键看老乡。”要让群众看到党员干部以身作则、发挥示范带头作用的行动。形成上行下效、整体联动的总体效应。今年 6 月份，持续的干旱少雨让大春农作物面临减产，为打赢“抗旱保苗、生产自救”这场硬仗，将旱灾损失降低到最低程度，在上级领导和金顶镇党委、政府的指导下，张丽总带领箐门村“两委”带头积极行动，组织广大党员干部群众开展抗旱保苗、生产自救工作，及时深入村（组），发动群众开展生产自救。在抗旱工作中，充分利用现有水库、坝塘、水池等有利条件，因地制宜采取蓄、引、抽、提等措施，确保大春抗旱保苗用水。对水源差、距离远的干旱区，组织群众采取车载、人背等方式，就近取水抗旱保苗。驻村工作队组织村民进行了 4 次 200 多人次的大春自救工作。老百姓将张丽总他们做的这些工作看在眼里、装在心里，感激之情溢于言表。张丽总他们也利用这个契机，教育引导贫困群众真真实实领会“日子过得好既要靠国家政策帮，还要靠自己苦干”“幸福不会从天而降，好日子是干出来的”的真理。

访贫问苦，做特困学生的“关爱人”

村“两委”及驻村工作队通过入户走访，了解到箐门村今年高三毕业生中有 10 名优秀学子考取了一本及二本大学，部分贫困学生存在没钱交学费、买车票难的实际困难，甚至因此影响学业。为解决学生们的实际困难，帮助他们顺利完成

学业。村“两委”及驻村工作队为学生们发放了一万四千元助学金，用于帮助困难学生，确保每个学生不因家庭经济困难而辍学。

通过爱心助学，让家庭困难的孩子不因眼前的难题而上不起学。虽然资助的助学金微薄，但张丽总他们尽最大的努力去帮助家庭贫困的莘莘学子，让他们没有后顾之忧地完成学业，鼓励他们学有所获、学有所成，将来以自己的优良学业改变家庭目前的贫困状况。

近年来，箐门村“两委”及驻村工作队始终关注在外求学的贫困学生的状况，及时走访学生家庭，了解学生的困难诉求，及时给予救助。每年的秋季开学季都会开展“金秋助学”活动，截至目前，已累计资助家庭条件困难的大学生63名。

想方设法，做农村发展致富的“领路人”

箐门村“两委”及驻村工作队深深地意识到，建立“既扶贫又扶智，既授人以鱼，又授之以渔”的精准脱贫机制，是推动箐门村实现精准脱贫、永不返贫的关键。

因此，张丽总他们经常通过多种形式召开会议，实现信息互联共享，共同探索群众致富门路。一是激发群众内生动力。从实处出发找准载体，从细处出发找准切入点，寻找致富门路。二是通过“支部带党员、党员带群众”的方式，促进贫困群众解放思想，闯致富路子。三是大力宣传脱贫致富先进典型，用身边事教育身边人，示范推动精准脱贫工作。四是开展技能培训，帮助贫困群众掌握一技之长，引导他们外出务工或就地就业，让贫困户“就业一人、脱贫一家”。

目前，整个箐门村有51名劳务工、76名正式职工供职于云南金鼎锌业公司。其中有11户是曾经的建档立卡贫困户，他们通过自己的努力，收入不断增加，年收入在2952元以上。对那些因为各种原因无法外出打工和就地就业的特困户，村里设置了护村员、护路员、保洁员、地质检测员等岗位，使他们有事可做，有工资可领。此外，箐门村毛驴托管代养、生猪发放、蛋鸡养殖等脱贫项目都在有条不紊地进行着。

在驻村工作中，张丽总深深地感到，扶贫虽不是一朝一夕就能解决的问题，但只要一点一滴认真地去做，脱贫目标是可以逐步实现的。张丽总是农民的儿子，箐门是张丽总的第二故乡，张丽总把汗水洒在这片土地，将真情“驻”进百姓心坎，在帮助群众解决困难的时候，在老百姓把张丽总视为家庭成员的时候，张丽总才能体验到这份充实和满足。

一条通往铜牛甸的致富路

杨琼鹤

一条刚刚竣工的砂石路蜿蜒通向大山深处，一根笔直的电线杆高高矗立，一股白花花的自来水汩汩有声……盛夏时节，群山环绕的铜牛甸峰峦叠翠，清幽凉爽，我一路颠簸，走进兰坪县金顶镇箐门村铜牛甸村民小组，映入眼帘的是一条新修的村组公路，沿着凹凸不平的毛坯路刚走不远，只见新开出的路上到处是刚经过碾轧平整的乱石，三四个村民正冒着酷暑在工地上忙碌地铺路，他们有的在用钢钎齐声吆喝着撬石头，有的抡着大锤击石，有的举着锄头挖泥，有的用箩筐搬运碎石……处处都能感受到勃勃的生机。

铜牛甸村民小组位于箐门村委会西山头，是一个地处深山中的小山村，离黄金公路 18 公里，有分散居住的彝族同胞 36 户。以前，村民出行很不方便，山高水险，交通闭塞，与外界交往甚少，直至 20 世纪 50 年代仍处于奴隶制社会。这里彝族群众系远古游牧民族氐羌人的后裔，较完整地保持着传统风俗，千百年来，不断地迁徙辗转，形成了其居住地“大分散，小聚集”的局面。

过去，这里只有唯一的一条陡峭狭长的山路，由于都是人工挖的，缺乏规划，坡度大，弯道多，道路窄，时通时阻，一到雨季，洪水把便道冲了个一干二净，毁掉了村子与外界联系的唯一通路，也隔断了村里人通往外界的希望。村民出行很不方便，特别是年老体弱的群众，想出一趟山更是困难。由于通往外界的主要道路常年失修，路面坑坑洼洼，车辆不能通行，晴天群众下山办事要翻山越岭近 40 分钟才能到达，雨雪天气路滑根本无法行走，虽然经过几次扩修，但还是解决不了通行问题。一看到外面翻天覆地的变化，村民们就着急得晚上睡不着觉，认为不解决交通问题就是死路一条。遇上小孩上学，亲人生病，或搬运农资、饲料等重物时，更是让群众苦不堪言，当地经济发展受到了严重制约，这是全组村民的一个“心病”。为了不被困死在山里，修路成了村里当前的一件大事。

莽莽大山深处的铜牛甸村民小组，整个村庄在群山环抱之中，绿意盎然，村民背山而居，房前屋后到处是密密麻麻的木栅栏，一块块田地里，白芸豆花、洋芋花开得五彩缤纷，铜牛甸虽然距离县城不算太远，却是山高坡陡，重山阻隔，交通困难。这里的村民们祖祖辈辈都是通过一条崎岖的村道进出大山，所有的物品只能靠肩挑马驮。每逢街子天，村民只能翻山越岭，肩挑手提物资去赶街，改善交通条件成了村民最迫切的愿望。

“路不通，出行困难，生活困难，发展生产困难，做什么都难。山高坡陡路难走，这是长期以来困扰着铜牛甸村民小组祖祖辈辈的一大难题。渴望通往山外，成了村民几代人的梦想。”一个开着大卡车的师傅介绍说。

面对巍峨的大山，如果没有资金，开山修路简直是天方夜谭。了解到这一情况后，看到长年深锁在大山里的彝族群众对修路期盼的眼神，金鼎公司提出了要脱贫首先要解决交通制约的帮扶思路，决定再困难也要先把路修通。此后，为了切实地改善铜牛甸彝族同胞的交通状况，公司积极与村委会和兰坪县政府联系，项目很快得到县级有关部门的批复。于是，在箐门村委会的协调下，公司开始了对路线的前期考察，并且挨家挨户上门做工作，号召村民出工出力，启动了针对铜牛甸村民小组土路进行碎石路改造的工程。

在金鼎公司的帮助和协调下，在兰坪县多方努力下，这条凝聚村民希望的道路修复工程终于动工了。项目于 2015 年 4 月 3 日开工，投入挖掘机 2 台、装载机 1 台、压路机 1 台，拉运石渣 85 车、煤渣 29 车，人工配合铺路及挖沟、埋设涵管 16 道，对局部路面沼泽地软弱路基用石渣换填，1.2 公里在原路面上修复整平，项目总长 4.6 公里，宽度 4.5 米，总投入约 60 万元，并于 2016 年 5 月 21 日通过兰坪县及公司的竣工验收，2017 年全部硬化成水泥公路。

修路期间，金鼎公司基建工程部每天起早贪黑，把全部的时间、精力都放在了修路上。白天，他们往返于山路，捡路面上的石头，平整路面；夜晚，他们打着电筒拿着簸箕，清除积水，轮流排班接着修。兰坪的五月，骄阳似火，晒得人皮肤刺痛，35℃的高温下，风是热的，地是烫的，一切都在炙烤中，汗水肆意流淌，被汗水渗透的衣服紧紧地贴在后背上，连呼吸都变得艰难，大家的皮肤变得黝黑，在张嘴呼吸的同时，仿佛能听见自己加速的心跳声。

由于所有的土石方都是从 30 公里外的矿山上拉来的，因此，工程量比较繁重。每天，天刚蒙蒙亮，一车车满载碎石的大卡车在密林深处来回穿梭。晴天，扬起来的尘土遮天蔽日，日月无光，让人避之不及。雨天，车辆抛锚、爆胎等事故层

出不穷，让师傅们吃尽了苦头。但是，大家都是铆足了劲儿拼命地见缝插针干，为的是和即将到来的雨季抢时间、抢进度，争分夺秒推进路基建设任务。

在施工过程中，由于山体坚硬，乱石丛生，大多是几百上千米深的悬崖峭壁，稍不留神随时都有发生危险的可能。“有几处既是陡坡，又是悬岩，修路难度非常大，而有的地方填方也很大，所以修路的进度就相当慢。”一个具体负责施工的人如此说。

一位不知名的拖拉机驾驶员告诉记者，他跑运输已经 5 年了，这条路不知来来回回走了多少遍。以前，这条路灰尘多、损耗大、道路窄，车辆极易发生事故。现在路修好了，变平整了，不仅车辆跑起来更加省时省油，更重要的是比以前更加安全。

走在平坦的碎石路上，村民高兴地说：“以前我们最怕下雨天，一下雨道路泥泞，别说坐车，就是走路都困难，现在路修好了，去哪儿都方便了！”村民纷纷说，以前山路水毁严重，除了摩托车，只能步行走进村，夏天涨水的时候，路难走得很，还要蹚水呢，村民十天半个月都不能出山。

如今，走进铜牛甸挂包联系点，到处可以看到喜人的局面：一排排蔬菜大棚错落有致，一条简易进村道路已建设完成。“现在回村发展有奔头！”铜牛甸村民喜滋滋地说。他以前在外务工，看到家乡发展机遇来了，主动回家发展运输业。

现在，入村的公路全部铺成了水泥路面，这条凝聚着村民希望的道路修好了，这路一修通，老百姓的日子就越来越好了，村民的农特产品就都能运出去变成钱了，这个偏远的小山村和外界的联系将变得方便和紧密，村民致富梦想将不再遥远。

扶贫路上的“领头雁”

李青艳

我生于兰坪县啦井镇，是一位土生土长的白族妇女，现在是兰坪县三江科贸服务有限公司、兰坪县三江职业技术培训学校和兰坪县百川民族文化有限责任公司的法人代表。

我的创业经历很平凡，带领团队走过了十几个春秋，但这一路走来我依然像一个小孩子一样，跌跌撞撞、摸索前行。这期间，有成功的经验，也有创业路上的艰辛和思索。

2002 年，三江科贸服务有限公司成立初期，是以电脑销售、网络工程和各种软件开发、推广为主要经营项目的。在当时，这个新兴行业曾给公司带来了很好的社会效益和经济效益。但后来随着电脑市场的饱和，公司不得不面临整改和转型。如何改？如何转型？往哪里转？成为摆在面前最大的难题。

正当我左右为难时，恰逢兰坪县委、县政府大力提倡农村劳动力转移输出，而当时劳务输出中介是兰坪的一个空白。在这样的一个大环境下，2007 年，公司成立了兰坪县三江科贸服务有限公司人力资源市场，主要负责兰坪县贫困地区劳动力转移和外出务工人员省内外就业的服务管理工作。

当初，成立人力资源市场是想让公司有更好的经济收益，没想到这是一项涉及民生的工程，几乎没有经济回报。繁琐的工作让我好几次都想打退堂鼓。印象最深的一次是 2008 年，当时由于公司成立不久，加之自己业务生疏，我和公司员工带领 89 名农民工并由公司代垫了每人 600 元的路费到外地务工，当到达东莞某电子公司的时候，厂家在考核农民工入厂条件后，以缺乏技术、语言沟通障碍为由将原来协商好的工资薪酬减少了，在与厂家协商无果的情况下，这 89 名农民工，有的返乡，有的留下，有的通过老乡介绍去了别的厂。原本计划 5 天时间，结果一待就是 22 天，公司也蒙受了损失。

市场历练是最好的经验。在总结经验教训后，为了让公司持续健康发展，更好地服务于农民工以及广大求职者，2009年，公司创办了兰坪县三江职业培训学校，主要为农民工、下岗工人提供技能培训。现今，三江职业培训学校已不仅仅是简单的培训机构，更是外出务工人员的“娘家”。凡通过公司培训的兰坪籍务工者，公司就派驻厂管理人员进行跟踪服务管理，真正做到第一时间为务工者维权服务。

多年来，三江人力资源市场和三江职业培训学校已先后向上海、江苏、广州、东莞、珠海、惠州、福建等地输送劳务人员14600名，职业介绍8200人次，并结合兰坪县实际，先后组织了美容美发、酒店管理、餐饮服务、足疗、保洁以及种植养殖业等各类实用技术培训班322期，实现了先培训、后输出，由无技能劳动力向有技能劳动力的转变，使农村劳动力转移输出后，更好地适应市场需求。

2016年，我再次开启了二次创业之路，成立了兰坪百川民族文化服饰有限责任公司。因为一直在做培训，培训学员中有一部分是残疾人，我在就业跟踪服务的时候发现，培训结束后，公司很难帮这批人在本地推荐就业，更别说到外地就业了。基于这个原因，我就在想，是不是可以把这些残疾人组织起来，创办一个服装企业。因为服装加工这个行业的劳动强度相对较小，如果把这些残疾人招聘过来，让大家用自己的双手来养活自己，实现有尊严地脱贫。

事实证明他们确实很优秀。百川招纳的残疾人员工上进心特别足，自尊心也很强。只要企业对他们有信心，他们就报以加倍的努力。在百川这个大家庭里，彼此都能够体谅对方的苦楚，每个人都能自觉地完成力所能及的工作。他们能够学好技术，每天都有活干，能够开心快乐、有尊严地生活，是我最大的满足。

百川服饰目前共招收55名员工，其中有建档立卡贫困户40名，残疾人员工15名。大家用辛勤的汗水和勤劳的双手，生产了校服18000套、工作服9560套、民族服装6800套、易地搬迁点窗帘加工定制26000扇。虽然在百川这个大家庭里，有的人身患残疾，有的人从大山搬迁到这里，没有文化，也从来没有上过班，但他们的工作态度都很认真，都很珍惜这份工作。企业也按照“海纳百川，有容乃大；壁立千仞，无欲则刚”的企业精神，带领团队自力更生、奋力拼搏，努力做大做强。

2009年，营盘镇黄梅村的农民工小和，不但用打工挣来的钱帮助父亲搞养殖业，还盖好了房子；2011年，外出务工的姑娘小雪在工厂打工认识了陕西男友，喜结良缘；啦井挂登的小伙子小熊在厂里认识了一起打工的通甸姑娘小和，两人结婚后，在工厂辛勤工作存下钱，如今在兰坪搞起了运输。通过三江人力资源市场培训输送出去的农民工，不仅收获了财富，也收获了缘分，还收获了属于自己

的梦想和幸福。

每逢过年，当收到他们发来的问候和祝福时，我觉得自己才是收获最大的人，因为在他们的幸福里，同时也收获了属于我的人生价值。

回过头来，看我走过的创业路，这种人生经历对我来说是最大的财富，让我感到充实。直到现在，我仍不断学习，不敢有一丝一毫的懈怠。因为市场竞争激烈，瞬息万变，稍不留神，就会被市场淘汰。尽管做企业很累、很不容易，但有一点我很欣慰，就是我的企业发展到现在，让我有了更多的能力去帮助别人。看到在自己的努力下实现了他人的愿望，我都会非常开心快乐。

记得有一位企业家曾经说过："一个真正的企业家首先应该学会的是感恩！"回首自己艰苦创业的历程，我特别感谢县委、县政府为创业者搭建的创业平台和政策上的支持，感谢长期以来与我并肩作战的每一位员工。

创业难，守业更难，今后的创业路还很长，我将一如既往地开拓适用于建档立卡贫困户、贫困残疾人及妇女就业的项目建设，帮助建档立卡贫困户、农村妇女及残疾人脱贫增收，积极回报社会，勇于承担企业社会责任，助力实现兰坪脱贫攻坚目标。

带上儿子去驻村

王靖生　杨雪辉

“张工作队，又去忙啥了？来家里喝杯茶再去。”“张工作队，周末孩子不上学，你忙不赢带就放在大妈这里吧。”走在双米地村，村民们如同自家人一样亲切地向“张工作队”打招呼。

“张工作队”本名张军勇，是中国移动通信集团云南有限公司怒江分公司泸水公司的一位普通员工，他自2016年2月份至今在泸水市六库镇双米地村任驻村扶贫工作队员。2016年6月，为了全身心投入扶贫工作，他把12岁的儿子转到驻村双米地小学读书。在过去的一年里，除了到六库开会和带儿子到外地看病外，张军勇都驻扎在村里，一有空他就到村里的家家户户走访调查，于是，几乎全村2000多名老老少少都认识他。2017年是张军勇在双米地村履职的第二年，认识张军勇的人都被他的敬业精神深深折服。

从“新农村指导员”到“扶贫工作队员”

2012年，张军勇被单位下派到泸水市古登乡尼普罗村委会担任新农村指导员，这一年驻村工作结束后，他因为表现突出被评为“县级优秀新农村指导员”。2016年初，上级号召各单位要下派驻村扶贫工作队员时，泸水移动公司领导第一个想到了张军勇。

张军勇服从单位安排去驻村扶贫一年是在“两难”的境地下决定的：12岁的孩子有身体缺陷，需要随时照看，每月带他到昆明看病一次，碰巧，在泸水公路局工作的妻子也抽调到离家300多公里外的贡山县“滇藏新通道怒江段公路指挥部”工作。张军勇把面临的棘手困难默默地藏在心里，再次踏上了驻村扶贫路。

2016年2月29日，张军勇正式进驻双米地村。有先前的“新农村工作队”

经历和开朗健谈的性格，第二天他就进入了“驻村扶贫”工作角色。

2016 年是脱贫攻坚入户调查农户基本情况的第一年，农户基本情况调查后，数据录入都需要电脑操作，而双米地村的几位村干部电脑操作都不熟练，张军勇便成了双米地村录入扶贫基础数据的主力军。进入 2017 年，张军勇继续驻村的目的就是想帮助村里做长远发展规划和争取短平快的项目。

从一人驻村到扶贫路上父子兵

张军勇的儿子张博舒先天性左脑发育不良，右脑发育正常。张博舒酷爱摄影，能背诵古诗，但长到 12 岁也不能认一个汉字。

为了全身心投入工作，张军勇先把儿子寄托在岳父母家，后来又送到怒江州特殊学校读书。2016 年 6 月 1 日，张军勇把儿子带到双米地一起过儿童节。乡村孩子对张博舒的友好态度让张军勇下定了决心，把儿子带到身边来，父子俩一同驻村。自此，在双米地村委会，每天 6 时 30 分，张军勇的闹钟准时叫响。张军勇招呼好儿子起床洗漱后，7 时 40 分送儿子去村小读书。儿子张博舒白天在学校吃饭和午休，到晚上 8 时 30 分下晚自习后，张军勇要准时接他回家睡觉。

2016 年 11 月的一天，张军勇和村干部为村里去山上寻找水源，他们用了 5 小时的时间才爬到海拔 2400 米的水源地。而当他们从水源地准备下山回村时，已是夜幕降临。张军勇才突然意识到自己还要在 20 时 30 分之前把儿子接回家，但如果按正常单边 5 小时的时间计算，回到村里显然已是深夜。于是，张军勇一边跟双米地学校校长打电话请求下晚自习后暂时帮忙照看好儿子，一边以最快的速度赶回村里。

有得便有失。为了方便照顾儿子，张军勇把他带到身边了，但张军勇的爱人还在 300 公里外的贡山县丙中洛工作，他们一家团聚，大都是孩子妈从丙中洛回来到双米地村委会驻地与父子俩团聚，双米地村委会成了他们的家，而他们在州府六库的家却变成了“旅馆”，成了摆设。

因为儿子的病情特殊，张军勇每月要带儿子到昆明抓一次药。他带儿子去昆明看病尽量选在周五去、周日回来，不耽误脱贫攻坚工作。为了治好儿子的病，张军勇几乎跑遍了国内的各大医院。

从熟悉 1 名到 2000 多名村民都认识

到双米地村委会驻村的第一天，接待张军勇的是已在村委会工作了 20 多年的村委会副主任茶应新。茶应新是他在双米地村认识的第一个人。但是，通过经常进村入户走访调查，很快张军勇认识了第二位、第三位……双米地村人，直至全村 2000 多名村民基本都能认识。

没有调查，就没有发言权，一到双米地村，张军勇就开启了走村入户摸底调查的行程。通过走访调查，张军勇感觉到双米地村的发展滞后，与自己之前进驻过的尼普罗村有过之而无不及。一次入户走访时，他碰到一位父亲带着两个年幼儿子艰难度日的贫困户，仔细一了解，因为贫穷，几年前母亲远走他乡。现在，14 岁的大儿子已辍学回家务农，正读小学六年级的二儿子密正海也因为父亲供不起每星期 10 元的生活费而面临辍学。了解情况后，张军勇毅然答应资助 12 岁的密正海继续完成学业。从去年 3 月份以来，按每月平均不低于 150 元的资助金计算，张军勇已为密正海资助了 2000 多元。

65 岁的傈僳族村民六珍妞大妈看到张军勇太忙，主动帮张军勇的儿子洗衣服。村民对张军勇的感情，令这位七尺男儿感动，他总觉得自己为村民做得太少了，但全村老少给予他的太多。

在双米地村，大部分村民称呼张军勇为“张工作队”，比较熟悉他的长辈，如六珍妞大妈就是随口叫他“小张”，而村子里的小孩都异口同声地喊他“张博舒爸爸！”

“实事求是地说，我们全村 2000 多个村民，几乎都认识‘张工作队’。”腊月子的话代表了双米地村干部和全体村民对张军勇的高度肯定。

“耍赖”的第一书记

段国春

他曾担任过银行县级支行行长、州级分行监察室主任。脱贫攻坚战开始后，他舍弃安逸的家庭生活，主动请缨，投身基层，承担起驻村帮扶工作，成为贫困群众最为信赖的“阿此书记”。他就是农业银行怒江分行派驻古登乡佑雅村的驻村扶贫工作队队长、第一书记此有迪。

“脱贫攻坚惠及广大贫困群众，这项工作很有意义，我觉得值得辛苦，也很乐意做这项工作。”此有迪是 2015 年 9 月来到佑雅村的，他说当初行里的领导考虑到他懂傈僳语便于开展工作，就找他商量。此有迪本人出身农村，对农村有一种自然的亲切感，便愉快地接受了驻村任务。

按照规定，驻村工作队员两年一换，他驻村期满后，行里已经选定了接替人员，但此有迪却“耍赖”，要求继续驻村，并且一驻又是三年。“我跟佑雅村的群众产生了感情。最后的脱贫期限越来越近，因为脱贫攻坚工作前后具有连贯性，如果中途换人的话得重新熟悉村情民意。”此有迪憨厚地说。

勤走访——厘清发展思路

佑雅村是一个集条件性、素质性、民族性和区域性贫困为一体的典型集中整体连片特困村，贫困程度大大超出了此有迪的想象。村里没有支柱性产业，大部分自然村不通公路、不通水，用电也没有保障。村民们住的是千脚落地房，吃的是稀饭，大都没有要脱贫的观念。面对如此现状，此有迪觉得身上的责任很重大。上任伊始，他就组织村干部和驻村队员制订了脱贫攻坚规划。在会议室的墙上挂着一幅巨大的佑雅村脱贫攻坚作战图，内容除了佑雅村贫情简介、贫困村出列 11 项指标达标情况，还有人均收入、住房、教育、医疗等各项贫困户脱贫退出指标

达标情况。此有迪说，为了做到精准，他们采用挂图作战销号管理的方式对全村12个村民小组334户贫困群众进行动态管理，督促工作队和挂联帮扶人员尽心履职，帮助贫困群众脱贫摘帽。

“已完成的在相应的地方打钩，没有完成的就一目了然，我们根据佑雅村脱贫攻坚作战图进行查缺补漏，最终逐项做到位。”经过党和国家的大力帮扶，全村334户仅有12户因病或因学致贫的群众没有脱贫。目前，此有迪和同伴们把这12户纳入社会兜底帮扶对象，将采取民政救助等方式确保他们如期脱贫。

补短板——大力发展特色产业

佑雅村村民大都以种植玉米为主要家庭经营方式，少部分养了山羊或者黄牛。此有迪想，要帮助他们真正富起来，必须大力发展特色产业，于是根据村里的实际情况，积极争取了重楼、酸木瓜、茶树、芭蕉芋等种植项目和中华蜂养殖项目。但是，群众受传统思想影响，不愿意进行产业结构调整。

“我们组织村干部、村民代表到外地取经、现场学习，他们的观念也慢慢地改变了。”此有迪说，思想做通了，项目很快就推进了。截至目前，佑雅村已完成花椒种植2000亩、酸木瓜种植460亩、优质茶树种植1000亩、重楼示范种植10亩、芭蕉芋种植350亩、核桃提质增效1200亩、中蜂养殖150箱。

用心用情——破解难题

易地扶贫搬迁是从根本上帮助山区贫困群众改善贫穷状况的举措。通过前期宣传动员，佑雅村共有221户841名群众签订了搬迁协议，但安置点建设完成时，有很大一部分群众的意愿出现了反复。

那段时间，此有迪和驻村队员每天徒步数十公里进村入户，不厌其烦地一遍又一遍给群众讲政策、谈未来，想方设法帮他们解开心头的疙瘩。2019年11月30日，225户群众搬出了大山，告别了祖祖辈辈居住的千脚落地房，搬迁到交通便利、生活条件优越的城墙坝易地扶贫搬迁安置点。

佑雅村村民受教育程度普遍偏低，受陈旧思想观念影响，很多家长都不支持孩子到校学习。此有迪心里十分难受，他知道只有教育才是阻断贫困代际传递的治本之策，于是他把控辍保学当成工作队的一项重要工作来抓。

“我们就是一户一户地、一个一个学生地宣传、教育、动员、劝返。”此有迪说。极个别家长看到他们来动员孩子返校就不给他们好脸色，但他们还是耐着性子说服。慢慢地，家长对教育的重视程度越来越高了。现在佑雅村辍学学生已经全部返校就读，失学率为零。

外出务工是贫困群众增加经济收入、实现脱贫致富最快捷的方式，也是帮助他们开阔眼界、增长见识最直接的途径。但部分群众受陈旧思想观念影响，就是不愿走出去。为此，此有迪和驻村队员不断地说服动员、牵线搭桥，终于有人尝试到外面务工。随着在外务工挣到了钱的消息传回来，其他群众也动心了。通过几年不断发动，截至 2019 年底，佑雅村外出务工的人数达到了 555 人。

此有迪说，现在村民们不需要工作队动员了，年一过大家就三五成群地外出务工。外出务工的收入已经成了他们的主要收入来源，个别家庭务工收入占到家庭总收入的百分之七八十。

几多辛苦——酸甜苦辣成笑谈

“群众有事情都喜欢找他交流一下或者谈一谈想法，有什么发展的思路也喜欢找他帮忙指导。”驻村工作队队员赵冬至是 2019 年 4 月来到佑雅村的。赵冬至说，一到村里工作他就被此有迪与群众的深情厚谊感动到了，大家把此书记当成知心人，根本原因是此书记工作务实。

在赵冬至的记忆中，此有迪从来没请过事假，唯一的一次病假也是重感冒拖了几天后，实在坚持不住才请的，而且就请了一天的假到六库输液，回来后又立即投入工作中。“此书记以身作则、严于律己的工作作风让所有队员折服，大家都纷纷向他看齐。他能够这样严格地要求自己，我们也就跟上了。整个工作队的工作都在有序推进，把各项工作‘一盘棋’做好。”

古登乡驻村扶贫工作队大队长周捌迪告诉我们，去年乡里要召开一个很重要的会议，那时候美丽公路正在建设中，路况十分糟糕。为了准时参会，此书记早早地就开着车从村里往乡里赶，但不幸被一辆对头车碰撞，事故造成此书记头部受伤。因为伤情不算严重，他又继续开车赶到乡里，准时参加了会议。

“我看到后相当心疼，告诉他赶快去看医生，不要参加会议了。他说没有问题，一定要参加会议，后来一直坚持到会议开完才去医院。”周捌迪说，此书记到医院简单检查包扎后，拿了一些消炎化瘀的药后又回到村里工作。

贫困山村旧貌换新颜

自脱贫攻坚工作开展以来，在国家政策的大力支持和村干部、驻村扶贫工作队员的共同努力下，佑雅村发生了翻天覆地的变化：555 人到珠海等发达地区务工，191 人获得了公益性岗位，增加了收入；所有村民通过易地扶贫搬迁、农危改、美丽宜居等工程改善了住房条件，住上了稳固舒适的房子；花椒、酸木瓜、茶树、中蜂等一大批特色产业已经初步形成规模；通村公路做了硬化，危险路段安装了防护设施，沿线种植了叶子花、竹子和格桑花……全村的贫困发生率从 2015 年的 58.46% 下降到 2.09%，人均纯收入由 2015 年的 4000 多元增加到 2019 年末的 7000 多元。此有迪告诉我们，更可喜的是，现在村民的精神状态发生了巨大变化。

特殊的一封信

2019 年 10 月 19 日，村民味花才给驻村扶贫工作队写了一封感谢信。信中回顾了这些年工作队员们历尽艰辛为全村群众脱贫摘帽做出的点点滴滴，表达了对驻村扶贫工作队的感激之情。信中有一段话是这么写的："我们家下一步将要搬迁到上江镇城墙坝易地扶贫搬迁点，我相信有党中央的好政策，有上级党委、政府的关心，有怒江州农行、泸水市环保局等挂联单位的支持，我们一定可以通过努力，让生活一天比一天好，衷心感谢每一位为我们付出辛劳和汗水的挂联单位和驻村工作队员。"

味花才给驻村队写感谢信的事被其他村民知道后，大家纷纷在信的下方签上了自己的名字，并按上了红红的手印。此有迪说，人非草木孰能无情，群众在发展中得到了实惠，自然从内心深处有了对党和政府的感恩。

此有迪说，佑雅村在去年已经实现脱贫出列，但群众的脱贫质量还很低，离小康还有很长的距离。在今后的工作中，他们一定继续努力前行，与佑雅村群众一道努力奋斗，使老乡们的日子越过越好！

新时期最可爱的脱贫攻坚人

和建芸　罗云成

自开展新时期精准扶贫、精准脱贫工作以来，马吉村驻村工作队队长和勇泽与他的队员们拓宽帮扶思路，深入村组，入户走访座谈，访贫问苦，广泛宣传政策，积极落实帮扶项目，解决贫困群众的实际困难，为群众做了许多实实在在的好事。在他们的帮助下，村民的思想观念发生了巨大变化，生产生活信心倍增。通过一年来的积极帮扶，有效地增加了贫困户收入，有力地改善了农村的生产生活环境，得到了群众的一致好评。

2020 年 3 月，当福贡县马吉乡马吉村漫山的桃花盛开时，46 岁的和勇泽到马吉村开展驻村工作恰好满一周年。从事精准扶贫工作以来，他始终奋战在脱贫攻坚第一线，不怕苦、不怕累，用真心、热心、耐心谱写着一名驻村队员的奉献之歌。一年中，马吉村悄悄地发生着翻天覆地的变化。

马吉村驻村工作队队长和勇泽说："在驻村的这一年里面，我觉得最大的感触是在易地搬迁这个过程中，虽然我们前期在动员、宣传、走访入户的过程中做了很多工作，但可能在工作的切入点上、方式方法上还是有所欠缺，我们就积极地跟村干部，乡党委、政府的乡干部取经，如何能够让老百姓信任我们，把自己的心里话对我们讲出来，所以，在后面的工作中我们调整了方向，跟老百姓不但从政策上，更多的是用心用情地与老百姓交朋友，把他们当作家人。截至 3 月 10 日，马吉村易地搬迁全部清零。"

据了解，马吉村驻村工作队由怒江州税务局、福贡县自然资源局、福贡县机关事务服务中心三家挂联单位的 9 名队员组成。自 2020 年 2 月福贡县成立"背包工作队"以来，县里又增派了 1 名队员协助，确保能如期实现脱贫。一年中，驻村工作队的队员们努力吃透上情、了解下情、厘清方向、明确任务、找准目标。做到了工作中不跑偏、不离题、有主见、有尺度、不掉队。在掌握政策的同时，

坚持深入走访，迅速摸透村情，队员们披星戴月、夜以继日地进行调查摸底、宣讲政策、填写报表，村委会、山路上、公路旁、田地间都留下了他们疲惫又坚定的身影……从对驻村工作，特别是农村工作的不熟悉到熟悉，从跟老百姓相识到跟老百姓打成一片。驻村工作队的队员们与群众同吃同住同劳动，为了不影响村民干农活儿，他们选择夜晚入户，跟老乡们火塘夜话，耐心细致地与群众面对面谈心，做群众的倾听者，了解他们的需求和内心的担忧。

不办实事，群众不信，干部不认。为了准确把握所帮扶贫困户的家庭状况和致贫原因，有针对性地做好帮扶工作，和勇泽始终坚持群众利益无小事的观点，想千方设百计为贫困户办实事、解难题，全身心投入扶贫工作，马吉村群众所盼、所需都深深印在和勇泽的心里。马吉村刮咱小组不通公路，为了宣传易地搬迁政策，队员们只能在陡峭的山路上艰难前行。2020 年 2 月的一天，马吉村驻村工作队到刮咱小组贫困户恰劳布家中走访，一进院呼唤几声也没见回应，还以为老人去田里做农活儿了。通过村委会才知道，恰劳布因为高血压和胆结石生病住院了。和勇泽放下手中的工作，组织队员们立即驱车赶到县医院，给这个贫困的家庭送去了慰问品和慰问金。看到病床上已经安然无恙的亲人和一桌子的慰问品时，恰劳布的家人激动得热泪盈眶。在驻村工作队离开之后，恰劳布的女儿主动给和勇泽打电话，表示愿意搬迁。

我们来到马吉村的时候，跟随驻村工作队员一起去看望了刚刚出院的老人，一看到驻村工作队来了，一家人热情地招呼大家进屋，提起母亲的病情和从不愿搬家到主动搬家的心路历程，老人的女儿你利叶说："因为我妈妈在这里住了一辈子，住习惯了，对这个地方有感情，所以她就不愿意搬，（驻村）工作队来过我们家好几次了，（跟我们）说搬迁的好处，坐车方便，看病方便，因为我妈妈身体不好，有高血压和心脏病，去福贡县医院也住过院，然后（驻村）工作队也来看过，带了那些东西，就像家人一样亲，非常感谢（驻村）工作队，我们愿意搬进去，交通也方便，我们这几天在那边打扫卫生，这个月底就搬进去了。"

计划是行动的指南。一年来，他早出晚归，晴天一身土，雨天一身泥，足迹遍及扶贫的路上，不知不觉中和贫困户增添了几分亲情，成了群众的知心人。村民们的理解和支持，也给了和勇泽更多的信心和决心。驻村的这一年，和勇泽深受疾病困扰，觉得自己血压高了就吃点药，儿子高考，他选择在贫困户身旁跑前跑后，解决各项难题，谋划村级产业，动员易地搬迁，却没有时间关心自己的身体和陪伴即将考试的儿子。对家庭亏欠的内疚和儿子高考的焦虑，他都只是在夜

深人静的时候才会涌上心头，留给贫困户和同事的永远都是他奔波的身影和和善的笑容。

驻村先“驻心”，只有把心“驻”下来，才能真心对待群众，把温暖送进群众心田，用真心换民心。这支对党忠诚、对人民热爱的驻村工作队伍以真心真情为马吉村群众吹响了致富的号角、唤醒了沉睡的春风、撒播了政策的温暖、勾画了易地搬迁美丽的蓝图。和勇泽告诉我们，如果错过了这场脱贫攻坚战役，或许会后悔一辈子，经历过驻村生活，在以后的工作、生活、学习当中就没有过不去的坎儿，没有克服不了的困难，在今后的岁月里最值得骄傲的就是驻村的日子，他和队员们曾经战斗过、奋斗过、付出过。用自己的真情付出和实干，为马吉村村民真真正正过上好日子贡献一份微薄的力量。脱贫攻坚的路有多长，他们的脚步就走多远。

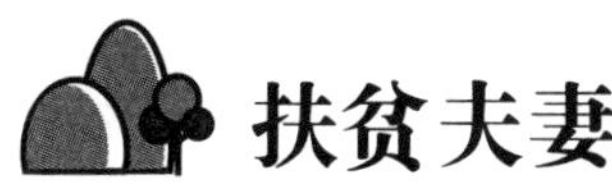

扶贫夫妻

段国春

脚上沾有多少泥土，心中就沉淀多少真情。当下，全国各地脱贫攻坚已进入攻坚克难的关键时期，泸水市的各族干部群众也如火如荼地投入这场“战斗”中。片马镇古浪村的驻村扶贫工作队员李剑铭和妻子程因，正是因为这场特殊的“战役”而奋斗在同一战线上，他们和无数驻村干部一样，时刻用真心真情书写着脱贫攻坚的无私情怀。

李剑铭是怒江州片马口岸边境贸易管理委员会的一名职工，妻子程因是泸水市路龙货运有限责任公司的负责人。2017 年 11 月，李剑铭成为古浪村的驻村扶贫工作队员，随后妻子程因便把自己的养殖产业也带到了古浪村，同时还兼任古浪村幼儿园教师和村文艺队队长。在古浪村的田间地头，都有李剑铭和程因一起访贫问苦的身影。

如何实实在在地帮助贫困群众实现脱贫？这是一年多来，李剑铭夫妻俩考虑得最多的问题。经多方考察学习，程因认为古浪村植被茂密、土壤肥沃，适宜发展种植业，而种植中药材吴茱萸成了她的首选。“吴茱萸生长周期短、见效快，是贫困群众实现脱贫致富的好产业。”程因说道。

说干就干！李剑铭夫妻俩随即将这一想法向片马镇主要领导汇报，得到支持后便开始筹措各方面资金。但由于村里未曾种过吴茱萸，部分农户担心种植失败利益受损，为此程因和村民们签订相关协议，确定了农户以土地入股的方式参与种植，资金则由程因的公司负责，待产生效益后，公司和农户按相应比例进行分红。

经过李剑铭夫妇、驻村扶贫工作队和村“两委”数月的努力，在今年 4 月投入 70 多万元，将每亩每年 600 元租金流转的 312 亩土地都种上了吴茱萸。经过精心培育，目前种苗长势良好。同时，公司还与 28 户 97 人签订种植协议，其中建档立卡贫困户有 9 户 25 人。“我们种植的吴茱萸明年进入挂果期，预计 3 年后进入盛果期，届时参与种植的农户将会有不错的经济收入。”程因介绍说。

自吴茱萸种下后，程因的公司还优先招聘古浪村村民到基地务工。村民绿才

三家上有老下有小，以前光靠种地维持生活，他曾想过外出务工，但苦于无一技之长。在得知程因将公司开到了古浪村后，绿才三毫不犹豫把自家的土地流转了，他们夫妻俩则到基地里务工，每天能有240元的收入，全家的日子也逐渐有了好转。

村民文化程度偏低、村里文化生活贫乏，部分村民存在不同程度的不良习气等，始终制约着古浪村群众实现脱贫致富。为改变这些状况，村“两委”班子找到平时喜欢唱歌的程因，村里的妇女们在她的鼓舞下也逐渐变得活跃起来。“有了文艺队，我们晚饭后就有去处了，不像以前只能待在家里看电视。如今，唱唱歌、跳跳舞，生活丰富了，心情也变好了，这得感谢程队长呀！”提起文艺队，村里的妇女们有着说不完的话。

在今年2月底，眼看刚建好的古浪村幼儿园就要开学招生，但因全市幼儿教师紧缺，古浪村幼儿园只分配到1名教师，缺口的另一个名额需村里自行解决。尽管村“两委”班子多次召开会议研究，把村里上过大学或高中的“文化人”都梳理了一遍，并动员他们回来支教，但每月2000元的工资，最终还是没能为幼儿园招来老师。

当得知程因曾当过老师的消息后，幼儿园负责人和村主任抱着试试看的心态，找到了程因。当时，程因正忙着土地租用、吴茱萸种苗购买等事宜，担任幼儿教师的请求虽然让她很为难，但最终还是答应了。程因虽当过老师，但教授的对象是成年人，幼儿老师对她来说的确是一项挑战。但好在自己能歌善舞，又是一位孩子的母亲，于是她很快便适应了幼儿园的生活，和孩子们打成一片。

虽说李剑铭和程因都在古浪村，但一直以来因为工作原因，李剑铭和家人总是聚少离多，管理养殖场、照顾老人和孩子的重担就只能落到妻子程因的身上。“有一次我父亲病得很厉害，需及时送医院治疗。但当时恰是工作队最繁忙的时候，程因就没通知我，她一个人将老人送到医院。直到父亲出院后，我才知道这个事，这让我很感动却又十分愧疚。”谈起妻子程因，李剑铭有着说不完的感动。

如今，李剑铭依然在古浪村驻村，而追随丈夫同去的程因也依然将关爱和快乐播撒在山区孩子们的心中。在傍晚时分，聚拢而来的村里的妇女们也在她的带领下，怀揣着对美好生活的憧憬，挥舞着双手……

在脱贫攻坚这场战役中，像李剑铭、程因夫妇一样积极投身扶贫一线的人不胜枚举，他们带着共同的责任和追求，不畏艰险、勇于奉献，用心血和汗水让党的扶贫好政策落实到每一个贫困家庭，将党的温暖送到每一户贫困户心中，用实际行动书写了自己亮丽的人生答卷。

以文化人聚民心

和瑞梧

驻村工作对我而言，实在是一次从未有过的严峻考验，简直是“压力山大”。在机关习惯了一切按部就班地工作几十年之后，外加自己年龄已近五旬，特别是最近几年，腰椎间盘突出症状比较严重的情况下，还担任“第一书记”，只觉得有些不堪重负、难以承受。脱贫攻坚，责任之重大，工作难度、强度之大，想想都觉得自己实在胜任不了。

刚到石坪的时候，我的心情就像久旱不雨的天气，特别焦躁。石坪一无资源、二无产业，种庄稼还得靠天吃饭。就连石坪人民几十年的灌溉用水——腊马登水利枢纽也因 2018 年受灾严重而难以及时修复，据说这是 47 年来干旱、缺水最为严重的一次。群众天天盼水，县、乡、村的领导和工作队三番五次地实地查看，工程进度就是快不了。眼看着插秧的节令就要过去，粮食产量肯定无法保障。如此状况，人人都急得像热锅上的蚂蚁。

往往这样的年景，群众的要求更高，怨尤最多，工作最难开展，付出九牛二虎之力仍然成效甚微。如何更加扎实、努力地推进扶贫工作进程，是我们必须一以贯之的第一要务。同时，我也一直在思考如何让工作队、村干部和群众之间建立起更加理解、融洽、和谐的关系。这也是提高群众满意度的一个问题。如何走近群众，与群众打成一片，从而搭建凝聚民心的平台，这有多种方式，如常规的遍访式走村串户，深入村民家庭，了解民情民意等。多年来，这个方法工作队一直在用，并形成了常态化。石坪工作队还形成了一种不成文的做法，那就是尽量参加当地群众的红白二事。但这些做法都存在形式单一，短时间内难以铺开的问题。如何做到影响面广见效又快呢？思来想去，别无长物的我想到的还是以文化人。文化是柔软的，最能开启心扉，也最能打动人心；文化是充满魅力的，最能吸引关注，也最能凝聚力量。正如延安时期，一出《白毛女》演下来，胜过几十场口干舌燥

的宣传动员。而最主要的是，我一介文弱书生，只有文化这个于我而言百试不爽的一技之长。的确，以歌舞的形式亲近群众、凝聚民心，是我长期以来开展工作最行之有效的制胜一招。

多年的社会实践经验告诉我，随着人们物质生活条件的不断改善，歌舞已经成为群众喜闻乐见并踊跃参与的一种形式。歌舞因为更具有民族性与时代性，所以是一种更容易与群众沟通且行之有效的便捷途径。在我的提议下，从 2019 年的端午节开始，石坪村委会积极组织群众开展民族锅庄打跳活动。每晚的七点半以后，在上石坪小组长李冲永的具体负责下，上下石坪的男女老少就会聚集到村委会院坝，打跳各种民族锅庄。这一活动开展伊始，就得到了当地群众的欢迎和支持，很快就形成了常态化、制度化。

吃过晚饭，干了一天农活儿的人们就三三两两地来到村委会，参与到打跳民族锅庄的行列中来。因为地势的原因，村委会是整个盛夏里石坪最凉爽的地方。人们会聚到这里，除了打跳锅庄，还可以纳凉消暑。一时间，爱跳锅庄的、看热闹的，男女老少都喜欢聚到村委会里来。村委会俨然成了人们在傍晚休闲娱乐的首选之地。

驻村工作队、村干部、小组长一起为群众服务，一壶开水、一杯热茶，就拉近了距离，贴近了人心。民族锅庄打跳活动的开展，也是为群众办实事的一种方式，不仅满足了群众对文化生活的需求，促进了邻里和睦、民族团结，更赢得了民心，凝聚了力量，为进一步改善干群关系，推动脱贫攻坚工作顺利实施起到了积极的促进作用。

在我的精心策划和筹备下，在全体工作队员的共同努力下，2019 年 7 月 1 日晚，石坪村党支部在村委会举行了“听党话、感党恩、跟党走”庆祝中国共产党成立 98 周年文艺晚会。

这是石坪历史上第一场文艺晚会。在这场晚会上，全体工作队员齐上阵，人人都是演员、人人都是宣传员，大家使出浑身解数，为石坪人民奉献出一场别开生面的文艺晚会。挂联单位的领导、村干部也加入了演出队伍。

晚会以“重温入党誓词”拉开帷幕，石坪村全体党员在党支部书记褚福星的带领下重温入党誓词。接着，在场的全体党员饱含激情齐声高唱《没有共产党就没有新中国》，用嘹亮的歌声向党的 98 华诞献礼。随后相继进行了七个村民小组群众的集体民族锅庄打跳，舞出了新时代民族风貌。驻村工作队员及挂联单位领导一起表演朗诵《十谢共产党》，引导群众听党话、感党恩、跟党走；脱贫只是第一步，更好的日子在后头。白族调《古修在子额》（好日子还在后头）展望幸

福美好新生活。诗歌朗诵《有一首歌》《点赞中国》诉说了中国共产党带领全国人民从站起来、富起来到强起来的辉煌历程。男声独唱《最美的歌儿给妈妈》唱出了石坪群众对党、对祖国母亲的热爱和感激，而《扫黑除恶扬正气》《坚决打赢脱贫攻坚战》等精彩节目，结合当前形势和工作大局，把党的政策融入节目当中，起到了较好的宣传作用。一个个精彩的文艺节目轮番上演，将演出推向一个又一个高潮。现场笑声不断，掌声、喝彩声不断。整场演出创意新颖、主题突出、精彩纷呈，充分展示了石坪村群众的时代风采。

这次文艺活动是石坪村党支部庆祝“七一”系列活动之一，以文艺演出的形式，激发了群众爱党、爱国、爱家乡的情操，凝聚了人心，鼓舞了士气，充满时代气息的主旋律，在村内营造出健康向上、团结奋进的积极氛围，激励着广大党员和群众积极投身脱贫攻坚主战场，投身到火热的社会主义新农村建设当中。

以点带面，辐射四方。在“七一”系列活动的熏陶和影响下，打必咱小组、盆池小组也相继开始组织群众开展打跳娱乐活动。通过这些文艺活动的开展，群众对工作队的认可度与满意度得到了较大提高，促进了脱贫攻坚各项工作的有效实施和顺利推进。这些活动也为今后石坪村成立群众业余文艺演出队打下了良好的基础。

“穷则独善其身，达则兼济天下”是我毕生追求的人生理想。今生今世，我已无缘到“达”，但“穷”未必就只能独善其身。人生半百，文化已然成了我的一种信念。于是，无论我走到哪里，都会把文化带到哪里，把文化的种子传播到哪里。2019 年是中华人民共和国成立 70 周年，我因为在石坪驻村，不能参加县里举行的许多文艺活动，但却赢得了主持兔峨乡“民族团结示范创建暨首届怒族‘悄间节’文艺晚会”的机会，这是一件兔峨乡历史上最大型、最隆重的文艺盛事。“度尽劫波兄弟在，相逢一笑泯恩仇”，春风化雨，以文化人，就是一种理想与灵魂的摆渡。而宣扬文化、播种文化，也正是文化扶贫应有的要义之所在。

青春之花在银江怒放

刘文青

“入村以后，将以坚定的信心和饱满的热情，全身心投入到‘百日歼灭战’的工作中去，时刻把这次工作任务刻在心中、抓在手上、扛在肩上，以抓铁有痕的韧劲，发扬艰苦奋斗的精神，不忘初心、继续前行……”

这是我在福贡县“百日歼灭战”出征仪式上发出的铮铮誓言。自 2020 年 2 月 17 日参加驻村背包队以来，我日夜奋战在脱贫攻坚一线，用一心为民的情怀、凤凰涅槃的毅力践行着自己的誓言，诠释了一名共产党员的责任与担当。

主动请战践初心

脱贫攻坚越到最后越成为最难啃的“硬骨头”，必须集中精力攻克深度贫困堡垒。2020 年 2 月，我主动报名请战到脱贫攻坚一线，参加县委、县政府组建的“百日歼灭战”背包队。我被下派到架科底乡南安建村，来到了全州乃至全省贫困发生率最高、工作矛盾最突出、工作难度最大的深度贫困村寨，开始了漫长而艰巨的“背包”生涯。

起步了，就注定勇往直前。来到南安建村，我就迫不及待地融入驻村工作队的工作中，主动走村串寨深入农户家，全面掌握该村的基本数据及信息，详细了解贫困人口基本情况及脱贫攻坚开展推进情况，为下一步更好地做好百日攻坚工作理思路、找方向、打基础。

按照乡党委、政府的安排，南安建村将分为四个片区开展百日攻坚工作。当了解到银江是全村最落后、最贫穷、最偏远的一个村小组时，我又一次主动请战到银江片区，迎接最艰苦的工作挑战。我想，越是艰苦的地方，越需要冲锋陷阵；越是困难大、矛盾多的地方，越能磨炼自己的意志。也因为这个信念，更加坚定

了我在困难面前砥砺前行、敢闯敢拼的斗争精神。

从怒江东岸美丽公路靠山体的一边，沿着一条崎岖坎坷的山路，徒步攀爬直顶苍穹的高峰近 3 小时，再翻过两道山梁，越过一片片山林，终于抵达隐藏在碧罗雪山大山深处的银江小组。这里几乎不见一块平地，村民大多居住在陡坡上，生存环境极其恶劣。全村人大多没有读过书，人均读书不到两年，群众文化水平极低，生产观念落后，祖祖辈辈沿袭着人背马驮、刀耕火种的生产生活。正是受这样的生存环境和群众思想素质的影响，深度贫困的帽子早已严严实实地盖住了这一片高寒山区。

党员干部是块砖，哪里需要哪里搬。我曾经在最基层的乡村工作了 8 年，热爱乡村的生活，有一定的群众工作经验。所以，在福贡县脱贫攻坚全面冲锋冲刺的关键时刻，我两次主动请战到全县脱贫攻坚的“上甘岭”，用实际行动践行了共产党人的初心使命。

攻坚克难显担当

村民王志邓家的小院落里，一条瘦骨嶙峋的小狗在柴火堆边汪汪乱叫，破旧的千脚木楼最底层，几头土猪也在哼哼嚎叫。走进木屋，眼前的景象毫无家的生气：熄灭的火塘、火塘边打盹的小猫、低矮的木床、凌乱的锅碗瓢盆……

“大叔，您看您住在这里多不方便，孩子上学需要到十几公里外的学校接送。还有，如果家人得了重病也不能及时得到治疗，需要背到十几里外的医院……”一到银江小组，我来不及休息片刻，匆匆深入农户家进行耐心细致的宣传动员。

“你们就别来了，他们（工作组）也来过好几次了，我们祖辈都没离开过大山，离不开火塘。再说了，我们到县城种不了地，种不了菜，养不了猪，吃什么？”显然，老人已经相当不耐烦了，态度十分恶劣。

我真的没有想到，到村里入户的第一家，就遭到了群众的坚决反对。我殚精竭虑地给他们讲解了搬迁带来的种种好处，都没有动摇他们的想法。

接下来的日子，我和队友们就借住在刚建盖不久的党群活动室。白天入户回来，我们在这个小屋里自己动手做饭，罐头、鸡蛋、萝卜、洋芋等一些耐腐性食品是我们的主菜。晚上入户回来，我们就聚在这个小屋里，认真分析群众不愿搬迁的原因，逐户研究问题对策，常常忘记了休息。入夜，我们就住在这个小屋里，几个空心砖、几片层板和几床被褥，算是解决了住宿问题。

银江小组是典型的“一方水土养不了一方人”的深度贫困山区，但对于乡土情结特别浓厚的村民而言，普遍对搬迁入城存在抵触情绪。在他们的潜意识里，那种传统的靠山吃山、安贫乐道的思想已经根深蒂固，致使生活在现代文明的今天，他们都无法接受新思想、新观念的洗礼。

越是艰难越要上前，越是挑战越要攻克。我想，不管前方的道路有多艰难，都始终以百折不挠的韧劲、真抓实干的作风，坚定信心、振奋精神，努力让群众想通、愿搬、进城、脱贫。

锲而不舍斩荆棘

“百日攻坚行动”，时间就是无声的催战号角，哪怕只有一户群众同意早一日搬迁，该村如期实现脱贫摘帽就多了一份保障。

迪四叶，全家六口人，有个九十多岁的老人，曾在村里担任组长近 20 年，有三个子女，两个在读小学，一个已完成九年义务教育，两口子有外出打工的经历。这户人家见过的世面比其他村民要广一些，思想观念也先进一些。我和队友们抓住“关键少数”，决定从易到难逐户攻破难点，动员群众“牵手”入城。

刚开始，迪四叶和家人也明确表示不同意搬迁，原因很简单：城里不可以种地种菜，不可以养鸡养猪，难以维持生活。我和队友们反复分析该户的搬迁顾虑，耐心细致地为他们算清收入、安全、子孙、教育、医疗、土地山林和搬迁后的发展这“七笔账”，进一步解除农户故土难离、入城后生活难以维持的思想担忧。经过一整天的沟通交流，迪四叶一家最后同意搬迁。

努力就会有希望，前方总会有阳光。我和队友们发扬“5+2”“白 + 黑”精神，日夜兼程、风雨无阻、不厌其烦地深入农户家，耐心听取群众意见诉求，找准问题堵点，重点发力，想方设法营造支持搬迁的舆论氛围……多层面、多渠道、多形式地进行了全方位宣传动员，让村民逐渐从一开始的抵制、谩骂甚至威胁，逐步转向理解和支持。

两个月的时间里，我和队友们在银江小组共走访农户 48 户，在火塘边宣讲动员 250 余次；深入田间地头、放牛砍柴 36 次；召集村民集中宣讲动员 8 次；带领群众到县城安置点实地参观 12 次。同时，为鼓励贫困户树立战胜困难的信心，我们还自掏腰包看望特困户、残疾人 11 户。通过锲而不舍地奋战，银江小组 17 户共 129 人同意搬迁。

看似微小简单的一组数据，里面饱含着我们工作队员默默付出的汗水和心血，折射出来的是党员干部坚持干字当头、敢于迎难而上、时刻冲锋在前的担当与作为。

一步一个脚印踏上征程，我坚持用昂扬的斗志和夙夜在公的奉献精神，以砥砺奋进和默默付出的执着毅力，在百日攻坚中披星戴月、翻山越岭、披荆斩棘，让美丽的青春之花在脱贫攻坚一线激情怒放！

脱贫路上，我们一起携手前行

茶　选

阿赤依堵村地处云南省怒江州泸水市称杆乡东部，全村辖阿赤依堵、省玛王培、四排拉曲、阿南模培等11个自然村27个村民小组，共有农户740户2394人，全村共有建档立卡贫困户496户1574人，是泸水市脱贫攻坚的深度贫困村。

近年来，虽然农村的生产生活水平有了一定提高，但基础设施配套不完善等问题依然突出，有的村民小组到现在为止都还没有通公路，只有一条宽三十厘米，甚至更窄的“羊肠小道”。即便有的村民小组通了公路（泥土路），但由于条件限制，路面没有硬化，每逢雨季或是自然灾害，那些公路也就成了摆设，只是步行小道罢了。这样一来，老百姓们若有事去一趟村委会或乡政府，就要增加几倍的时间，若是遇到村民突发重病，也就只能听天由命了。

然而，离村委会最远的托把村民小组，不只是交通条件落后，喝水也是村中的一大难题，更别说喝上干净的自来水了。为了喝水，村民们往往要到离家至少五六公里甚至更远的山涧寻找山泉，用“搭竹桥、架竹片”的原始方式，把水引到家中……

路难走、水不畅、生活环境差等现象，不只是在阿赤依堵村，怒江的绝大部分贫困村至今还普遍存在。

自脱贫攻坚的号角吹响以来，为使广大贫困群众早日脱贫致富，走村入户进行摸底调查、宣传政策已经成为我们这些扶贫干部工作的常态。

每一次入户，我都会和老百姓同吃、同住、同劳动、话家常，阿赤依堵老百姓们的勤劳勇敢、善良朴实一次次打动着我们的心。只要看见我们入村，老百姓们就会远远地跑过来迎接，用他们长满老茧的双手紧紧牵着我，就怕我们走不惯村里的小路……我的心里充满着感激。

其实，每一次入户，我们都自己带着干粮、背着面包，顺便还会带着几斤干面条（面条主要是给老百姓的）。他最“害怕”的就是到老百姓家中吃饭，不是因为嫌弃他们做的饭菜不好吃，也不是因为吃不惯他们的“苞谷稀饭”和“面面饭”，而是因为舍不得吃他们的粮食。阿赤依堵村的老百姓太过于热情好客，只要我们一入户，不管我们身在何处，哪怕是到几乎一贫如洗的家庭，他们都会拿出家中最好的食材来招待我们，甚至会把家里唯一一只下蛋的母鸡杀了炖鸡汤给我们喝，还用他们并不熟悉的汉语生硬地对我们说：“这几年，要不是共产党的政策好，我们也许早就饿死了。所以，杀只鸡给你们吃是应该的，不要有心理负担。”喝着香喷喷的鸡汤，我不敢抬头，主要是怕他们看见我眼里饱含的泪水……

我们按市场价给老百姓饭钱，他们立刻收起笑脸，板着脸严肃地说：“奴额阿史依？（傈僳语：你们干什么？）”我说：“入户期间，我们不能给老百姓增加负担，不拿群众的一针一线。按规定，我们应该给你们付饭钱。”老百姓继续用生硬的汉语说：“乌哩塔摆（傈僳语：不要那样说），要不是共产党好，要不是你们尽心尽力帮助我们，我们怎么会过上今天这样的好日子呢？给你们做顿饭吃，是我们几辈子修来的福气。开钱么，我会生气呢，再像这种搞么，二回不要来我家调查了。”说完，硬是不收我们的钱，不论你用什么方法。我们佯装同意他们的观点，临走时悄悄地把钱藏在他们的枕头下、米柜中、鞋子里……

为确保 2020 年如期脱贫摘帽，同步全面建成小康社会，怒江州将举全州之力，攻克深度贫困堡垒。按照“分级选派，统分结合”的原则，怒江州、县（市）分级选派实战队员，每个单位每批次派出三分之一的干部职工，三年内全州将有万名干部进村入户开展驻村扶贫工作，确保每个贫困村的村民小组（自然村）都有实战队，每户贫困户都有扶贫队员帮扶。

就在去年那个阴雨连绵的七月，我们带着“脱贫重任”再一次入户调查。途中，突降暴雨导致入村的泥土公路路面湿滑，我们乘坐的车子打滑横在了本来就不大宽敞的公路上，身后只差十几厘米就是万丈深渊。为了尽早进村入户，我们顾不上害怕，冒着倾盆大雨，你挖泥巴、我搬石头、他抬车子……累了，席地而坐；渴了，喝口路边的山泉水；饿了，就着咸菜啃一口早已凉透了的馒头。

一路泥泞、一路汗水，只为早日实现那个“脱贫梦”。

脱贫路上，这样的事情还有千千万万件，就不一一列举了。这一路走来，虽然艰苦，但我们依然欢笑面对。只要切身感受到群众脱贫的愿望，看到大家对扶贫队员的微笑，听到大家对自己工作的肯定和鼓励。

听到那一句：“奴腻玛阿克儿！刷莫咯！（傈僳语：你的良心太好了！谢谢

咯！）”我们就又充满了工作的动力！

扶贫的道路任重道远，我不知道该如何用语言去表达我的情感……我只能用泸水市委常委、来自北京中交集团挂职大兴地镇自扁瓦基村第一书记王慧奇书记的一篇工作日记来表达各级扶贫工作队员的心声：

作为深度贫困地区，怒江脱贫攻坚的难度和障碍是其他地区难以比较的，道路条件差、语言沟通难、主观能动性弱、政策理解少、自然灾害多等，都是扶贫路上的羁绊。但是，脱贫攻坚的路上处处展现出怒江各族干部群众的干劲和勇气、信心和决心、理想和信念。即便是在深夜和凌晨，无论是在政府办公楼还是村委会，总能看见点点星光，那是我们在夜以继日地完善扶贫资料、采集数据、填报表格，这是在扶贫路上最可靠的依据。作为一场没有硝烟的战役，伤亡是在所难免的，特别是在山高谷深、沟壑纵横、自然灾害频发的怒江，出行的安全成为每个扶贫干部最大的威胁。过去的一年里，我们含泪送别的有驻村第一书记、村干部、驾驶员，他们的扶贫足迹将会在怒江脱贫的事业中闪闪发光，让我们心存感激和敬意。

山高挡不住砥砺前行的路，水长流不尽勠力同心的汗水。我们坚信，总有一天，山村会变样，山顶牛羊欢，两岸花红映朝阳。

附录：

阿赤依堵的夜晚

1=E 4/4

作词：茶选
作曲：茶选

| 3 6 3 23 | 5 32 2. 6 | 2 23 1 2 | 1. 6 - - - | 2 6 2 23 |

1、阿 赤 依 堵的 夜 晚，是 想 家的 夜 晚， 风 儿 轻 轻
2、阿 赤 依 堵的 夜 晚，是 温 馨的 夜 晚， 琴 弦 声 声
3、阿 赤 依 堵的 夜 晚，是 孤 独的 夜 晚， 叶 儿 沙 沙
4、阿 赤 依 堵的 夜 晚，是 无 眠的 夜 晚， 雨 儿 滴 滴

| 32 1 2. | 5 5 3 2 | 3 - - - | 3 6 6 3 | 3. 2 2 - | 5 5 2 1 |

捎 来 远 方 的 思 念。 实 战 队 的 歌 声， 随 着 江 水
拨 响 青 春 的 旋 律。 省 玛 王 培的 篝 火， 照 亮 了 夜
轻 诉 千 年 的 沧 桑。 四 排 拉 曲的 笛 声， 吹 不 走 忧
敲 开 梦 想 的 晨 窗。 阿 南 模 培的 樱 花， 绽 放 着 希

| 3 - - - | 2 66 2 35 | 3 2 2 - | 3 3 1 2 | 1. 6 - - - |

流， 告 诉我 亲 爱的 家 人， 山 顶 月 正 圆。
空， 昔 日 贫 瘠的 土 地， 正 在 变 模 样。
伤， 一 双双 期 盼的 眼 睛， 点 亮 了 星 星。
望， 沉 睡 多 年的 土 地， 正 在 被 唤 醒。

| 2 66 2 23 | 3 2 2 - | 3 3 1 2 | 1. 6 - - - :|: 2. 1=F 3. 3 6 5 | 6 - - - |

嗯 嗯 嗯 嗯
嗯 嗯 嗯 嗯 山 高 挡 不 住
嗯 嗯 嗯 嗯
嗯 嗯 嗯 嗯 山 高 挡 不 住

| 6 4 - - | 3 5 5 - | 7 - #5 - | 6 - - - :|: 1. 1 2 3 | 3 - - - |

嗯 嗯 嗯 嗯 山 高 挡 不 住

| 2 - - - | 1 - 2 - | 1 - 7 - | 3 - - - :|: 6 - - 57 | 6 - - - |

嗯 嗯 嗯 嗯

| 2 6 2 - | 1 - 2 - | 3 - 7 - | 3 - - - :|: 3 - 6 - | 6 - - - |

嗯 嗯 嗯 嗯

7. 6 5 6 5 | 3 - - - | 6. 6 6 3 2 | 2 - - 2 3 | 5. 3 5 6 5 |
砥 砺 前 行 的 路， 水 长 流 不 尽 勠力 同 心 的 汗
向 往 幸 福 的 路， 水 长 流 不 尽 父辈 辛 酸 的 泪
2 - 7 - | 1 - - - | 6 - 1 - | 4 - - - | 5 - 7 - |
前 行 路 流 不 尽 汗
7 - 3 - | 1 - - - | 3 - - - | 2 5 2 6 | 2 - - 5 |
嗯 嗯 嗯 嗯 嗯
7 - 5 - | 3 - - - | 6 - 5 - | 5 - - - | 5 - 3 - |
嗯 嗯 嗯 嗯 嗯

3 - - - | 3. 3 6 5 | 6 - - - | 7. 6 5 3 5 | 6 - - |
水。 总 会 有 一 天， 山 村 会 变 样，
水。 总 会 有 一 天， 山 村 会 变 样，
3 - - - | 1. 1 2 3 | 6 - - - | 5 - 3 - | 3 - - - |
水 总 会 有 一 天 会 变 样
3 - - 7 | 6 - - - | 6 3 6 - | 7 - - 5 | 6 - 3 2 |
嗯 嗯 嗯 嗯 嗯
5 - - - | 6 - - 5 | 6 - - 3 | 5 - - 3 | 6 - - - |
嗯 嗯 嗯 嗯 嗯

6. 6 6 3 2 | 2 - - 2 3 | 5. 3 2 3 5 | 6 - - - ‖
山 顶 牛 羊 欢， 两岸 花 红 映 朝 阳。
青 山 不 会 老， 蓝天 白 云 总 相 伴。
6 - 3 - | 2 - - - | 3 - 5 - | 6 - - - ‖
牛 羊 欢 映 朝 阳
3 - - - | 2 - - 5 | 7 - 2 - | 6 - - - ‖
嗯 嗯 嗯 嗯
1 - - 6 | 5 - - 6 | 5 - - - | 6 - - - ‖
嗯 嗯 嗯 嗯

坐听鸟鸣

彭愫英

一树又一树刺桐，开满了火红的花朵，遮蔽箐沟。弯转河流水潺潺，树上鸟鸣声声。密波四家院坝里，三脚架上的“长枪大炮”静静地对着刺桐花，来自高黎贡山鸟网的摄影大师们专心致志地“打鸟”。小鸟在刺桐花间玩捉迷藏，啄食花蜜。“咔嚓、咔嚓”，摁动快门的声音追逐着鸟儿轻盈的身姿。

火熏肉的香味从厨房飘出来，一阵阵扑鼻。密波四的母亲坐在桌子旁择菜，择好拿到水龙头下洗。窗口有个长镜头，一个摄鸟人兀自沉浸在鸟的世界里，不被香味所动。走廊上“咔嚓”连声，三个摄影师坐在走廊上怡然“打鸟”。围墙拐角处的背篓边伸出一个长镜头，太阳能热水器旁也伸出一个长镜头……

“打鸟”，这是人们对摄影界拍摄鸟的行为的爱称。“鸟人”，这是人们对酷爱拍摄鸟的摄影师的爱称。泸水市三河村在“鸟人”张朝江和三河源庄园老总袁开友的努力下，将无形的鸟资源转化为有形的鸟产业，在怒江州脱贫攻坚战中踏出新路子，数个鸟塘相继落户三河村，农户从懵懂到快乐地当上“鸟导”，三河村因此也拥有了另一个诗意的名称——“百鸟谷”。湾转河、滴水河、古炭河发源于高黎贡山，流经三河村全境，汇聚成登埂河奔流向怒江。三条河流润泽三河村，使得高黎贡山胸怀中的这个峰峦叠嶂的地盘风光旖旎。生态宜人的环境，成了高黎贡山各种鸟儿的天堂。置身三河村，从一个鸟塘到另一个鸟塘，与建档立卡户倾心交谈，欣慰于三河村村民观念的巨大转变。

2018年元月，“鸟人”张朝江在桤木基地的鸟塘“怒江一号鸟阁”里投放鸟食，嘴里发出召唤鸟儿的声音，鸟就像自家养着的鸡仔一样应声飞来，人与鸟和谐相处的场景令观者陶醉。从袁开友与父亲在三河村古炭河进行桤木驯化试验地，到湾转河三河源林农科技开发有限责任公司的桤木基地，千亩标准示范地成型，桤木驯化样板已经成熟，且达到了辐射推广的程度，怒江州科学技术局的科技工作引导已经达到目的，科技工作者张朝江的工作告一段落。张朝江圆满地完成了州科学技术局领导交给他的任务，周末有了闲暇时间，慕名前往保山百花岭摄鸟基地拍摄鸟。鸟语花香是保山百花岭摄鸟基地的名片，百花岭的老百姓依靠鸟塘收入，早就摘掉了贫穷的帽子。高黎贡山在怒江州境内长320公里，涵盖了泸水市、福贡县、贡山县。高黎贡山在保山市境内长100多公里，在盈江境内长10多公里。高黎贡山山系鸟类，据官方目前公布有525种，作为拥有高黎贡山长度最长的怒江州，鸟资源远远超过保山、盈江，为何就不能拥有自己的鸟塘，发展鸟产业呢？这是张朝江在保山百花岭摄鸟基地“打鸟”时思索的问题。

张朝江从保山百花岭基地拍摄鸟回来后，深入三河村调查踩点，说服袁开友投资鸟产业。张朝江利用周末及节假日休息时间，在袁开友的楤木基地里建起鸟塘作为示范。以群众增收为目标的爱鸟护鸟协会还在设立中，“鸟协”以三河源庄园为中心，带动三河村农户发展民宿、农家乐，为游客服务。三河村鸟塘都是统一规格，一个鸟塘八个机位，一个机位收费60元，谁建鸟塘谁收50元，另外10元作为三河村集体经济收入，为爱鸟护鸟做科普宣传及服务客人。三河源林农科技开发有限责任公司建立运输及背包客服务队，作为一个扶贫车间模式，带动三河村村民共同致富。鸟塘建立起来后，涉及方方面面的建设，比如建盖马桶式的厕所，鸟语花香的环境建设，村民卫生习惯的改变，素质及服务意识的提高等一系列问题摆在面前，如同举办楤木种植培训班一样，张朝江和袁开友不厌其烦地向村民宣传爱护环境与经济效益挂钩，对村民进行如何爱鸟、喂养鸟的培训，并在三河村设立鸟产业示范户，湾转河的密波四家就是示范户之一。

经过努力，鸟塘一个接一个建起来了，并在三河源庄园建起了中国鸟网摄影基地。三河村的鸟塘对外营业后，迎来大江南北的摄鸟爱好者，并首次迎来了来自马来西亚的“洋”摄鸟人。鸟产业是新兴产业，但与国家政策和自然保护区政策一脉相承，把无形的鸟产业变为有形的鸟产业，三河村的做法得到了怒江州及泸水市党政领导的肯定，三河村百鸟谷的打造得到加强。有一对夫妇慕名前往三河村，他们到百鸟谷欣赏高黎贡山鸟网的保山摄影家们“打鸟”。这对夫妇在怒江州著名废城知子罗创建了产业基地，其基地处在碧罗雪山七莲湖风景区内，他们此行到三河村“取经”，打算在自家基地里建盖鸟塘。

密波四及家里人在厨房里忙进忙出，赏鸟人在摄鸟人身后随意交谈，鸟在树上坦然展露歌喉，人鸟和谐共处，谱写诗意生存的三河村魅力。密波四家作为弯转河一号鸟塘，与别的鸟塘不一样。别的鸟塘建在自家山林地里，三面搭建遮阴

棚，而密波四家的鸟塘建在自家的院子里，鸟从高黎贡山上飞到村里，栖息在他家院子前的刺桐上。鸟儿已经习惯了与人朝夕相处，习惯了“长枪大炮”的镜头。在密波四家坐听鸟鸣，不由得令人感慨万分。高黎贡山鸟网的摄影家们在密波四家拍摄了一下午，拍摄到了黑胸太阳鸟、叉尾太阳鸟、黄胸太阳鸟、紫色花蜜鸟、灰腹绣眼鸟、乌鹟、橙腹叶鹎、绿背山雀、纹背捕蛛鸟等近10种鸟。

半年后，怒江州峡谷鸟类保护协会第一次会员大会暨鲁掌镇三河村百鸟谷扶贫车间成立大会、中国怒江三河庄园鸟类科普基地授牌仪式在三河源庄园举办。此时与张朝江在榧木基地召唤鸟相距一年，三河村的鸟类已经发现了一百多种。袁开友当选为怒江州峡谷鸟类保护协会理事长，被鲁掌镇委员会、镇人民政府任命为三河村百鸟谷扶贫车间主任。三河村百鸟谷扶贫车间的成立，组织建档立卡户富余劳力从事背包、运输、送餐、民宿、农家乐等服务，打造摄鸟、观鸟、爱鸟、护鸟、喂鸟等“就业扶贫车间”，带动三河村贫困群众脱贫致富。仪式结束后，紧接着是鸟导培训，密波四、李忠华等村民接受培训。随着扶贫车间的成立，三河村的鸟塘统一编号，原有的鸟塘名字有变更，榧木基地里的鸟塘改称为三河村百鸟谷1号至6号观鸟点，密波四家的鸟塘改称为三河村百鸟谷7号观鸟点，八波二家的鸟塘改称为三河村百鸟谷8号观鸟点，李有乔家的鸟塘改称为三河村百鸟谷9号观鸟点，李忠华家的鸟塘改称为三河村百鸟谷10号观鸟点……从榧木种植能手到鸟导，密波四、李忠华等人的成长正是三河村民与时俱进的体现。

有人形容“科技工作者把总结写在大地上”，作为怒江之子，没有什么比这句话更能妥当地概括科技工作者张朝江的情怀了。

花开花谢话人生

彭愫英

花谷公社月季庄园地处泸水市六库镇小沙坝村新村小组，占地50亩。庄园东西两边是农田和民居，西面是怒江，田埂下方是一排茂密的树林，再下去是礁石和一片沙滩、怒江水，庄园东面是公路，可以向北由小沙坝桥到达对岸的老干村等地回到六库城，也可以由南进入六库城。

花谷公社月季庄园以月季花为主，还种植了其他观赏花草。庄园内修建了凉亭、观景台、餐厅、风车、婚纱摄影外景、户外运动设施、亲子乐园等。花谷公社月季庄园的规划是结合怒江花谷建设，要把庄园所在地及周边地区打造成以营造乡野气息浓郁的花园景观风光为规划目标的怒江特色旅游风景区，场地划分为农事体验区、游乐体验区、花园游赏区、餐饮民宿区、花卉销售区五个园区，并结合每个区的主题，在区内布置安排景点，建设集休闲娱乐、风景游览、观光采摘、亲子游乐、种植销售、户外拓展、品种展示、农业生产、科普教育、餐饮民宿等多功能于一体的现代园艺业生态观光庄园。

花谷公社月季庄园是泸水春华种植养殖有限责任公司的大本营，公司经理是张春华，公司以“农户+树状月季种植+观光体验+花卉销售+种植养殖+农家乐”的模式发展和经营。以张春华为社长，成立了泸水鑫农种植农民专业合作社。泸水春华种植养殖有限责任公司挂钩小沙坝27户建档立卡户，共有167人。每年11月到次年2月，鲁掌镇登埂村大龙潭易地搬迁点有15户人家来花谷公社月季庄园干活儿，每天干活儿的不低于17人。

花谷公社月季庄园的由来，是一个感人的故事。

张春华有个朋友是河南人，要回河南老家给儿子举办婚礼，邀请张春华同行。张春华随朋友到河南做客。婚礼期间，张春华在村里闲逛，看到村里人家在树木上嫁接月季，一树月季花开，仿佛春天永驻大地。他被月季树迷住了，“好看！”

他无法用其他言语表达自己见到月季树那份美丽时的感觉，只会用这两个平常的字来形容。他感到稀奇，驻足月季树前细细观赏。看到树木的叶子，才知这植物一点儿也不稀奇，记忆里，小时候在兰坪乡下时常见到，叫倒钩刺。在倒钩刺上嫁接月季，成了月季树，让他大开眼界。他心想，这些月季树在街道上作为绿化树，一定非常漂亮。到河南参加婚礼，他对河南风俗中的婚礼没印象，却知道了倒钩刺叫刺梅，月季树还有个名字叫树状月季，简称树月。树月，这个名字抓住了他的心，他喜欢这个名字，喜欢树月的娇俏。喜欢是个说不清的东西，大概是一种缘分吧。

回到六库后，他到处找刺梅，没有找到，儿时记忆里的倒钩刺跟他玩起了捉迷藏，躲了起来。半年后，有一次他去兰坪办事，路过啦井山神庙，在附近的山坡上无意间发现了刺梅。哦，倒钩刺！他激动地停车查看。山坡上长着的刺梅有四个品种，但他不知道哪个品种适合月季生长。他把月季花嫁接到刺梅上，才知这四个品种的刺梅里只有一个品种可以用来嫁接月季。

2014 年下半年，张春华在上江镇蛮蚌村开始栽种月季。创业之初，啥都艰难。当时，他认识了一个种月季的专业人士。这个专业人士伶牙俐齿，可以把死的说成活的，加之他言语中间出现了许多月季花种植方面的专业术语，赢得了张春华的信任。但这个专业人士心胸狭窄，唯恐张春华学会了月季种植会抢了他的生意，故意乱教张春华种植技术。他告诉张春华，把刺梅砍回来后扦插即可。张春华辛辛苦苦地从山上找回来了刺梅，扦插到地里，刺梅怎么也活不了，他扦插一次死一次，都以失败告终。张春华以为是气候的原因，蛮蚌村海拔低，气温高，于是他把月季花基地从蛮蚌村搬迁到分水岭。分水岭海拔高，气候比蛮蚌村冷。他对那个专业人士的话深信不疑，还是采取扦插刺梅的方法，结果仍以失败告终。

换了种植基地，扦插刺梅还是以失败告终，张春华这才觉得不对劲，决定不再用从兰坪运送来的刺梅扦插了。兰坪刺梅几乎没有根，他想，扦插刺梅成活不了的原因不在于气候，而在于有无根上。他到六库镇的大山上去寻找刺梅，不知道走了多少山路，爬了多少山梁。功夫不负有心人，他终于在大山深处找到了刺梅。他小心翼翼地把一蓬蓬刺弄开后，挖起了刺梅。把刺梅连根挖出来后，他就像捧着宝贝一样开心地笑了。他在分水岭试种有根的刺梅，刺梅成活了，他成功了！

虽然栽种刺梅成功了，但是如何往刺梅上嫁接月季花，张春华还不懂。他嫁接的月季花，伤口愈合的疤（疙瘩样）往外长，山风一吹容易折断，到头来白忙活一场。打铁必须自身硬，他要学会树状月季种植技术才行。2016 年 5 月，他来

到河南省南阳市。南阳市月季花种植园不收学徒，于是他想办法留在种植园打工，给植物浇水、施肥、除草。在种植园打工，男工一天报酬 50 元，女工 40 元。打工期间，他仔细观察人家是如何嫁接月季的，每晚睡觉前都回顾一遍白天看到的嫁接技术，用心记在心里。在种植园打工一个月后，他没有拿工钱，不辞而别。2017 年 4 月，他再次到河南打工，和前次打工经历相似，打工一个月，没有拿到工资就回家了。

后来，他在分水岭的基地里嫁接了五六百棵月季花。他以为分水岭土质好，月季容易成活。谁知分水岭的土地不吸水也不保水，浇水时因水分掌握不好，他这次嫁接的树状月季只成活了一百多棵。

第一单月季花生意做成后，张春华认识了河南南阳景美月季种植有限公司董事长范礼坤。张春华自己买刺梅和月季，范礼坤派了自己园地里颇有经验的四位嫁接工来到怒江帮助张春华嫁接。

2017 年 10 月，张春华把月季种植基地从分水岭搬迁到小沙坝新村。他以 1600 元一亩的价格流转了 20 亩土地，开始种植树状月季。初来乍到，他因没钱，成了一个请不起帮工的老板。每天，从早上开始干活儿直至次日凌晨三四点才收工，他就像老黄牛，不知疲倦地在土地上忙活，睡眠很少。隔壁邻居从来没见过干活儿这么苦得起累得起的人，以为他是被请来打工的。“打工的”，这是张春华的代名词，他曾开过装载机，做过驾驶员，帮别人购买苗木、种植苗木，以打工收入补贴树状月季花事业的开销。

河南作为月季花产业大省，本省的刺梅树桩资源枯竭，只能从外省收购刺梅树桩，却难以找到 8 厘米高的刺梅树桩。南阳景美月季种植有限公司种了两百亩月季，但没有刺梅树桩。他们来怒江拉过三车刺梅树桩。但跨省拉运刺梅树桩有一定的风险，8 厘米的树桩拉到南阳市变成一根 300 多元，嫁接出来 8 厘米的一棵树状月季价值 1000 多元。从外省购买刺梅树桩成本高，不能保障成活。而作为本地人，张春华种植树状月季，8 厘米的树桩一根购买价一百多元甚至才八九十元，在一亩田里，他只要种活两棵，基本就能拿回成本。于是，张春华与范礼坤的关系从销售关系变为合作伙伴关系，范礼坤当张春华的树状月季种植技术顾问，负责销售月季，张春华负责种植。

资金周转开后，张春华开始扩大经营，他又流转了 30 亩土地，开始请人帮工。小沙坝人不习惯在村口的地里打工，宁愿放弃家门口打工的机会，所以很难请得到帮工的人，张春华只好请登埂村人来月季花庄园干活儿。怒江脱贫攻坚战

中，登埂村人作为易地扶贫搬迁户搬到大龙潭，村民没有放弃在张春华月季花庄园打工的机会，成了花谷公社月季庄园固定的打工者。从每年 11 月到翌年 2 月，从当年正月初五到四五月份，花谷公社月季庄园每天用工至少 17 人，最多的时候有 22 人，工价每人每天 100 元，最多 120 元。在花谷公社月季庄园打工的人，除大龙潭村民外，还有几个小沙坝本地人，没有外地人。张春华雄心勃勃，想要种一片真正的食用月季，把食品加工开展起来，同时种植食用玫瑰，加工玫瑰茶和精油。他有抱负，在庄园主打月季花的同时，也培育玫瑰花。食品加工开展起来后，带动更多贫困群众就业，这是他的初心。

花谷公社月季庄园培育的月季种苗、花卉完全供应外面的合作商，张春华不愁没有市场。除培育月季花卉外，他想把庄园建成六库镇市民休闲娱乐的一个好去处。除了娱乐项目外，他还在庄园里推出切花月季的项目，让游客自己剪月季花，每朵两元，或者自己栽苗。

张春华想加工食用玫瑰。他打算把对面的土地流转过来，做食用玫瑰。据他了解，昆明市场上有四个品种的玫瑰可以加工成食用玫瑰，最好的品种是用来炼精油的大马士革，他在庄园里培育了十多株。对于开发加工玫瑰食品及制作玫瑰茶，张春华信心满满。

小沙坝村委会产业扶持资金 100 万元，注入张春华的月季花基地。按照合同规定，第一年里，张春华要连本带利返还小沙坝村委会 5 万元，第二年返还 5.5 万元，第三年返还 6 万元，直到第五年。在五年内，他不仅要支付利息，而且要把 100 万元的本金还完，可以再与村委会继续签合同。

自从张春华的月季基地从分水岭搬迁到小沙坝新建村后，在两年内带动了几百个人因工酬劳。2018 年到 2019 年，他亲手发出去的务工工资就接近 60 万元。

张春华的月季花基地及庄园建设正朝着他的理想目标迈进，即融入自然、品味自然、回归自然。置身庄园里，良好的生态环境令人心旷神怡，融入地方文化塑造的园艺观光景致，令人流连忘返。

一路格桑花

何希予

华龙山的天空蓝得过分，纯白细碎的云静静地浮着，不起一丝涟漪。黑狗子半闭着眼躺在桃树下，时不时留意着主人的动向。

时下正是桃子成熟的季节，几十亩的桃园里盈满阵阵诱人的甜香。余杨林顺手摘下一个放进筐里，说要把华龙山变成“花果山”。这个瘦小的男人，似乎藏着强大的能量，在与贫困斗争的路上，不惧艰难，从未妥协。

华龙山属于泸水市六库镇新寨村狮子山组，离州府六库有 1 小时车程，途经正在建设的怒江悬崖小镇，处于拟建的怒江机场的必经之地。从余杨林的祖父辈开始，4 代人一直居住在这里。别看现在日子越来越红火，几年前的华龙山却是另外一番景象。

2019 年以前，公路只通到瓦哆啰村民小组，到华龙山还有 3 公里多的距离，走的还是那条一个脚印一段故事的茶马古道，所有的物资运输靠的还是人背马驮。问起余杨林是否想过搬出华龙山，他不假思索地回答：“没有想过。”他说，在这里，几代人留下了太多的故事，不舍得离开。由于华龙山仅有 5 户居民，等政府立项通路有些困难。余杨林和兄弟几人商量后，决定效仿愚公移山，不管用几年时间，就靠自己来打通这最后的 3 公里。

这个决定，华龙山的余家人用了 3 年时间来实现。

2016 年 1 月开始策划、筹资，到 2019 年 2 月华龙山公路竣工。那 3 年里，修路是余家人的头等大事，上到 80 岁的老人，下到 10 来岁的学生，都自觉参与其中。一些亲友看不过去，便主动前来帮忙，但毕竟也只是杯水车薪。

没有挖掘机和装载机，只有锄头、十字镐、撬棍、铁锤，最得力的也就是一台旋耕机。渴望通车的华龙山人，每天披星戴月，一天挖十几个小时，鼓足劲一心想早日完工。为了最大限度节省时间，5 户人家还轮流每天将伙食送到工地。

山上岩石多，所以进度很慢，每个人的手都脱了几层皮，但没有人想过退缩。累了，大伙儿就围坐着唱两首歌，笑一阵子，互相打打气，遐想通车后的幸福生活，以此支撑着前行。一米、两米、一百米、一千米、两千米，终于看到了胜利的曙光，却不料卡在了最后200米。坚硬的巨大岩石拦住了去路，旁边又是瓦哆啰组村民的房屋。没有大型机器，也不能用大型机器，余家人便用电钻、大锤，一寸一寸打开。200米，足足磨了几个月。

过程的艰辛余杨林说得轻描淡写，我们听来却震撼不已。

从华龙山到瓦哆啰，这条路全长3公里多，从筹划到竣工历时3年零1个月，投入工时1988个，耗资45万元。余家人不等不靠不要，生生用双手开出了一条康庄大道，成就了一段新时代“余公移山”的佳话。

之前因为眼睛受伤被评为建档立卡户，这件事是余杨林心里的一根刺，用他的话说，作为一名共产党员，被评为建档立卡户令他感到耻辱。为了摆脱贫困，他尝试了各种工作，卖保险、搞销售、开精品店、种蔬菜等，终于在2016年摘下了贫困的帽子。

路通了，余杨林又有了新的盘算。他说，他想发展乡村旅游。这个梦想并不是说说而已，很多年前他就已经在行动了。

华龙山植被本就保护完好，加上2012年余杨林带着7户农户成立了泸水华龙山兴吉种植农民专业合作社，种下核桃、香橼、桃子、樱桃等300多亩林果，如今，整个山脊变得更加郁郁葱葱。春可赏花，夏秋品果，爆表的负氧离子，让每一次深呼吸都舒心到灵魂颤抖。清晨，啾啾鸟语中倚窗看山岚缥缈；午后，坐在树下品茶等风，叹流云匆匆穿过树隙；傍晚，目光追随一只蝴蝶，沐浴晚霞……远离都市的喧嚣和紧张忙碌的快节奏，暂且放下俗世的一切，让心归于平淡。

一条穿越千年的茶马古道横亘华龙山。在89岁的杨金全老人的回忆里，叮叮当当的马铃声和马锅头的吆喝声从山脚传来，烈日、树荫、汗水和赶马人黝黑的脸一帧帧闪现在眼前。“那时候怒江上还没有那么多桥，瓦窑、漕涧到六库都要经过这里，有的要在这里歇一晚再走。”“我不仅赶过马，还背过盐巴。”“现在去片马，坐几小时车就到了，那时候我们赶着马，驮着皮货、粮油、盐巴去一趟片马，来回要四五天呢。”老人的故事里都是些细细碎碎的人和事，一串串骡马的蹄印和背夫沉重的步子，平淡、真实而丰满，拉得日子悠长。古道并不是简单意义的通道，它承载着历史、商贸和文化的交流，是一条人文精神之路，而正是老人口中平淡无奇的马锅头和背夫赋予了它生命和灵魂。

余杨林家在华龙山山腰的一处台地上，茶马古道经此视野豁然开朗，纵贯南北的怒江峡谷尽收眼底。向北望去，远远地能看到六库新城和老城全景，一直延伸，直至山水成了层层叠叠、浓浓淡淡的黛青。

暮色渐浓，六库城区、散落在怒江两岸的村庄以及“美丽公路”上的灯光渐渐连成一片。

不如大城市的夜景璀璨奢华，峡谷的夏夜带着几分青草的香气，温馨而亲切。看着远处，我不由得想，许多年前，是否有那么一个从茶马古道上走来的行人，恰巧也在这里休憩，也在这样一个夏夜，如我一般坐在清凉的山风中看峡谷的夜？那时候的星空一定比今天的灯光更明亮吧？他是否也会向别人说起他的故事？

不得不说，余杨林确实是个很有想法的青年，正如他所说，他去珠海务工的一年半，是带着学习的目的去的。在那里，他接触到很多新事物，打开了新思维。发展“农业 + 人文 + 休闲”的乡村生态旅游既能守护好他热爱的华龙山，也能成全自己对林果种植的那份执着，同时还能带动当地农户发展产业。

“路得一步一步走。现在我们挖通了公路，成立了合作社，今年 2 月我又申办了华龙山杨林生态旅游农家乐。我想，我离成功不远了。”余杨林给人的印象就是真实、积极、乐观。

“我在公路两边撒满了格桑花，你看已经长这么高了。”他边走边说。

“你喜欢格桑花？”

“是啊，格桑花多好看。”

“嗯，格桑花寓意着幸福与坚韧。”

“现在就希望能再筹点钱，把从瓦哆啰进来的这段公路拓宽一些，然后再把它硬化了，我想带着当地农户一起致富。”

幸福从来都不是等来的，而是要靠努力一步一步实现的。

道路两旁，格桑花细细茸茸的芽柔嫩而坚韧，阳光下闪着点点亮光，酝酿着一场盛大的花事，蓄势灿烂一个季节。

梦绿拉古村

彭愫英

兰坪县营盘镇拉古村民委员会山不坝安置点坐落在澜沧江西岸，形状就像一把躺椅，面向碧罗雪山，背靠澜沧江。山不坝安置点的住户，有拉古村火灾中的受灾户和黄登及大华水电站淹没影响区移民户，共有 161 户，其中，参加宅基地抽签仪式的有 90 户（第一批、第二批已经分到宅基地的不再参与）。参加山不坝安置点宅基地抽签仪式后，我决定到拉古村一趟，了解安置点住户在村里的生活原貌。

拉古村路边有开挖不久的坑塘。拉古村生态修复迫在眉睫，从村委会到猴子岩小组，驻村工作队员带领乡亲们共打了 1017 个坑塘，要栽行道树，种雪松、云南松、清香木，间杂叶子花作为点缀。工作队员动情地说，在拉古山与拉古交界处，有一片退耕还林后的人工林，有 1100 亩，里面长着菌类。每年菌子收获季节。老百姓到这片人工林里找菌子，颇有获益，深知植树造林的好处。工作队计划下一步再推广种植 1000 亩树林带动一批庭院经济。

七旬老人余江贤坐在火塘边给我们讲述其植树史。在州县乡各级政府扶持下，拉古村村民在房前屋后种下树，并在荒山、自留山上集中造林。县林业局培育树苗，发给村里的老百姓种植。老百姓在山上种树，政府部门除免费发给树苗外，还补助他们工钱。种树挖坑塘，坑塘挖多大是有标准的，要求深 50 米，高 50 米。一亩要求挖 660 个坑塘，每亩给报酬 600 元。拉古村有三个苗圃基地，县林业局和镇林业站派人到苗圃里进行技术指导。在拉古村植树造林，以桉树为主，桉树林长得密密麻麻。2008 年，一场全国性雪灾来袭，拉古村也不能幸免，桉树死掉了一些，这些枯死的桉树被拉古村民忍痛砍掉了。后来，又遭遇大旱，桉树又死掉了一些，村民们只好又砍掉枯死的桉树。现今，这片桉树林只留下了稀稀落落的几棵。余江贤老人说起植树造林，一肚子感慨。他在自留地里植树，栽的果木

换了好几个品种。原先，林业部门发给村民栽枇杷苗。枇杷苗死了，又发核桃苗让村民种。现今，他的果园里品种较多。他栽种了100多棵枇杷苗，因缺水而大批死掉了，只存活了十多棵枇杷树，但因缺水没结枇杷果。有水时，枇杷树结果，可以卖果实200多斤。

他的果林离村子不远，有3亩左右，被公路分成了两片。两片树林有一部分处在坡地上，有一部分处在梯田上。2001年，他开始在这些不被看好的土地上种果树。多年时光过去了，他在缺水的拉古村里创造了一个奇迹，郁郁葱葱的两片树林撑起绿色童话故事。果园里，有的树木高大粗壮，有的树木挺起身躯努力生长。有的树木嫁接时间不长，也有才培植的果苗。果树品种杂多，除枇杷外，还有核桃、梨子、李子、桃子等。

公路上方的树林，给人印象最深的是香椿。已经过了采摘季节，香椿树枝繁叶茂。他自豪地说，今年卖香椿收入2650元。1991年，他开始种香椿，现今，大大小小的香椿树有四五百棵，受益的有两三百棵。香椿栽种在土地边角及田埂上。香椿不愁销售，有人跟他预订。每年采摘了香椿，他搭村里人的三轮车到营盘街送货。香椿树苗带到兰坪县城卖，一两元钱一苗，卖得最好的时候，三元一苗。村里有人要香椿苗，他赠送。三两棵黄皮梨树，累累果实压弯了树枝。李子树上也挂着零星的果子。他无奈地说，二三月份不下雨，干旱导致枇杷不结果。后来雨水多了起来，梨子、李子的果子多得压断了树枝，可有啥用啊，每斤才五角钱，我把李子树砍掉一些了。他栽种的李子甜中带酸，口感极好。这么好吃的果子，砍掉太可惜了！我们惋惜不已。他无奈地说，李子价格太低了，没效益，要种别的果树。

他带我们去看他嫁接的新疆核桃，说这是泡核桃，好品种。2008年，有关部门发放果苗给老百姓种植，余江贤领到了五棵新疆核桃苗，结果种活了两棵。而之前曾发放过核桃苗，发苗的说是泡核桃，结果种出来成了铁核桃。新疆泡核桃苗种活两棵后，他把泡核桃嫁接到铁核桃树上，嫁接成功了两棵，当年就结了六个泡核桃。这个新疆泡核桃是好品种，栽活的两棵成了老人的宝贝，除了在铁核桃树上嫁接外，他还育了20棵苗。

第二天一早，驻村工作队员从拉古村穿村出发，徒步到白水谷小组，我与他们同行。昨天下午，拉古村召开低保工作推进会，工作队员再次走村入户精准识别。他们在白水谷小组紧张有序地走访建档立卡户，包括植树老人的家庭。白水谷小组有一位植树造林的前辈，他栽种的松树已经成林。光秃秃的山峰上有一小片绿树，显得尤其可贵。植树老人褚华林 75 岁了，坐在屋门外看着子古山。褚华林的老妻不在家，儿子一家三口在营盘街上租房住，儿子打工，儿媳照料在营盘幼儿园读书的孩子。说起自家的松树林，老人的眼睛亮了起来。

20 世纪 80 年代末期，褚华林夫妇开始种树。夫妻俩到山上找松树种子，一去就是九天。松树种子找回来后，他们先在子古山自留地上挖坑塘，坑塘挖好后，夫妻俩从家里一桶桶地背水，把水浇在坑塘上。给坑塘浇水两三天后，他们就像种苞谷一样把松树种子种在坑塘里。劳累了十多天，才把他们找来的松树种子种完。种下松树种子后，他们又从家里把水一桶桶地背到坑塘边，浇在松树种子上。松树种子全部发芽了，从土里冒出嫩嫩的绿色苗子，挺起小小的头。夫妻俩欣慰地笑了。可没过几天，夫妻俩的笑变成了哭，耗子袭击了这些可爱的松树苗，大多数的树苗被耗子吃掉了，侥幸存活下来的松树苗只有他们栽种树苗的 35% 左右。第二年，夫妻俩又上山找松树种子，一去就是三天。把松树种子找回来后，夫妻俩补种在坑塘里。夫妻俩又从家里背水，一桶桶地浇水。第三年，夫妻俩再次上山找松树种子，补种，浇水，直到松树苗全活了才停下来。

子古山土地贫瘠，为了让松树林长得更好，褚华林看护非常上心，坚决不允许任何人进入这片松树林，古怪得不近情理。自由自在成长的松树，共有十五六亩，成了子古山上别树一帜的绿色旗帜。子古山上除这片松树林外，眼目所见的都是红色土地和光裸山岩。松树林是褚华林与妻子的绿色梦想，待到松树苗长到一定高度后，夫妻俩不必浇水了，夫妻俩再也不涉足其中一步。在褚华林的精心看护下，松苗渐渐长成大树了，成了一片密集的松林。松林里菌子多，但没人涉足，于是引来了野兔，松林成了兔子的安乐窝。兔子在松林里安居，繁育子孙。有人想偷猎野兔，遭到褚华林的严厉呵斥。对于这片松林的看护，他的准则就是人们休想踏入林子里一步，他认为人进入里面就会影响松树的成长。那些想吃兔子肉的，对不起，褚华林不认亲戚不认交情，休想进入松树林。曾经有人悄悄地把“扣子”下在松树林里，褚华林发现后弄坏“扣子”，把坏“扣子”丢到离松树林远远的地方。他回到村里，生气地大骂，说这样做会让松林的土地不肥，不让人进入松林且不打野兔，就是要保持地肥来养护松树的。他在村里骂了几次后，村里人耳朵起了老茧，谁也不想招惹麻烦，再也没人进入过松树林。

松林下边是双米地稻田。说起种植松树林的原因，老人说，就是为了保护双米地稻田。双米地稻田不仅有他家的地，也有村里其他人的地。没有种植松树林前，每当雨季，子古山坡地就会发生泥石流，冲入双米地稻田里，使稻田受灾。因稻

田地挨近子古山坡地，首当其冲受泥石流灾害影响，村民被迫改种苞谷。褚华林夫妻种植松树林，目的是固土，保护村里的稻田地不受泥石流侵犯。松树成林后，子古山坡地再也没有发生过泥石流。每当雨季来临，双米地稻田安然无恙，村民把稻田地从种苞谷又改回种稻谷了。

拉古村除了两位老人拥有一片树林外，中年人褚田发、褚仕昌种植果树也小有成效。褚田发、褚仕昌是大电开发移民搬迁户，植树造林的发展理念与两位老人有所不同。褚田发是拉古二组人，拉古二组处在大电开发滑坡地带，整个小组整体搬迁，他搬迁到澜沧江东岸六兰公路边的鸿尤新农村，在女婿家的地基上建盖了楼房。2013 年，他在自家田地上建设枇杷和核桃林基地。大华电站蓄水后，他的果木基地少了两亩多。褚仕昌是拉古村 11 组的人，搬离滑坡地带一公里左右。他没搬离拉古的原因是舍不得丢下自己辛苦建立起来的种植养殖基地。他的种植养殖基地从 2010 年开始建设。2015 年，兰坪县市场监督管理局挂钩扶贫拉古村以后，扶持褚仕昌发展养殖业，帮他办理了独资经营执照，还帮他贷款。想不到他买的这批猪里有瘟猪，养了二十多天后猪都死掉了，还把原先家里养的小猪传染了，小猪也全死掉了。侥幸的是，原先家里养着的五头母猪逃过一劫。经此打击后，他不敢扩大养猪规模了，精心饲养幸存的母猪，出售猪崽。现今，他主要发展种植业，曾与侄子去大理宾川县购买橘子品种矮丝晚露，这个品种的橘子在每年二三月间挂果，可以避开水果旺季，在水果淡季上市，利于销售。矮丝晚露橘子基地发展得较好。他打算扩大橘子基地，把周围闲置的土地流转过来，种植冬桃和杧果。

从拉古到白水谷的乡村公路边，坑塘绵延，静等树木落窝。梦绿拉古，这是生态家园建设的必然结果。

情系楤木

彭愫英

楤木素有“山野菜之王”“天下第一珍”等美誉。楤木是学名，俗名叫刺龙苞、刺头菜、春芽。怒江州脱贫攻坚战中，涌现出了许多可歌可泣的故事，三河村的楤木基地就是其一。

农户与科技结缘

“刺龙苞”，三河村村民习惯这样叫楤木。河新楤木种植农民专业合作社的刺龙苞基地建立以前，怒江州只有野生刺龙苞，没有驯化的刺龙苞。

一次偶然的机会，在怒江州科学技术局工作的张朝江随同朋友到三河村袁开友家吃杀猪饭。张朝江看到袁家菜园地里种着几棵刺龙苞，想起局领导曾交给他的任务，把楤木驯化试验做起来，人工培育楤木若成功并得以推广，这不仅保护了野生资源，促进生态环境建设，还能帮助山区贫困群众脱贫解困。他觉得要与某地接地气地一起做才能完成刺龙苞驯化的任务。张朝江问袁开友是否愿意种刺龙苞，袁开友回答愿意。通过交谈，张朝江了解到袁开友打算驯化野生刺龙苞的想法。袁开友和老爹想种植刺龙苞，但不知道如何入手。张朝江对袁开友说，你把刺龙苞从山头挖来种，并告知袁开友，种植刺龙苞有三种方法：一是扦插，砍来野生刺龙苞树枝扦插；二是根繁，把野生刺龙苞挖来当种苗培育；三是种子培育，必须寻找到刺龙苞种源。张朝江鼓励袁开友父子，既然有决心要做刺龙苞驯化培育，就要认认真真地用心做下去，不要半途而废。一顿杀猪饭，使得张朝江和袁开友成了缘定楤木事业的朋友，开启了人工驯化种植刺龙苞的试验示范课题。

听说科学技术局有科技三项经费，袁开友没有找县科学技术局，而是直接去了州科学技术局，在张朝江的引荐下见到和大波局长，他把驯化刺龙苞一事作了

汇报。得知袁开友已在做刺龙苞驯化试验，和局长表示支持，但要到试验地里看后再说。和局长带着州科学技术局情报所所长等几个人到了三河村古炭河小组，实地察看袁开友家的刺龙苞驯化试验地。袁开友和老爹在水田里扦插的野生刺龙苞长出侧芽，且长势较好，试验地里一片葱绿，这景象令人惊喜。其实，这是扦插的野生刺龙苞假活现象，当时大家并不知晓。和局长赞扬袁开友父子的用心和努力，当即表示科学技术局将给予一定的支持。过了一段时间，袁开友接到州科学技术局办公室通知，要他们参加评审会。参加评审会的专家学者认为，作为农民，袁开友他们做野生刺龙苞驯化一事不容易，对父子俩的努力给予中肯的评价和肯定，一致同意给予科研经费扶持。

2009 年 1 月，“鲁掌镇三河村刺龙苞驯化栽培示范”项目成立了领导小组和技术实施小组，示范项目主要完成人员有七名，以袁开友为负责人。次月，刺龙苞驯化栽培示范技术实施小组完成了项目立项报告，即科技项目申请书，上报州科学技术局，同时完成了项目工作方案和配套技术措施的编制工作，除自筹部分外，州科学技术局科技三项经费补助两万元。

州科学技术局补助的资金及时到位。老爹开心地对儿子说：“政策怎么这么好！我们自己做自己的事情，政府还给钱。”老爹是个文盲，当了一辈子农民，从没见过政府补助那么多钱。高兴之余，老爹觉得这钱烫手，于是给儿子敲警钟说：“爹老倌啥也不懂，我们自己做事情，政府给予资金支持，这件事情万一做失败了的话是害人的，拿了这个钱别想着好拿好用，既然拿了这个钱，我父子俩就要把刺龙苞驯化这件事情做成功。”老爹随时鞭策袁开友不得偷懒，他对儿子说：“你有空就回家来，试验地里的事我们父子俩一起做，你没空就打电话告诉我如何做，试验地里的事我来做。”

籽种的故事

挖来野生刺龙苞根繁殖不是一个好办法，父子俩选择扦插育苗，可是无论他们怎么做试验都失败了，后来他们才知道，为何从山上砍来的野生刺龙苞树枝扦插到地里，枝上长出的侧芽长势那么好，是因为树枝自身的营养供应促使刺龙苞长出侧芽，这是扦插的野生刺龙苞假活现象，根本不长根，一旦自身营养消耗完了，扦插在地里的刺龙苞自然也就蔫了，扦插枝成了枯枝。

驯化刺龙苞不断失败，令老爹忧心忡忡。父子俩没敢把扦插野生刺龙苞假活的现象向州科学技术局汇报，担心用掉科研经费却得到失败的结果，不知如何交代。两年来没日没夜扑在试验地上，父子俩脸都晒黑了。看着憔悴的父子，母亲疼在心里，对他们拿自家的高产稻田做试验地的行为尤其反感。她说，这田再给你们瞎折腾的话，一家人就要饿肚子了。她坚决反对父子俩再拿水田做试验地。老爹无法安慰老妻，犟脾气犯了，对她说："不行，试验还得继续下去。"他对儿子说："我去找种子，要是找到种子，我们就轻松了。"当时，市场上根本就没有刺龙苞种子出售，而袁开友能够看到的书籍上也没有记载野生刺龙苞成熟的日期，网络上所说的信息让扦插种植的袁开友父子吃尽了苦头。虽然知道野生刺龙苞生长的地点，但不知道其开花和果实成熟期，何况自己及村里人也没见过，老爹到山上寻找刺龙苞种子，实际上只能靠运气了。

金秋九月里的一天，袁开友正在龙陵工地上忙活，突然接到老爹的一个电话。老爹激动地对儿子说："今天上山我有收获了，找着刺龙苞种子了。""不是吧？"袁开友握着手机，有点儿不敢相信地大声问道。老爹开心地说："嗨，我骗你干吗，真的找着刺龙苞种子了"。"您看好了吗？"袁开友不放心地问。老爹肯定地答："看好了，绝对是刺龙苞种子。"

袁开友压抑不住内心的激动和兴奋，开着车从龙陵赶回三河村古炭河畔的老家。

翌日清晨，父子俩一起上了山。老爹发现的种源在古炭河后山原始森林里，刺龙苞种子还没成熟，淡黄色的花朵还没凋谢。席地而坐，袁开友仰头打量刺龙苞花，心里充满激动。能找到刺龙苞种源不容易，得把它保护起来，不能让鸟兽破坏掉。他们量了刺龙苞树的大概位置和高度，回到村里后，袁开友带了几个人，携带遮阴网、竹竿、砍刀、锄头等工具上了山。他们清理了树下的杂草及周边的灌木，给刺龙苞树搭建了遮阴棚，把种源保护起来。袁开友安排了人，随时上山查看种源，耐心地等待刺龙苞种子成熟。

老爹找到刺龙苞种源，令袁开友异常振奋。他发动古炭河村里的老百姓上山帮忙找刺龙苞种子。有几个村民愿意上山找种子，袁开友对他们说："一个工人每天工钱50元，你们找了几个工自己记着，等回来再跟我结算，找不到种子也给工钱，直到你们找到刺龙苞种子为止。"

密波四与袁开友同住一个寨子，他在滴水河的大山上也发现了刺龙苞种子。他激动地给袁开友打电话，兴奋地说："阿哥，我找着种子了！""是真的？"袁开友将信将疑地问。密波四肯定地大声回答："真的，种子在树上。"袁开友

高声叮嘱："你赶快保护起来，我马上回来。"

当天晚上，袁开友从龙陵连夜开车回到三河村。

第二天早上，袁开友和密波四及另一个村民背着干粮上山了。滴水河源头有阴阳瀑布，风景秀丽，但密波四发现刺龙苞种子的地方，却是在瀑布背后一个山沟里，地势险峻，他们走到山顶时已筋疲力尽。上山时，袁开友兴奋不已，只想赶快到达目的地，于是脚下生风，没感觉脚疼。到了目的地，袁开友看到刺龙苞种子后，紧张兴奋的心情平静了下来，脚也就跟着软了，瘫坐在地上，再也走不动了。

暮色苍茫，原始森林松涛滚滚，山上寒意袭人。一行人中，只有袁开友带了睡袋。三人找了柴火，在背风处生了一个火堆，烤火取暖，熬了一夜。第二天一早，三人从山上下来，袁开友别提有多高兴了。刺龙苞种子有点儿绿，还没黄，不到采摘时间。他安排了三个人背着遮阴网上山，给有种子的刺龙苞树盖了护棚，然后派人守护，隔三岔五再派人上去查看。

一个月后，古炭河和滴水河流域的两处种源成熟了。刺龙苞树上长着青色的浆果，轻轻一捏就烂了，里面有成熟的刺龙苞种子，颜色为黑紫色。刺龙苞种子晒干后与荞籽相似。这一年，他们收获了 3 斤多刺龙苞种子。

刺龙苞种子得来不易，为保险起见，袁开友和老爹商量后，把种子分成两份。按照种庄稼的育种法育一块，按照电脑里说的育种方法另育一块，两种方法同时进行。试验地不超过两丘水田，这是父子俩对老妈的承诺，但他们食言了，这次试验地超过了五丘水田，对此，老妈也无可奈何。按照他们平时种庄稼的育种方法，刺龙苞种子发芽出苗了，而按照电脑教的方法育种，刺龙苞种子长不出苗。

刺龙苞种子育苗成功了！喜讯从古炭河传向滴水河、湾转河，三河村人对袁家父子竖起了大拇指。

2011—2012 年，袁开友他们在高黎贡山上找着一些刺龙苞种子，育苗也多了起来，但种源保护却成了棘手的问题，寻找种源越来越艰难。随着河新楤木种植农民专业合作社的壮大，社员种植面积增大，三河、鲁掌、片马等地的刺龙苞种源没有了。无计可施之下，他们只好冒险到邻近缅甸的大山上去寻找刺龙苞种子。缅甸山上原始森林里刺龙苞种源丰富，找到种源后，保护和采集种子所花费的人工成本也是一笔不菲的支出。刺龙苞种子是鸟兽爱吃的食物，在其尚未成熟时，就得派人前去搭架、管护。找种源及管护种子，一个工每天支付 50 元，加上零碎开销，一斤刺龙苞种子成本往往在千元以上。河新楤木种植合作社负责人袁开友

经过三年多的摸索实践，成功地将龙牙楤木人工驯化栽培，又通过合作社将驯化栽培技术推广开来。在袁开友等人的努力下，河新楤木种植农民专业合作社可以自己培育刺龙苞种源了，不用再冒险和长途跋涉去寻找种子了。与此同时，他在片马的片四河和弯草坪也建起了楤木驯化基地，培养刺龙苞种源。片马的这个基地，后来划归河新楤木种植专业合作社股东之一李泰福经营。另外，袁开友还在福贡马吉乡建起了楤木籽繁育基地。三大基地的建立，使得刺龙苞种子在市场上的价格降了下来，从每斤千元降到四五百元，而后再降到两三百元一斤，现今，一两百元就可以采购到一斤刺龙苞种子。

令人感到惋惜的是，马吉乡的种源基地存在时间不长。当地一位基督教牧师是袁开友的朋友。2012 年，牧师找到五六斤刺龙苞种子，想托人带给袁开友。袁开友把买种子的钱打入牧师账户。进入利沙底的公路仍在修建，牧师迟迟带不下来刺龙苞种子，后来在袁开友的授意下就地育苗。一年后，牧师把四万多株刺龙苞苗木带给袁开友，袁开友把已支付的种子钱折扣在苗木款项中。种植刺龙苞不能重耕，牧师再次籽繁时不听袁开友的劝告，还是种在前年种过的位置上，结果歉收亏本，从此断了这块刺龙苞种源基地。

说起籽繁刺龙苞，袁开友父子也经历了颇多波折，他们曾被人坑骗过。袁开友在生意场上认识了一个人，这人看上去老实巴交，且他们有过生意往来。这个人告诉袁开友，说他在缅甸那边采购了刺龙苞籽种。当时，刺龙苞种子在怒江售价是 1080 元一斤。袁开友跟他买了刺龙苞种子，把种子撒到地里。这批楤木种子出苗后，与袁开友家自己找到的种源籽繁刺龙苞苗一模一样，但长到七八厘米后再也不长了。正常的刺龙苞在三四个月后可以长到 140 ~ 150 厘米的高度。这批劣质刺龙苞苗有十万多株，这对创业初期的袁开友是沉重的打击。当年的刺龙苞市场价每株 5.80 元，当时，兰坪县有个地方想种植刺龙苞，来人要买这批刺龙苞苗，袁开友婉拒了，他宁可自家吃亏，也不拿劣质刺龙苞苗坑害老百姓。

基地与合作社

袁开友在建设楤木基地初期，需要流转一块林地。这块林地的主人听说袁开友建设基地是带动乡民脱贫致富，主动把原来的补偿金降了一半。当袁开友将约定的金额交到林地主人手中后，第二天他又将钱如数交还袁开友，说袁开友建基地是为了乡亲们过富裕日子，现在资金有困难，这笔钱就算支持袁开友，等基地建好，有了收益时再还钱，如果基地没有收益，就算投资了。多么朴实可爱的乡亲啊！袁开友拿着对方塞给他的钱，感动得不知道说啥好。他在心里暗下决心，一定要在楤木天地里干出名堂来，决不能辜负父老乡亲的厚望。袁开友是这样想的，也是这样努力去做的。他和团队的全体成员撸起袖子加油干，在三河村创建了楤木新天地。

刺龙苞驯化栽培示范立项后，州科学技术局给予袁家父子的试验强有力的技术支撑，张朝江不断过问此事。通过驯化试验，刺龙苞扦插失败，籽繁没有问题，但籽繁苗太小，必须育苗两年才能种植，而根繁成效较好，但有个弊端，无法通过根繁大量培育刺龙苞苗，无法挖到大量的野生刺龙苞来育苗。在大家的共同努力下，籽繁育苗取得了进展。袁开友他们的野生刺龙苞驯化试验在立项两年后，成果获得怒江州科学技术奖（科技进步类）三等奖，州人民政府特此奖励了 1 万元。州科学技术局投入的资金扶持前后虽然只有 3 万元，但技术扶持却是无法估量的。作为科技工作者，张朝江成了三河村楤木种植的技术顾问，河新楤木种植农民专业合作社的栽种、基地的发展和研发成了他的头等大事，事无巨细，事必躬亲。袁开友为人实诚，干事实在，州科学技术局一如既往给予他技术支持。张朝江和袁开友都是性格直爽之人，都想为怒江做点实在事，以此带动乡亲们脱贫致富。多年来的交往，两人成了惺惺相惜的朋友。

袁开友驯化刺龙苞，得到了同村寨一起长大的四位发小的响应和支持，五户农民自发地成立了泸水市河新楤木种植农民专业合作社，成为合作社的股东。合作社成立后，得到 30 户村民的响应加盟。截至目前，河新楤木种植农民专业合作社的社员在三河村已有 137 户。股东们育苗，免费提供楤木苗给社员们种植，采取“合作社 + 农户 + 基地”的运行模式，为社员提供技术、信息、销售等一条龙服务支撑，以此逐步在三河村扩大楤木种植范围。为了便于管理和拓展合作社业务，袁开友成立了三河源林农科技开发有限责任公司，由公司统管合作社。河新楤木种植专业合作社生产的刺龙苞产品申报了“鲁掌三河源”商标注册。

三河村楤木种植基地的壮大过程经历了风风雨雨。从袁开友父子扦插野生刺龙苞的两丘试验地到州科学技术局项目实施后的五亩直至八亩试验地，仍不足以满足楤木驯化课题的深入发展。楤木研发项目获奖后，张朝江对袁开友说，你必须给我们搞一块基地，我们要抓样板。科技抓样板的目的就是种植要严格，找到产业带头人袁开友就能找到楤木基地。古炭河小组可种植楤木的土地有限，村委会发展林业经济，鼓励村民在地里大量种植核桃、花椒、草果等植物，袁开友在

古炭河找不到合适的基地。寻找楤木基地一事得到同村寨的密波四的父亲的热情支持，他家在湾转河有荒坡地 200 亩，愿意租给河新楤木种植农民专业合作社。密波四是楤木种源发现者之一，父亲不仅支持楤木事业，还同意儿子加入袁开友的楤木种植队伍，成了楤木基地的业务骨干，常年驻守在基地里。

楤木基地处在高黎贡山半山腰，这是一片比较陡峭的荒坡地，不通公路，基地建设首先面对公路建设的难题。虽然我到基地参观时，三块基地已经成型，第四块坡改基地正在建设中，但从基地上那栋破旧的油毡房以及正在施工修路的挖掘机、我们不断下车推车前行的状况，可以管中窥豹地推断楤木基地的建设并不容易。

河新楤木种植农民专业合作社的第一块楤木样板林基地建起来后，在有关部门的支持下，不久连片建起了第二块基地，从 200 亩发展到 400 亩。林业专家、扶贫专家来到基地参观，感叹道，怒江州种楤木连片，在云南省来说是最大的，而最大的基地就在湾转河。基地建设得到了各级部门的认可和当地老百姓的支持，规模越来越大，已经发展了三块基地，并在林业部门的支持协助下准备发展第四块基地。四块基地总共 1000 亩。对于张朝江他们来说，这 1000 亩的楤木基地仅仅是样板林，这是规范化种植楤木的试验示范基地。科学技术是第一生产力，不仅体现在楤木基地上，还体现在楤木种植辐射周边退耕还林土地上，更体现在泸水市乃至全州的绿色家园建设和让老百姓真正受益上。科技创新、富国强民，楤木种植纳入泸水市规划，全市规划种植楤木 10 万亩，除上江镇低海拔不适宜种植外，涵盖了另外的八个乡镇。

举办培训班

籽繁刺龙苞（学名楤木）育苗成功，驯化刺龙苞的立项获得怒江州科技进步奖后，袁开友做了一个大胆的决定，培训周边老百姓，以此带动他们种植刺龙苞。他的想法很简单，发动老百姓种植，由他负责回收，再运送出去销售。他向村里人宣传种刺龙苞的好处，给村民免费发放了刺龙苞苗，打算在滴水河举办种植培训班。

农民袁开友只会种植刺龙苞，不会讲课，想举办种植培训班谈何容易。他是泸水市职业技术中学毕业的学生，他想到了昔日的老师，于是回母校请求支持。当时，袁开友的老师李军是泸水市职业技术学校教导主任，负责培训工作，而

校长高学军也认识袁开友。时隔多年，袁开友担任怒江州文化和旅游商会会长，回忆第一次办培训班的情景，仍记得当年师生间的一段对话。

袁开友："李老师，种植培训课我讲不了，我只会种植，怎么办？"

李军："哎，你搞实践操作课，我教理论课嘛。"

袁开友在滴水河举办刺龙苞种植培训班，得到了母校的有力支持。学校派出老师来讲课，免费复印资料，且临时叫县里派人帮忙办理培训班的事务。万事俱备了，袁开友转念一想，培训班开班仪式上，要邀请一两个县领导出席才行。举办培训班，作为泸水市河新楤木种植专业合作社负责人，袁开友不懂得去找县政府和镇政府请求支持，也不知道去找农业部门或林业部门寻求帮助，他只知道找扶贫部门。袁开友到鲁掌找到市扶贫办主任周扒地。周扒地是泸水市称杆人，曾当过鲁掌镇的镇长，袁开友尊称他为阿时（傈僳族对长辈的尊称，意译"叔叔"）。袁开友向周主任表明来意，邀请他出席培训班开班仪式。

刺龙苞种植培训开班仪式上，市扶贫办主任周扒地作了热情洋溢的讲话。仪式结束后，由袁开友对学员进行实地种植指导培训。周主任来参加开班典礼时，热心地为培训班邀请了泸水电视台的人前来录像。下午，周主任在参观种植指导培训时，突然对袁开友说："培训班由你个人独力举办承担，这做法有些不妥，这是扶贫工作该干的事情，我们要支持你才对。"周主任当即表示，培训班的经费由市扶贫办补助一部分。市扶贫办的支持，极大地鼓励了袁开友的积极性，他对刺龙苞的种植更加有信心了。

泸水电视台报道了刺龙苞种植培训班一事。袁开友父子找到了刺龙苞种子，经培育后为老百姓免费提供苗木，他们要带领乡亲们脱贫致富。消息就像长了翅膀，迅速传遍三河村，传遍泸水市，引起了各级相关部门的关注与重视。

泸水市河新楤木种植专业合作社在三河村重点发展森林蔬菜产业，通过实施龙牙楤木人工驯化栽培示范，截至 2017 年，合作社的社员从最初的 30 户发展到现今的 137 户，种植范围除三河源林农科技开发有限责任公司属下的基地 1000 亩外，还带动三河村村民种植了 800 亩。每年开展农业技术培训不少于四次，每次培训人数不低于 200 人，并形成了一套龙牙楤木种植的标准和规范，通过合作社引导周边乡镇实现农村产业多元化，从而带动地方经济的发展。合作社每年都邀请州县农技站、林业站、科学技术局的专家组织两到三次技术培训，推广科学种植技术和方法，累计培训会员及周边农户 500 多人，提高了种植户的素质和种植水平，并带动会员户均增收超过 3800 元的预期目标。带动全县八个乡镇近3000户农户受益，共种植了一万余亩近百万株刺龙苞。砣砣寨一位姓肯的村民家已经种了40亩刺龙苞地，他还打算再跟刺龙苞基地负责人要一些树苗扩大种植规模。他衷心地说："种刺龙苞有出路，我家要种好刺龙苞。袁开友的基地再办培训班时，我主动要求参加。"

三河源林农科技开发有限责任公司对刺龙苞种植户的培训，依托泸水市职业技术学校负责理论培训，公司的人负责现场种植指导培训。刺龙苞的种植和培训，提高了种植农户的科技素质，培养了农民科技队伍。为了达到示范种植和带动周围农户的目的，三河源林农科技开发有限责任公司在种植点上培植一两户示范户。公司把刺龙苞苗送到村里后，由村民们挑选苗木，挑剩下的苗木才轮到示范户拿去种植。示范户往往是本地种植刺龙苞苗最多的种植户，因为示范户的精心种植和用心管护，刺龙苞长势较好，收入也较高。第一年种刺龙苞苗，示范户没有收入，公司给予每亩300元补助。示范户是企业的支撑，也是公司指定的回收点，作为公司与农户间的联系人，负责收购本地农户种植的刺龙苞。

三河源林农科技开发有限责任公司为了三河村的村民免受来自北方刺龙苞苗之害，避免南橘北枳这样的悲剧发生，给乡亲们免费发放湾转河基地培育的刺龙苞苗。

湾转河流域内有个亚扁洛小组，2015年3月，该小组只有两户低保户种植了刺龙苞苗：李忠华种植了16亩，李荣成种植了8亩。2018年，该小组种植刺龙苞的农户发展到14户。李忠华是残疾人，但他是亚扁洛小组的副组长，也是刺龙苞种植示范户。对于他来说，刺龙苞浑身是宝，其苞芽、叶子、皮子都能卖给加工厂。他骑着摩托车从湾转河自家地里送刺龙苞鲜苞芽到三河源庄园。袁开友在三河源庄园建立楤木加工厂，鼓励了三河村农民种植刺龙苞的积极性，不仅方便当地老百姓送货，而且令老百姓们感到种刺龙苞有希望。三年前，李忠华就觉得种植刺龙苞是一个致富的思路，他参加了河新楤木种植专业合作社举办的培训班，学习刺龙苞种植方法。三年当中，他家的刺龙苞收入逐年增加，第一年收入400元，第二年收入1200元，第三年收入2500元，这让他觉得河新楤木种植专业合作社是一个可以致富的合作社，他自愿加入合作社，成了种植刺龙苞的示范户。

三河村建档立卡户挂名在三河源林农科技开发有限责任公司的有24户。建档立卡户在公司的刺龙苞基地上干活儿，每天的工资比别人高出10元。公司租用土地的农户，由公司补助1000元。2017年，公司实施方案：公司把刺龙苞地种好了，再让贫困户来管理（公司提供土地和刺龙苞苗，或贫困户由土地公司提供刺龙苞苗，

都一概而论）。贫困户第一年种植刺龙苞没有收入，公司以工代酬，每亩补助300元。第二年种植刺龙苞有收成了，贫困户与公司三七开，公司占三成，贫困户占七成。第三年是刺龙苞种植丰产期，贫困户和公司五五开。2017年10月种植刺龙苞苗木，到2018年10月没有收入的建档立卡户，每户由公司保底分红1500元。

“我的第一桶金，是州科学技术局给的。”袁开友深情地说。可以这样说，怒江州科学技术局的支持让河新楤木种植专业合作社挖掘到第一桶金，泸水市扶贫办是河新楤木种植专业合作社成长的“贵人”。袁开友他们艰辛寻找刺龙苞种源，用刺龙苞种子育苗，这得到了市扶贫办的大力扶持。市扶贫办负责人对袁开友说：“你大胆地用种子，大胆地把种子找回来育成苗，我们来扶持。”市扶贫办的扶持，就是拨出资金购买合作社培育的楤木苗，再免费发给老百姓来种植，这事从2012年开始直到现在没有间断过。

三河畔有个加工厂

滴水河、湾转河、古炭河交汇成登埂河，登埂河奔流向怒江。三条河流汇聚处，坐落着三河源庄园。三河源林农科技开发有限责任公司在此运营湾转河楤木基地，其真正的核心落脚在加工厂。加工厂有冷冻室、烘烤室，计划还要建起面条厂、茶叶厂，要把刺龙苞的叶、茎、根全部利用起来变成钱，不仅让怒江的刺龙苞鲜品“子弹”（紫红色的苞芽如子弹头）飞向全国各地、飞向东南亚，还要出产刺龙苞产品，实行产供销一条龙经营。让“子弹”飞的理念，从单纯的楤木苞芽鲜品供应发展成更加丰富多样的综合性产品。

回忆三河源庄园的选址过程，张朝江和袁开友有一肚子的故事。张朝江建议袁开友：“你是土生土长的本地人，建盖楤木加工厂最好建在三河村。”袁开友为难地说：“在三河村找一块地建厂房太难了，绿色生态建设卓有成效，使得村里没有剩余的土地作为合适厂址。”张朝江毫不客气地问：“你有本事把河滩协调过来吗？”袁开友老实回答：“我能够买下来。”张朝江看中登梗河口一片河滩，有十多亩，但因价格偏高，袁开友无法协商下来，且有些手续难以办理，他们无可奈何地选择放弃。于是两人溯流而上，在三河村辖地内的三条河流考察河滩。国家有个政策，谁治理河滩谁受益。三条河流交汇处的河滩，表面看面积不大。河滩上原先有三亩水田地（实际是苞谷地），早已成了乱石滩。荒地上方有一块地，有四亩多，田地种植户愿意出让。张朝江看中了这片河滩，建议袁开友赶紧把河

滩及上方的地买下来，说这河滩看起来不大，实际上面积还是可观的。袁开友听从建议，把该河滩地买了下来。

在河滩上建盖三河源庄园，全部干砌石头地基，因乱石滩上用水泥砌地基无法施工。干砌石头地基施工结束后，他们精准度量，庄园面积有 11 亩多。袁开友在治理河滩过程中，干砌石头垒道，把河道让了出来，并在松坡治理上不惜投入成本，把一个乱石滩硬是整治成一块可以建盖房屋的地盘。他们先建盖厂房，烘干设备、冷藏设备、酒厂设备等随后也相继建成。加工生产条件具备了，但楤木原材料却成了问题。公司属下的一千亩楤木基地，鲜品蔬菜供不应求。楤木是最好的原生态减肥产品，具有消炎的作用，尤其人参皂苷含量是人参的 2.6 倍，楤木的效用越来越受到人们的普遍认可和青睐，成了市场上的抢手货。

楤木产量有限，加工厂无法运转起来。袁开友的视线转向农庄。他们到保山、施甸等地考察，如何搞农庄？农庄定位在哪？这是他们到与泸水市相邻的市县考察的目的。对于农庄的定位，袁开友决心较大，说要做的话就做最好的农庄。他们原先计划盖七层的钢筋水泥楼房，后觉得资金压力大做不下来，决定缩小建筑规模，改成三层。方案及图纸设计出来了，他们再次到保山考察，看到钢架结构的房子施工快，既简单又漂亮。他们推翻了已制定的方案，决定以钢架结构来建盖三河源庄园。

作为农民，袁开友带着合作社创业，一路走下来，除了政府部门的政策性扶助外，全靠亲朋好友的鼎力扶持。三河村生态建设起步较早，核桃、草果的种植使得村民有了收益，村民的钱包鼓起来了，所以亲友们都有闲钱帮助袁开友。21 世纪初，三河村村民最早进入万元户的行列，得益于核桃和草果的种植，袁开友家就是其中的一户。袁开友尽管在河滩上建起了三河源庄园，但相关手续难以办理，偌大的产业，他却没有抵押物向银行贷款。袁开友驯化和种植刺龙苞，建立合作社、创办公司，带领乡亲们种植刺龙苞共同奔向富裕，这份雄心壮志和为故乡倾情奉献的精神得到了亲友们的理解和支持，加之他平时为人诚信仗义，亲友们出于对他的无条件信任，慷慨解囊借予资金。袁开友写给亲友们的借条，有些人接下了，有些人不接，说借钱是出于信任，何必写条子，写了条子就不是信任。三河村农民就是这么朴实，把彼此间的信任看得比什么都重要，“亲兄弟明算账”这句古训有时对他们毫无作用。这些无条件支持他的亲友们，是河新楤木专业合作社和三河源林农科技开发有限责任公司的恩人。袁开友把一笔笔凝聚着亲友们深情厚谊的资金记录在本子上，待到企业运转后再作报答。公司正常运营后，有能力偿

还所借的资金时，他召集大家开个会。如果对方愿意继续支持他的话，就把对方作为股东，按一定比例持有公司股份。如果对方不愿意继续投资，则退还所借资金和利息，同时按照支持力度大小以现金方式额外酬谢。

2018 年元月，我到三河源庄园参观，庄园建设接近尾声，绿化已经成型。云南省一位著名书画家被三河村农民袁开友的创业精神感动，装裱好自己的作品赠送给他。在可以容纳 40 人的会议室里，袁开友畅谈他的产业一体化梦想。当他讲到企业文化建设的设想，讲到民族文化传承、发掘和补救，身为生意人的这份文化情结，令我肃然起敬，且刮目相看。工人正在安装旗杆。三河源庄园上空飘扬着五星红旗，不忘初心，这是袁开友的心愿，也是他作为一名共产党员，在湾转河产业致富带头中所践行的准则。

流连于三河源庄园，袁开友的妻子陪同我下到河边台地上赏景。我们站在庄园烧烤区走廊上，沐浴河风，一边观赏三河水向前欢唱奔涌的景致，一边闲聊起来。这个长得娇小玲珑的美丽女子，给我的印象是温婉而不善言谈。温柔的眼神，嘴角边浮起的微笑，令人感触她的贤淑。深入基地采访，袁开友不止一次向我提到他的妻子，语气感激而又幸福，他所做的事情离不开妻子的默默付出和支持。

三河源林农科技开发有限责任公司与云南省中医学院、保山学院、陕西佰瑞猕猴桃研究院、重庆药物种植研究所等高等学府和科研单位间科研交往的故事，以及楤木产品的开发、中药材黄精的研究等，令我感到三河畔的民营企业蕴藏着的巨大力量。翻读《怒江州高原特色农产品组培中心建设项目可行性报告》，其中这样描述该项目辐射的范围及带动能力："本项目建成后可以实现优质楤木、中药材、花椒、魔芋品种优势潜力最大限度发挥，大大推进种苗质量升级，亩产量提高 20%，产品价格提高 30%，带动面积 10 万多亩，带动农户 3000 户，可增收 1.5 亿元，户均年增收 3800 元左右。"读之内心振奋无比，由衷祝愿三河源林农科技开发有限责任公司宏图大展，前景光明。

怒江州在脱贫攻坚战中，打造世界级旅游基地成了奋斗目标之一。尽管旅游业目前在三河村方兴未艾，但这个藏在深闺人未识的山村，楤木犹如"子弹"飞往四方，吸引着省内外的目光。伴随着泸水市旅游规划项目的实施和逐步实现，具有得天独厚的旅游资源的三河村，必然能够吸引多方游客前来。具有前瞻目光的农民经理袁开友，其公司开办三河源家园，楤木菜谱是其王牌，通过舌尖上的美味，让楤木产品更加畅销。

让"子弹"飞，寄托着无数美好的期盼。

后　记

《幸福都是奋斗出来的——怒江脱贫攻坚故事选》终于付梓问世，我们为此深感欣慰。

举世瞩目的全国脱贫攻坚战是一场伟大的社会变革，中国共产党领导全国人民开展了旷日持久、声势浩大的全民脱贫攻坚战。尤其是怒江州，贫困面大、贫困程度深、人口较少民族人口占比高，是全国“三区三州”深度贫困地区的典型代表之一，堪称全国脱贫攻坚的“上甘岭”，其艰辛、艰巨程度不言而喻。但在党中央、国务院、中共云南省委、中共云南省政府的关注下，在中共怒江州委的坚强领导和全社会的关心支持下，通过全州各族人民的不懈努力，怒江的脱贫攻坚工作取得了全面胜利，怒江各族人民同全国人民一道迈入了小康社会。怒江州、县（市）文联和广大文艺工作者坚持以人民为中心的创作导向，紧紧围绕州委、州政府的中心工作，积极深入生活，扎根人民，记录历史，反映现实。他们紧握手中的笔，用艺术的形式，深入宣传精准扶贫、精准脱贫的好政策，大力推广脱贫攻坚中的成功做法和先进经验，热情讴歌扶贫工作中的先进典型和感人故事。

这次编辑《幸福都是奋斗出来的——怒江脱贫攻坚故事选》，就是通过真实描绘怒江州精准扶贫、精准脱贫的历史场景，贴近社会现实、记录农村变迁、描写和反映人民群众的情感和心路历程；

讲述怒江故事，把贫困群众生活状况的改善和生存环境的时代变迁真实记录下来；通过讲述发生在贫困群众身上、身边的精彩故事和参与帮扶的各级干部群众的亲身经历或发生在他们身边的故事，把脱贫攻坚给农村社会生活带来的巨大变化真实展现出来，同时展现了全州广大干部群众勇于拼搏于脱贫攻坚一线的新风貌，生动展示了怒江在精准扶贫、精准脱贫工作方面的新作为，描绘了脱贫攻坚取得的辉煌成就，讴歌了怒江的巨大变化。

在本书的编辑出版过程中，得到了各级各部门领导和社会各界人士的帮助和支持，在此一并表示感谢。

编委会

2021 年 3 月